소오강호

6

소오강호 6 – 날아드는 화살

1판 1쇄 발행 2018. 10. 15.
1판 4쇄 발행 2022. 3. 26.

지은이 김용
옮긴이 전정은
발행인 고세규
편집 조은혜 | 디자인 윤석진
발행처 김영사
등록 1979년 5월 17일 (제406-2003-036호)
주소 경기도 파주시 문발로 197(문발동) 우편번호 10881
전화 마케팅부 031)955-3100, 편집부 031)955-3200 | 팩스 031)955-3111

값은 뒤표지에 있습니다. ISBN 978-89-349-8334-7 04820
　　　　　　　　978-89-349-8337-8 (세트)

홈페이지 www.gimmyoung.com　　　블로그 blog.naver.com/gybook
인스타그램 instagram.com/gimmyoung　　이메일 bestbook@gimmyoung.com

좋은 독자가 좋은 책을 만듭니다.
김영사는 독자 여러분의 의견에 항상 귀 기울이고 있습니다.

소오강호

笑傲江湖

김용 대하역사무협

전정은 옮김

날아드는 화살

6

6권

날아드는 화살

영호충令狐沖

화산파 대사형. 어렸을 때 부모를 잃어 화산파 장문인 부부 손에서 자랐다. 강호의 의리와 예의를 중요하게 여겨 의협심이 강하지만, 술을 좋아하고 거침없는 성정을 가졌다. 타고난 호방함으로 많은 이들의 총애를 받아, 여러 사람들의 도움으로 절체절명의 위기도 잘 헤쳐 나간다. 규율이나 관습에 얽매이지 않고 자유롭게 사는 삶을 추구하는 인물이다.

임평지林平之

복주 복위표국 소표두. 집안에 전해져 내려오는 〈벽사검보〉를 노리고 가문을 몰살한 청성파에게 복수하기 위해 화산파에 입문했다. 무공 실력이 뛰어나지 않고, 소심한 인물이었으나 집안 멸문에 얽힌 비밀을 알게 된 뒤 변하게 된다.

악불군岳不羣

화산파 장문인. 영호충의 아버지 같은 인물로 군자검이라는 별호를 갖고 있을 정도로 점잖고 고상하다. 무공 또한 뛰어나 당대 무림에서 손꼽히는 고수였지만, 위선적인 태도와 탐욕이 드러난다.

악영산岳靈珊

악불군과 영중칙의 딸. 어렸을 때부터 영호충과 함께 놀고, 무공을 익히며 자랐다. 털털하고 솔직한 성격으로 다소 천방지축같은 모습도 보인다. 영호충이 짝사랑하는 인물로, 악영산 또한 영호충에게 마음이 있었지만 임평지를 만난 뒤 그에게 마음을 뺏긴다.

막대莫大

형산파 장문인. 꾀죄죄한 차림새로 다니는 신출귀몰한 인물로, 언제나 호금을 지닌 채 자유롭게 강호를 누비며 다닌다. 매사에 흔들림 없고 당당한 대장부의 면모를 가진 영호충에게 호의적인 태도를 보이며, 영호충이 위험에 처할 때 도움을 주기도 한다.

의림儀琳

불계 화상의 딸이자 항산파 정일 사태 제자. 처음에는 본인이 고아인 줄 알았으나 우연한 계기로 아버지를 만나게 됐다. 좌중을 사로잡는 빼어난 외모를 가진, 출가한 승려로 순수한 심성을 가진 인물이다. 영호충의 도움을 받아 목숨을 구한 이후로, 줄곧 그에게 연정을 품는다.

유정풍劉正風과 곡양曲洋

형산파 고수와 일월신교 장로, 유정풍과 곡양은 각각 정파와 사파에 속해 있기 때문에 교우해서는 안 되지만 음악에 대한 뜻이 같아 우정을 키워나갔다. 두 인물은 어렵게 완성한 통소와 금 합주곡 〈소오강호곡〉을 영호충에게 건넨 뒤 죽는다.

풍청양 風淸揚

화산파가 검종과 기종으로 나뉘어 분쟁이 있기 전, 화산파에 있던 태사숙. 화산에 은거하며 모습을 드러내지 않지만, 뛰어난 무림 고수로 영호충에게 '초식이 없는 것으로 초식이 있는 것을 깨뜨리는' 비결과 독고구검을 전수했다.

도곡육선 桃谷六仙

정파 없이 강호를 떠도는 여섯 형제로 이름은 도근선桃根仙, 도간선桃幹仙, 도지선桃枝仙, 도엽선桃葉仙, 도화선 桃花仙, 도실선桃實仙이다. 서로 쉴 새 없이 떠들며 웃음을 주는 인물들이지만, 화가 나면 간담이 서늘해질 정도로 사람을 처참하게 죽인다.

임영영 任盈盈

일월신교 교주였던 임아행의 딸. 많은 강호 호걸의 존경과 사랑을 받지만 수줍음이 많은 인물로, 우연한 계기로 영호충에게 깊은 정을 느껴 그를 물심양면으로 돕는 조력자다. 악한 성정을 갖고 태어났지만 아버지처럼 독선적이거나 권력에 눈 먼 인물은 아니다.

상문천 向問天

일월신교 광명좌사. 목표를 위해서는 물불 가리지 않는 오만하고 고집스러운 사람이지만, 현명하고 의리를 중요하게 여기며 강호를 제패할 야심은 없는 인물이다. 동방불패에게 일월신교 반역자로 찍혀 도망을 다니다 영호충의 도움으로 위기에서 벗어난 뒤, 영호충과 생사를 함께 하기로 약속한다.

임아행 任我行

동방불패 이전에 일월신교 교주. 타인의 진기를 빨아들이는 흡성대법을 연마한 독선적인 인물로 지모와 지략이 뛰어나다. 동방불패에게 교주 자리를 뺏긴 후, 10여 년간 깊은 지하 감옥에 갇혀 살았다. 상문천과 영호충의 도움을 받아 감옥을 탈출한 뒤 교주 자리를 탈환하려 한다.

좌냉선 左冷禪

숭산파 장문인. 오악검파인 화산파, 숭산파, 태산파, 형산파, 항산파를 오악파로 통합해 오악파 장문인이 되려 한다. 목표를 위해서는 협박과 살인 등 간악한 짓도 일삼는 인물이지만, 악불군과 겨루다 두 눈을 잃고 만다.

동방불패 東方不敗

일월신교 교주. 일월신교에 전해져 내려오는 《규화보전》의 무공을 연성한 유일한 사람으로, 임아행에게서 교주 자리를 찬탈하고 10년 동안 천하제일 고수라 불려왔다. 함께 지내는 양연정을 끔찍하게 여겨, 양연정의 일이라면 오랜 벗이라도 죽일 수 있는 헌신적이면서도 잔인한 인물이다.

소실산少室山 석궐명문

한나라 비석 탁발본. 소실산은 소림사가 있는 곳이다.

정 중 鄭重 의 〈 달마과강도 達摩過江圖 〉

정중은 명나라 때 화가다. 달마는 중국에 온 후 양무제와 토론 끝에 뜻이 맞지 않자 갈댓잎 하나를 타고 장강을 건너 소실산으로 가서 면벽 좌선했다고 전해진다.

소림사 초조암初祖庵

달마가 면벽한 곳이라고 한다. 달마는 중국 선종의 초대 조사다.

소림사 탑림塔林

작은 탑은 소림사 역대 고승들이 원적한 후 그 유골과 사리를 모시는 곳이다.
지렌보冀連波 촬영.

오창석吳昌碩 〈달마도〉

제서는 이렇게 되어 있다.

갈댓잎 꺾어 강을 건너니 배도杯渡(나무잔을 타고 물을 건넜다는 승려 – 옮긴이)보다 나아	折葦過江勝杯渡
도술로 신발 만들어 서로 돌아간다	道成隻履西歸去
십년 면벽에 텅 빈 산	十年面壁空山中
그림자는 좌선한 곳 돌에 새겨졌네	影入石中坐禪處
오늘 그 초상을 그려보니	我今畫像一寫之
고운 수염 옛 풍모 자비롭구나	虯髯古貌心慈悲
역근경 진전 받은 이 적으니	易筋經法真傳少
유협들이여, 싸움 잘한다 허풍말라	技擊空言游俠兒

당세 무인들은 싸움 솜씨를 뽐냈으나, 달마 연근경의 진전을 얻지 못했으니 그 무공은 평범했다는 뜻이다.

오창석의 〈도화도桃花圖〉

오창석은 청나라 말 인민공화국 초기 화가로, 이 그림은 원본의 윗부분이다.
제서에는,

반짝반짝 복숭아 꽃	灼灼桃之花
붉은 얼굴 술과 같도다	頳顏如中酒
한 번 피면 삼천 년	一開三千年
열매는 한 말 크기	結實大於斗

라는 구절과 '만천이래曼倩移來'라는 글이 쓰여 있는데, 이는 곧 이 복숭아가 선도仙桃
라는 뜻이다. 도곡육선이 이 그림을 보았다면 필시 기뻐서 펄쩍 뛰었을 것이다.

항산恒山의 고지

멀리서 본 항산

구디顧梂 촬영.

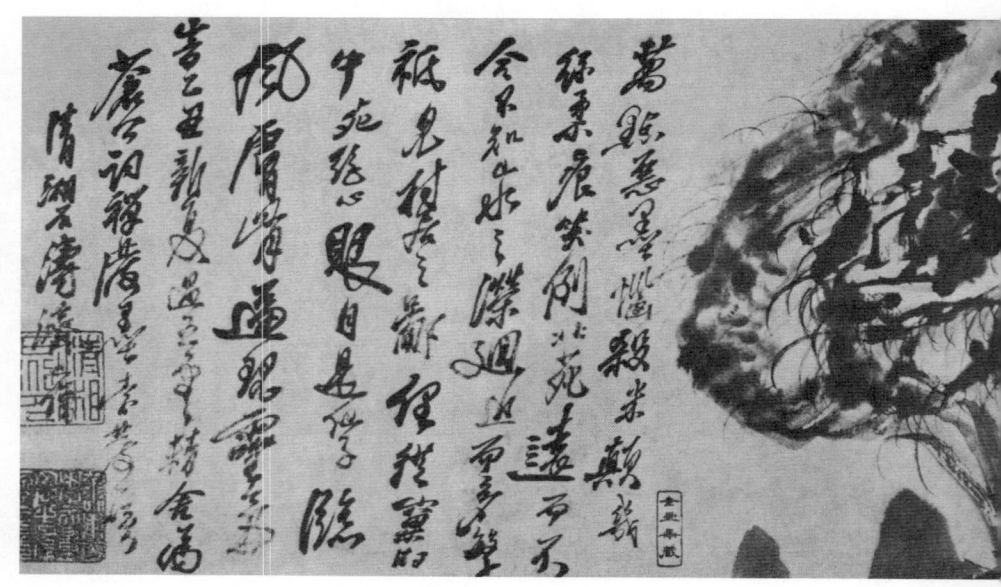

석도石濤의 〈발묵산수권潑墨山水卷〉

석도는 명나라 말 청나라 초기의 대 화가로 작화가 독특하고 기상이 높다. 이 그림의 제서는 다음과 같다.

상투 속마음을 철저히 끊으면　　　　從窠臼中死絶心眼

바람맞아 표표히 나는 선녀인 양　　　自是仙子臨風

뼈와 피부에 절로 영기가 솟아날지니　膚骨逼現靈氣

앞 사람들이 만든 규범을 벗어던지면 어려움 속에서 별안간 영감을 얻는다는 의미다. 중국의 그 어떤 예술이든 가장 높은 경지가 바로 이것이며, 무학도 마찬가지이다.

항산 절벽에 새겨진 커다란 글씨

'항종恒宗'이라고 되어 있다.

북악 제비題碑

'새북제일산塞北第一山'이라고
되어 있다.

항산 금룡욕金龍峪

양가장楊家將이 지킨 삼관三關의
고루. 방증과 충허, 영호충은 이
금룡욕을 보며 논의했다.

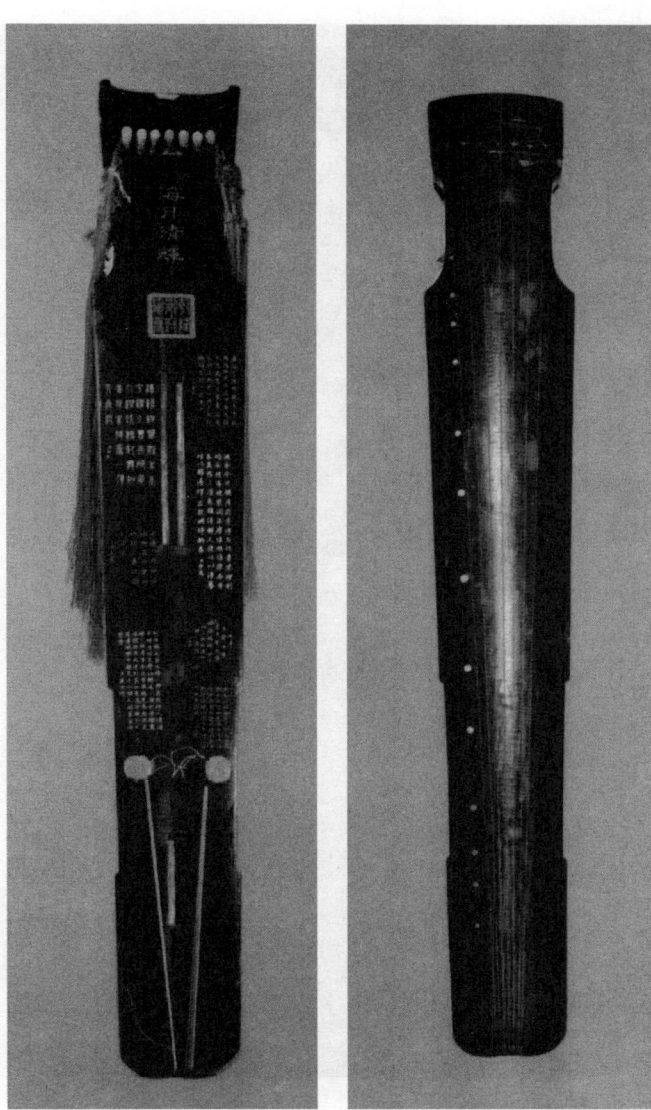

송나라 때 명금

이름은 '해월청휘海月淸輝'로, 뒷면에 양시정梁詩正 같은 명인들의 제서가 있고,
'건륭어부진장乾隆御府珍藏' 등의 인장이 찍혀 있다.

항산 현공사懸空寺

취병봉翠屛峯의 깎아지른 절벽에 자리한 이 사찰은 산에 기대 허공에 떠 있는 구조물이다. 1400년 전 북위 시대에 처음 지어졌고, 현재 모습은 14세기에 중건된 것이다.

쑨즈쟝孫志江 촬영.

다른 각도에서 본 현공사

소림사 포위

笑傲江湖

26

이틀 후, 호걸들은 소실산에 자리한 소림사 앞에 도착했다.
수는 어림잡아 칠천 명은 될 것 같았다.
펄럭이는 깃발 아래 수백 명이나 되는 호걸들이 북을 치고 징을 울려대자
둥둥, 쟁쟁 하는 요란한 소리에 산 전체가 우르릉 떨릴 정도였다.

영호충은 북쪽으로 달리고 또 달리다가 날이 밝을 무렵 커다란 마을에 이르자 객점을 찾아 들어갔다. 호북성에는 두피豆皮라는 음식이 유명했다. 콩가루를 반죽해서 면을 만들고 맑은 국물로 끓여낸 두피는 한번 맛보면 그 맛을 잊을 수 없을 만큼 맛이 있어서, 영호충은 내리 세 그릇을 먹은 다음에야 자리에서 일어났다.

막 객점을 나서는데 맞은편에서 장한들이 무리를 지어 걸어오고 있었다. 그중 작고 뚱뚱한 남자가 황하노조 중 한 명인 노두자인 것을 알아본 영호충은 기쁜 마음에 대뜸 소리를 질렀다.

"노 형! 그간 잘 지냈소?"

그를 발견한 노두자는 몹시 난처한 표정을 지으며 머뭇머뭇하다가 슬그머니 대도를 빼들었다. 영호충은 그런 줄도 모르고 한 발짝 다가가며 말했다.

"조 형은…."

미처 말을 꺼내기도 전에 노두자가 그의 머리 위로 칼을 찍어내렸다. 잔뜩 힘이 실린 일격이었지만 정확성이 한참 떨어져, 그 칼은 영호충의 어깨에서 한 자나 떨어진 허공만 갈랐을 뿐이었다.

영호충은 화들짝 놀라 뒤로 물러나며 외쳤다.

"노 형, 나… 나 영호충이오!"

"네가 영호충이라는 것을 누가 모른다더냐? 이보게, 친구들. 성고께서는 누구든 영호충을 발견하면 그 자리에서 죽여 없애라고 명령하셨네. 영호충을 죽이는 자에게는 큰 상을 내리실 거라고 말이야. 다들 기억하지?"

함께 있던 사람들이 입을 모아 대답했다.

"그럼, 기억하고말고."

말은 그랬지만 모두들 괴상한 표정으로 서로 눈치만 볼 뿐, 아무도 무기를 꺼내 덤비려 하지 않았다. 몇 사람은 재미있는 구경이라도 하듯 숫제 히죽히죽 웃기까지 했다.

영호충은 그제야 영영이 노두자를 통해 강호의 방문좌도들에게 자신을 죽이라는 명을 내린 일을 떠올렸다. 그를 곁에 붙들어놓는 것과 동시에, 귀하신 임 대소저께서 영호충에게 푹 빠진 것이 아니라 도리어 죽이고 싶을 만큼 미워한다고 소문내기 위해서였다. 그간 이러저러한 사건에 휘말리느라 그 사실을 까맣게 잊고 있었던 영호충이지만, 노두자가 새삼스레 입에 올리자 그 명령이 아직도 유효하다는 것을 알아차렸다.

당시 노두자 일행이 그 명령을 전했을 때 호걸들은 아무도 믿지 않았다. 영영이 영호충을 살리기 위해 목숨을 내놓고 소림사로 달려갔다는 사실이 소림사 속가 제자의 입을 통해 강호에 파다하게 퍼졌는데 그 말을 곧이곧대로 받아들이는 멍청이가 어디 있겠는가? 호걸들은 그녀의 진실한 정과 의리에 감탄하면서도 속으로는 웃음을 금치 못했다. 귀하신 몸이라 자존심이 얼마나 강한지, 죽고 못 살 만큼 좋아하면서도 어떻게든 숨기려다 도리어 소문만 크게 났으니 생각만 해도 우스웠던 것이다. 마교 휘하의 방문좌도들은 말할 것도 없고, 정파 사람들까지 여기저기에서 소문을 들어 모였다 하면 그 이야기를 꺼내며 웃음거리로 삼을 정도였다.

하지만 노두자를 비롯한 강호의 호걸들은 영호충이 갑자기 나타나자 반갑고 기쁘면서도 그 명령이 마음에 걸려 이러지도 저러지도 못했다. 노두자가 주저하며 말했다.

"영호 공자, 성고께서는 우리더러 공자를 죽이라는 명을 내리셨습니다. 하지만 공자의 무공이 너무도 높아 털끝 하나 건드릴 수가 없군요. 제 일격은 빗나갔지만 공자께서 넓은 마음으로 용서해주셨으니 감사하기 이를 데 없습니다. 친구들, 모두 똑똑히 보았지? 우리는 영호 공자를 죽이지 않은 것이 아니야. 죽이려고 했지만 힘이 달려 죽일 수가 없는 것뿐이라고! 이 노두자가 못하는 일이니 자네들은 더더욱 어렵지, 안 그런가?"

"그럼, 그럼!"

호걸들이 껄껄 웃으며 대답했다.

누군가 큰 소리로 외쳤다.

"우리는 사방에 피가 튀도록 악전고투를 벌였지만, 결국 쌍방 모두 서로 죽이지 못하고 힘이 다해 쓰러지고 말았다네. 이제 힘으로는 싸울 수가 없으니 이번에는 술로 싸워보는 것이 어떤가? 우리 중에 단 한 사람이라도 영호 공자를 술로 쓰러뜨리면, 나중에 성고께도 드릴 말씀이 있을 테지!"

호걸들은 배꼽을 잡고 웃어댔다.

"멋지군, 아주 멋진 계책이야!"

"성고께서는 영호 공자를 죽이라고만 하셨지, 반드시 칼로 죽여야 한다고 하지는 않으셨네. 좋은 술을 죽도록 먹여 쓰러지게 만들어도 죽이는 것은 매한가지 아닌가? 칼로 상대가 안 되니 술로 상대하는 수밖에!"

그들은 와자그르르 웃으며 영호충을 에워싸고 마을에서 가장 큰 주루로 들어갔다. 마흔 명이 넘는 장한들은 여섯 탁자에 나눠 앉아 어서 술을 가져오라며 소리소리 질러댔다.

어리둥절해하며 끌려온 영호충은 자리에 앉자 겨우 정신을 가다듬고 물었다.

"성고께서는 도대체 어떻게 되셨소? 속이 타서 죽을 지경이오."

그가 영영에게 관심을 보이자 호걸들은 무척 흡족해했다. 노두자가 대답했다.

"12월 15일에 다 함께 소림사로 가서 성고를 구해낼 생각입니다. 그동안 맹주 자리를 놓고 우리 편끼리 싸움이 끊이지 않아서 골칫거리였는데, 영호 공자께서 나타나셨으니 말끔하게 해결되었습니다. 공자께서 맹주를 맡아주시지 않으면 누가 감히 그 자리에 앉겠습니까? 설사 다른 사람이 맹주가 된다 해도 성고께서 아시면 별반 기뻐하시지 않을 테지요."

옆에 있던 백발의 노인이 웃으며 거들었다.

"아무렴! 영호 공자께서 맡아주시면 도중에 무슨 문제가 생겨 성고를 구해내지 못하더라도 영호 공자가 나섰다는 소식만으로도 성고께서 아주 반가워하실 겁니다. 맹주 자리는 공자께서 맡는 것이 지당합니다."

영호충은 시원스레 대답했다.

"누가 맹주가 되느냐는 중요한 일이 아닙니다. 성고를 구해낼 수만 있다면 제 몸이 부서져 가루가 되더라도 기꺼이 받아들이겠습니다."

듣기 좋으라고만 하는 말이 아니었다. 영영이 자신을 위해 목숨을 던졌으니, 그녀를 위해서라면 죽음이 눈앞에 닥쳐도 망설임 없이 달려갈 자신이 있었다. 보통 때라면 구태여 사람들 앞에서 이런 마음을 드러내지 않고 혼자서만 다짐했을 테지만, 이번만큼은 영영이 사람들의 놀림감이 되지 않도록 자신의 정을 있는 대로 드러내 보일 작정이었다. 그의 말에 호걸들도 크게 위안이 되었는지, 역시 성고는 보는 눈이 있다며 고개를 끄덕였다.

백발 노인이 웃으며 말했다.

"역시 영호 공자는 다정하고 의리가 있는 영웅이십니다. 강호에 퍼진 뜬소문처럼 영호 공자께서 이번 일을 나 몰라라 하셨다면 모두들 몹시 실망했을 겁니다."

"저는 실수로 요 몇 달간 어딘가에 갇혀 있었기 때문에 강호의 일을 전혀 모르고 있었습니다. 성고를 만나뵙기는커녕 소식조차 듣지 못해 밤낮으로 그리워하느라 머리칼이 하얗게 세어버릴 정도였지요. 자자, 여러분께서 성고를 위해 이렇게 힘써주시니 감사의 뜻으로 한잔 올리겠습니다."

영호충은 일어나서 잔을 높이 들었다가 단숨에 마셨다. 호걸들도 저마다 잔을 비웠다. 영호충은 노두자를 향해 물었다.

"노 형, 맹주 자리를 놓고 사람들이 서로 싸우고 있다니 미적거릴 일이 아니오. 당장 가서 말려야 하지 않겠소?"

"물론 그래야지요. 조천추와 야묘자는 먼저 떠났고, 저희도 그리 가던 중이었습니다."

"다들 어디에 있소?"

"황보평黃保坪에 모여 있습니다."

"황보평이라면?"

백발 노인이 나서서 설명했다.

"양양襄陽 서쪽의 형산荊山에 있는 곳입니다."

"어서 식사들 하십시오. 식사가 끝나면 곧바로 황보평으로 출발합시다. 사흘 밤낮 술로 싸우며 온갖 계책을 써보았지만, 이 영호충은 워낙 술이 세서 끝내 죽지 않은 겁니다. 나중에 성고께서 하문하시더라도 그렇게 말씀하시면 됩니다."

호걸들은 큰 소리로 웃었다.

"영호 공자의 바다 같은 주량을 어찌 이기겠습니까? 사흘이 아니라 열흘 밤낮을 싸워도 당해낼 자가 없을 겁니다."

식사가 끝나자 영호충은 노두자와 나란히 길을 걸으며 물었다.

"따님의 병은 좀 어떻소?"

"썩 좋지는 않지만, 다행히 크게 나빠지지도 않았지요. 다 공자 덕분입니다."

다른 사람들과 거리가 몇 장 정도 벌어지자 영호충은 그간 궁금하던 것을 물었다.

"호걸들은 성고께서 자신들에게 큰 은혜를 베풀었다고들 하는데, 도저히 그 연유를 모르겠소. 젊디젊으신 성고께서 저 많은 강호의 친구들에게 언제 그런 은혜를 베푸실 수 있었던 거요?"

"다른 분도 아니고 공자시니 사실대로 말씀드리면 좋겠지만, 저희 모두 절대 그 기밀을 발설하지 않겠노라 성고께 맹세를 했습니다. 부디 용서해주십시오."

노두자의 대답에 영호충은 고개를 끄덕였다.

"그런 약속을 했다니 말해주지 않아도 되오."

"나중에 성고께 직접 들으시면 더 좋지 않겠습니까?"

"하루빨리 그날이 오면 좋겠구려."

일행은 가는 길에 다른 무리 둘을 더 만나 다 함께 황보평으로 향했다. 세 무리가 모이자 사람 수는 200명에 달했다. 그들이 황보평에 도착했을 때 날은 이미 깜깜해진 후였다. 방문좌도의 호걸들은 황보평 서쪽의 들판에 모여 있었는데, 거리가 한참 떨어져 있는데도 시끌시끌 떠드는 소리가 들려왔다. 욕지거리를 섞어 호통을 치는 사람도 있고, 날카롭게 새된 소리로 외쳐대는 사람도 있었다. 영호충은 더욱 걸음을 재촉해 그쪽으로 다가갔다. 산봉우리에 둘러싸인 초원에는 셀 수 없이 많은 사람들이 아스라한 달빛을 받으며 서 있었다. 어림잡아 1천에서 2천 명은 됨직했다.

그들 중 누군가가 큰 소리로 외쳤다.

"맹주란 말이오, 맹주! 다른 것도 아니고 맹주가 여섯이나 되는 곳이 어디 있소?"

"우리 형제는 여섯 사람이 곧 한 사람이고 한 사람이 곧 여섯 사람이야. 너희가 우리 명령을 따르기만 하면 우리가 곧 맹주가 되는 거지! 자꾸 이러쿵저러쿵 시비를 걸면 너부터 네 조각으로 찢어버리겠다!"

그 목소리를 듣자 영호충은 보지 않고도 도곡육선 중 한 명임을 알아차렸다. 다만 그들 형제는 목소리가 비슷비슷해서 정확히 누군지는 알 수가 없었다.

이견을 제시했던 사람은 그 으름장에 겁을 집어먹었는지 찍소리도 하지 못했다. 그러나 다른 호걸들도 도곡육선을 인정하지 못해 멀찌감치 서서 욕을 하거나 어둠 속에 숨어 비웃었고, 심지어 몇 사람은 돌멩이나 모래를 던지는 등 난장판이었다.

도엽선이 소리를 질렀다.

"누가 이 어르신께 돌을 던져?"

누군가 어둠 속에서 대답했다.

"바로 네 아비다!"

그러자 도화선이 비명을 질렀다.

"뭐라고? 당신이 우리 형 아비라고? 그렇다면 내 아비기도 한데?"

"꼭 그렇다고 할 수는 없지."

또 다른 목소리가 조롱 어린 투로 대답하자 주변에 있던 수백 명이 왁자하게 웃음을 터뜨렸다. 그 비웃음을 이해하지 못한 도화선은 어리둥절해하며 물었다.

"꼭 그렇다고 할 수 없다니? 그게 무슨 말이야?"

"글쎄, 나도 모르겠는걸! 나는 아들이 하나뿐이거든."

도근선이 끼어들었다.

"네가 아들이 하나뿐인 게 우리랑 무슨 상관이야?"

어둠 속에서 걸걸한 목소리가 웃음을 터뜨리며 대답했다.

"너하고는 상관없지. 하지만 네 아우들은 다를걸!"

"그럼 나와 상관있다는 말이야?"

이번에는 도간선이었다.

"음, 얼굴이 닮았는지 어떤지 봐야 알 수 있지."

"뭐라고? 네놈 얼굴이 나와 닮았다고? 그럼 어디 한번 나와서 비교해보자!"

어둠 속의 사람은 껄껄 웃었다.

"뭘 나가지? 그럴 시간이 있으면 네 얼굴이나 거울에 비춰보시지!"

순간, 그림자 네 개가 화살처럼 쏜살같이 앞으로 달려나가더니 어둠 속에서 누군가를 낚아챘다. 그자는 몸집이 우람하고 살집이 있어 몸무게가 족히 200근은 나갈 것 같았지만, 도곡사선이 팔다리를 하나씩 잡자 옴짝달싹 못하게 되었다. 도곡사선은 그를 달빛 아래로 끌어내 자세히 들여다보았다. 도실선이 중얼거렸다.

"나랑 닮지는 않았어. 내가 이렇게 못생겼을 리가! 아무래도 셋째 형을 닮은 것 같아!"

도지선은 입을 삐죽였다.

"무슨 말이야? 내가 너보다 못생겼다니? 여기 천하 영웅들이 계시니 어디 누가 더 못생겼는지 물어보자."

도곡육선의 얼굴은 눈, 코, 입 어느 하나 봐줄 만한 곳이 없고 생김새도 흉측해 누가 더 못생겼는지 평을 하기란 여간 어려운 일이 아니었다. 하나같이 못생긴 얼굴들을 비교하는 고생을 생각하면 웃음이 날 만도 했지만, 그들 손에 붙잡힌 사람이 어느 때고 피를 철철 흘리며 갈가리 찢겨나갈 수 있었기 때문에 사람들은 잔뜩 긴장해 감히 소리 내 웃지 못했다.

수틀리면 사람 한 명 찢어 죽이는 것 정도는 눈 하나 깜짝 않고도 할 수 있는 도곡육선의 성미를 잘 아는 영호충이 황급히 앞으로 나서며 외쳤다.

"도곡육선, 이 영호충이 평가해드려도 되겠소?"

호걸들은 '영호충'이라는 말에 움찔 놀랐고, 천 개가 넘는 눈동자가 영호충에게로 시선을 돌렸다. 영호충은 눈도 깜빡이지 않고 도곡사선을 똑바로 응시했다. 그들이 흥분해서 무슨 짓을 저지를지 불안했기 때문이었다.

"어서 그분을 내려놓으시오. 그래야 꼼꼼히 보고 평가할 수 있지 않겠소?"

도곡사선은 재빨리 거한을 내려놓았다.

몸집이 워낙 큰 사람이라 바닥에 내려서자 마치 우뚝 선 철탑 같았다. 그러나 몸집과는 달리, 구사일생으로 살아난 그는 얼굴이 잿빛이 된 채 사시나무처럼 벌벌 떨었다. 사람들 앞에서 이런 모습을 보이는 것이 낯부끄러운 줄은 알지만, 아무리 참으려 해도 떨림을 이겨낼 수가 없었던 것이다. 모양새라도 갖춰보려고 무슨 말이든 하려 했지만 목소리마저 떨려서 나왔다.

"저, 저는… 저는….."

비록 혼비백산해서 추태를 보이기는 했지만, 그 사람의 생김새는 제법 준수했다. 영호충은 짐짓 너스레를 떨었다.

"도곡육선, 당신들은 이분과 전혀 닮지 않았소. 이분에 비하면 훨씬 잘생겼구려. 도근선은 골격이 매끈하고, 도간선은 몸집이 우람하고, 도지선은 팔다리가 길쭉길쭉하고, 도엽선은 얼굴이 곱상하고, 도화선은… 음… 도화선은 눈이 아주 별빛같이 초롱초롱하고, 도실선은 정기가 가득해서, 누가 보더라도 협의를 행하는 잘생긴 청년 영… 아니지, 중년 영웅이라는 것을 단박에 알아볼 거요."

호걸들은 큰 소리로 웃음을 터뜨렸고, 도곡육선 역시 기분이 좋은지 앙천대소했다.

도곡육선에게 혼쭐이 난 적이 있는 노두자는 이들이 다루기 쉬운 상대가 아니라는 것을 잘 알고 있었기에 재빨리 맞장구를 쳤다.

"내 생각에는 천하 영웅을 통틀어 무공이 높고 외모도 준수한 사람이라면 여기 이 도곡육선이 으뜸이라오!"

호걸들도 박장대소하며 거들었다.

"어디 준수하기만 하겠소? 아주 멋이 잘잘 흐르는 분들이시지! 옛날은 물론이고 앞으로도 다시는 이만한 분들이 태어나지 못할 거요."

"암, 반안潘安이 한 수 접어주고 송옥宋玉도 울고 갈걸(반안과 송옥은 중국의 대표적인 미남자)."

"무림에서 미남자 순위를 매기면 첫 번째에서 여섯 번째가 모두 여섯 분의 차지일 거요. 영호 공자는 높아봤자 일곱째밖에 못 되지."

도곡육선은 놀리는 말인 줄도 모르고 헤벌린 입을 다물지 못했다. 도지선이 중얼거렸다.

"어머니는 우리더러 추팔괴醜八怪(못난이)라고 하셨는데, 이제 보니 거짓말이었어."

누군가 히죽거리며 맞장구를 쳤다.

"당연히 거짓말이지. 당신들은 여섯 명인데 추육괴라면 모를까 어떻게 추팔괴가 되겠소?"

"그야 당신네 아버지와 어머니까지 합치면….”

또 다른 사람이 덧붙이려는데 옆 사람이 긁어 부스럼을 만들까 봐 황급히 그 입을 틀어막았다.

노두자가 큰 소리로 수습에 나섰다.

"친구들, 우리 모두 운이 아주 좋은가 보오. 영호 공자가 성고를 구해내기 위해 단기필마로 소림사에 쳐들어가려 하시다가, 우연히 우리를 만나 모두 이곳에 모여 있다는 말을 듣고 이렇게 상의를 하러 오셨소. 외모로 따지면 물론 도곡육선이 제일이지만…."

그의 말에 호걸들이 또다시 웃음을 터뜨리자 노두자가 손을 내저어 말리며 말을 이었다.

"하지만 소림사에 들어가 성고를 구출하는 일은 외모와는 아무 상관이 없소. 내 생각에는 영호 공자를 맹주로 받들고, 그분의 명에 따라 움직이는 것이 가장 좋을 것 같은데, 친구들은 어떻게 생각하시오?"

이 자리에 있는 사람들은 성고가 영호충 때문에 소림사에 잡혀 있다는 것을 잘 알고 있었다. 게다가 그가 하남에서 상문천과 함께 대거 몰려든 적들을 물리쳤다는 소문이 쫘하게 퍼진 지금은 그 무공 또한 어마어마하다는 것을 알게 되었으니, 아무도 이의를 제기하지 않고 우레와 같은 박수로 환영했다. 설사 영호충이 닭 한 마리 잡을 힘조차 없는 약골이었더라도 성고의 체면을 보아 그를 맹주로 받들었을 것이다.

갑자기 도화선이 불쑥 물었다.

"우리가 임 대소저를 구해내면 임 대소저가 영호충의 마누라가 되는 거 아냐?"

성고를 무척 존경하는 호걸들은 도화선의 말에 찬동하면서도 공공연히 맞장구를 칠 수가 없었다. 게다가 영호충은 더욱더 난감해 입을 꾹 다물었기 때문에 장내에는 순간적으로 침묵이 흘렀다. 도엽선이 그 침묵을 깨뜨리며 나섰다.

"맹주 노릇도 하고 예쁜 마누라까지 얻으면 영호충 혼자에게만 좋은 일 시키는 거잖아? 우리가 그 마누라를 구해주러 왔으니 맹주는 우리가 해야 해!"

"그렇지! 영호충의 실력이 우리보다 높으면 또 모르지만."

도근선의 말이 떨어지기 무섭게 도근선과 도간선, 도지선, 도실선이 우르르 달려들어 영호충의 팔다리를 잡아 번쩍 들어올렸다. 그 움직임이 너무나 빨라 영호충도 피할 겨를이 없었다. 놀란 호걸들이 비명을 질렀다.

"안 돼! 어서 내려놓아라!"

도엽선이 웃으며 말했다.

"다들 안심해. 절대 영호충을 갈가리 찢는 일은 없을 테니까. 우리 형제들이 맹주가 되는 것을 승낙하기만 하면…."

그 말이 끝나기도 전에 도근선과 도간선, 도지선, 도실선이 괴성을 지르더니 허겁지겁 영호충을 내팽개치고 물러났다.

"으악, 이… 이게 무슨 사술이야?"

사실은 도곡사선에게 팔다리를 붙잡힌 영호충이 괴상한 짓만 저지르는 그들이 자칫 무슨 일이라도 벌일까 봐 흡성대법을 펼친 것이었다. 그의 몸에 닿은 손바닥을 통해 진기가 술술 빠져나가는 것을 느낀 도곡사선은 재빨리 운기행공해 대항했지만, 그럴수록 상황이 더 나빠지자 화들짝 놀라 손을 뗄 수밖에 없었다. 그들에게서 벗어난 영호충은 허리를 쭉 펴고 천천히 일어났다.

도엽선이 어리둥절해하며 형제들을 번갈아 바라보았다.

"왜 그래?"

도근선과 도실선이 넋 나간 목소리로 대답했다.

"저… 저 영호충이 이상한 무공을 써서 잡고 있을 수가 없어."

"잡고 있을 수가 없는 것이 아니라 갑자기 잡기가 싫어진 거야."

도간선이 오기를 부렸지만, 호걸들이 입을 모아 외쳐 물었다.

"도곡육선, 이제 승복하겠소?"

도근선이 나서서 대답했다.

"영호충은 우리 형제의 친구라고. 영호충이 곧 도곡육선이고, 도곡육선이 곧 영호충이지. 영호충이 맹주가 되면 우리 도곡육선이 맹주가 되는 것과 매한가지인데 승복하지 못할 것도 없잖아?"

도화선도 옆에서 퉁을 주었다.

"세상에 자기가 자기에게 승복하는 법이 어디 있어? 그런 멍청한 질문을 하다니."

도곡육선의 표정으로 보아 영호충을 붙잡았다가 호되게 당한 것이 분명한데, 곧 죽어도 체면을 따지는 그들인지라 끝내 지지 않았다고 우기는 것뿐이었다. 그들의 성품을 잘 아는 호걸들은 자세한 내막을 모르면서도 껄껄 웃으며 환호했다.

영호충이 말했다.

"여러분, 성고를 맞이하러 가는 길에 그간 소림사에 들어갔다가 붙잡힌 친구들도 구해내야 합니다. 소림사는 무림의 태산북두와 같은 존재고, 소림 72절기는 수백 년간 명성을 떨쳐 그 어떤 문파도 그들에게 맞서지 못했습니다. 하지만 우리는 수가 많습니다. 여기 모이신 강호의 영웅 천여 명 외에도 적잖은 호걸들이 가세할 것입니다. 우리 무공은 소림사 승려나 속가 제자들보다 못하나, 열 명이 한 사람을 상대하면 분명 이길 수 있습니다."

"옳소, 옳소! 소림사 화상들이 아무리 무서워봤자 머리가 셋이고 팔이 여섯 개라도 된다오?"

사람들의 환호에 영호충은 다시 말했다.

"소림사의 대사들께서 성고를 잡아두시기는 했으나, 결코 그분을 괴롭히지는 않았습니다. 소림사 대사들은 모두 수양이 높은 고승들이시고 자비심이 깊어 세상 사람들의 존경을 받고 있습니다. 우리가 소림사를 무너뜨리면 강호의 호걸들은 우리를 가리켜 머릿수만 믿고 잔악한 행동을 하는 소인배라고 비웃을 겁니다. 그러니 제 생각에는 우선 예의를 갖춰 대화를 해보는 것이 좋을 것 같습니다. 소림사에서 한발 양보하여 성고와 다른 친구분들을 풀어준다면 싸움을 하지 않아도 되니 이보다 좋은 일이 어디 있겠습니까?"

그때 조천추가 나섰다.

"내 생각도 영호 공자의 의견과 같소이다. 무력으로 싸우면 쌍방 모두 피해가 클 것인즉, 어찌 좋은 일이라 하겠소?"

그러자 도지선이 기다렸다는 듯이 나섰다.

"내 생각은 영호 공자의 의견과 다르오이다. 무력으로 싸우지 않으면 쌍방 모두 피해가 적을 것인즉, 무슨 재미가 있겠소?"

조천추가 그를 노려보았다.

"영호 공자를 맹주로 받들고 그 명을 받기로 하지 않았소? 그러니 당연히 영호 공자의 말에 따라야 하오."

"그렇지. 그러니까 맹주를 대신해서 명을 내리는 일을 우리가 하겠다는 거야."

도곡육선이 마음먹고 고집을 피우며 논의를 방해하자, 호걸들은 머리끝까지 화가 나 칼자루에 손을 가져갔다. 영호충이 고개만 끄덕이면 당장이라도 칼을 뽑아 도곡육선을 난자해버릴 것만 같았다. 도곡육선이 아무리 무공이 강한들 수십 명의 칼을 동시에 막아낼 수는 없을 것이었다.

심상치 않은 분위기에 조천추가 중재하기 위해 나섰다.

"맹주가 무엇이오? 바로 명을 내리는 사람이라오. 영호 공자께서 직접 명을 내리시지 않는다면 어떻게 맹주라고 할 수 있겠소이까? 맹주라는 단어에 '주' 자가 들어가는 것은 주체적으로 명령을 내린다는 뜻이 담겨 있기 때문이오."

도화선이 낄낄거렸다.

"그럼 맹주에서 '주' 자를 빼고 그냥 '맹'이라고 부르면 어때?"

도엽선이 고개를 저었다.

"'맹' 자만 쓰면 보기도 흉하고 듣기도 흉해."

도간선이 끼어들었다.

"내게 아주 좋은 생각이 있어. '맹' 자만 쓰는 것이 그렇게 보기 흉하면, 아예 '맹盟' 자를 둘로 나눠 '명혈明血'이라고 하는 거야!"

도지선이 소리를 질렀다.

"틀렸어, 틀렸다고! '맹' 자를 나눴을 때 아래쪽에 있는 글자는 피 '혈血' 자가 아니야. '혈' 자에서 한 획이 빠져 있는데, 이걸 뭐라고 읽는 거지?”

도곡육선이 그릇 ‘명皿’ 자를 몰라 답을 하지 못하자, 호걸들은 톡톡히 망신을 주려고 아무도 가르쳐주지 않았다.

결국 도간선이 나섰다.

“획이 하나 빠져도 똑같아. 내가 너를 칼로 찌른다고 생각해봐. 깊이 찔러서 피가 철철 나도 피고, 형제의 정을 생각해서 깊이 찌르지 못하고 살짝 베는 바람에 피가 찔끔찔끔 흘러도 피는 피라고.”

도지선이 버럭 화를 냈다.

“칼로 나를 찌른다고? 어차피 찌르는 거라면 깊게 찌르든 살짝 베든 형제의 정을 생각했다고는 할 수 없는 거야. 무엇 때문에 나를 찌르겠다는 거지?”

“정말 찌른 것도 아니잖아. 지금은 칼도 없어.”

“칼이 있으면?”

두 사람의 대화가 점점 더 이상하게 흐르자 호걸들은 참지 못하고 호통을 쳤다.

“조용히 좀 하시오. 맹주께서 말씀하시지 않소!”

도지선이 불퉁거렸다.

“말씀을 하면 하는 거지, 조용히 할 건 또 뭐람?”

영호충이 목청을 돋워 외쳤다.

“여러분, 12월 15일까지는 열이레가 남아 있으니, 천천히 길을 가면 때맞춰 숭산에 도착할 수 있습니다. 비밀스러운 일도 아니니 차라리 깃발을 높이 세우고 크게 떠들면서 움직입시다. 내일 천을 사와서 깃발을 만드십시오. 깃발에는 ‘강호의 호걸들이 부처님께 참배하고,

고승을 배알하고, 임 낭자를 모시기 위해 소림으로 떠나노라'라고 큼직하게 쓰십시오. '성고'가 아니라 '임 낭자'라고 써야 합니다. 북도 몇 개 사와서 가는 길에 북을 치며 기세를 올리십시오. 그 소리를 들으면 소림사 제자들도 필시 간담이 서늘해질 겁니다."

이 자리에 모인 호걸들은 십중팔구 떠들썩한 일을 좋아하는 성미였기 때문에 그의 제안을 몹시 반가워하며 골짜기가 떠나가라 환호성을 질렀다. 개중에는 노련하고 신중한 사람도 몇 명 있었지만, 신이 나서 떠드는 사람들을 보자 이러쿵저러쿵하지 않고 수염을 쓰다듬으며 미소를 지었다.

다음 날 아침, 영호충은 조천추와 계무시, 노두자에게 사람들을 데리고 가서 깃발과 북을 구해오게 했다. 정오쯤 되자 새하얀 천으로 만든 커다란 깃발 수십 개가 완성되었지만, 북은 겨우 두 개밖에 구하지 못했다. 영호충은 아랑곳하지 않고 말했다.

"곧바로 떠납시다. 북은 지나는 마을에서 더 사들이면 됩니다."

이렇게 해서 방문좌도의 호걸들은 북소리에 맞춰 고함을 지르며 대오를 이뤄 북쪽으로 길을 나섰다.

항산파가 선하령에서 적의 습격을 받은 일로 깨달은 것이 많았던 영호충은 계무시와 상의해, 일곱 방파를 척후로 보내 둘은 최전방을 감시하고, 넷은 좌우측을 보호하고, 나머지 하나는 후미에서 접응하도록 진형을 짰다. 그리고 한수의 신오방神烏幫에는 소식을 전달하는 역할을 맡겼다. 신오방은 호북성 북부에서 하남성 남부까지 두루 세력을 뻗고 있어, 그 일대에서는 바람에 풀잎 흔들리는 소리마저 놓치지 않을 만큼 소식이 빨랐기 때문이었다.

영호충이 조리 있게 대오를 구성하는 것을 본 호걸들은 깊이 탄복해 기꺼이 그 명을 따랐다. 물론 도곡육선은 예외였다.

그렇게 며칠을 행군하는 동안 수많은 호걸들이 합류했다. 깃발과 북이 늘어난 것은 물론이고 징까지 갖춰져, 3천 명이 넘는 호걸들이 둥둥둥 쟁쟁쟁 하는 요란스러운 소리와 함께 떠들썩하게 소림사로 진군했다.

무당산 기슭에 이르렀을 때 영호충이 말했다.

"무당파는 무림에서 둘째가는 큰 문파고 소림과 못지않은 명성을 얻고 있습니다. 소림파와 얼굴 붉히지 않고 성고를 영접하는 것이 우리의 목적이니, 무당파와는 더더욱 시비 붙을 까닭이 없지요. 무당파 장문인이신 충허冲虛 도장을 존중하는 뜻으로 무당산을 돌아서 가는 것이 어떻겠습니까?"

노두자가 제일 먼저 말했다.

"영호 공자께서 그리 말씀하신다면 따라야지요. 저희야 성고를 무사히 모실 수만 있다면 만족합니다. 쓸데없이 싸움을 벌여 강적을 만들 필요가 없지요. 더욱이 성고를 모시기가 어렵다면 무당산을 짓밟은들 무슨 의미가 있겠습니까?"

"좋습니다! 지금부터는 깃발을 내리고 북도 치우라고 전하십시오. 조용히 동쪽으로 방향을 돌리겠습니다."

호걸들은 북 두드리는 것을 멈추고 동쪽으로 길을 틀었다.

그렇게 얼마쯤 가자 맞은편에서 누군가 나귀를 타고 느릿느릿 걸어오는 것이 보였다. 나귀 뒤로는 시골 농부처럼 보이는 사람 둘이 따랐는데, 그중 한 명은 산나물 바구니를 들었고, 다른 한 명은 장작 지게를 지고 있었다. 나귀 등에 탄 사람은 허리가 굽은 노인으로, 여기저기 기운 옷을 걸치고 쿨럭쿨럭 쉼 없이 기침을 했다. 수많은 호걸들이 무기를 움켜쥐고 시끌벅적하게 걸어오는 광경을 보면 길 가던 사람들은 대부분 그 기세에 눌려 재빨리 옆으로 비켜서곤 했는데, 이들 세 사람은 앞이 잘 보이지 않는지 피할 생각은 않고 호걸들을 향해 똑바로 걸어오기만 했다.

"어이, 뭐 하는 거야?"

도근선이 대뜸 소리를 지르며 주먹을 내지르자, 나귀는 구슬픈 비명을 지르며 바닥에 나뒹굴었다. 나귀 다리가 우두둑 소리를 내며 부러지고, 등에 탄 노인도 땅에 떨어져 데굴데굴 굴렀다.

그 모습을 본 영호충은 미안한 마음에 황급히 달려가 노인을 부축했다.

"정말 죄송하게 되었습니다. 괜찮으십니까?"

노인은 웅얼웅얼 대답했다.

"이… 이 무슨 날벼락인고? 나처럼 가난한 사람에게 무어 빼앗을 것이 있다고…."

뒤따르던 농부들이 들고 있던 것을 내려놓고 잔뜩 화난 얼굴로 두 손을 허리에 척 올렸다. 산나물 바구니를 들었던 남자가 씩씩거리며 말했다.

"이곳이 무당산인 것을 모르오? 대체 뭐 하는 자들이기에 감히 이곳에서 행패를 부리는 것이오?"

도근선이 피식 웃었다.

"무당산이면 뭐가 어때서?"

"이 무당산 기슭에 사는 사람들은 하나같이 무공을 할 줄 아오. 타지인들이 죽을 줄도 모르고 행패를 부리다간 큰코다칠 거요!"

비쩍 마른 몸에 누리끼리한 얼굴을 하고도 무공을 할 줄 안다며 기세등등하게 나오는 그를 보자 수십 명이나 되는 호걸들이 껄껄 웃음을 터뜨렸다. 도화선도 그중 한 사람이었다.

"너도 무공을 할 줄 알아?"

"무당산에는 세 살 먹은 어린아이도 주먹질을 하고, 다섯 살만 되면 검을 쓸 줄 아는데, 그 무슨 말이오?"

도화선은 장작 지게를 졌던 남자를 가리켰다.

"저 사람은 어때? 저 사람도 검을 쓸 줄 알아?"

그 사람이 더듬더듬 대답했다.

"그게… 나는… 어렸을 때 몇 달 배우기는 했지만 연습을 그만둔 지가 수십 년째라 거의… 거의 잊었소."

산나물 바구니를 들었던 남자가 고개를 저으며 도화선에게 말했다.

"무당파의 무공은 천하제일이오! 겨우 몇 달 배웠다지만 당신은 상대가 못 되오."

도화선은 낄낄 웃으며 대답했다.

"그렇게 대단하면 어디 몇 수 보여줘."

"보여줘도 당신들은 모를 텐데…."

호걸들이 왁자그르르 웃음을 터뜨리며 소리쳤다.

"몰라도 어디 한번 보자!"

"으음, 그렇다면 보여주겠소. 기억이 나려나…? 검이 있으면 좀 빌려주시오."

장작 지게를 졌던 남자가 말하자 누군가 낄낄 웃으며 검을 건넸다. 그 남자는 메마른 논으로 나아가 이쪽저쪽 검을 찌르는가 싶더니 기억이 나지 않는지 머리를 긁적이다가 다시 이리저리 검을 흔들었다. 규칙도 없이 아무렇게나 검을 부리는 그 엉성한 모습에 호걸들은 배꼽을 잡고 폭소를 터뜨렸다.

산나물 바구니를 들었던 남자가 끼어들었다.

"무엇이 그리 우습소? 이리 주시오, 내가 해볼 테니."

그는 검을 받아들고 제멋대로 찔러대기 시작했다. 동작은 빨랐지만 규칙이 없기는 매한가지여서 도리어 발광하는 미치광이 같았다. 사람들은 더욱더 큰 소리로 웃어댔다.

영호충도 처음에는 뒷짐 지고 빙그레 웃으며 구경했지만, 10여 초가 지나자 놀란 듯이 눈이 휘둥그레졌다. 한 사람은 동작이 느릿느릿하고 다른 한 사람은 번개처럼 빨랐지만, 그들이 펼치는 검법에서는 허점을 거의 찾아볼 수 없었다. 외양이나 자세가 우스꽝스러운 것은 사실이나 초식은 소박하면서도 힘이 있고, 겉으로는 과히 위력적이지 않아 보여도 속에 강력한 힘이 갈무리되어 있었다. 결코 보통 솜씨가 아니었다. 그는 재빨리 앞으로 나아가 두 손을 포개 올리며 말했다.

"두 분 선배님의 고명한 초식을 보게 되어 참으로 영광입니다."

진심이 담긴 목소리였다. 두 남자는 검을 거뒀고, 그중 장작 지게 졌던 남자가 그를 응시하며 물었다.

"젊은이, 자네가 우리 검법을 이해했다, 이 말인가?"

"이해라니, 당치 않습니다. 이토록 심오한 두 분의 검법을 두고 어찌 감히 이해한다는 말을 입에 담을 수 있겠습니까? 무당파 검법이 천하에 명성을 떨친다 하더니, 과연 놀랍기 그지없습니다."

산나물 바구니 들었던 남자가 물었다.

"자네, 이름이 무언가?"

영호충이 대답하기 전에 호걸들이 먼저 소리를 질렀다.

"자네라니, 지금 누구더러 자네라고 하는 거야?"

"이분은 우리 맹주이신 영호 공자시다!"

"이봐, 시골뜨기! 말 좀 가려서 해!"

장작 지게 졌던 남자는 고개를 갸웃했다.

"뭐라고? 영호 고자? 어이쿠, 어쩌자고 그렇게 흉측한 이름을 쓰는가?"

영호충이 포권을 하며 말했다.

"이 영호충, 무당의 신묘한 검법에 크게 탄복했습니다. 훗날 반드시 무당산을 찾아 충허 도장께 존경의 뜻을 표하겠습니다. 한데 두 분의 존성대명은 어찌 되시는지요?"

산나물 바구니 들었던 남자가 가래침을 탁 뱉으며 말했다.

"그나저나 시끄럽게 북을 쳐대며 떼거리로 몰려다니는데, 큰 초상이라도 났는가?"

그들 두 사람을 무당파 고수라고 생각한 영호충은 공손하게 허리를 숙이며 대답했다.

"저희 친구가 소림사에 구류되어, 방증 방장께 자비를 베풀어 그 친구를 풀어달라 부탁드리러 가는 길입니다."

"흠, 초상이 난 것도 아니었군! 아무튼 자네 친구들이 해친 우리 아저씨의 나귀는 어찌할 건가? 보상을 해줄 텐가, 안 해줄 텐가?"

영호충은 일행이 가진 준마 세 필을 가리켰다.

"비록 선배님의 나귀에 미치지는 못하겠지만, 이 말 세 마리를 드릴 테니 타고 가십시오. 선배님이신 줄도 모르고 소란을 피웠으니 부디 용서해주시기 바랍니다."

이 말과 함께 그는 말 세 필의 고삐를 건넸다. 그가 이렇게까지 나오자 호걸들도 진심이라는 것을 알고 어리둥절해했다.

산나물 바구니 들었던 남자가 배짱 좋게 말했다.

"자네, 이 검법이 뛰어나다는 것을 알았다면 한번 겨뤄보고 싶지 않은가?"

"저는 두 분의 적수가 못 됩니다."

"자네야 내빼고 싶겠지만 나는 다르다네."

장작 지게 졌던 남자가 검을 비뚜름하게 내밀며 영호충을 찔러왔다. 엉성해 보여도 영호충의 요혈 아홉 군데를 단숨에 노리는 정묘한 수법이었다.

"멋지군요!"

영호충은 이렇게 감탄하며 검을 뽑아 반격했다. 남자가 허공에 대고 검을 마구 휘젓자, 영호충도 검을 홱 돌려 허공을 찔렀다. 순식간에 일고여덟 번이나 검이 왔다갔다 했지만 양쪽 모두 매번 허공만 찌르고 단 한 차례도 부딪치지 않았다. 그런데도 불구하고 남자는 한 발 한 발 뒤로 물러났다.

"허허, 영호 고자가 제법 솜씨가 있구먼!"

산나물 바구니 들었던 남자가 외치더니 마구잡이로 검을 휘두르며 끼어들었다. 눈 깜짝할 사이에 검이 스무 번이나 날아들었지만, 한결

같이 영호충의 몸에서 일곱 자 정도 비껴나갔다.

영호충은 검 한 자루로 장작 지게 졌던 남자와 산나물 바구니 들었던 남자를 번갈아가며 찔렀지만, 그의 검 역시 상대방의 몸에서 일곱 자 정도 남겨두고 방향을 돌리곤 했다. 그러나 상대방은 바짝 긴장한 얼굴로 홀쩍 몸을 날려 피하거나 검을 마구 휘둘러 막기 바빴다.

그 광경을 바라보는 호걸들은 저마다 어리벙벙한 표정이었다. 영호충의 검이 몸에 닿지도 않았고, 하다못해 힘이 넘쳐 바람이 씽씽 일거나 싸늘한 검기가 피부를 찌르는 것도 아닌데 왜 저렇게 전전긍긍하며 막아내기 바쁜지 도무지 이해할 수가 없었다. 물론 저 두 사람이 심오한 무공을 지닌 고수라는 사실은 분명했다. 한 사람은 너무 굼뜨고 다른 한 사람은 너무 발발거리기는 했지만, 공격을 피하거나 막을 때의 움직임은 가볍고 안정적이면서도 집중력이 강해, 조금도 우스꽝스럽게 느껴지지 않았던 것이다.

그때 두 사람이 약속이나 한 듯 소리를 지르더니 검법을 완전히 바꿨다. 장작 지게 졌던 남자는 검을 넓은 반경으로 휘두르며 웅후한 힘을 쏟아냈고, 산나물 바구니 들었던 남자는 빠르게 나아가고 물러나면서 허공에 점점이 별을 뿌리듯 검을 찔러댔다. 영호충은 검을 비스듬히 위로 올린 채 꼼짝도 하지 않고 두 사람에게 번갈아 시선을 던지기만 했다. 그의 시선이 닿으면, 두 사람은 재빨리 초식을 바꾸거나, 소리를 지르면서 물러나거나, 혹은 공격을 거두고 재빨리 수비를 하곤 했다.

계무시와 노두자, 조천추같이 무공이 높은 사람들은 차츰차츰 그 의미를 깨닫기 시작했다. 두 사람이 재빨리 피하거나 수비를 하는 까닭은 영호충의 시선이 향하는 곳이 곧 그들의 허점이었기 때문이었다.

장작 지게 졌던 남자가 검을 내리치려는 듯 쳐올리면 영호충은 그의 아랫배에 자리한 상곡혈商曲穴을 바라보았고, 그러면 남자는 초식이 끝나기도 전에 재빨리 검을 거둬 상곡혈을 수비했다. 산나물 바구니 들었던 남자가 영호충을 향해 잇달아 검을 찌르려고 하면 영호충은 왼쪽 뺨에 있는 천정혈天鼎穴로 시선을 던졌고, 그러면 남자는 황급히 고개를 숙여 검으로 하릴없이 논바닥을 찔렀다. 마치 영호충의 눈빛이 암기라도 되는 것처럼 어떻게든 그 눈빛이 천정혈에 닿지 않도록 숨기려고 애쓰는 모양새였다.

그렇게 시간이 흐르자 두 사람의 몸에서는 식은땀이 뻘뻘 흘러 저고리와 바지가 축축하게 젖었다.

그때껏 아무 말도 없이 지켜만 보던 나귀 탔던 노인이 갑자기 '어험' 하고 헛기침을 하며 나섰다.

"놀랍군, 놀라워! 너희는 그만 물러나거라."

"예!"

두 남자는 입을 모아 대답했지만, 영호충의 눈동자가 여전히 이리저리 움직이며 급소를 노리자 곧바로 멈추지 못하고 검을 춤추듯이 휘두르며 한 걸음 한 걸음 뒤로 물러섰다. 그들이 끝끝내 영호충의 시선을 뿌리치지 못하자 노인이 말했다.

"훌륭한 검법이구먼! 영호 공자, 이 늙은이에게도 한 수 가르쳐주시게."

"당치 않은 말씀입니다."

영호충은 그렇게 말하며 돌아서서 노인을 향해 예를 갖췄다.

그제야 몸을 바짝 옭아매는 영호충의 시선에서 벗어난 두 사람은 획획 몸을 날려 날개를 활짝 편 새처럼 몇 장 밖으로 유유히 날아갔다. 그 모습을 본 호걸들이 저도 모르게 갈채를 보냈다. 두 사람의 검법은 이해하기가 쉽지 않았지만, 이 움직임은 거리나 신법의 우아함으로 보아 상승의 무공이라는 것을 누구나 알아볼 수 있었다.

　노인은 그 반응에 아랑곳하지 않고 영호충에게 말했다.

　"영호 공자의 배려 덕분에 살아남은 줄 알거라. 정말로 싸웠다면 너희 몸에는 100개가 넘는 구멍이 뚫렸을 터, 마음대로 검법을 펼치지도 못했을 것이다. 무엇 하느냐, 어서 와서 감사 인사를 드리지 않고?"

　두 사람은 다시 훌쩍 날아와 허리를 바짝 숙였다. 산나물 바구니 들었던 남자가 말했다.

　"오늘에서야 뛰는 자 위에 나는 자가 있다는 사실을 깨달았습니다. 공자의 뛰어난 검법은 실로 세상에서 그 짝을 찾아보기 힘들 것입니다. 조금 전의 무례한 언사를 용서해주십시오."

　영호충도 두 손을 포개며 마주 예를 갖췄다.

　"무당파의 검법은 참으로 신묘합니다. 두 분의 초식은 음과 양, 강함과 부드러움이 적절히 배합되어 있더군요. 혹 이것이 태극검법太極劍法입니까?"

　"부끄럽기 짝이 없습니다. 이 검법은 양의검법兩儀劍法이라 하는데, 아직 음과 양을 하나로 합치지는 못했습니다."

　"저는 방관자의 입장에서 보았기 때문에 검법의 심오함을 어찌어찌 알아낼 수 있었을 뿐입니다. 실제로 겨뤘다면 파고들 틈을 찾아내지도 못했을 겁니다."

노인이 설레설레 고개를 저으며 말했다.

"어찌 그리 겸양을 하시는가? 공자가 바라본 곳은 확실히 양의검법 매 초식의 약점이었다네. 휴우… 이 검법은….”

노인은 한참 동안 고개를 가로젓다가 비로소 말을 이었다.

"50년 전 무당파의 선배 두 분께서 수십 년간 심혈을 기울여 창안하신 것이 바로 이 검법이라네. 음과 양이 적절히 배합되고 강함과 부드러움을 두루 갖춘 검법이라 자부하셨건만… 휴우!”

말없이 한숨만 내쉬는 모습을 보니, 자부하던 검법도 검술의 고수 앞에서는 아무 소용없다는 사실에 맥이 빠진 모양이었다.

영호충이 공손하게 말했다.

"두 분의 검술이 이토록 정묘하시니, 충허 도장이나 다른 무당파 고수분들의 무공은 보통 사람은 헤아리기도 어려울 것입니다. 어쩌다 보니 무당산을 지나게 되었으나 급한 일이 있어 충허 도장께 인사를 올리지 못해 송구합니다. 이번 일이 끝나면 진무관眞武觀을 찾아 진무대제와 충허 도장께 절을 올려 사죄드리겠습니다.”

본디 다소 오만한 편인 영호충이지만, 방금 본 두 사람의 검법에서 허점을 찾아냈다고는 해도 검법 자체에 신묘한 부분이 많았기에 마음속 깊이 감탄해마지않던 차였다. 그런데 무당파의 일류고수가 분명한 이 노인이 몹시 안타까워하자 진심으로 이렇게 위로한 것이다.

노인은 고개를 끄덕였다.

"젊은 나이에 절기를 익히고도 오만하지 않으니 보기 드문 품성이구먼. 영호 공자, 혹시 화산파 풍청양 선배께 가르침을 받은 적이 있으신가?”

영호충은 깜짝 놀랐다.

'보는 눈이 날카로운 분이구나. 단박에 내 검법을 파악하시다니. 풍 태사숙의 행적을 밝히지 않겠다고 약속했지만 이렇게 직접적으로 물어보시니 거짓말을 할 수는 없지.'

그는 고개를 끄덕이며 조용히 말했다.

"운 좋게도 풍 태사숙님의 검술을 털끝만큼 익힌 적이 있습니다."

명확히 가르침을 받았다고 하지 않고 애매모호하게 얼버무린 것이었다.

노인은 빙그레 웃었다.

"털끝만큼이라! 허허허, 풍 노선배의 검술은 털끝만큼만 익혀도 그토록 대단해지는 모양이지?"

노인이 장작 지게 졌던 남자에게서 검을 건네받아 왼손에 쥐며 말했다.

"허면 그 털끝만큼 익힌 풍 노선배의 검술을 한번 보여주시게!"

영호충은 허리를 숙였다.

"어찌 감히 선배님과 검을 겨루겠습니까?"

노인은 또다시 빙그레 웃더니, 오른쪽으로 천천히 몸을 돌려 왼손에 든 검을 가슴 앞에 눕히고 양손 손바닥을 마주보게 해 둥그렇게 원을 이뤘다. 검을 찌르기도 전에 무궁무진한 힘이 요동치는 것을 본 영호충은 정신을 바짝 차렸다. 노인이 서서히 검을 앞으로 내밀어 허공에 호를 그리자, 서늘한 한기가 엄습해 반격하지 않고서는 버틸 수가 없게 되었다.

"실례하겠습니다!"

영호충은 어쩔 수 없이 이렇게 외치며 검을 들었다. 아직은 이 초식의 허점을 찾아내지 못했기 때문에 검은 빈 허공을 찔러들어갔다.

그 순간 노인이 검을 오른손으로 넘겨쥐었고, 검은 한광을 뿌리며 영호충의 목으로 날아들었다. 그 움직임이 상상도 못할 정도로 빨라 호걸들은 반사적으로 비명을 질렀다. 하지만 노인이 움직이는 순간 옆구리에서 빈틈을 발견한 영호충은 재빨리 그쪽으로 검을 돌려 옆구리 아래의 연액혈淵液穴을 찔렀다.

노인은 검을 곧추세웠다. 쩡하는 소리와 함께 두 검이 부딪쳤고, 두 사람은 각기 한 걸음씩 물러났다. 영호충의 오른쪽 어깨는 상대방의 검에서 흘러나온 힘에 마비된 것처럼 얼얼하게 떨렸고, 노인은 놀란 얼굴로 탄성을 질렀다.

노인은 또다시 검을 왼손으로 넘긴 뒤 검끝을 빙글빙글 돌려 원 두 개를 그렸다. 검에서 끊임없이 쏟아지는 검기가 빈틈없이 몸을 보호하는 것을 보자, 영호충은 속으로 놀라움을 금치 못했다.

'저렇게 빈틈 하나 없는 초식은 지금껏 본 적이 없어. 저 상태에서 공격을 해온다면 어떻게 깨뜨린다? 임아행 선배님의 검법은 저 노인의 검법보다 강하다고 할 수 있지만 초식마다 허점이 있었지. 그런데 세상에 허점이 없는 검법이 있다니?'

이렇게 생각하자 부쩍 두려워져 이마에 땀이 송골송골 맺혔다.

노인이 오른손으로 검결을 짚자 왼손에 든 검이 파르르 떨리다가 느닷없이 똑바로 찔러들어왔다. 검이 파르르 떨리고 있었기 때문에 어느 쪽을 공격하는지 파악하기가 쉽지 않았다. 노인의 초식은 단숨에 영호충의 요혈 일곱 군데를 장악했지만, 바로 그 순간 허점 세 군데가 드러났다. 한 곳만 찔러도 충분히 목숨을 앗을 수 있는 급소였다.

'역시 그랬군. 수비는 완벽하지만 공격할 때는 허점이 생길 수밖에 없겠지.'

영호충은 겨우 마음이 놓여 자신 있게 노인의 왼쪽 눈썹을 향해 검을 내밀었다. 노인이 이대로 검을 찔러오면 영호충의 검이 먼저 그 이마를 찌를 것이고, 그다음에 재차 영호충을 찌르려 해도 한발 늦을 수밖에 없었다.

예상대로 노인은 초식을 강행하지 않고 검을 돌렸다. 그런데 별안간 영호충의 눈앞에 크기와 모양이 각기 다른 새하얀 빛무리들이 나타났다. 번쩍거리며 빛을 발하는 빛무리에 눈앞이 어지러워진 영호충은 검을 거둬 빛무리를 힘껏 찔렀다. 쩡하는 굉음과 함께 두 자루의 검이 다시 한번 충돌하자 영호충의 팔이 부르르 떨렸다.

노인의 검이 만들어내는 빛무리는 점점 늘어나, 그의 몸은 곧 헤아릴 수 없이 많은 빛무리에 둘러싸였다. 하나가 사라지기도 전에 다른 하나가 생겨날 정도로 검의 움직임은 몹시 빨랐지만, 날카로운 금속성도, 공기를 가르는 파공성도 들리지 않았다. 노인의 검기가 부드러우면서도 강한 입신의 경지에 이르렀음을 알 수 있는 장면이었다.

노인이 수세를 취하자 아무리 보고 또 보아도 허점이라고는 찾아볼 수 없었다. 더욱이 검끝이 빚어낸 빛의 장막이 서서히 움직이기 시작해 수천수백의 빛무리가 마치 파도처럼 영호충을 향해 출렁출렁 밀려들기 시작했다. 노인은 초식 하나하나로 공격하는 것이 아니라, 수십 초의 검법으로 수비벽을 쌓아올리고 그것으로 공격을 퍼부었다. 아무리 영호충이라도 이런 공격을 막아낼 방도가 없어 주춤주춤 뒤로 물러날 수밖에 없었다.

그가 한 걸음 물러서면 빛무리는 이때다 하며 한 걸음 다가와 바짝 몰아붙였고, 그 때문에 영호충은 순식간에 일곱 걸음이나 물러나야 했다.

맹주가 불리해지자 호걸들은 숨을 죽이고 손에 땀을 쥔 채 지켜보았다. 그때 도근선이 긴장된 분위기를 깨뜨리며 불쑥 외쳤다.

"저게 무슨 검법이람? 어린아이들처럼 동그라미나 그리는 건 나도 할 수 있다고."

도화선도 질세라 끼어들었다.

"나도, 나도. 동그라미라면 내가 저 노인네보다 더 잘 그릴걸."

도지선이 소리쳤다.

"영호 형제, 겁내지 마. 네가 지면 우리가 저 노인네를 갈기갈기 찢어서 화풀이를 해줄게."

도엽선이 퉁을 주었다.

"그 말은 틀렸어. 일단, 영호충은 영호 형제가 아니라 영호 맹주야. 그리고 영호충이 겁을 내는지 네가 어떻게 알아?"

"영호충이 맹주라고 해도 나이는 나보다 어려. 아무려면 맹주가 되었다고 나이도 더 먹을까? 맹주가 되면 영호 형제가 영호 형님, 영호 아저씨, 영호 할아버지라도 된단 말이야?"

영호충이 연신 뒷걸음질치는 것을 보며 마음 졸이던 호걸들은 도곡육선의 입씨름에 짜증이 치밀었다. 그때 영호충의 왼발이 조그만 물웅덩이를 밟아서 퍽 소리가 났다. 영호충은 퍼뜩 정신이 들었다.

'풍 태사숙께서는 천하의 무공은 천변만화하나 그 심오함을 깨우치는 것은 마음에 달렸다고 하셨어. 상대방의 초식이 아무리 정묘하고 뛰어나더라도 초식이 있는 한 반드시 허점이 있기 마련이야. 독고 대협께서 남기신 이 검법이 천하무적이라 일컬어진 까닭은 상대방의 초식에서 허점을 찾아냈기 때문이지. 저 선배님의 검법에는 허점이 전혀 없는 것 같지만, 사실은 내가 그 허점을 찾아내지 못한 거야. 허점이 없는 것이 아니라 내가 모르는 것뿐이야.'

그는 다시 몇 걸음 물러서며 노인의 검이 만들어내는 빛무리를 뚫어지게 응시했다.

'저 빛무리 한가운데가 약점일지도 모르겠군. 하지만 이 생각이 틀렸다면 그쪽으로 검을 찔러 저 선배님의 검에 부딪치는 순간 팔이 잘려나가겠지. 다행히 이런 공격으로는 나를 압박할 수는 있을망정 목숨을 취하기는 쉽지 않을 거야. 그렇다고 해서 계속 밀리기만 하면 결국은 패하겠지. 여기서 패하면 모두들 기가 꺾이고 낙심할 텐데 무슨 수로 소림사에 쳐들어가 영영을 구해내겠어?'

영영의 깊은 정과 의리를 떠올리자, 그녀를 위해서라면 팔 하나쯤 잘리는 것도 아깝지 않다는 생각이 들었다. 아니, 오히려 그녀를 위해 팔 하나를 잃어버리는 것이 더 기쁠 것 같기도 했다. 그간의 무정함을 보상하는 뜻으로 한쪽 팔을 못 쓰게 되는 것도 나쁘지 않았다.

이런 생각을 하자 영호충은 노인이 자신의 팔을 잘라버리기를 갈망하며 팔을 쭉 뻗어 빛무리의 한가운데를 찔러들어갔다.

쩡하는 굉음이 터지는 것과 동시에 영호충은 기혈이 뒤집히고 가슴이 벌렁거리는 것을 느꼈다. 두려움과 불안함을 안고 바라보았지만 팔은 멀쩡했다.

노인은 두어 걸음 물러나 검을 거두더니 이상야릇한 표정을 지었다. 놀라움과 부끄러움이 뒤섞이고 안타까움도 옅게 묻어 있는 표정이었다. 한참 후에야 비로소 그가 입을 열었다.

"영호 공자는 고명한 검법뿐 아니라 놀라운 담력과 식견도 갖췄구먼. 참으로 탄복을 금할 수 없네!"

그제야 영호충도 방금 한 모험이 상대방의 허점을 제대로 찔렀다는 것을 알아차렸다. 노인의 검법이 너무나도 높아 빛무리의 한가운데가 가장 위험한 곳임에도 불구하고 그 속에 허점을 숨겨둔 것이었다. 천하의 수많은 검객들 가운데 위험을 무릅쓰고 그곳을 공격하는 사람은 단 한 명도 없었다 해도 과언이 아니었다.

모험이 성공하자 영호충은 속으로 안도의 숨을 쉬었다.

'휴우, 내가 운이 좋았구나!'

등줄기를 타고 흘러내리는 땀을 고스란히 느끼며, 그는 노인을 향해 허리를 숙였다.

"선배님의 신통한 검법을 가르침 받은 덕분에 많은 것을 깨달았습니다."

결코 인사치레로 하는 말이 아니었다. 이번 싸움은 그의 무공이 진일보하는 데 큰 도움을 주었고, 적의 초식에서 가장 강한 부분이 곧 가장 약한 부분이라는 사실과 가장 강한 곳을 깨뜨리면 나머지는 자연스럽게 무너진다는 사실을 깨닫게 해주었던 것이다.

영호충이 용기를 내 빛무리의 한가운데를 찌르는 순간 노인은 더 이상 싸울 필요가 없다는 사실을 알고 검을 거뒀다. 그는 한참 동안 영호충을 응시하다가 말했다.

"영호 공자, 이 늙은이가 할 말이 있네."

"예, 말씀하십시오. 귀 기울여 듣겠습니다."

노인은 산나물 바구니 들었던 남자에게 검을 건네고 동쪽으로 걸음을 옮겼다. 영호충도 검을 바닥에 내려놓고 뒤를 따랐다. 호걸들로부터 수십 장 떨어진 커다란 나무에 이르자, 노인은 걸음을 멈추고 나무 그늘 아래 앉았다. 사방이 훤히 트여 호걸들도 두 사람의 모습을 볼 수 있었지만 거리가 멀어 대화를 들을 수는 없었다.

노인은 나무 옆에 있는 둥근 돌을 가리키며 말했다.

"앉아서 이야기하세나."

영호충이 자리에 앉자 노인이 천천히 입을 열었다.

"영호 공자, 요즘 젊은이들 가운데 공자와 같은 인재는 찾아보기 힘들다네."

"아닙니다. 저는 행실이 단정하지 못하기로 유명한 몸입니다. 사문에서도 쫓겨난 제가 어찌 그런 칭찬을 들을 수 있겠습니까?"

노인은 고개를 저었다.

"우리같이 무학을 익힌 사람들은 가슴에 손을 얹어 한 점 부끄러움이 없도록 정정당당하게 행동해야 하네. 공자의 행동은 대담하고 인습에 얽매이지 않아 제멋대로일 때도 있지만, 남아대장부로서의 기개는 잃지 않았지. 내 남몰래 사람을 시켜 탐문해보았지만 공자가 악행을 저질렀다는 증거는 없었다네. 강호에 떠도는 소문이란 본시 믿을 것이 못 되지."

노인이 이렇게 말하자 영호충은 감격해 코끝이 시큰했다.

'이분은 무당파에서 높은 지위에 계신 선배님이 분명하구나. 그렇

지 않고서야 남몰래 사람을 보내 내 행적을 조사하셨을 리가 없어.'

이렇게 생각한 그는 벌떡 일어나 공손하게 예의를 갖췄다. 노인이 손을 내저으며 말했다.

"앉으시게나, 어서 앉으래도! 한창때에 호기를 부리는 것은 어찌 보면 당연한 일일세. 악 선생께서 외양은 온화하나 도량은 그리 넓지 못해서…."

"은사께서는 제게 있어 친부모와 다름없는 분입니다. 그분에 대한 비난은 차마 들을 수가 없습니다."

영호충이 이렇게 말하자 노인은 빙그레 웃었다.

"근본은 잊지 않은 모양이니 더 잘되었네. 이 늙은이가 실언을 했다 생각하시게."

이렇게 말한 노인은 새삼 진지한 표정을 지으며 물었다.

"흡성대법을 익힌 지는 얼마나 되었는가?"

"반년 전에 우연히 익히게 되었는데, 그때만 해도 이것이 흡성대법인지 몰랐습니다."

노인은 고개를 끄덕였다.

"그랬구먼! 공자의 검과 세 번 부딪칠 때마다 이 늙은이의 진기가 빨려나가는 것은 느꼈네만, 공자가 세상에 해를 끼치는 그 요사한 술법을 즐겨하지 않는다는 것도 알 수 있었지. 내 충고 하나 할까 하는데… 들어주시겠는가?"

영호충은 황공해 어쩔 줄 몰라 하며 허리를 숙였다.

"선배님의 금쪽같은 말씀, 깊이 새기겠습니다."

"흡성대법은 적을 맞아 싸울 때는 몹시 위력적이지만, 그 무공을 익힌 사람에게는 크나큰 해를 끼친다네. 공력이 깊어질수록 그 피해는 더욱 커지네. 공자는 지금 낭떠러지에 서 있는 것처럼 위태위태한 상태일세. 그 요사한 술법을 완전히 버릴 수만 있다면 더없이 좋겠으나, 그러지 못한다 해도 수련은 여기서 멈춰야 하네."

영호충도 임아행의 입을 통해 흡성대법을 수련하면 크나큰 후환이 따른다는 이야기를 들었기 때문에 그 말이 거짓이 아님을 잘 알았다. 당시 임아행은 마교에 들어오면 그 해결책을 알려주겠다고 구슬렸지만 그는 강력히 거절했다.

"선배님의 가르침은 결코 잊지 않겠습니다. 이 무공이 올바르지 않다는 것도 잘 알기에 이미 이것으로 누군가를 해치지는 않겠노라 결심했습니다만, 익힌 이상 쓰지 않겠다 생각해도 마음대로 되지 않는군요."

노인은 고개를 끄덕였다.

"내가 알아본 바도 공자의 말과 같았네. 물론 말처럼 쉬운 일은 아니네만, 보통 사람이 하지 못하는 일을 해내는 것이야말로 영웅호걸의 본색이 아니겠는가? 소림사의 비급《역근경》에는 절기가 있는데, 들어보셨는가?"

"예. 무림을 통틀어 지고무상의 내공이며, 소림파의 최고위에 있는 고승이나 대사들도 모두 전수받지는 못했다 들었습니다."

"공자가 저 사람들을 이끌고 소림사로 가봤자 좋을 것이 전혀 없네. 어느 쪽이 승자가 되든 쌍방의 고수들이 크게 꺾일 터인데 어찌 무림의 복이라 할 수 있겠는가? 이 늙은이가 비록 힘은 없지만, 기꺼이 중개자 노릇을 해보려 하네. 소림 방장께서 자비를 베풀어 공자에게《역근경》을 전수해준다면 공자는 저들을 설득해 조용히 물러나도록 해주시게. 그렇게만 된다면 크나큰 화가 씻은 듯이 사라질 것인즉, 공자의 뜻은 어떠신가?"

"그러면 소림사에 억류된 임 소저는 어찌 됩니까?"

"임 소저는 소림파 제자 네 명을 살해했고, 강호에 평지풍파를 일으켜 큰 해를 끼친 사람일세. 방증 대사께서 임 소저를 억류한 것은 사사로운 원한을 갚고자 함이 아니라 강호동도들을 구하고자 하는 보살심 때문이라네. 공자처럼 무공과 인품을 두루 갖춘 사람에게는 명문정파의 단정한 숙녀가 어울린다네. 어찌하여 마교의 요녀를 잊지 못해 제 손으로 명성을 내던지고 앞길을 망치려 하시는가?"

영호충은 고개를 숙였다.

"은혜를 받으면 반드시 갚는 것이 사람의 도리입니다. 선배님의 고마우신 말씀에 마음 깊이 감격하지만, 차마 따를 수가 없습니다."

노인은 한숨을 폭 쉬며 고개를 저었다.

"젊은이들이 미색에 약한 것은 인지상정, 일단 그 향기로운 함정에 빠지면 빠져나오기가 쉽지 않지."

영호충은 공손하게 허리를 숙였다.

"이만 물러가겠습니다."

"기다리시게! 이 늙은이가 화산파와 왕래가 뜸하기는 하네만, 악 선생은 필시 내 체면을 보아줄 것일세. 이 늙은이와 소림 방장이 공자를 화산으로 돌려보내주겠다 약속한다면 믿을 수 있으시겠나?"

그 말에 영호충은 크게 마음이 흔들렸다.

화산파로 돌아가는 것은 그의 마음속에서 가장 큰 바람이었다. 노인의 무공이 저 정도라면 무당파에서 명성이 쟁쟁한 선배 고수일 것이고, 그런 그가 방증 대사와 함께 나선다면 그 바람이 이루어질 것은 의심할 필요가 없었다. 사부인 악불군은 무림동도와의 교류를 중요하게 여겨왔고, 소림파와 무당파는 당금 무림에서 가장 큰 문파였다. 두 문파의 내로라하는 인물들이 나서서 중재하면 거절하기가 쉽지 않을 터였다. 영호충에게 있어 악불군은 아버지나 다름없는 소중한 사람이었다. 그를 문하에서 축출한 데에는 그가 상문천이나 영영 같은 마교 사람들과 교분을 맺어 악불군이 정파의 무림동도들 앞에서 얼굴을 들 수 없도록 만든 것이 큰 이유였다. 그러니 소림파와 무당파가 나서준다면 악불군도 땅에 떨어진 체면을 회복하는 기회로 삼아 기꺼이 받아들일 것이었다.

하지만 화산으로 돌아간 그는 날이면 날마다 소사매를 바라보며 행복하게 살 수 있을지라도, 소림사 뒷산의 빛도 들지 않는 동굴에 갇힌 영영은 어찌 될까? 그녀의 모습을 떠올리자 뜨거운 피가 거꾸로 솟구쳤다.

"임 소저를 구출하는 일을 팽개치고 여기서 물러난다면 어찌 사람이라 할 수 있겠습니까? 이번 일이 어떤 결과로 끝날지는 모르나, 제 목숨이 붙어 있다면 반드시 무당산 진무관을 찾아 충허 도장과 선배님께 감사 인사를 올리겠습니다."

노인은 한숨을 푹 쉬었다.

"목숨도 필요 없고, 사문도 필요 없고, 찬란한 앞길과 명성도 내던진 채 오로지 그 마교의 요녀를 위해 힘든 길을 걷겠다니…! 훗날 그녀가 자네를 저버리고 도리어 목숨을 해치려 한다면, 크게 후회하지 않으시겠나?"

영호충은 고개를 저었다.

"이 한목숨은 임 소저의 희생으로 구한 것입니다. 그녀 손으로 살린 목숨을 그녀에게 돌려주는 것이니 아까울 것도 없습니다."

노인은 안타깝게 고개를 끄덕였다.

"알겠네, 가보시게!"

영호충은 다시 한번 허리를 숙여 예를 갖춘 뒤 호걸들에게 돌아갔다.

"자, 출발합시다!"

도실선이 툴툴거렸다.

"승부가 갈리지도 않았는데 저 늙은이는 어쩌자고 싸우다 말고 앉아서 노닥거린 거야?"

그의 말대로 조금 전의 비무에서 명확하게 승부가 나지는 않았으나, 노인이 그의 상대가 되지 못함을 알고 알아서 물러났으니 결과는 정해진 것이나 다름없었다. 단지 지켜보던 호걸들이 그 흐름을 꿰뚫어 보지 못했을 뿐이었다.

영호충은 빙긋 웃으며 말했다.

"저 선배님의 검술이 너무나 높아 계속 싸우면 나만 불리할 거요. 여기서 멈추는 것이 낫소."

도실선은 고개를 갸웃했다.

"멍청하긴! 승부가 나지도 않았으니 더 싸웠으면 이겼을지도 모른다고."

"글쎄, 그건 아닐 거요."

"아니긴 뭐가 아니야? 저 늙은이는 너보다 나이가 훨씬 많잖아. 그러니 싸움이 길어지면 기력이 달려서 점점 불리해질 수밖에 없어."

영호충이 대답하기 전에 도근선이 끼어들었다.

"나이가 많으면 기력이 달린다니, 누가 그래?"

도곡육선 가운데 도근선이 맏이고 도실선은 여섯째라는 사실을 새삼 깨달은 영호충은 속으로 피식 웃었다. 나이가 많으면 기력이 달린다는 도실선의 말을, 도근선이 쉽게 받아들이지 않는 것도 당연했다.

도간선도 마찬가지였다.

"나이가 어릴수록 기운이 세다는 말이 사실이라면, 세 살배기 어린아이가 제일 세게?"

"틀렸어. 세 살배기가 제일 셀 리가 없잖아? 당연히 두 살배기가 더 세지."

"그 말도 틀렸어. 한 살배기가 두 살배기보다 더 세니까."

"아니지, 아니야. 제일 센 사람은 아직 엄마 배 속에 있는 아기야."

도곡육선의 끊임없는 입씨름을 들으며 호걸들은 다시 북쪽으로 향했다. 하남성에 이르자 어디선가 또 다른 무리가 나타나 일행과 합류했다. 새롭게 합류한 사람들도 2천여 명이었기 때문에 모인 사람의 수는 도합 5천 명 이상이 되었다. 이렇게 수가 많아지자 불편한 상황이 불거지기 시작했다. 잠이야 숲속이든 들판이든 머리 댈 곳만 있으면 문제가 되지 않았지만, 먹고 마시는 것은 이만저만 골치 아픈 일이 아니었던 것이다. 며칠 동안 그들이 지나온 마을이나 성의 식당과 술집들은 탁자가 부서지고 솥이 나뒹구는 등 쑥대밭이 되었다. 배불리 먹고 마시지 못한 호걸들이 화를 참지 못하고 보이는 족족 박살을 낸 탓이었다.

그들의 난폭한 모습을 지켜본 영호충은 소림사가 영영을 풀어주지 않으면 두 눈 뜨고 볼 수 없는 참혹한 혈전이 벌어질 것임을 뼈저리게 깨닫고, 정한 사태와 정일 사태의 소식을 손꼽아 기다렸다. 방증 방장이 그들의 청을 받아들여 영영을 풀어준다면 무시무시한 살겁을 막을 수 있을 것이었다. 날짜를 헤아려보니 12월 15일까지는 겨우 사흘밖에 남지 않았는데, 100여 리 앞에 소림사를 두고 있는 지금까지도 두 사태에게서는 아무런 소식이 없었다.

강호의 호걸들이 기치를 높이 들고 소림사를 향해 진군하고 있는 사실은 모르는 사람이 없을 정도로 소문이 쫙 퍼졌는데도, 무슨 배짱인지 소림사는 아무런 반응이 없었다. 영호충이 조천추와 계무시 등을 불러 상의를 해보니 모두들 이 상황을 몹시 염려하고 있었다.

그날 밤, 호걸들은 적의 야습에 대비하기 위해 사방에 순찰병을 세우고 들판에서 노숙을 했다. 찬바람이 쌩쌩 불고 구름은 물을 머금은 솜뭉치처럼 묵직하게 내려앉아 당장이라도 눈이 펑펑 쏟아질 것 같았다.

널따란 들판 곳곳에 쌓아올린 장작더미에서는 불길이 활활 타오르고 있었다. 비록 한뜻을 품고 모였지만 규율이 없는 호걸들은 오합지중이나 다름없어, 목이 터져라 노래를 불러대거나 술에 취해 고래고래 고함을 치는 등 몹시 어수선했다. 시합을 한답시고 칼을 휘두르거나 주먹질을 하며 요란스레 떠들어대는 사람들도 있었다.

영호충은 그들을 보며 속으로 중얼거렸다.

'가능하면 이 사람들이 소림사로 가지 못하게 막아야 해. 내가 한발 먼저 가서 방증 방장과 방생 대사를 찾아뵙고 부탁드리면 어떨까? 그렇게 해서 영영을 무사히 데리고 나온다면 이번 일도 원만하게 마무리되지 않을까?'

그렇게 생각하자 호기가 솟구쳐 몸이 뜨거워졌다. 하지만 그는 곧 마음을 바꿨다.

'혹여 소림사 승려들이 공격하기라도 하면 나는 꼼짝없이 잡혀 죽겠지. 내 목숨이야 아까울 것 없지만, 우두머리를 잃은 호걸들이 혼란에 빠지면 영영을 구하지도 못하고 아까운 피만 흘린 채 이 소실산에서 죽어갈 거야. 잠깐의 혈기를 못 참고 대사를 그르치면 무슨 낯으로 여기 있는 사람들을 보겠어?'

그는 자리에서 일어나 사방을 둘러보았다. 활활 타오르는 모닥불 옆에 옹기종기 모여 떠드는 사람들이 보였다.

'저들은 영영을 저버리지 않았잖아. 그러니 나도 저들을 저버릴 수 없어.'

이틀 후, 호걸들은 소실산에 자리한 소림사 앞에 도착했다. 이틀 사이 또 다른 호걸들이 합류해 무리는 더욱 불어났다. 지난번 오패강에서 만난 적이 있는 황백류, 사마대, 남봉황은 물론이고 유신과 구강 백교방의 사 방주도 장강쌍비어와 함께 나타났다. 그 외에도 영호충이 모르는 수많은 사람들이 찾아와 어림잡아 7천 명은 될 것 같았다. 수백 명이 가져온 북을 치고 징을 울려대자 둥둥, 쟁쟁 하는 요란한 소리에 산 전체가 우르릉 떨릴 정도였다.

한참 동안 북과 징을 두드리며 기세를 올렸지만, 소림사에서는 사미승 한 명 나와보지 않았다.

"멈추십시오!"

영호충이 높이 외쳤다. 명령이 떨어지자 북소리는 차츰차츰 가라앉다가 마지막에는 완전히 사라졌다. 영호충은 목청을 가다듬고 소리 높여 외쳤다.

"소생 영호충이 강호의 친구들과 함께 부처님과 여러 보살님들을 참배하러 왔습니다! 소림사 방장님과 여러 선배 대사들을 뵙고자 하오니 부디 허락해주십시오!"

내공을 실어 뱉어낸 목소리라 몇 리 밖까지 또렷하게 퍼져나갔지만, 절 안은 쥐죽은 듯 고요했다. 영호충이 다시 한번 외쳐도 상황은 마찬가지였다.

"조 형, 명첩을 올리시오."

"예."

조천추가 미리 준비해둔 상자를 들고 앞으로 나아갔다. 이 상자에는 영호충과 여러 방파 수령들의 이름을 쓴 명첩이 들어 있었다. 대문을 두드려도 반응이 없자, 그는 문을 슬쩍 밀어보았다. 대문은 잠겨 있지 않아 손쉽게 열렸다. 열린 문으로 들여다본 절 안은 사람 한 명 없이 텅텅 비어 있었다. 조천추는 함부로 발을 들여놓지 못하고 돌아와서 영호충에게 보고했다. 무공은 높지만 강호의 경험이 많지 않고 특히 무리를 이끌어본 적이 없는 영호충은 뜻밖의 사태에 어떻게 대처해야 할지 판단이 서지 않아 한동안 멍하니 서 있을 수밖에 없었다.

이를 본 도근선이 나섰다.

"중놈들이 모조리 꼬리를 감췄다고? 그럼 당장 안으로 돌진해서 대머리가 보이는 대로 베어버리자!"

도간선이 퉁을 주었다.

"중놈들이 달아났다는데 우리가 벨 대머리가 어디 있어?"

"중놈은 없어도 비구니는 있겠지. 비구니도 대머리야."

"중놈들이 사는 절에 비구니가 왜 있어?"

도화선도 도간선을 거들자, 도근선은 유신을 가리키며 우겼다.

"저자를 보라고. 저자는 중놈도 아니고 비구니도 아니지만 대머리 잖아."

도간선의 눈이 휘둥그레졌다.

"그래서 저자를 죽이자고?"

계무시가 그들을 무시하고 영호충에게 권했다.

"들어가서 살펴보는 것이 어떻겠습니까?"

"좋소. 계 형과 노 형, 조 형, 황 방주께서는 나와 함께 들어갑시다. 다른 분들은 휘하 형제들이 제 명령 없이 함부로 행동하지 않도록 잘 단속해주시오. 소림사 승려들에게 무례를 저질러도 안 되고, 소실산의 풀 한 포기도 해치지 말아야 하오."

"정말? 풀도 뽑으면 안 돼?"

도지선이 물었지만, 영호충은 영영 걱정에 마음이 심란해 그 말을 듣지 못한 채 다급히 절 안으로 들어갔다. 계무시를 비롯해 지목받은 네 사람도 뒤따라 들어갔다.

안으로 뻗어 있는 돌계단을 올라 앞뜰과 후원을 지나서 대웅전에 들어서자, 엄숙한 표정으로 우뚝 서 있는 불상이 그들을 맞았다. 불상 앞에 놓인 탁자에는 먼지가 뽀얗게 앉아 있었다.

"정말로 승려들이 모두 달아났을까요?"

조천추가 의아한 듯 고개를 갸웃하자 영호충이 주의를 주었다.

"조 형, 달아났다는 말은 맞지 않으니 삼가주시오."

영호충은 무릎을 꿇고 불상에 절을 올렸다. 일행은 주변의 소리에 귀를 기울였지만, 바깥에 있는 수천 명의 호걸들이 웅성거리는 소리를 제외하면 절 안은 조용하기 짝이 없었다.

"소림사 승려들이 기관에 숨어서 암산을 할지도 모르니 대비를 해야 합니다."

계무시가 소리 죽여 속삭였지만 영호충의 생각은 달랐다.

'방증 방장과 방생 대사처럼 덕이 높은 고승들께서 그런 계략을 꾸미실 리 없어. 하지만 방문좌도들이 대거 몰려왔으니 아무래도 힘보다는 지혜로 싸우려 하시겠지.'

넓디넓은 소림사가 인기척 하나 없이 텅텅 비어 있으니 슬며시 두려움이 밀려들고, 그와 함께 영영이 어떻게 되었는지 걱정이 앞섰다.

다섯 사람은 주위를 꼼꼼히 살피고 사방을 둘러보며 소림사 깊숙한 곳으로 들어갔다. 뜰 두 곳을 지나 후전後殿에 도착하자 영호충과 계무시가 약속이나 한 듯 걸음을 멈추고 손짓을 했다. 뒤따르던 노두자 일행도 재빨리 그 자리에 멈춰섰다. 영호충은 서북쪽 끝의 곁채를 가리킨 뒤 발소리를 죽여 살금살금 다가갔고 노두자 등도 뒤따랐다.

곁채 안에서는 나지막한 신음 소리가 들릴락 말락 흘러나오고 있었다. 그 앞에 이른 영호충은 검을 뽑아 들고 문을 홱 밀어젖힌 뒤 재빨리 옆으로 피했다. 혹시라도 날아올지 모를 암기를 피하기 위해서였다. 끼이익 소리를 내며 문이 열리자 방 안에서는 또다시 나지막한 신음이 들려왔다. 안을 들여다본 영호충은 깜짝 놀라 그 자리에 얼어붙었다.

방에는 늙은 여승 두 사람이 쓰러져 있었는데, 문을 향해 고개를 돌리고 있는 사람은 다름 아닌 정일 사태였다. 정일 사태의 얼굴에는 핏기라고는 찾아볼 수 없고 눈도 굳게 감겨 있어 아무리 보아도 이미 숨이 끊어진 뒤였다. 영호충은 후다닥 안으로 들어갔다.

"맹주, 조심하십시오!"

조천추가 소리치며 따라 들어왔다. 정일 사태를 지나 안쪽에 쓰러진 사람을 살펴보니, 예상대로 항산파 장문인 정한 사태였다.

영호충이 허리를 숙이고 그녀를 불렀다.

"사태! 사태!"

정한 사태가 서서히 눈을 떴다. 넋이 나간 것처럼 희미하고 초점이 없던 눈동자가 차차 빛을 되찾으며 희색을 띠었다. 입술이 달싹달싹 움직였지만 목소리는 나오지 않았다.

영호충은 더욱더 몸을 숙이며 말했다.

"접니다, 영호충입니다."

정한 사태가 또다시 입술을 달싹이며 알아들을 수 없을 만치 낮은 소리를 냈다.

"부디… 부디…."

얼핏 보기에도 상처가 심각해 쉽사리 나을 것 같지 않았다. 정한 사태는 힘겹게 숨을 들이쉰 다음 말을 이었다.

"부디… 약속, 약속해주게…."

"예, 예. 무엇이든 분부만 하십시오. 이 몸이 가루가 되더라도 반드시 해내겠습니다."

그를 위해 소림사를 찾아갔던 두 여승이 이렇듯 허무하게 목숨을 버리게 되었다고 생각하자 비분이 끓어오르고 눈물이 쏟아졌다.

정한 사태가 억지로 목소리를 쥐어짜냈다.

"분명… 분명히… 약속하는 것인가…?"

"예, 물론입니다!"

정한 사태의 눈동자에 기쁨이 출렁였다.

"우리… 우리 항산파… 항산파를… 맡아, 맡아….."

겨우 한마디 하는데도 숨을 헐떡여 말을 끝맺지 못했지만, 그 의미를 알아들은 영호충은 화들짝 놀랐다.

"저는 남자인지라 항산파를 맡을 수 없습니다. 하지만 안심하십시오. 앞으로 항산파에 어려움이 닥치면 온 힘을 다해 돕겠습니다. 항산파의 일이 곧 제 일입니다!"

정한 사태는 설레설레 고개를 저었다.

"아니… 아닐세. 나는… 나는 영호충에게 항산파… 항산파 장문… 자리를 넘기는 것이네…. 소협이… 받아주지 않으면… 나는 죽어… 죽어서도 눈을 감지… 못할 것일세."

뒤에 나란히 선 조천추 일행은 기상천외한 정한 사태의 유언에 어리둥절해하며 서로를 바라보았다. 당사자인 영호충은 더더욱 혼란스러웠다. 이 어마어마한 사안을 쉽사리 받아들일 수는 없었지만, 목숨이 경각에 달린 정한 사태를 보자 가슴 한구석이 시큰해 불끈 혈기가 끓어올랐다.

"알겠습니다. 사태의 말씀을 따르겠습니다."

정한 사태는 입가에 미소를 띠며 속삭였다.

"고… 고맙네! 귀… 귀찮겠지만… 항산파 문하… 수백 명을 이제… 이제 영호 소협에게 맡기겠네."

영호충은 놀라움과 슬픔, 그리고 분노에 휩싸였다.

"소림사가 어찌 이럴 수 있단 말입니까? 중재를 하러 오신 두 분께 이런 독수를 쓰다니, 어떻게…."

정한 사태는 그 울부짖음 속에서 스르르 눈을 감으며 고개를 떨어뜨렸다. 놀란 영호충이 코앞에 손을 가져가보았지만 숨결은 더 이상 느껴지지 않았다. 그는 비통한 마음을 안고 돌아서서 정일 사태의 손을 잡았지만, 오래전에 목숨이 다했는지 얼음장같이 차가웠다. 영호충은 비분을 이기지 못하고 목놓아 울었다.

노두자가 다가와 말했다.

"영호 공자, 무슨 일이 있어도 두 분의 복수를 해야 합니다. 소림사 중놈들이 남김없이 내뺐으니 이 절에 불이라도 확 질러버리시지요."

슬픔에 빠져 허우적거리던 영호충에게는 그 말이 달콤한 유혹이나 다름없었다.

"좋소! 소림사를 활활 태워버리겠소!"

그가 이렇게 외치자 계무시가 황급히 말렸다.

"안 됩니다, 큰일 납니다! 성고께서 아직 이 절에 계시다면 우리가 지른 불에 타 죽을지도 모릅니다!"

영호충도 그제야 정신이 들어 저도 모르게 식은땀을 주룩 흘렸다.

"내가 어리석었소. 계 형의 말씀이 없었다면 큰일을 낼 뻔했구려. 이제 어떻게 해야겠소?"

"소림사에는 선방이 100개가 넘으니 저희만으로는 수색하기가 힘듭니다. 맹주께서 명을 내려주시면 형제 200명을 모아 샅샅이 살펴보겠습니다."

"그렇구려. 계 형께서 명을 전해주시오."

"예!"

황급히 달려나가는 계무시의 등 뒤로 조천추가 다급하게 외쳤다.

"도곡육선은 절대 들어오지 못하게 하게!"

영호충은 두 여승의 시신을 선방의 침상으로 옮기고 그 앞에 무릎을 꿇고 머리를 조아렸다.

'반드시 억울하게 돌아가신 두 분의 원수를 갚고 항산파의 명성을 드높이겠습니다. 부디 구천에서라도 마음 편히 지내십시오.'

속으로 그렇게 축수를 드린 뒤 일어나 두 사람의 상처를 살폈지만, 여승의 몸에는 상처도 핏자국도 없었다. 더 자세히 살피려면 옷을 벗겨야 하는데 차마 그렇게까지는 할 수 없어, 소림파 고수가 내공이 실린 장력으로 목숨을 앗아갔다고 짐작할 뿐이었다.

200명의 호걸들이 조사를 시작했는지 바깥에서 어수선한 발소리가 들려오고 있었다.

별안간 시끄러운 목소리가 고요한 절을 쩌렁쩌렁 울렸다.

"영호충이 우리를 들어오지 못하게 했으니 기어코 들어가야겠어! 제놈이 우릴 어쩔 테야?"

도지선의 목소리였다. 영호충은 눈을 찡그리며 못 들은 척했다. 이어서 도간선의 목소리도 들려왔다.

"천하에 유명한 소림사에 와서 구경도 못하고 가면 억울하지."

그다음은 도엽선이었다.

"소림사에 왔는데 천하에 유명한 소림 화상들을 보지 못하는 게 더 억울해."

"소림 화상도 못 보고, 천하에 유명한 소림파 무공과 겨뤄보지도 못하는 게 세상에서 가장 억울한 일이라고."

도화선이 의아한 목소리로 덧붙였다.

"이름 쟁쟁한 소림사에 화상은 코빼기도 안 보이다니, 참 이상하단 말이야."

"화상이 없는 것은 그렇다 치고, 비구니가 둘이나 있는 사실이 더 이상해."

"비구니가 있는 것은 그렇다 치고, 그 비구니들이 늙은 데다 죽어 있다는 사실이 더욱더 이상한 일이라고."

여섯 형제는 저마다 한마디씩 떠들어대며 후원으로 사라졌다.

영호충은 조천추, 노두자, 황백류와 함께 곁채에서 나와 문을 꼭 닫았다. 호걸들은 바삐 움직이며 소림사 안을 샅샅이 뒤졌고, 얼마 후 소림사에는 화상은커녕 주방에서 일하는 허드레꾼들마저 보이지 않는다는 보고가 들어왔다. 불경이나 장부, 일상 용구까지 사라져 그릇 하나 남아 있지 않다는 보고도 있었고, 장작이나 쌀, 조미료 같은 식품도 빠짐없이 챙겨가고 밭에서 기르던 채소까지 싹 뽑아갔다는 보고도 있었다.

그런 보고를 들을수록 영호충의 마음은 착 가라앉았다.

'채소까지 챙길 만큼 꼼꼼한 자들이니 영영은 말할 것도 없겠구나. 이 넓은 세상, 어디 가서 그녀를 찾을 수 있을까?'

한 시진도 못 되어 200명의 호걸들은 소림사의 방을 남김없이 샅폈다. 심지어 불상 아래쪽이나 편액 뒤쪽까지 살폈지만 종잇조각 하나 찾아내지 못했다. 누군가 득의양양하게 외쳤다.

"무림에서 제일가는 대문파라고 하더니 소림파도 별거 없구먼! 우리가 온다는 소문을 듣자마자 꼬리를 감추고 내뺐다니, 이런 일이 언제 또 있었던가?"

"우리의 위풍을 충분히 보여주었으니, 이제 무림인들도 우리를 함부로 얕보지 못할 걸세."

"소림사 화상들을 쫓아낸 것은 자랑스럽지만, 성고는 어쩌나? 우리는 성고를 찾으러 왔지, 화상들을 내쫓으러 온 것은 아니지 않나?"

그 말에 호걸들은 풀이 죽어 고개를 푹 수그리거나 영호충을 바라보며 명령을 기다렸다.

영호충이 말했다.

"정말 뜻밖이군요. 소림사 승려들이 절을 버리고 떠날 줄 누가 상상이나 했겠습니까? 이제 어떻게 해야 좋을지는 저도 당장 판단이 서지 않습니다. 백지장도 맞들면 낫다고 했으니 여러분의 고견을 들려주십시오."

그의 요청에 황백류가 나섰다.

"제 생각입니다만, 성고를 찾기는 어려우나 소림사 승려를 찾기는 쉬운 일입니다. 소림사 승려의 수는 천에 가깝고 그 많은 사람들이 한꺼번에 숨기란 무척 어렵지요. 언젠가는 모습을 드러낼 테니, 우선 그들을 찾아낸 뒤 성고께서 계신 곳을 알아내야 합니다."

조천추도 동의했다.

"황 방주의 말씀이 옳습니다. 우리가 소림사에 눌러앉으면, 수천 년의 역사가 깃든 이 절을 두 손 놓고 빼앗기려 하지는 않을 겁니다. 그들이 이 절을 되찾으러 오기만 하면 성고의 행방을 탐문할 수 있습니다."

그러자 누군가 물었다.

"성고의 행방을 탐문한다고? 그놈들이 입을 열겠나?"

노두자가 대답했다.

"탐문한다는 것은 듣기 좋으라고 하는 말이고 사실은 협박일세. 그러니 이제부터 소림사 화상을 발견하면 반드시 생포해야 하네. 한 열 명 잡아오면 설마하니 한 놈이라도 말을 안 하고 배길라고?"

누군가 끼어들어 물었다.

"화상들이 끝끝내 입을 열지 않으면 어쩔 텐가?"

"그런들 어떤가? 남 교주께서 놈들 몸에 신룡神龍을 풀어놓으시면 그놈들이 무슨 수로 버티겠나?"

노두자의 말에 사람들은 고개를 주억거렸다. 남 교주의 신룡이 오독교 교주 남봉황이 기르는 독사와 독충이라는 것을 모르는 사람은 아무도 없었다. 그녀가 기르는 독충에게 물어뜯기면 그 고통은 이루 말할 수 없었다.

남봉황이 생글생글 웃으며 말했다.

"소림사 화상들은 수련을 오래 했다니, 우리 신룡으로 제압할 수 있을지는 모르는 일이에요."

영호충은 생각이 달랐다.

'고문까지 할 필요는 없을 거야. 소림사 승려 100명을 포로로 삼아 영영과 바꾸자고 하면, 저들도 영영을 놓아줄 수밖에 없겠지.'

그때, 거친 목소리가 귀를 때렸다.

"반나절 동안 고기를 안 먹었더니 배가 등짝에 달라붙겠구나! 이 절
간에 화상이 있었다면 솥에 폭 쪄서 야들야들한 화상 고기를 맛보았
을 텐데!"

막북쌍웅 중에서 몸집이 큰 백웅이었다. 막북쌍웅이 인육을 즐겨
먹는다는 사실을 잘 아는 호걸들은 그 말에 오싹 소름이 끼치고 구역
질이 났지만, 소실산에 오른 뒤로 몇 시진 동안 아무것도 먹지 못했기
때문에 배에서 꼬르륵 소리가 나는 것까지 막지는 못했다.

황백류가 말했다.

"보아하니 소림파는 '견벽'인가 뭔가 하는 계책을 쓰고 있습니다."

"견벽청야堅壁淸野(적이 물러가도록 성 밖의 물자를 치우고 성벽을 높여 수
비를 강화하는 계책)요."

조천추가 옆에서 도와주었다.

"그렇지, 견벽청야. 우리가 버티지 못하고 순순히 절에서 물러나기
를 바라는 모양이지만, 그리 쉽지는 않을 겁니다."

"황 방주께 무슨 고견이라도 있으십니까?"

영호충이 물었다.

"형제들을 나눠 일부는 소림사 화상들의 행방을 탐문하고 일부는
식량을 조달하게 한 뒤, '대토'인가 뭔가 하는 계책으로 다 함께 절에
서 버티면서 화상들이… '나망'인가 뭔가를 하도록 만드는 겁니다. 그
러면 놈들은 '옹중'인가 뭔가 하는 꼴이 되는 것이지요."

황백류는 말할 때 고사성어 쓰는 것을 좋아했지만, 기억력이 떨어
져 제때 알맞은 말을 떠올리지 못했다. 조천추가 그런 그를 위해 설명
을 덧붙였다.

"수주대토守株待兔(나무에서 토끼가 나타나기를 기다림)하면서 자투라망自投羅網(알아서 죽을 곳으로 뛰어듦)하기를 기다리면 옹중착별甕中捉鱉(독 안에 든 자라 잡기)이라는 말씀이군요."

영호충이 웃으며 말했다.

"아주 좋은 계책이군요. 수고스럽지만 황 방주께서 재주 많은 형제 500명을 골라 소림사 승려들의 행방을 찾아보게 하십시오. 식량을 구하는 일도 황 방주께 맡기겠습니다."

황백류가 흔쾌히 승낙하고 돌아서자, 남봉황이 생글거리며 말했다.

"황 방주, 서두르셔야 해요. 그렇지 않으면 여기 백웅과 흑웅께서 배가 고픈 나머지 아무나 마구 잡아먹을지도 모른다고요."

황백류도 허허 웃으며 고개를 끄덕였다.

"힘써보겠소이다. 하지만 뱃가죽과 등가죽이 붙는 한이 있어도 남 교주에게는 손가락 하나 까닥하지 못할 것이외다."

그가 웃으며 나가자 조천추가 말했다.

"화상들이 모습을 싹 감췄으니 수고스럽지만 한 번 더 절을 샅샅이 뒤져봐주시오. 운 좋게 단서를 찾아낼지도 모르오."

호걸들은 호쾌하게 대답하며 절을 수색하러 나갔다.

영호충은 대웅전에 놓인 방석에 앉아 장엄하면서도 자애로움을 띤 불상을 바라보며 생각에 잠겼다.

'방증 방장께서는 득도한 고승이시니 우리가 온다는 소식을 듣고 소림사의 명성이 깎이는 한이 있어도 혈전을 피하기 위해 절을 떠나신 거야. 그런데 어째서 정한 사태와 정일 사태를 해치셨을까? 아니야, 두 분을 해친 것은 소림사에 있는 흉악한 승려들 짓이지, 절대 방증 방장의 뜻일 리 없어. 방장의 호의를 아는 이상 소림사의 승려들을 괴롭히지 말고 다른 방식으로 영영을 구해야 해.'

그때 열린 문으로 휭휭 불어온 삭풍이 신상 앞에 늘어진 휘장을 마구 펄럭였다. 바람이 어찌나 강한지 향로에 담긴 재마저 불전 바닥으로 우수수 떨어졌다. 영호충은 입구로 나가 하늘을 바라보았다. 짙게 내려앉은 먹구름 아래로 북풍이 쌩쌩 소리를 내며 몰아치고 있었다.

'곧 폭설이 쏟아지겠구나.'

이런 생각을 하기 무섭게 기다렸다는 듯이 눈송이가 퐁퐁 떨어지기 시작했다.

'이 추운 날씨에 영영은 옷이나 두껍게 입고 있을까? 소림파는 사람도 많은 데다 이토록 주도면밀한 계획을 세웠는데, 우리는 필부의 용기만 믿고 영영을 구하겠다고 덤벼들었으니, 앞길이 깜깜하구나.'

그는 뒷짐을 지고 대웅전 앞의 기다란 복도를 서성였다. 가느다란 잔설이 머리 위로, 얼굴 위로, 옷 위로, 그리고 손등으로 톡톡 떨어졌다가 삽시간에 물방울이 되어 사라졌다.

'정한 사태는 상처가 무거우셨지만 돌아가시기 전까지도 정신은 맑으셨어. 그런데 내게 항산파 장문 자리를 맡기시다니… 항산파에는 남자는 단 한 사람도 없고, 전대 장문인들도 모두 여승이었다고 들었는데, 남자인 내가 어떻게 장문인이 될 수 있지? 이 소식이 퍼져나가면 강호동도들이 턱이 빠져라 웃을 거야. 흥, 마음대로들 하라지! 정한 사태께 약속을 했는데 한 입으로 두말을 할 수야 없어! 내가 옳다고 생각하는 일을 하는데 남들이 비웃으면 어때?'

이렇게 마음을 먹고 나자 가슴속에서 호기가 솟구쳤다.

그때, 산길 쪽에서 희미한 외침이 들려오더니 곧이어 절 안에 있는 호걸들마저 웅성거리기 시작했다. 영호충은 흠칫 놀라 정문으로 뛰어나갔다. 황백류가 얼굴에 피를 철철 흘리며 달려오고 있었다. 어깨에는 화살을 맞아 화살 끝이 파르르 떨리고 있었다.

"맹주, 적들이… 적들이 내려가는 길을 단단히 지키고 있습니다. 우리가… 우리가 자투라망인지 뭔지를 하게 생겼습니다."

영호충은 깜짝 놀랐다.

"소림사 승려들입니까?"

"아닙니다. 화상이 아니라 일반 사람들입니다. 빌어먹을, 한 3리 정도 내려갔더니 갑자기 화살비가 쏟아지지 뭡니까? 10여 명의 형제들이 목숨을 잃고 다친 사람도 70~80명은 되니 참으로 일패도지一敗塗地가 따로 없었습니다."

그의 말대로 수백 명 가운데 많은 사람들이 화살에 맞아 낭패한 모습으로 쓰러져 있었다. 이를 본 호걸들은 벼락같이 소리를 지르며 당장 내려가 결전을 치르자고 소란이었다.

영호충이 다시 물었다.

"적들이 어느 문파인지 단서라도 없습니까?"

"저희는 제대로 싸워보지도 못했습니다. 빌어먹을 놈들. 화살을 하도 쏘아대는 통에 그놈들의 상판대기도 보지 못했지요. 화살이 백발백중이니 놈들의 원교근공遠交近攻 계책이 제대로 먹혀든 겁니다."

조천추가 심각한 목소리로 말했다.

"아무래도 소림파가 우리를 독 안에 든 쥐로 만들기 위해 함정을 파놓은 모양입니다."

"독 안에 든 쥐라니? 어찌 적들만 치켜세우고 우리의 예기鈗氣(굳센 기세)를 꺾는 말을 하나? 이건 말이지… 이건 우리가 일부러 놈들을 유인한 거라고."

노두자가 반박하자 조천추는 고개를 저었다.

"그래, 우리 유인책이라고 하세. 여기까지 와서 앞뒤를 따져본들 무슨 소용이겠나? 화상들이 우리를 소실산에 가둬놓고 굶겨 죽이려고 하니, 이제 우리는 꼼짝없이 당하는 수밖에 없네!"

백웅이 가슴을 쭉 펴고 큰 소리로 외쳤다.

"나와 같이 저 썩어질 놈들을 쳐부술 형제가 누군가?"

수천 명이 함성을 질러대며 서로 싸우겠다고 나섰다.

영호충이 그들을 향해 손을 쳐들며 외쳤다.

"기다리십시오! 적이 화살을 쏘아대니 아무 대책 없이 나갔다간 공연히 피해만 입을 뿐입니다!"

계무시가 나서서 말했다.

"다른 것은 몰라도 방석은 남아돌 정도로 많습니다."

그 말에 퍼뜩 정신이 든 사람들이 손뼉을 치며 찬동했다.

"그렇지, 방석을 방패로 삼으면 안성맞춤이겠군!"

수백 명의 호걸들이 우르르 절 안으로 들어가 방석을 그득하게 들고 나왔다.

영호충이 외쳤다.

"방석으로 화살을 막으면서 일제히 아래로 돌격합시다!"

"맹주, 산을 내려간 후에 어디서 만날지, 앞으로 어떻게 할지, 어떻게 성고를 구할지를 미리 정해야 합니다."

계무시가 제안하자 영호충은 고개를 끄덕였다.

"그렇구려. 이렇게 아무 생각 없는 사람이 맹주가 되어 부끄럽기 짝이 없소. 우선 각자 본거지로 돌아가 성고의 행방을 탐문하며 서로 연락을 주고받고, 그다음 구출 방법을 생각하는 것이 어떻겠소?"

"그렇게 하시지요."

계무시는 곧 소리를 높여 영호충의 명을 사람들에게 전했다.

인육을 먹는 흑웅이 마구 소리를 질렀다.

"소림사의 땡중들이 참 지독하구나! 이깟 절은 깡그리 불태워버리고 내려가서 놈들과 죽기 살기로 싸워보자!"

흑웅 역시 승려인데도 소림사의 승려들을 '땡중'이라고 욕하는 데 전혀 거리낌이 없었다. 호걸들이 큰 소리로 화답하자 영호충은 황망히 손을 내저었다.

"성고께서 아직 저들의 손에 있습니다! 우리가 경거망동하면 성고께서 큰 화를 입으실지도 모릅니다!"

그제야 사람들도 겨우 흥분을 가라앉혔다.

"옳은 말씀이오. 아쉽지만 어쩔 수 없지."

영호충은 안도의 숨을 쉬며 계무시를 돌아보았다.

"계 형, 계 형이 공격 진형을 짜주시오."

영호충이 사람들을 이끄는 데 재주가 없다는 것을 아는 계무시는 사양하지 않고 낭랑하게 외쳤다.

"친구들! 맹주의 명이오! 동서남북 정 방향과 동남쪽, 서남쪽, 동북쪽, 서북쪽을 합쳐 총 여덟 갈래로 공격을 감행하겠소. 오로지 포위를 뚫기 위한 목적이니 쓸데없이 인명을 상하지 않도록 하시오!"

그는 모인 방파들을 여덟 갈래로 나누고 내려갈 방향을 정해주었다. 한 무리의 수가 족히 600~800명에 이르렀다.

진형을 꾸린 계무시가 영호충에게 말했다.

"정남쪽은 큰길이니 적들도 가장 많을 겁니다. 맹주와 저희가 먼저 그쪽으로 내려가 적을 끌어들이면 다른 길로 간 형제들은 손쉽게 탈출할 수 있습니다."

영호충은 방석도 마다한 채 검을 뽑아 들고 성큼성큼 아래로 내려갔다. 호걸들도 '와아아' 함성을 지르며 정해진 방향으로 돌격하기 시작했다. 산길이 여덟 개나 되지는 않았기 때문에 그저 방향을 가늠해 달려내려갈 뿐이었다. 때문에 처음에는 제법 진형이 갖춰졌지만 종국에는 방향의 구분도 없이 벌떼처럼 우르르 달려드는 형국이 되었다.

영호충이 남쪽으로 몇 리 달려내려가자 징소리가 울리고 앞쪽 수풀에서 화살이 비 오듯 날아들었다. 그는 독고구검의 파전식을 펼쳐 날아오는 화살을 하나하나 쳐서 떨어뜨리면서 속도를 늦추지 않고 계속 달려갔다.

문득 뒤에서 '아악' 하는 비명이 들려왔다. 남봉황이 왼쪽 다리와 왼쪽 어깨에 동시에 화살을 맞고 쓰러진 것이다. 영호충은 황급히 돌아서서 그녀를 부축했다.

"누이, 내가 보호해주리다."

"저는 상관 마세요. 지금은… 지금은 오라버니가 여길 떠나는 게 더 중요해요."

화살이 메뚜기 떼처럼 윙윙 소리를 내며 날아들었지만 영호충은 손을 마구 휘둘러 모두 떨어뜨렸다. 그러나 그처럼 날렵하지 못한 주위의 호걸들은 차례차례 화살에 맞아 쓰러지고 있었다. 영호충은 왼팔로 남봉황을 끌어안고 산 아래로 내달렸다. 화살이 날아들면 날아드는 대로 검을 휘두르는데, 화살을 쏘는 사람들이 모두 고수인지 화살에 실린 힘이 어마어마한 데다 워낙 수가 많아 두툼한 방석으로도 막아내기가 힘들 것 같았다. 예상대로 화살을 맞고 쓰러지는 호걸들의 수는 점점 늘어나기만 했다.

영호충은 혼자서라도 달려내려가야 할지, 아니면 돌아서서 사람들을 구해야 할지 갈피를 잡을 수가 없었다.

계무시가 그런 그를 향해 외쳤다.

"맹주, 적의 활이 너무 강해 뚫을 수가 없습니다. 사상자가 많으니 물러나서 다음 계책을 논의해야 합니다!"

워낙 패색이 짙어 적들이 총공격을 감행하면 견뎌낼 수 없다는 것을 알고, 영호충은 목청을 돋워 외쳤다.

"모두 물러나십시오! 소림사로 물러나십시오!"

충만한 내공 덕분에 수천 명이 내지르는 고함 소리와 시끄러운 무기 소리에도 불구하고 그 외침은 산을 쩌렁쩌렁 울렸다. 계무시와 조천추 등도 목이 터져라 소리를 질렀다.

"맹주의 명이오! 모두 소림사로 퇴각하시오!"

그 소리를 들은 호걸들이 속속 뒤로 물러나기 시작했다.

소림사 앞은 욕설과 신음 소리, 서로 부르는 소리로 아수라장이 되었고, 바닥에는 피가 흥건하게 고였다. 계무시는 다치지 않은 사람들 800명을 모아 대오를 꾸리고 적의 습격에 대비해 사방을 지키게 했다. 소림사로 돌아온 수천 명의 호걸들 대다수는 방파에 속해 나름대로 규율이 있었으나, 어중이떠중이인 2천여 명은 이번 패배로 혼란에 빠져 마음대로 소리를 질러대며 어쩔 줄을 몰라 했다.

영호충이 사람들을 향해 외쳤다.

"어서 다친 형제들을 치료하십시오!"

영약을 가진 항산파 제자들이 함께 있지 않다는 사실이 뼈아프게 느껴졌다.

'항산파가 이곳에 있었다면 나를 도왔을까, 아니면 저기 있는 정파들을 도왔을까? 참, 정한 사태와 정일 사태가 저들에게 해를 입었으니 분명 나를 도와주었을 거야.'

그러는 와중에도 호걸들의 소란은 잦아들지 않아 영호충 역시 마음이 불안하고 혼란스러웠다. 이곳에 갇힌 사람이 그 혼자였다면 죽든 살든 개의치 않고 포위망을 뚫으러 달려갔을 테지만, 호걸들의 수령으로서 수천 명의 목숨을 책임지고 있는 지금은 그럴 수도 없었다. 더군다나 그들을 구할 좋은 방책조차 떠오르지 않으니 난감하기 짝이 없는 일이었다.

하늘이 어둑어둑해질 무렵, 별안간 산중턱에서 둥둥둥 북소리가 들리고 커다란 함성이 일었다. 영호충은 재빨리 검을 뽑아 정문으로 달려갔다. 호걸들도 적과 결전을 치를 결심으로 저마다 무기를 움켜쥐고 나왔다. 그러나 북소리가 점점 커지는데도 적은 단 한 사람도 보이지 않았다.

한참 후 북소리와 함성이 뚝 그치자, 호걸들은 어리둥절해했다.

"북소리가 그쳤군. 이제 쳐들어오려나?"

"쳐들어오라지! 다 죽여줄 테다! 여기서 죽기를 기다릴 바에야 죽기 살기로 싸우는 것이 낫지!"

"빌어먹을, 얼간이 같은 놈들이 우리를 아주 굶겨 죽이려 하는군."

"놈들이 쳐들어오지 않으면 우리가 공격하세!"

"이를 말인가!"

계무시가 영호충에게 다가가 소리죽여 말했다.

"오늘 밤 포위를 뚫지 못하고 굶으면서 하루를 보내면 싸울 기력조차 잃게 됩니다."

"그렇겠구려. 무공이 높은 친구들을 골라 길을 열게 하는 것이 어떻겠소? 어둠 속이니 적의 화살도 명중률이 많이 떨어질 거요. 적의 진형을 무너뜨리기만 하면 다 같이 힘을 합쳐 내려갈 수 있소."

"그 방법밖에 없겠군요."

그때 산중턱에서 북소리가 둥둥 울리더니 흰 천을 쓴 사람 100여 명이 짓쳐올라왔다. 호걸들이 함성을 지르며 달려갔지만, 적들은 무기가 부딪기 무섭게 휘파람을 불며 우르르 달아났다. 호걸들이 무기를 내려놓고 쉬려는데, 또다시 북소리가 들리고 흰 천을 쓴 또 다른 무리가 공격해왔다. 이번에도 적들은 조금 싸우다 말고 달아났다. 적들은 물러갔지만 북 치는 소리와 고함 소리는 계속해서 들려와 호걸들은 긴장의 끈을 놓을 수가 없었다.

계무시가 말했다.

"맹주, 적은 피병지계疲兵之計를 쓰는 것이 분명합니다. 우리를 잠시도 쉬지 못하게 만들어 기운을 빼놓는 것이지요."

"그렇구려. 이제 어떻게 하면 좋겠소?"

계무시는 적들이 쳐들어와도 입구를 지키는 수백 명만 응전하고 나머지는 쉬라는 명을 내렸다.

그때 조천추가 제안했다.

"제게 계책이 있습니다. 고수 300명을 선발해 머리에 흰 천을 씌웠다가, 적이 다시 공격하면 그들을 내려보내 적진을 혼란시키는 겁니다. 저 멍청한 놈들이 자기 편인 줄 알고 활을 쏘지 않으면 그때 일제히 아래로 내려가는 거지요. 지금으로서는 우리가 먼저 움직여야만 이 위기를 벗어날 수 있습니다."

영호충은 고개를 끄덕였다.

"아주 좋은 방법이구려. 조 형께서 사람을 선발해주시오. 친구들에게는 적이 혼란에 빠지면 곧바로 달려갈 수 있도록 전달해주시오."

반 시진도 못 되어 조천추가 300명의 준비가 되었다고 알려왔다. 모두 강호의 일류고수들이었다. 정예들을 모아 온 힘을 다해 쳐내려가면 적의 수가 제아무리 많아도 맹호 같은 300명을 막아내지는 못하리라는 계산이었다. 영호충이 조천추를 따라 정예들이 모여 있는 서쪽으로 가보니, 모두들 머리에 흰 천을 쓰고 질서정연하게 대오를 이뤄 서 있었다.

영호충이 그들에게 말했다.

"여러분, 잠시 쉬었다가 해가 완전히 지면 다 함께 힘을 합쳐 결사항쟁을 벌여주십시오."

"예!"

호걸들이 자신만만하게 대답했다.

그때쯤 눈발은 더욱 거세져 펑펑 쏟아지는 눈송이가 바닥에 소복소복 쌓이기 시작했다. 호걸들의 머리와 어깨 역시 온통 눈투성이였다.

절 안의 물통에는 물이 한 방울도 남아 있지 않았고 우물도 진흙으로 꽉꽉 막혀 있었기 때문에, 사람들은 갈증을 해소하기 위해 쌓인 눈을 뭉쳐 입에 넣었다.

하늘은 점점 어두워져 마침내 바로 앞에 있는 사람의 얼굴도 쉽게 분간할 수 없게 되었다. 조천추가 말했다.

"눈이 내려서 다행이군요. 보름이었다면 달빛이 밝아 훤히 보였을 겁니다."

갑자기 사방이 쥐죽은 듯이 고요해졌다. 소림사 안팎에는 무리지어 모인 호걸의 수가 수천 명에 달했고, 소실산 중턱에 숨은 정파 사람들도 적게 잡아 3천~4천 명은 될 텐데, 그 많은 사람들이 마치 약속이나 한 듯 입을 다문 것이다. 말을 하고 싶은 사람도 이 묵직한 적막감에 압도되어 절로 입을 다물 수밖에 없었다. 오로지 펄펄 날리는 눈송이가 나뭇잎이나 풀 위로 떨어지며 내는 사박사박 가녀린 소리만이 정적을 물들일 뿐이었다.

영호충은 느닷없이 엉뚱한 생각이 들었다.

'지금쯤 소사매는 무얼 하고 있을까?'

바로 그때, 산중턱에서 '와아아' 하는 함성이 들려왔다. 함성은 점점 커지면서 사방팔방으로 퍼져나갔다. 적들이 허장성세를 부리던 계책을 버리고 어둠을 틈타 총공격을 퍼부으려는 것이 분명했다.

영호충은 검을 휘두르며 나지막하게 명을 내렸다.

"공격!"

그가 서북쪽 산길을 따라 앞장서서 달려가자 계무시와 조천추, 막북쌍웅, 그리고 300명의 정예 고수들이 뒤를 따라 산을 내려갔다.

그들의 앞길을 막는 것은 아무것도 없었다. 그렇게 몇 리 정도 달렸을 때, 조천추가 커다란 폭죽을 꺼내 불을 붙여 높이 쏘았다. 폭죽은 펑 소리를 내며 허공으로 날아올랐고, 곧 사방으로 불꽃이 파팟 튀었다. 산 위에 있는 호걸들에게 보내는 즉시 돌격하라는 신호였다.

거침없이 달려가던 영호충은 별안간 발바닥이 뜨끔한 것을 느끼고 움찔했다. 뾰족한 못을 밟은 것이 틀림없었다. 그는 화들짝 놀라 몸을 날려 나뭇가지 위로 올라섰지만, 뒤에서 조천추 등의 놀란 목소리가 들려왔다.

"아이쿠, 이런! 바닥에 뭔가 있다!"

뾰족하게 세워놓은 못들이 사람들의 발을 찔렀고, 어떤 사람은 발등이 꿰뚫려 고통에 찬 비명을 내질렀다. 계속해서 달려내려가던 사람들도 깜짝 놀라 소리를 지르며 커다란 구덩이로 굴러떨어졌다. 수풀 속에서 긴 창 10여 개가 쑥 튀어나와 사정없이 구덩이를 찔러대자 참혹한 비명 소리가 어두운 숲속을 휘감았다.

계무시가 황급히 외쳤다.

"맹주, 어서 퇴각하라는 명을 내리십시오!"

정파 사람들이 산 아래에 함정을 잔뜩 파놓았다는 것을 깨달은 영호충은 이대로 가다가는 전군이 몰살당할까 봐 재빨리 소리를 질렀다.

"모두 소림사로 물러나십시오! 소림사로 물러나십시오!"

그는 나뭇가지에서 다른 나뭇가지로 건너뛰어 그 아래에 있던 창 든 적 세 명을 찔러 쓰러뜨린 다음 또 다른 적 옆에 내려섰다. 그들이 있는 곳은 못이 깔려 있지 않으리라는 판단 때문이었다. 그가 순식간에 일고여덟 명을 쓰러뜨리자 나머지 적들은 비명을 지르며 달아났다.

구덩이에 빠진 호걸들이 하나둘 몸을 일으켜 위로 올라왔지만, 도합 40명 중 10여 명은 이미 목숨을 잃은 후였다. 그들은 칠흑 같은 어둠 속으로 시선을 던졌다. 바닥에는 새하얀 눈만 반짝반짝 빛을 발하고 있을 뿐, 어디에 어떤 함정이 펼쳐져 있는지 전혀 알아볼 수가 없었다. 일행은 풀이 죽어 고개를 푹 숙인 채 비틀비틀 산으로 올라갔다. 다행히 적이 쫓아오는 기미는 없었다.

　소림사로 돌아온 일행은 등불을 켜고 상처를 살폈다. 열 중 아홉이 발바닥을 찔려 피를 흘리고 있었다. 호걸들은 소리 높여 욕을 퍼부었다. 적들이 몇 시진 동안 북을 치고 함성을 지른 까닭은 구덩이를 파고 못을 까는 소리를 숨기기 위해서였음을 이제야 알아차린 것이다. 발바닥을 꿰뚫은 못은 길이가 한 자에 달했고 끝이 무척 뾰족했다. 산 곳곳에 이런 못을 깔아놓으려면 그 수가 수십만 개는 넘을 것이고, 사전에 이렇게 많은 못을 준비할 정도라면 적들이 얼마나 공들여 이번 싸움을 준비했는지 알 만했다. 호걸들 중에서 어느 정도 식견이 있는 사람들은 하나같이 놀라움을 감추지 못했다.

　계무시가 영호충을 한쪽으로 끌고 가더니 조용히 속삭였다.

　"영호 공자, 이제 다 같이 빠져나가기는 글렀습니다. 저희는 오로지 성고를 구출하기 위해 여기까지 왔습니다. 아무래도 공자 혼자 그 일을 맡아주셔야겠습니다."

　영호충은 흠칫했다.

　"그… 그게 무슨 말이오?"

　"공자께서 의리로 똘똘 뭉친 분이라는 것은 잘 압니다. 절대 저희를 버리고 혼자 달아나실 분이 아니지요. 하지만 그 의리 때문에 모두가 이곳에서 허망하게 죽으면 훗날 누가 복수를 하겠습니까? 또 누가 고초를 겪으시는 성고를 구해내겠습니까?"

영호충은 껄껄 웃었다.

"지금 나더러 혼자 달아나라는 말이구려. 다시는 그런 말 꺼내지 마시오. 다 같이 죽으면 그만인데 무슨 생각을 그리하시오? 세상에 죽지 않고 영원히 사는 사람이 어디 있겠소? 우리는 여기서 죽고, 소림사에 갇힌 성고도 언젠가는 세상을 뜰 것이오. 오늘 승리를 거둔 정파 사람들도 수십 년 후에는 하나둘 죽게 될 것인데, 승패라는 것도 결국 조금 빨리 죽느냐 조금 늦게 죽느냐의 차이밖에 더 있겠소?"

그가 끝내 고집을 피우자 계무시도 어쩔 수가 없었다. 하지만 오늘 밤이 지나고 내일 날이 밝았을 때 적이 대거 공격해오면 다시는 빠져나갈 길이 없다는 사실에 한숨이 푹푹 나왔다.

그때 어디선가 낄낄거리는 웃음소리가 들려왔다. 아주 신이 나서 웃어대는 소리였다. 큰 패배를 당하고 절에 갇혀 목숨이 오늘내일하는 마당에 저토록 신나게 웃어대는 사람이 있다니 놀라지 않을 수 없었다. 영호충과 계무시는 그 소리를 듣자마자 도곡육선을 떠올렸다.

'죽음이 닥쳐오는데도 저렇듯 즐겁게 웃을 수 있는 사람은 그 괴물들밖에 없겠지.'

과연 도곡육선의 목소리가 들렸다.

"저런 바보 멍청이들! 두 눈 빤히 뜨고 못을 밟아? 아하하하, 어떻게 그렇게 멍청할 수가 있담?"

"분명 발바닥이 센지, 못이 센지 시험해보려고 했을 거야. 으하하하,

발이 못에 찔린 기분이 어때? 아주 좋지?"

또 다른 사람이 낄낄거리며 덧붙였다.

"발에 못이 찔려봤으니 이번에는 등에 못이 박혀보는 건 어때? 으히히히, 으하하하!"

여섯 형제는 세상에서 가장 우스운 일이라도 되는 듯 숨이 넘어가도록 웃어댔다. 그러잖아도 못에 찔린 고통에 신음을 내지르던 호걸들은 몰상식한 비웃음소리에 바짝 약이 올라 마구 욕을 해댔다. 그러나 말꼬투리를 잡아 제멋대로 주제를 바꿔놓는 도곡육선과의 입씨름은 그 누구에게든 힘겹고 어려운 일이었다. 호걸들이 '제미랄 놈'이라고 욕하면 도곡육선은 왜 '제 아비'가 아니라 '제 어미'냐며 따졌고, 호걸들이 '개자식'이라고 욕하면 도곡육선은 왜 '소자식'이 아니라 '개자식'이냐며 따졌다.

결국 분위기가 험악해져 호걸들은 소리소리 지르며 무기를 뽑아 들기에 이르렀다. 정말 싸움이 벌어지면 사태를 수습하기 힘들 것이라고 생각한 영호충이 기지를 발휘했다.

"아니, 저게 뭐지? 거참 신기하군!"

예상대로 도곡육선이 우르르 그에게 달려왔다.

"뭐야? 뭐가 그리 신기해?"

영호충은 짐짓 이상한 표정을 지으며 말했다.

"방금 쥐 여섯 마리가 고양이를 물고 저쪽으로 달려갔소."

도곡육선도 눈을 휘둥그레 떴다.

"쥐가 고양이를 물었다고? 그런 건 한 번도 못 봤는데. 그 쥐들이 어디로 갔어?"

영호충은 아무 곳이나 가리켰다.

"저쪽이오."

도근선이 그의 팔을 잡아끌었다.

"자자, 같이 가보자! 어서 가서 구경하자고!"

영호충이 도곡육선을 쥐라고 에둘러 욕했는데도 그들이 전혀 눈치 채지 못하자 호걸들은 폭소를 터뜨렸다. 도곡육선은 그런 줄도 모르고 영호충을 끌고 후전으로 달려갔다.

영호충이 웃으면서 소리쳤다.

"저쪽이오, 저쪽!"

도실선은 고개를 갸웃했다.

"어디? 나는 안 보이는걸?"

영호충은 그들을 다른 호걸들에게서 떼어놓기 위해 일부러 먼 곳을 가리켰다. 도간선이 구석진 편전의 문을 쾅 소리가 나도록 열어젖혔지만, 안은 어두컴컴해서 아무것도 보이지 않았다.

영호충은 웃으며 말했다.

"허, 쥐 여섯 마리가 빠르기도 하군. 고 녀석들이 고양이를 물고 저 구멍으로 들어갔소."

"속이는 거 아니지?"

도근선이 재차 확인하며 화접자를 켰다. 방 안에는 돌로 깎은 불상 하나가 벽을 향해 덩그러니 놓여 있을 뿐 텅 비어 있었다.

도근선은 제단의 등에 불을 붙이며 말했다.

"구멍이 어디 있어? 어서 쥐들을 끌어내자."

도곡육선이 등불을 비춰가며 사방을 꼼꼼히 살폈지만, 구멍 같은 것은 어디에도 없었다.

도지선이 의견을 냈다.

"혹시 불상 뒤에 있는 거 아닐까?"

도간선이 퉁을 주었다.

"불상 뒤에 있는 건 우리잖아. 우리가 쥐란 말이야?"

"불상이 벽을 보고 있으니 내가 말한 뒤란 바로 불상 앞이야."

"말을 잘못해놓고 끝까지 오리발이야? 뒤가 어떻게 앞이 돼?"

두 사람이 티격태격 싸우자 도화선이 나섰다.

"뒤면 어떻고 앞이면 어때? 어서 불상을 치워보자."

"맞아, 맞아."

도엽선과 도실선도 찬동하고 힘을 합쳐 석상을 밀기 시작했다.

영호충이 놀라 소리쳤다.

"그만두시오! 그건 달마 조사 석상이란 말이오!"

달마 조사는 소림사의 시조로, 소림사가 강호 무학의 태산북두로 천 년 넘게 그 명성을 지켜온 것은 모두 달마 조사의 가르침 덕분이었다. 달마 조사는 9년간 면벽 수행 끝에 크나큰 깨달음을 얻었기 때문에 절에 있는 달마 조사의 신상은 항상 벽을 바라보고 있었다. 그뿐 아니라 달마 조사는 중화 선종禪宗의 시조이기도 해, 무림뿐만 아니라 불교에서도 널리 숭앙받고 있었다. 소림사에 온 호걸들은 영호충의 명에 따라 절의 물건을 망가뜨리지 않도록 조심했고, 특히 이 달마 조사의 석상은 누구도 함부로 건드리지 못했다.

그러나 고집 세고 야만스러운 도화선 일행은 영호충의 부르짖음에도 아랑곳없이 천 근이 넘는 석상을 낑낑거리며 밀어냈다. 돌쩌귀가 서로 부딪치는 듯 끼익끼익 하는 소리와 함께 달마 조사의 석상이 천천히 돌아앉기 시작했다. 바로 그때, 바닥의 철판이 스르르 움직이며 커다란 구멍이 나타났다. 철판의 기관 장치는 오래되어 녹이 잔뜩 슬고 딱딱했지만, 도화선 등이 온 힘을 다해 당기자 귀청이 찢어지는 듯한 소리를 내며 움직였다.

도지선이 외쳤다.

"정말 구멍이 있잖아!"

"들어가서 고양이를 물어간 쥐들을 찾아보자."

도근선이 머리를 쑥 들이밀고 안으로 들어갔다. 도근선 등 나머지 다섯 사람도 앞다퉈 그 뒤를 따랐다. 동굴 안이 무척 넓은지 저벅저벅 발소리가 들리더니, 곧이어 '와아악' 하는 비명과 함께 도곡육선이 밖으로 튀어나왔다.

"안이 너무 깜깜해. 무지무지 깊어!"

도지선이 부들부들 떨며 외쳤다.

"깜깜한데 깊은지 얕은지 어떻게 알아? 어쩌면 바로 앞에 끝이 있을지도 몰라."

도엽선이 퉁을 주었다.

"바로 앞이 끝이라고? 그렇게 자신이 있으면 끝까지 들어가보지 그랬어?"

"'어쩌면'이라고 했지 '확실히'라고 하지는 않았어. '어쩌면'과 '확실히'에는 아주 큰 차이가 있다고."

"확신도 없이 '어쩌면'이라고 할 거면 아예 말을 말란 말이야."

도근선이 끼어들었다.

"시끄러워! 어서 횃불이나 두 개 가져와."

도실선이 슬며시 시비를 붙였다.

"왜 두 개야? 세 개는 안 돼?"

"세 개를 가져올 거면 차라리 네 개가 어때?"

도곡육선은 끊임없이 입씨름을 하면서도 손놀림이 몹시 빨라, 탁자 다리를 부러뜨려 횃불 네 개를 금세 만들었다. 그리고 서로 횃불을 들겠다고 싸우며 다시 동굴 안으로 들어갔다.

영호충은 그들 뒤에 떨어져 생각에 잠겼다.

'소림파가 만들어놓은 비밀 통로가 틀림없군. 매장에 갇혔을 때도 지하 감옥까지 기나긴 통로가 이어져 있었지. 영영도 저 안에 갇혀 있을지 몰라.'

이렇게 생각하자 영영을 찾을 수 있다는 생각에 가슴이 쿵쿵 뛰었다. 그는 곧 동굴로 들어가 도곡육선을 바짝 뒤쫓았다.

비밀 통로는 제법 넓어, 좁고 축축하던 매장의 지하 통로와는 사뭇 달랐다. 그래도 꽉 막힌 통로답게 곰팡내가 가득해 숨쉬기가 쉽지는 않았다.

한참 후에 도실선이 말했다.

"쥐들은 왜 안 보이지? 혹시 이 구멍이 아닌 거 아냐? 그만 돌아가서 다른 곳을 찾아보자."

도간선이 고개를 저었다.

"끝까지 가본 다음 돌아가도 늦지 않아."

다시 한참을 걸었더니 갑자기 휘잉 소리가 나며 선장 하나가 머리 위로 떨어져내렸다. 제일 앞장섰던 도화선이 허둥지둥 뒤로 물러서는 바람에 뒤따르던 도실선에게 와락 부딪쳤다. 선장을 든 승려가 번개처럼 오른쪽 벽 속으로 사라지는 것이 보였다. 대로한 도화선이 냅다 소리를 질렀다.

"이 빌어먹을 놈아! 대머리 땡중들이 감히 구멍에 숨어서 이 어르신을 공격해?"

그가 승려가 사라진 벽을 더듬는데 왼쪽에서 또 다른 선장이 휘잉 하고 바람을 가르며 날아들었다. 이 선장이 도화선의 퇴로를 단단히 막는 바람에 그는 어쩔 수 없이 앞으로 나아갈 수밖에 없었다. 그런데 발을 옮겨놓기 무섭게 오른쪽에서 또 다른 선장이 튀어나왔다.

영호충은 비로소 선장을 든 승려가 진짜 사람이 아니라 기관으로 조종하는 누런 구리 인형이라는 것을 알아차렸다. 정묘하게 배치된 인형들은 바닥의 기관 장치를 밟는 순간 튀어나와 선장을 휘두르는데, 그 초식이 절묘하고 앞뒤로 호응이 잘되어 몹시 위력적이었다.

위기에 처한 도화선은 짤막한 철봉을 꺼내 선장을 막았다. 쩡하는 굉음과 함께 철봉은 그의 손에서 벗어나 빙글빙글 날아갔다. 도화선은 '어이쿠' 비명을 지르며 바닥을 데굴데굴 굴렀고, 또 하나의 선장이 그의 머리를 내리쳤다. 도근선과 도지선이 양쪽에서 철봉을 휘두르며 달려가 형제를 구해냈다. 양쪽에서 공격한 덕분에 선장을 막을 수 있었지만, 그 공격이 끝난 뒤 곧이어 다른 선장 두 개가 날아들었다. 도간선과 도엽선, 도실선까지 달려들어, 다섯 형제는 양쪽 벽에서 마구 떨어지는 선장과 혈투를 벌이기 시작했다.

선장을 휘두르는 구리 인형들은 생명이 없는 물체였지만, 이 인형들을 만든 사람은 기지가 뛰어나고 솜씨도 좋은 대장장이임이 분명했다. 소림의 절기들을 속속들이 알고 있거나 소림파의 고승이 깐깐하게 지도한 덕분인지, 구리 인형들의 움직임은 하나하나가 절묘하기 짝이 없었고 공격 방향도 오로지 급소만 노리고 있었다.

구리 인형의 팔과 선장은 모두 튼튼한 강철로 만들어 무게가 100근에 달하는 데다 기관의 조종을 받아 내리치는 힘은 고수 못지않게 어마어마했다. 도곡육선의 무공도 강했지만 그들이 쓰는 철봉은 너무 짧아 기다란 선장을 막아내기가 쉽지 않았다. 뒤로 물러나자니 선장이 횡횡 바람을 가르며 길을 가로막고, 앞으로 나아가자니 새로운 구리 인형들이 나타나 협공을 해대 여섯 형제는 이러지도 저러지도 못하고 비명만 질러댔다.

구리 인형들의 공격이 매섭고 정묘하지만 그 속에 커다란 허점이 있는 것을 알아차린 영호충은 재빨리 검을 뽑아 구리 인형 두 개의 손목을 찔렀다. '탱탱' 소리와 함께 검이 무쇠팔의 혈도를 찔렀지만, 무쇠팔답게 불꽃만 탁탁 튀었을 뿐 아무런 피해도 입지 않았고, 영호충의 검만 힘없이 튕겨났다.

바로 그때 도근선이 결국 선장에 얻어맞아 비명을 지르며 쓰러졌다. 그러잖아도 놀라 있던 영호충은 더욱 정신이 흐트러졌다. 곧이어 선장이 앞으로 날아들자 그는 생각할 겨를도 없이 재빨리 검을 뺐었다. 이번에도 검은 '탱탱' 소리를 내며 구리 인형의 급소에 명중했지만, 그의 검술이 아무리 오묘하다 해도 구리 인형의 녹이나 조금 벗겨내는 것이 고작이었다. 또다시 머리 위로 바람이 일며 선장이 떨어져 내렸다. 영호충은 깜짝 놀라 앞으로 몸을 피했지만, 이번에는 왼쪽에서 공격이 쏟아졌다.

별안간 눈앞이 컴컴해지며 주변이 온통 어둠에 잠겼다. 도곡육선은 구리 인형을 맞아 싸우느라 들고 온 횃불을 바닥에 던졌는데, 탁자 다리로 만든 횃불이라 바닥에 떨어지자 곧 불꽃이 사그라들 수밖에 없었다. 영호충이 싸움에 뛰어들었을 때도 이미 세 개가 꺼진 상태였고, 하나 남은 횃불마저 결국 완전히 꺼지고 만 것이었다. 아무것도 보이지 않게 되자 영호충은 더욱 허둥지둥했고 끝내 왼쪽 어깨를 맞고 말았다. 도곡육선도 견디지 못하고 '으악', '아이쿠', '엄마야' 하는 비명과 함께 하나둘 쓰러졌다.

영호충은 바닥에 바짝 엎드렸다. 등 뒤로 선장이 무섭게 휘둘리며 횡횡하고 바람을 가르는 소리를 냈다. 마치 악몽을 꾸는 것 같아 정신이 얼떨떨하고 몸에서 힘이 쭉 빠졌다. 그러나 얼마 지나지 않아 바람이 점점 잦아들고, 구리 인형들이 본래 위치로 돌아가는 듯 끼익끼익하는 기관 소리가 들려왔다.

그러더니 별안간 눈앞이 환히 밝아지고 누군가 큰 소리로 외쳤다.

"영호 공자, 여기 계십니까?"

영호충은 기뻐서 소리를 질렀다.

"여… 여기 있소!"

그러면서도 차마 움직일 용기가 나지 않아 가만히 엎드려 있는데, 발소리가 들리고 사람들이 다가왔다.

"아니, 이건?"

계무시의 놀란 목소리였다. 영호충이 재빨리 말했다.

"다가… 다가오지 마시오. 무시무시한… 기관이 있소."

계무시 일행은 영호충이 한참 동안 돌아오지 않자 걱정이 된 나머지 찾아나선 참이었다. 마침내 달마당達磨堂에서 비밀 입구를 발견하고 들어왔지만, 영호충과 도곡육선이 피투성이가 되어 쓰러진 것을 보자 놀라지 않을 수 없었다.

조천추가 외쳤다.

"영호 공자, 괜찮으십니까?"

"움직이지 마시오. 잘못하면 기관이 작동할 거요."

"알겠습니다. 연편을 던져서 이쪽으로 끌어당기는 것이 어떻겠습니까?"

"좋은 방법이오!"

조천추가 들고 있던 연편을 던져 도지선의 발목을 낚아챈 다음 안쪽으로 끌어냈다. 도지선이 입구에 가장 가까이 있었기 때문에 그를 제일 먼저 끌어낸 것이었다. 그다음은 영호충이었다.

"무례를 용서하십시오!"

조천추는 먼저 그렇게 말한 뒤 영호충을 질질 끌어냈다. 이어서 도곡육선의 다른 형제들도 하나둘 끌어냈는데, 다행히도 기관을 건드리지 않아 양쪽 벽에 숨은 구리 인형들도 더 이상은 덤벼들지 않았다.

영호충은 비틀거리며 일어나 도곡육선을 살폈다. 이마와 등을 두드려맞았지만, 워낙 맷집이 좋은 데다 내공도 깊어 살갗만 조금 벗겨졌을 뿐 큰 문제는 없어 보였다.

도근선이 기다렸다는 듯 허풍을 떨었다.

"저 쇳덩이 화상들이 제법 무시무시했지만, 우리 도곡육선이 힘을 합쳤더니 꼼짝없이 망가지고 말았지 뭐야."

하지만 도화선은 공을 오롯이 독차지하기가 미안했던지 슬그머니 영호충을 끼워넣었다.

"영호 공자도 약간은 도움이 되었어. 물론 우리 형제만큼은 아니지만 말이야."

영호충은 어깨의 통증을 눌러 참으며 빙긋 웃었다.

"당연한 말씀이오. 여기 도곡육선을 따를 자가 어디 있겠소?"

조천추가 물었다.

"영호 공자, 대체 어찌 된 일입니까?"

영호충은 그간의 일을 간략히 설명한 다음 말했다.

"아무래도 성고께서 저 안에 갇혀 계신 것 같소. 저 구리 인형을 깨뜨릴 방법이 없겠소?"

조천추는 도곡육선을 흘끗 바라보았다.

"그 말인즉, 저 기관이 망가진 것은 아니군요?"

도근선이 기세 좋게 허풍을 떨었다.

"저깟 쇳덩이들을 깨뜨리는 것쯤이야 어렵지도 않아. 하지만 시간이 없어서 방법을 생각해내지 못한 것뿐이라고."

도실선도 거들었다.

"그럼, 그럼. 도곡육선의 앞길을 막을 수 있는 것은 아무데도 없어."

계무시가 피식 웃으며 말했다.

"저 구리 인형들이 얼마나 강한지 아직 보지 못했으니, 도곡육선께서 다시 한번 저들과 싸워 그 무서움을 좀 보여주시지 않겠소?"

죽다가 살아난 도곡육선은 다시 쇳덩이와 싸워보라는 말에 덜컥 겁이 났다. 갑자기 도근선이 엉뚱한 소리를 했다.

"이봐, 고양이가 쥐를 잡는 건 모두 봤겠지만, 쥐가 고양이를 잡는

걸 본 사람 있어?"

도엽선도 얼른 거들었다.

"우리 일곱 명은 방금 그 모습을 보았다고. 아주 신기한 경험이었지."

말문이 막힐 때 다른 이야기를 꺼내 화제를 돌리는 것도 도곡육선의 재주 중 하나였다.

영호충은 그들을 무시하고 말했다.

"가서 커다란 바위를 좀 구해주시오. 100근에서 200근은 되는 바위여야 하오."

그의 말이 떨어지기 무섭게 세 사람이 달려나가 커다란 바위들을 들고 왔다. 모두 뜰에 만들어놓은 가산假山(산처럼 만든 인공 조형물)에서 떼어낸 것이었다. 영호충이 내공을 실어 그중 하나를 힘껏 굴리자, 우당탕탕 하는 굉음과 함께 기관이 작동해 구리로 만든 화상들이 벽에서 튀어나왔다. 선장이 횡횡 바람을 일으키며 어지럽게 바위를 때려대더니 한참 만에야 소리가 그치고 구리 인형들도 모습을 감췄다.

호걸들은 입을 떡 벌리고 넋이 나간 얼굴로 그 모습을 바라보았다.

계무시가 말했다.

"공자, 저 구리 인형들은 기관의 힘으로 움직입니다. 한 번 발동한 후에는 인형을 움직이는 장치가 다시 힘을 얻어야 하는데, 그런 장치에는 수명이 있기 마련이지요. 계속 바위를 굴려 기관을 발동시키면 장치가 힘이 다해 움직이지 못하게 될 겁니다."

하지만 한시라도 빨리 영영을 구출하고 싶은 영호충은 고개를 저었다.

"구리 인형의 움직임은 느려질 기미가 없었소. 앞으로 얼마나 더 발동해야 수명이 다할지 모르는 노릇이니, 그 방법으로는 날이 샐지도 모르오. 차라리 보도나 보검이 있다면 빌려주시오. 내가 해보겠소."

누군가 앞으로 나와 칼 한 자루를 바쳐올렸다.

"맹주, 이 칼은 날카롭기로 유명합니다."

영호충이 돌아보니, 코가 높고 눈이 움푹 들어간 얼굴에 누런 구레나룻을 기른 서역 사람이었다. 그가 바친 칼은 서늘한 한기를 뿜어내는 것이 과연 보통 칼과는 달랐다.

"고맙소! 이 보도로 저 구리 인형을 벨까 하는데 혹여 칼이 상하더라도 너무 탓하지 마시오."

서역 사람은 시원스레 웃었다.

"성고를 위해서라면 목숨도 버릴 수 있는데 그깟 칼쯤이야 아무것도 아니지요!"

영호충은 고개를 끄덕인 뒤 앞으로 나아갔다. 도곡육선이 놀란 목소리로 외쳤다.

"조심해!"

"아이쿠, 어쩌려고!"

영호충이 두어 걸음 더 내딛자 선장 하나가 윙 소리를 내며 날아들었다. 벌써 세 번째로 보는 초식이었기 때문에 영호충은 망설이지 않고 잽싸게 칼을 휘둘렀다. 쉭 하는 소리가 나면서 구리 인형의 오른팔이 싹둑 잘려 선장과 함께 바닥으로 툭 떨어졌다. 얼굴과 몸은 누르스름한 구리였지만 팔과 선장은 강철로 되어 있어, 생각지도 못하게 이토록 쉽게 자를 수 있었다.

"훌륭한 칼이오!"

그는 저도 모르게 큰 소리로 칭찬을 했다.

처음에는 칼이 쇠를 자를 만큼 날카롭지 못할까 걱정스러웠지만, 그 힘을 직접 본 지금은 기운이 솟아 망설임 없이 칼을 휘두를 수 있었다. 칼이 쐐액쐑 날아들어 구리 인형의 팔 두 개를 더 잘랐다. 들고 있는 것은 칼이지만 그가 펼치는 초식은 모두 독고구검이었다. 구리 인형들은 끊임없이 양쪽에서 튀어나왔다. 선장을 떨어뜨린 후에도 정신없이 팔을 휘둘러댔지만, 무쇠로 만든 선장이 사라진 지금은 아무런 위협이 되지 못했다. 앞으로 나아갈수록 구리 인형들이 펼치는 초식이 더욱더 정묘해지는 것을 보고 영호충은 속으로 감탄을 터뜨렸다. 하지만 필경 쇳덩이로 빚어낸 물체에 불과했으니 초식마다 커다란 허점을 드러내고 있어 쉽사리 무너뜨릴 수 있었다. 팔이 잘린 후에도 기관은 계속해서 작동했지만 의미 없는 동작에 불과했다.

호걸들은 횃불을 들고 뒤를 따르며 앞을 비춰주었다. 무쇠팔을 100여 개쯤 자르고 나자 구리 인형도 더는 튀어나오지 않았다. 누군가 그 수를 세어보니 꼭 108개였다. 호걸들이 일제히 환호성을 지르는 바람에 지하 통로가 쩌렁쩌렁 울렸다.

영호충은 한시바삐 영영을 구하기 위해 횃불을 받아들고 앞장을 섰지만, 혹시 있을지 모르는 다른 기관에 대비해 조심조심 움직였다. 지하 통로는 아래로 아래로 이어지더니 3리 정도 지난 후에는 자연적으로 만들어진 동굴에 이르렀다. 다행스럽게도 그동안 다른 기관이나 함정은 없었다. 조금 더 걷자 희미한 빛이 느껴지기 시작했다. 영호충이 재빨리 달려가보니 발밑에 부드러운 눈이 느껴지고 맑고 싸늘한 공기가 폐 속으로 가득 들어왔다.

사방이 어두컴컴해서 아무것도 보이지 않았지만, 펑펑 내리는 눈이며 어디선가 들려오는 졸졸거리는 물소리만으로도 동굴을 벗어나 어느 개울가에 와 있다는 사실을 알 수 있었다. 순간, 그는 그 지하 통로가 영영을 가둔 감옥이 아니라 밖으로 나가는 비밀 통로였다는 사실에 실망을 금치 못했다.

하지만 뒤따르던 계무시 일행은 몹시 기뻐했다.

"맹주, 소리를 내지 말라고 명을 내리십시오. 아무래도 소실산을 내려온 것 같습니다."

"위험에서 벗어났다는 말이오?"

"그렇습니다. 한겨울이라 산꼭대기의 개울은 모두 얼어붙어서 저렇게 흐를 수가 없습니다. 지하 통로를 통해 산기슭으로 내려온 모양입니다."

조천추가 기뻐하며 말했다.

"참 잘되었군. 뒷걸음질 치다 쥐를 잡는다더니 운 좋게 소림사의 비밀 통로를 찾아냈구먼."

영호충은 서역 사람에게 칼을 돌려주며 말했다.

"돌아가서 다른 사람들도 모두 이리로 데려와주시오."

그사이 계무시는 대오를 꾸려 나가는 길을 찾아보는 동시에 지하 통로의 출구를 지키게 했다. 적이 기습해 통로를 막으면 소림사에 남아 있는 사람들이 꼼짝없이 갇히게 되기 때문이었다.

얼마 후, 길을 찾으러 갔던 사람들이 돌아와 지금 있는 곳이 소실산 뒤쪽 기슭이며 산꼭대기에 있는 절이 보인다고 보고했다. 아직 완전히 위험에서 벗어난 것은 아니기에 호걸들 중 누구도 큰 소리를 내지 않았다. 지하 통로로 빠져나오는 사람들은 점점 늘어났고, 다친 사람은 물론이고 싸우다 죽은 사람들까지 모두 옮겨왔다.

구사일생으로 살아난 호걸들은 비록 환호성을 지르지는 못했지만, 목소리를 낮춰 기쁨을 나눴다.

막북쌍웅 중 흑웅이 말했다.

"맹주, 그 썩어질 놈들은 우리가 아직 절간에 있는 줄 알 거요. 이럴 때 놈들 엉덩이로 돌아가 꼬리를 싹둑 잘라주면 속이 탁 트이겠소!"

도간선이 끼어들었다.

"틀렸어, 틀렸어. 썩어질 놈들이면 꼬리도 썩어 없어졌을 텐데 무슨 수로 꼬리를 잘라?"

영호충이 그 말을 무시하고 말했다.

"우리가 소림사에 온 것은 성고를 구하기 위해서였소. 아직 성고를 구하지 못했으니 쓸데없는 싸움을 벌이기보다는 성고의 행방을 찾는 것이 중요하오."

"쳇, 꼬리가 있든 말든 그 썩어질 놈들 한두 명 잡아먹어야 속이 풀릴 텐데! 이대로 가면 놈들에게 당한 것이 억울해서 잠이 오려나 몰라."

영호충은 빙그레 웃을 뿐 그 말을 받아들이지 않았다.

"모두 흩어져 산을 내려가십시오. 도중에 정파 사람들을 만나더라도 가능한 한 싸움을 벌이지 말고, 성고의 소식을 듣는 대로 모두에게 전해주십시오. 이 영호충이 살아 있는 한, 그 어떤 난관이 닥치더라도 목숨을 내놓고 성고를 구해내겠습니다."

그는 이렇게 소리친 뒤 계무시에게 물었다.

"절에 있던 사람들이 모두 빠져나왔소?"

계무시는 동굴로 돌아가 안에 대고 몇 번 소리를 쳤다. 한참을 기다렸다가 다시 소리쳐보았지만 아무 응답이 없자 그는 그제야 돌아와서 보고했다.

"모두 나왔습니다!"

영호충은 갑자기 장난기가 발동했다.

"그럼 정파 사람들이 깜짝 놀라도록 크게 세 번 소리를 치고 떠납시다."

"옳으신 말씀! 다 같이 맹주를 따라 소리를 지릅시다!"

조천추가 손뼉을 치며 찬동하자, 영호충은 진기를 끌어올려 큰 소리로 외쳤다.

"여봐라! 우리는 산을 내려왔다!"

수천 명이 입을 모아 그 말을 따라 외쳤다.

"여봐라! 우리는 산을 내려왔다!"

영호충이 다시 외쳤다.

"그 산 위에서 눈구경이나 해라!"

호걸들이 또다시 따라 외쳤다.

"그 산 위에서 눈구경이나 해라!"

"푹 쉬고 다음에 보자!"

"푹 쉬고 다음에 보자!"

목이 터져라 외치고 나자 속이 뻥 트이는 것 같았다.

영호충은 껄껄 웃으며 말했다.

"자, 이제 갑시다!"

그때 누군가 마구 소리를 질렀다.

"이 썩어질 멍청이들아! 네놈들 18대 조상, 18대 후손까지 다 빌어먹어라!"

호걸들은 뭣도 모르고 계속 따라 외쳤다.

"이 썩어질 멍청이들아! 네놈들 18대 조상, 18대 후손까지 다 빌어먹어라!"

이렇게 저열한 욕설이 소실산에 쩌렁쩌렁 울린 적은 소림사의 유사 이래로 처음일 것이었다.

영호충이 웃으며 외쳤다.

"됐습니다, 그만하고 어서 갑시다."

하지만 호걸들은 흥이 나서 계속 따라 외쳤다.

"됐습니다, 그만하고 어서 갑시다!"

한참을 외쳤지만 산 위에서는 아무 반응이 없었다. 그사이 날이 점차 밝아와 호걸들은 서로 작별하고 뿔뿔이 흩어졌다. 영호충은 이제 어떻게 할 것인지 생각에 잠겼다.

'제일 중요한 일은 영영의 행방을 찾는 것이고, 그다음은 정한 사태와 정일 사태를 해친 사람이 누군지 알아내는 거야. 이 일을 해결하려면 어디로 가야 할까?'

곰곰이 생각하자 곧 좋은 생각이 떠올랐다.

'소림사 승려들과 정파 사람들은 우리가 소실산을 벗어났다는 것을 알았으니 포위를 풀고 소림사로 돌아갔겠지. 어쩌면 영영도 그들과 함께 있을지 몰라. 영영의 행방과 사태들의 원수를 찾으려면 소림사로 돌아가야 해. 숨어들려면 사람이 적을수록 좋으니 계무시나 다른 사람들과는 여기서 헤어져야겠군.'

그는 계무시와 노두자, 조천추, 남봉황, 황백류 등과 일일이 인사를 나눴다.

"모두들 흩어져서 각자 소식을 탐문하다가, 성고를 구하는 날 다시 모여 축배를 듭시다."

"공자께서는 어디로 가시렵니까?"

계무시가 묻자 영호충은 빙그레 웃었다.

"나도 목숨 걸고 성고를 찾아볼 계획이오. 상세한 것은 다음에 말해 드리겠소."

사람들은 구태여 캐묻지 않고 순순히 떠나갔다.

삼세판

笑傲江湖

27

— 방증 대사의 장법은 변화무쌍하여, 한 번 뻗어낸 일장은 도중에 방향이 몇 번
이나 바뀌었다. 반면, 임아행의 장법은 단순하면서도 직접적이라 장법을 펼치
거나 거두는 폼새는 다소 딱딱하고 어색해 보였다.

영호충은 수풀로 들어갔다가 나무 위로 뛰어올라 무성한 잎 사이로 몸을 숨겼다. 한참을 기다리자 떠들썩한 호걸들의 목소리가 점점 잦아들고 이윽고 정적이 찾아왔다. 모두 떠났다는 확신이 들자 그는 지하 통로로 이어지는 동굴 쪽으로 천천히 걸음을 옮겼다. 역시 아무도 없었다. 동굴 입구에는 커다란 바위 두 개가 떡 버티고 섰고 주변에도 풀이 길게 자라, 모르는 사람은 그 옆을 지나치면서도 동굴이 있다는 사실을 알아차리기 어려웠다.

그는 재빨리 걸음을 놀려 지하 통로를 따라 달마당으로 들어갔다. 때마침 앞 건물에서 두런두런 이야기 소리가 들려왔다. 신중한 정파 사람들이 혹시라도 있을지 모르는 함정에 대비해 앞에서부터 찬찬히 살펴보는 모양이었다. 그동안 영호충은 양팔에 힘을 잔뜩 실어 달마 조사의 석상을 천천히 원위치로 돌려놓았다.

'어디로 가야 정파 수뇌부들의 이야기를 엿들을 수 있을까? 그래야 영영이 어디 갇혀 있는지 알 텐데…. 소림사에는 방이 100개가 넘는데 어디에 모여 있을까?'

지난번 방생 대사의 안내를 받아 방장을 만났을 때 방장의 방을 기억해두었던 그는 곧 달마당을 벗어나 뒷길로 들어섰다. 그러나 소림사에는 방이 너무 많아 한참을 달려도 방장의 방을 찾을 수가 없었다. 어느 편전 앞에서 두리번거리고 있을 때 멀지 않은 곳에서 10여 명의 발소리가 들려왔다. 편전에는 금박 글씨로 '청량경계淸凉境界'라고 적힌 나무 편액이 걸려 있었는데, 달리 숨을 곳이 없었던 영호충은 별수 없이 몸을 날려 편액 뒤로 숨었다.

발소리가 점점 가까워지더니 일고여덟 명이 모습을 드러냈다. 그중 한 사람이 말했다.

"사마외도들도 능력이 제법이구려. 우리가 사방을 물샐틈없이 포위했는데도 달아났으니 말이오."

다른 사람이 고개를 저으며 말했다.

"이곳에 산을 내려가는 비밀 통로가 있을 거요. 그렇지 않고서야 무슨 수로 달아났겠소?"

"그런 비밀 통로는 절대 있을 수 없소이다. 소승이 소림사에서 출가한 지 스무 해가 넘었지만 비밀 통로가 있다는 말은 한 번도 들어보지 못했소."

"비밀 통로라면 아는 사람이 거의 없는 것이 당연하지 않소?"

소림사의 승려인 듯한 사람이 대답했다.

"소승이야 그렇다 쳐도 방장께서도 모르실 리가 있소? 비밀 통로가 있다면 방장께서 여러분께 말씀드려 사마외도들이 그 길로 빠져나가지 못하도록 사전에 차단했을 것이오."

그때 그들 중 한 명이 날카롭게 외쳤다.

"누구냐? 썩 나오너라!"

영호충은 흠칫 놀랐다.

'벌써 발각되었나?'

어리둥절해하며 밖으로 나가려는데, 뜻밖에도 동쪽 편전의 편액 뒤에서 호쾌한 웃음소리가 들려왔다.

"허허, 이 어르신이 콧김을 부는 바람에 먼지가 조금 날렸는데 그걸 눈치채다니, 아주 예리한 안목을 가졌군!"

이렇게 말하는 목소리는 바로 상문천의 것이었다. 영호충은 기쁘면서도 깜짝 놀랐다.

'상 형님께서도 여기 숨어 계셨구나. 내가 여기 온 지 한참 되었는데도 전혀 몰랐으니 숨죽이는 솜씨가 여간 아니시군. 먼지가 떨어지지 않았다면 저들도 결코 눈치채지 못했을 거야…'

그가 이런 생각을 하는 사이, 동쪽과 서쪽에서 각각 한 사람이 훌쩍 뛰어내렸고 아래에 있던 사람들은 비명을 질렀다.

"이게…?"

"너희는…?"

"무슨…?"

모두들 한마디씩만 하고 벙어리가 된 듯 아무 말이 없자, 영호충은 호기심을 참지 못하고 슬며시 밖을 내다보았다. 대전 안에는 두 사람이 서 있었는데, 한 사람은 상문천이고 다른 한 사람은 우람한 몸집의 임아행이었다. 그들이 소리도 없이 장법을 펼치자, 그 장력이 닿는 곳마다 사람들이 픽픽 쓰러져 눈 깜짝할 사이에 여덟 명이 바닥에 늘어졌다. 그중 다섯은 엎드렸고 나머지 셋은 똑바로 누워 있었는데, 하나같이 눈을 휘둥그레 뜨고 공포에 질린 표정이었다. 얼굴 근육이 전혀 움직이지 않는 것을 보면 이미 장력에 숨이 끊어진 것이 분명했다.

임아행이 양손을 옷에 문지르며 말했다.

"얘야, 내려오너라!"

서쪽 끝에 있는 편액 뒤에서 누군가 살며시 내려섰다. 곱고 나긋나긋한 그 모습은 바로 헤어진 지 오래된 영영이었다.

그녀를 보는 순간 영호충은 머리가 핑 돌며 현기증이 일었다. 거칠고 허름한 옷을 걸치고 안색마저 초췌해진 그녀를 보자 마음이 찢어지는 것 같았다. 당장 내려가 그녀에게 달려가려는데 그가 숨어 있는 곳을 향해 손을 내젓는 임아행이 보였다.

'저분들이 먼저 와 있었으니 당연히 내가 숨는 것을 보았겠지. 임 노선배께서 무슨 까닭으로 나더러 나오지 말라 하시는 것일까?'

그러나 그 의문은 곧 풀렸다. 대전 안으로 몇 사람이 우르르 달려들었기 때문이었다. 사부 악불군과 사모 영중칙, 그리고 소림사 방장 방증 대사를 비롯해 적지 않은 정파 사람들이었다. 그는 황급히 머리를 편액 뒤로 숨겼다. 가슴이 미친 듯이 쿵쿵 뛰었다.

'영영이 포위를 당했구나. 이 몸이 가루가 되는 한이 있어도 반드시 그녀를 구해야 해.'

방증 대사의 자애로운 목소리가 대전을 울렸다.

"아미타불! 시주들의 장력은 참으로 무섭구려. 여시주께서는 이미 소림사를 떠나셨는데 어찌 다시 돌아오셨소? 함께 계신 분들은 흑목애의 고수인 듯한데, 빈승의 안목이 얕아 뉘신지 알아볼 수가 없구려."

상문천이 당당하게 대답했다.

"이분은 일월신교의 임 교주시고, 이 몸은 상문천이라 합니다."

두 사람이 이름을 밝히는 순간, 사람들은 마치 번개라도 맞은 양 기겁을 하며 놀란 탄성을 터뜨렸다.

"임 교주와 상 우사께서 왕림하셨구려. 두 분의 쟁쟁한 이름은 오래도록 들었소. 한데 무슨 일로 누추한 이곳까지 걸음하셨소?"

방증 대사가 물었지만 임아행은 그 물음에 대답하지 않고 되물었다.

"노부가 세상일에 손을 뗀 지 오래라 강호 후배 영웅들을 잘 모르오. 여기 계신 친구들은 어떤 분들이오?"

방증 대사는 차분하게 대답했다.

"빈승이 소개해드리겠소이다. 이분은 무당파 장문인이신 충허 도장이오."

늙수그레한 목소리가 이어졌다.

"빈도의 나이는 임 선생보다 몇 살 많지만, 무당파를 맡은 것은 임 선생이 은퇴하신 후인지라 모를 만도 하외다. 후배라고 하면 후배는 맞소만, 영웅이라는 말을 붙이기는 민망하구려. 허허허."

그 목소리를 들은 영호충은 고개를 갸웃했다.

'어디서 들어본 목소리 같은데….'

별안간 얼마 전 무당산에서 만난 나귀 탄 노인과 산나물 바구니 들고 가던 남자, 장작 지게 지고 가던 남자가 떠올랐다.

'이런! 어쩐지 검술이 정묘하다 했더니, 그 노인이 바로 무당파의 장문인이셨구나!'

흐뭇한 기분이 가슴을 물들이고 손바닥은 땀으로 축축해졌다. 무당파와 소림파는 수백 년 동안 강호에 명성을 떨쳐온 대문파였고, 부드러움과 강함이라는 서로 다른 장점을 가지고 있었다. 무당파 장문인 충허 도장은 정묘한 검술로 무림동도로부터 추앙을 받고 있었으니, 그런 사람과 겨뤄보았다는 사실만으로도 기쁘고 흐뭇할 만했다.

임아행의 쩌렁쩌렁한 목소리가 영호충의 상념을 깨웠다.

"좌 장문은 만나본 적이 있소. 좌 선생, 선생의 '대숭양신장大嵩陽神掌'
도 그간 많은 진전이 있었겠구려?"

영호충은 또 한 번 깜짝 놀랐다.

'숭산파 장문인이신 좌 사백도 와 계셨구나.'

얼음장같이 싸늘한 목소리가 울렸다.

"임 선생이 부하에게 속아 수년간 갇혀 있다가 풀려났다는 이야기
는 들었는데, 늦었지만 축하하오. 이 몸의 대숭양신장은 10여 년간 쓴
적이 없어 녹이 잔뜩 슬었소."

임아행이 껄껄 웃었다.

"하하하, 강호가 아주 조용했겠구려. 노부가 사라지는 바람에 좌 선
생에게 대적할 사람이 없었을 테니, 참으로 통탄할 일이오!"

좌냉선은 여전히 싸늘하게 대답했다.

"무공만 놓고 볼 때 이 강호에 임 선생과 필적할 만한 사람은 적지
않소. 다만 방증 대사와 충허 도장같이 득도한 고인들께서는 타당한
이유 없이 이 몸을 훈계하시지 않을 뿐이오."

"잘되었군. 나중에 틈이 나면 좌 선생의 새로운 묘수를 구경 좀 해
야겠소."

"원하시는 대로!"

두 사람의 대화로 보아 한때 격렬하게 싸운 모양이지만, 누가 이겼
는지는 짐작할 수가 없었다.

방증 대사의 말이 이어졌다.

"이분은 태산파 장문인 천문 진인이시고, 이분은 화산파 장문인 악 선생이시오. 옆에 계신 분은 내군이신 악 부인이시오. 혼례를 올리기 전에는 영 여협이라 불리셨는데 임 선생도 들어보셨을 것이오."

"화산파 영 여협이야 잘 알지. 하지만 악 뭐시기라는 이름은 처음이구려."

영호충은 내심 불쾌했다.

'사부님의 명성은 사모님보다 높다. 두 분 다 모를 수는 있지만 영 여협은 알면서 악 선생은 모른다니? 임 노선배가 서호 바닥에 갇힌 것은 겨우 10여 년 전의 일이고, 그때 사부님은 이미 천하에 명성을 떨치고 계셨는데 어떻게 모를 수 있겠어? 분명 일부러 사부님을 비웃는 것이겠지.'

그러나 당사자인 악불군은 담담했다.

"소생의 이름은 임 선생께서 기억하실 만한 가치도 없으니 당연한 일이오."

"악 선생, 내 찾고 있는 사람이 있는데 그 사람 행방을 좀 묻고 싶소. 듣자니 그 사람이 한때 화산파 문하였다고 하더구려."

"누구 말씀이신지?"

"그 사람은 무공이 높고 인품 또한 세상에서 찾아볼 수 없을 만큼 높소. 간악한 소인배들이 시기와 질투에 눈이 멀어 그 사람을 배척하려고 온갖 술수를 부렸지만, 이 임아행은 한눈에 그 사람이 청년 영웅임을 알아보았소. 해서 그 사람을 귀하디귀한 내 딸과 맺어줄 생각인데…."

여기까지 듣자 영호충은 곤란한 일이 벌어질 것을 짐작하고 저도 모르게 식은땀을 흘렸다. 임아행의 말은 계속되었다.

"그 청년은 정이 깊고 의리가 강해서, 내 딸이 소림사에 갇혀 있다는 소식을 듣자 수천 명의 영웅호걸을 이끌고 소림사를 찾아왔다고 들었소. 그런데 지금은 어디로 갔는지 행방을 알 수가 없구려. 내 장인으로서 초조한 마음에 이렇게 악 선생에게 그 행방을 묻는 것이오."

악불군은 큰 소리로 웃음을 터뜨렸다.

"신통광대하신 임 선생께서 어찌 사위의 소식조차 모르시오? 임 선생께서 말씀하신 그 청년은 본 파에서 축출된 영호충이라는 악당이 아니오?"

임아행은 빙그레 웃으며 대답했다.

"귀한 보석을 두고 기왓장이라 우기다니, 악 선생의 안목도 참으로 형편없구려. 내가 말한 청년은 영호충이 맞소. 하하하, 영호충을 악당이라고 부른다면 이 임아행은 대악당이겠구려?"

악불군은 정색을 했다.

"그 악당은 행실이 올바르지 못하고 여색에 빠진 패륜아요. 여자 하나 때문에 강호의 방문좌도들을 선동해 더러운 무리를 짓고, 천하 무학의 근원인 소림사에서 함부로 행패를 부렸소. 숭산파 좌 사형의 뛰어난 계략이 아니었다면, 이곳 천년고찰은 그 악당들 손에 잿더미가 되었을 터인데, 그것이 크나큰 죄가 아니란 말이오? 그 악당이 화산파 문하에 있을 때 제대로 가르치지 못한 것은 바로 이 몸의 잘못이니 무림동도들 앞에 얼굴을 들 수가 없소."

상문천이 그 말을 받았다.

"악 선생의 말은 틀렸소이다! 영호 형제가 소림사를 찾은 것은 임 대소저를 구출하기 위함이었소. 그들은 '강호의 호걸들이 부처님께 참배하고, 고승을 배알하고, 임 낭자를 모시기 위해 소림으로 떠나노라'라고 쓴 깃발을 들고 행진했는데, 이 공손한 글귀만 보아도 결코 행패를 부릴 뜻이 없었음을 알 수 있소. 잘 보시오. 그 사람들이 소림사에 하루 머무르는 동안 풀 한 포기라도 꺾었소? 풀은 말할 것도 없고 쌀 한 톨, 물 한 모금도 축내지 않았소."

그때 누군가 카랑카랑하게 외쳤다.

"축낸 것은 없지만 그 개돼지 같은 놈들이 소림사에 남기고 간 것은 많소."

영호충은 그 목소리가 바로 청성파 장문인 여창해의 것임을 알아보았다.

'저자도 왔군.'

상문천이 그에게 물었다.

"여 관주, 그들이 무엇을 남겼다는 말이오?"

"똥덩어리 말이오. 바닥이 온통 누런 똥투성이요."

여창해의 말에 사람들은 왁자그르르 웃음을 터뜨렸다. 영호충은 민망하여 얼굴이 벌겋게 달아올랐다.

'강호 친구들에게 소림사 집기에 손대지 말라고만 했지, 아무데서나 대소변을 보지 말라고는 하지 않았구나. 거친 무부들이라 바지만 내리면 그 자리가 곧 뒷간이었을 테니, 이 깨끗한 불문의 성지가 더러워졌겠군.'

방증 대사가 나섰다.

"영호 공자와 함께 온 분들이 깃발에 쓴 글귀가 무척 공손했다는 것은 빈승도 잘 아오. 부처님께 절을 올리고자 하는 마음은 고마우나 고승을 배알한다는 말은 참으로 부끄러울 따름이오. 요 며칠 빈승은 그들이 소림사를 불태우지나 않을지 노심초사 잠을 이루지 못했소. 한데 그들은 소림사의 그릇 하나조차 깨뜨리지 않았으니, 필시 영호 공자가 자비로운 마음으로 그들을 단속한 덕분일 것이오. 우리 소림사는 아래위를 불문하고 그 행동에 크게 감격했고, 훗날 영호 공자를 만나면 반드시 감사를 전할 것이오. 여 관주의 농은 개의치 마시기 바라오."

상문천은 빙그레 웃었다.

"과연 득도하신 고승은 그 도량이 남다르십니다. 위군자나 소인배들은 비할 바가 못 되는군요."

"허나 빈승도 묻고 싶은 것이 있소. 항산파의 사태들께서 이곳에서 원적하신 까닭이 무엇이오?"

그때껏 조용히 있던 영영이 슬픈 목소리로 말했다.

"정한 사태와 정일 사태께서는 자비롭고 덕이 높으신 분인데 이렇게 갑작스레 세상을 떠나시다니… 정말 비통한 일입니다…."

"두 분의 유체가 이곳에서 발견되었소. 미루어 짐작건대 두 분이 원적하신 것은 바로 강호의 친구들이 이곳에 들어왔을 때쯤이오. 영호 공자가 그들을 단속하지 못해 싸움이 벌어졌고, 중과부적인 두 사태께서 끝내 유명을 달리하신 것이 아닐까 하오. 아미타불!"

방증 방장은 그렇게 말하며 깊이 탄식했다.

영영이 대답했다.

"얼마 전 저는 이곳 후원에서 두 분 사태를 만나뵈었어요. 자비로운 방장 대사께서는 두 분 사태의 체면을 보아 저를 풀어주셨지요…."

그 말을 들은 영호충은 세 승려의 아량에 크게 감동하면서도 마음 한쪽에서는 비통함을 견딜 수 없었다.

'두 분께서 청을 한 덕분에 방장께서 영영을 풀어주셨구나. 그런 분들이 이곳에서 세상을 떠나시다니…. 모두 나와 영영 때문에 벌어진 일이야. 대체 누가 그분들을 해쳤을까? 반드시 알아내 복수를 하겠어.'

영영의 말이 이어졌다.

"그동안 여러 강호 친구들이 저를 구하기 위해 소림사를 찾아 소동을 피웠고, 100명이 넘는 사람들이 이곳에 붙잡혔습니다. 방장 대사께서는 자비로우신 마음으로 그들이 지난 과오를 뉘우치기를 바라며 열흘간 설법을 베푸신 뒤 모두 풀어주셨지요. 그리고 이곳에 갇힌 지 오래된 저를 그들보다 먼저 떠나게 해주셨습니다."

영호충은 고개를 갸웃했다.

'방증 방장께서는 참으로 자비롭고 선량한 분이구나. 하지만 꽉 막힌 곳도 있군. 영영 휘하에 있는 강호인들이 고작 열흘 설법을 들었다고 해서 개과천선하리라 생각하시다니….'

"저는 무척 감동해 방장께 감사 인사를 올린 뒤 두 분 사태를 따라 소실산을 떠났습니다. 사흘째 되던 날 영호… 영호 공자께서 강호의 친구들을 이끌고 저를 맞이하러 소림사로 온다는 소식을 들었지요. 정한 사태께서는 어서 빨리 그들을 만나 소림사의 고승들을 방해하지 않도록 막아야 한다고 말씀하셨습니다. 그날 저녁, 우연히 강호 친구 한 분을 만났는데, 사람들이 12월 15일에 소림사로 집결하기 위해 사방팔방에서 모여드는 중이라고 했습니다. 두 분 사태께서는 호걸의 수가 많고 서로 속한 곳이 달라 영호 공자의 명을 따르지 않을지도 모른다고 우려하셨습니다. 그래서 저에게 어서 가서… 영호 공자를 만나 사람들을 해산시키라고 하셨지요. 두 분께서는 다시 소림사로 돌아가 방장 대사를 도와 불문 성지를 지키겠노라 하셨고요."

내용도 흥미진진했지만, 맑고 고운 목소리와 우아한 말씨가 듣는 사람들을 이야기 속으로 깊이 이끌었다. 정한 사태와 정일 사태에 대해 이야기할 때는 슬픔과 애도의 마음이 느껴졌고 '영호 공자'라는 말을 꺼낼 때는 수줍어하며 얼굴을 붉히곤 했다. 편액 뒤에 숨어 그녀의 이야기를 듣는 영호충마저 가슴이 두근거릴 정도였다.

방증 대사가 입을 열었다.

"아미타불! 두 분 사태의 호의에 감사할 따름이오. 소림사에 어려움이 있다는 소식이 전해지자, 각 문파의 동도들은 왕래가 있건 없건 일제히 도우러 달려와주었소. 소림사가 이토록 크나큰 은혜를 입었는데 어찌 갚아야 할지 모르겠구려. 다행히 쌍방이 칼을 맞대지 않고 위기를 넘겼으나, 애석하게도 두 분 사태께서 원적하셨으니…. 두 분은 불법에 통달하고 자비와 덕을 갖춘 보기 드문 분이셨소. 불문에 그러한 고인들은 적고도 또 적건만…. 참으로 통탄스러운 일이오!"

"두 분 사태와 헤어진 그날 밤, 저는 숭산파와 마주쳤고 힘이 부족해 결국 좌 선생 문하에게 붙잡혔습니다. 자세한 내막은 모르지만, 며칠 후 아버지와 상 숙부께서 찾아와 구해주시고는 강호 친구들이 이미 소림사에 들어갔다는 소식을 전해주셨습니다. 저희가 이곳에 온 지는 반시진도 채 되지 않았고, 두 분 사태께서 원적하신 일도 조금 전에야 알았습니다. 강호의 친구들이 어디로 갔는지는 저희도 모릅니다."

"그렇다면 두 분 사태를 해친 사람이 임 선생과 상 우사는 아니라는 말이구려.”

“두 분께서 저를 구해주셨으니 오로지 그 은혜를 갚을 마음뿐입니다. 아버지와 상 숙부께서 두 분을 만나 다툼이 생겼다 해도 제가 나서서 어떻게든 중재했을 거예요.”

“옳은 말씀이오.”

방증 대사가 고개를 끄덕이는데, 여창해가 불쑥 끼어들었다.

“마교 사람들은 보통 사람과는 다르오. 보통 사람들은 은혜를 입으면 은혜로 갚지만, 마교 사람들은 은혜를 원수로 갚는 자들이오.”

상문천이 허허 웃으며 중얼거렸다.

“거참 이상하군, 이상해! 여 관주께서는 대관절 언제부터 일월신교에 들어오셨소?”

여창해는 화가 나서 얼굴이 시뻘겋게 달아올랐다.

“무슨 소리냐? 내가 마교에 들어가다니?”

“우리 일월신교 사람들은 은혜를 원수로 갚는다 하지 않았소? 복건성 복위표국의 임 총표두는 오래전 여 관주의 가족들을 살려주었고 매년 은자 만 냥을 선물로 보내기까지 했는데, 청성파는 도리어 임 총표두를 해치지 않았소? 은혜를 원수로 갚는 것으로는 여 관주가 강호제일이라는 소문이 파다하니, 여 관주의 말대로라면 관주야말로 우리 신교에 꼭 어울리는 사람이 아니겠소? 잘됐소, 내 진심으로 환영하리다!”

“개방귀 같은 헛소리 작작 해라!”

“허, 내 좋은 뜻에서 진심으로 환영한다고 했는데 여 관주는 거친 말로 욕설을 퍼붓는구려. 이런 행동이야말로 은혜를 원수로 갚는 것이 아니면 무엇이오? 강산은 변해도 사람의 본성은 변하지 않는다 했으니, 평생 은혜를 원수로 갚으며 살아온 자는 말이나 행동에도 자연스레 그 성품이 드러나기 마련이라오."

방증 대사는 쓸데없는 싸움이 벌어지는 것이 싫어 재빨리 화제를 돌렸다.

"두 분 사태를 해친 자가 누군지는 영호 공자에게 물어보아야 해답을 얻을 수 있을 것 같구려. 한데 세 분께서는 이 소림사에 오시자마자 정파의 제자 여덟 명을 해치셨는데, 이는 무엇 때문이오?"

임아행이 껄껄 웃으며 대답했다.

"노부가 강호를 종횡할 때 그 어떤 사람도 노부 앞에서 무례를 저지르지 못했소. 그런데 저자들은 노부에게 썩 나오라며 무례하게 소리를 질렀으니 응당 죽어 마땅하오."

"아미타불, 단순히 소리를 쳤다고 해서 독수를 쓰다니, 너무 과하지 않소?"

임아행은 가슴을 펴고 큰 소리로 웃어젖혔다.

"소림사의 방장 대사가 과하다고 하면 과한 일이겠지! 방장이 내 딸을 괴롭히지 않았으니 이 임아행이 방장의 은혜를 입은 것은 사실이오. 마땅히 감사 인사를 하는 것이 옳겠으나, 저자들 문제로 방장에게 양보했으니 서로 비긴 셈 치고 감사 인사는 하지 않겠소."

"임 선생께서 그리 생각하신다면 그리하시오. 허나 소림사에 와서 여덟 명의 생령을 해친 일을 어찌 그 한마디로 끝낼 수 있겠소?"

"끝내지 못할 것은 또 무엇이오? 우리 일월신교에는 사람이 구름처럼 많소. 재주가 있다면 일월신교 사람 여덟 명을 죽여 숫자를 맞추면 되지 않소?"

"아미타불, 함부로 사람을 해치면 업보가 늘어날 뿐이오. 좌 시주, 해를 당한 사람들 가운데 둘은 좌 시주의 문하인데, 어찌하면 좋겠소?"

좌냉선이 대답하기 전에 임아행이 대뜸 나섰다.

"사람을 죽인 것은 난데 왜 내게 묻지 않고 다른 사람에게 묻는 거요? 보아하니 머릿수를 믿고 우리 세 사람을 찔러 쓰러뜨릴 생각이구려. 그렇지 않소?"

"어찌 그런 생각을 하겠소? 임 선생께서 다시 강호에 출두하셨으니 앞으로 강호에는 피바람이 불고 수많은 목숨이 그 손 아래 죽어갈 터라 그것이 걱정스러울 따름이오. 빈승은 세 분이 소림사에 남아 경을 읽고 부처를 모시며 강호의 평화를 지켜주기를 바라오만, 세 분의 뜻은 어떠시오?"

임아행은 앙천대소했다.

"훌륭하군, 훌륭해! 참으로 묘안이구려!"

방증 대사가 말을 이었다.

"영애께서 소림사 뒷산에 머무는 동안 본사의 모든 사람들이 공손하게 예를 갖추었소. 빈승이 영애를 이곳에 머무르게 한 까닭은 본 파 제자들의 복수를 위해서가 아니오. 서로 복수만 일삼으면 그 악연의 고리를 끊을 수가 없거늘, 불문의 제자가 어찌 그런 행동을 하겠소? 소림파의 제자들이 영애의 손에 죽은 것은 전생의 업보 때문이오. 허나… 허나 영애께서도 살업이 지나쳐 쉽사리 사람을 해치는 까닭에 이곳에서 경을 읽으며 마음을 수양하면 모든 사람에게 좋은 일이라 생각했을 따름이오."

임아행이 웃으며 말했다.

"듣고 보니 방장은 좋은 뜻으로 한 일이구려."

"그렇소이다. 허나 이 일이 강호에 평지풍파를 일으킬 줄은 생각지 못하였소. 지난날 영애께서 영호 소협을 업고 소림사를 찾아와, 영호 소협을 살려만 준다면 본 파 제자를 죽인 벌을 달게 받겠다 하셨을 때, 빈승은 영애께 소실산에 머물며 빈승의 허락 없이는 산에서 한 발짝도 나가지 말라 권했고 영애도 받아들이셨소. 임 소저, 빈승의 말이 틀렸소?"

"아닙니다."

영영이 나지막한 목소리로 말했다.

방증 대사의 입으로 영영이 소림사를 찾아와 자신을 살려달라 빌었다는 이야기를 듣자 영호충은 가슴이 뭉클했다. 이미 들은 이야기지만 방증 대사가 친히 말을 꺼내고 영영이 인정하는 것을 보는 것은 남의 입에서 듣는 것과는 사뭇 달라서, 다시 한번 눈시울이 촉촉하게 젖었다.

여창해가 비웃음 섞인 목소리로 말했다.

"눈물겹게 감동적이고 안타까운 이야기구려. 하지만 영호충이라는 놈은 몹시 저질스러운 놈이오. 형산성의 기루에서 기녀를 끼고 노는 것을 빈도가 두 눈으로 똑똑히 보았는데, 임 대소저만 안됐군그래."

상문천은 여유롭게 허허 웃었다.

"여 관주께서 기루에서 친히 목격하셨다는 말이오? 잘못 본 것은 아니오?"

"잘못 보았을 리가 있소?"

여창해가 당당하게 대답하자 상문천은 은근한 목소리로 속삭였다.

"여 관주, 이제 보니 이 몸과 마찬가지로 기루를 자주 찾는 모양이구려. 그래, 그 기루에서 어떤 기녀와 놀아보셨소? 용모는 봐줄만 하오? 이다음에 내가 관주를 한번 초대할 테니 함께 놀아봅시다."

"그… 그런 헛소리를!"

여창해가 대로하여 외쳤지만 상문천은 히죽히죽 웃었다.

"아니, 좋은 뜻으로 초대를 하겠다는데도 욕설만 하는구려. 이것이 또한 은혜를 원수로 갚는 것이 아니면 무엇이오? 허허, 치졸한 사람이로고!"

이번에도 방증 대사가 화제를 돌렸다.

"임 선생, 선생께서 소실산에 은거하시면 옛 원한은 잊고 모두 친구가 될 수 있소. 세 분이 이곳에서 떠나지 않는 동안은 그 누구도 세 분을 괴롭히지 않으리라 약속하겠소. 복잡한 은원은 잊고 평화롭게 여생을 누리는 것도 기쁜 일이 아니겠소?"

영호충은 간곡하게 부탁하는 방증 대사의 목소리를 들으며 속으로 중얼거렸다.

'대사께서는 세상을 몰라도 너무 모르시는군. 사람을 죽이고도 눈 하나 깜짝하지 않는 사람들이 소실산에 갇혀 살겠다고 할 리 만무한데, 저런 허무맹랑한 희망을 품고 계시다니….'

임아행이 빙그레 웃으며 말했다.

"방장이 좋은 뜻으로 권하니 그 얼굴을 봐서라도 명을 따르는 수밖에 없겠구려."

방증 대사의 얼굴에 희색이 떠올랐다.

"소실산에 남기로 결심하셨소?"

"그렇소."

"그렇다면 빈승이 곧바로 방을 치우고 세 분을 대접하겠소이다. 오늘부터 세 분은 소림사의 귀빈이오."

임아행은 고개를 저었다.

"허나 머무는 시간은 길어야 세 시진뿐이오. 그 이상은 어렵소."

방증 대사는 크게 실망했다.

"세 시진이라니… 그토록 짧은 시간이 무슨 소용이 있겠소?"

임아행은 껄껄 웃었다.

"물론 나도 며칠 머무르며 방장 대사의 불법을 듣고 여러 친구들과 깊이 이야기를 나누고 싶으나, 내 이름이 이러니 어쩔 수가 없구려."

방증 대사는 망연하게 물었다.

"빈승으로서는 도무지 알아들을 수가 없구려. 시주의 이름이 이 일과 무슨 관계가 있다는 것이오?"

"이 몸은 성도 별로인데 이름도 통 잘못 지었소. 성이 아무렇게나 해도 좋다는 '임任' 자인 데다가 이름마저 내키는 대로 간다는 의미인 '아행我行'이라 지었으니 어쩌겠소? 차라리 '이행履行'이라 지었으면 규칙을 이행하며 평화롭게 살았겠지만, 이왕 '아행'이라 지었으니 이름에 걸맞게 내키는 대로 가는 수밖에 없구려."

방증 대사가 다소 노한 목소리로 말했다.

"임 선생께서 빈승을 희롱하시는구려."

"아니오, 아니오. 내 어찌 그럴 수 있겠소? 당세의 고인들 중에 노부가 인정하는 사람은 몇 되지 않소. 많아야 세 사람 반*인데, 대사께서는 바로 그중 한 사람이오. 또 노부가 경멸하는 사람도 세 사람 반이니, 노부가 이름이라도 알아주는 자는 도합 일곱밖에 되지 않는 것이오."

그의 목소리는 사뭇 진지해 결코 농을 하는 것 같지 않았다. 방증 대사가 차분하게 말했다.

"아미타불, 그 말씀은 빈승도 감당하기 어렵구려."

임아행이 인정하는 세 사람 반과 경멸하는 세 사람 반이 있다는 말을 듣자 영호충은 그 사람들이 누군지 잔뜩 호기심이 일었다. 다른 사람들도 마찬가지였는지, 누군가 쩌렁쩌렁한 목소리로 외쳤다.

"임 선생이 인정하는 사람이 누구요?"

방증 대사가 임아행에게 악불군 부부를 소개한 뒤 이런저런 말이 오가는 바람에 나머지 사람들을 소개하지 못했는데, 그들 중 한 명이었다. 영호충은 숨소리를 듣고 방증 대사의 일행이 모두 열 명이라고 짐작했다. 방증 대사와 악불군, 악 부인, 충허 도장, 좌냉선, 천문 진인, 여창해 외에도 세 명이 더 있었는데, 쩌렁쩌렁한 목소리만으로는 누군지 짐작이 가지 않았다.

임아행이 웃음 섞인 목소리로 말했다.

"이거 참 미안하게 됐소만, 그 세 사람 반에 당신 이름은 없소."

그 사람이 대꾸했다.

"이 몸이 무슨 자격으로 방증 대사와 어깨를 나란히 하겠소? 임 선생의 경멸을 받아도 당연한 노릇이오."

"내가 경멸하는 세 사람 반에도 당신 이름은 없소. 앞으로 30년 정도 공력을 쌓으면 혹시 이름을 올릴 수 있을지도 모르지만 말이오."

그 사람은 입을 꾹 다물었고, 영호충은 고개를 설레설레 저었다.

'임 노선배가 경멸하는 사람이 되는 것도 쉬운 일이 아니군.'

방증 대사가 다시 차분하게 말했다.

"임 선생께서는 참으로 특별한 말씀을 하시는구려."

"방장은 내가 인정하는 사람과 경멸하는 사람이 누군지 궁금하지 않으시오?"

"그러잖아도 시주께 고견을 청할 생각이었소."

임아행은 껄껄 웃었다.

"방장은 《역근경》을 깊이 연구하여 내외공에 두루 뛰어나지만, 마음이 너무 약하고 겸손하여 노부처럼 오만한 구석이 전혀 없소. 내가 방장을 인정하는 것은 바로 그 때문이오."

"과찬의 말씀이오."

"하지만 내가 인정하는 사람들 중 으뜸은 방장이 아니오. 당금 무림에서 내가 으뜸으로 여기는 사람은 바로 내게서 일월신교의 교주 자리를 빼앗은 동방불패요."

의외의 대답이었는지 여기저기서 탄성이 터져나왔다. 다행스럽게도 영호충은 재빨리 입을 막아 겨우 탄성이 새어나가지 않았지만, 동방불패에게 당해 수년간 지하 감옥에 갇혀 뼈저리게 원망했을 임아행이 진심으로 그를 인정한다는 말에 놀라지 않을 수 없었다.

임아행이 말을 이었다.

"노부는 무공이 고강하고 머리 회전이 빨라 세상에 적수가 없다 여겼소. 그런데 동방불패의 속임수에 넘어가 호수 바닥에 갇혀 하마터면 영영 세상에 나오지 못할 뻔했소. 그렇게 무시무시한 인물을 인정하지 않을 수야 없지 않겠소?"

"일리가 있는 말씀이구려."

방증 대사가 고개를 끄덕이며 동의했다.

"내가 세 번째로 인정하는 사람은 당금 화산파의 절정 고수요."

이 한마디도 영호충에게는 몹시 의외였다. 조금 전만 해도 악불군을 완전히 무시하던 그가 진심으로 인정하는 사람으로 악불군을 꼽을 줄은 전혀 예상하지 못했던 것이다.

악 부인이 끼어들었다.

"임 선생, 빙빙 돌리지 말고 똑바로 말하시오."

임아행은 빙그레 웃었다.

"허허, 악 부인, 설마하니 부인의 남편을 두고 하는 말이라 생각하시오? 아니오, 부인의 남편은 아직 한참 멀었소. 내가 마음으로부터 인정하는 그 사람은 검술이 신의 경지에 이른 풍청양 노선생이오. 풍 노선생의 검술은 노부가 따를 수 없을 만큼 훌륭하오. 그를 인정하는 이 마음에는 추호의 거짓도 없소."

"악 선생, 풍 노선생께서 아직 재세在世하시오?"

방증 대사의 질문에 악불군은 조용히 대답했다.

"풍 사숙께서는 수십 년 전에… 이미 속세를 떠나 은거하셨고, 본 파와도 소식이 끊겼습니다. 그분께서 아직 살아 계시다면 본 파의 홍복이지요."

임아행은 냉소를 터뜨렸다.

"풍 노선생은 검종이고 악 선생은 기종이오. 화산파의 검종과 기종이 불구대천의 원수처럼 싸웠다는 것은 누구나 아는 사실인데, 풍 노선생이 살아 있는 것이 악 선생에게 무슨 복이 되겠소?"

악불군은 그의 타박에도 묵묵부답이었다.

풍청양이 검종이라는 것을 어렴풋이 짐작했던 영호충이지만, 사부가 임아행의 말을 반박하지 않는 것을 보자 그제야 확신이 들었다.

임아행이 조롱하듯 말했다.

"안심하시오. 풍 노선생 같은 은거 고인이 설마하니 그깟 화산파 장문 자리를 탐내기야 하겠소?"

"이 악불군은 덕과 재주가 모자라 장문 자리를 맡을 능력이 없소. 풍 사숙께서 기꺼이 맡아주신다면 그보다 더 기쁜 일도 없을 것이오. 임 선생께서 풍 사숙의 행방을 아신다면 부디 이 몸이 풍 사숙을 배알할 수 있도록 이끌어주시기 바라오. 그렇게만 된다면 화산파의 모든 사람들이 그 은혜를 칭송할 것이오."

무척이나 정성스럽고 간절한 목소리였지만 임아행의 대답은 퉁명스러웠다.

"나는 풍 노선생의 행방을 모르오만, 설사 안다 하더라도 말해줄 생각이 없소. 앞에서 찔러오는 창은 피해도 뒤에서 날아드는 화살은 막기 어렵다는 말을 들어보았소? 대놓고 수작을 부리는 소인배들은 상대하기 쉽지만, 고상한 척하면서 뒤로 호박씨를 까는 위군자들은 상대하기가 골치 아프거든."

그 조롱에도 악불군은 아무 말도 하지 않았다.

영호충은 속으로 생각했다.

'사부님은 고상한 군자시니 저런 악담은 상대하지 않으실 수밖에.'

임아행은 몸을 돌려 무당파 장문인 충허 도인을 바라보았다.

"노부가 네 번째로 인정하는 사람은 늙다리 도사 당신이오. 무당파의 태극검은 독보적인 검법이고 정묘함에 있어서는 그 어떤 검법도 따르지 못할 것이오. 당신은 그 높은 검법을 지니고도 무의미한 강호의 일에 나서지 않으며 수양에만 매진했으니 인정하지 않을 수 없지! 하지만 제자를 거두지 않아 무당파에 이렇다 할 인재가 없으니, 늙다리 도사가 세상을 뜨면 태극검의 절기는 실전되고 말 것이오. 게다가 태극검법이 훌륭하다고는 해도 노부를 이길 정도는 못 되니 반만 인정하는 것이오."

충허 도인은 허허 웃었다.

"임 선생의 인정을 반만 받아도 평생의 영광이라오, 고맙소이다!"

"별말씀을!"

임아행은 곧 좌냉선을 돌아보았다.

"좌 장문, 속은 부글부글 끓는데 겉으로는 사람 좋은 척 웃고 있을 필요 없소. 비록 내가 인정하는 사람 축에는 들지 못하지만 내가 경멸하는 세 사람 반 중 으뜸이 좌 장문이니 말이오."

좌냉선은 냉소를 지었다.

"이 몸을 그리 높이 봐주시니 몸 둘 바를 모르겠구려."

"솔직히 말해 좌 장문은 무공이 높고 심계도 깊어 노부의 성미에 꼭 맞소. 오악검파를 합병하여 소림파, 무당파와 나란히 강호를 지탱하는 솥발이 되고자 하는 웅심은 정말이지 대단하오. 하지만 꿍꿍이가 많고 음모와 궤계를 일삼아 영웅호걸답지 못하니 경멸을 받아 마땅하지."

"내가 경멸하는 당세 고인 세 사람 반 중에 임 선생은 반도 들지 못하오."

좌냉선의 말에 임아행은 빙그레 웃었다.

"남의 말을 따라 하다니 창의력이라고는 눈곱만큼도 없군. 그러니 내가 당신을 경멸하는 거요. 당신이 익힌 숭산파 무공이 훌륭하기는 하나 모두 옛사람들이 전해준 것뿐, 당신 재주로는 아무리 애를 써도 새로운 초식 하나 만들어내지 못했을 거요."

좌냉선은 코웃음을 쳤다.

"하잘것없는 이야기로 시간만 질질 끄는군. 구원병이라도 기다리는 것이오?"

임아행도 질세라 냉소를 터뜨렸다.

"아아, 머릿수로 밀어붙여 우리를 포위하시겠다?"

"소림사에 와서 어진 이들을 해치고도 무사히 빠져나갈 수 있으리라 생각하다니, 여기 있는 고수들을 너무 무시하는구려. 머릿수로 밀어붙인다는 둥 무림의 규칙을 어긴다는 둥 마음대로 떠들어보시오. 우리 숭산파 제자를 죽인 이상, 이 좌냉선은 반드시 그 빚을 갚을 것이오."

임아행은 방중 대사를 돌아보았다.

"방장, 이곳이 소림사요, 아니면 숭산파 앞뜰이오?"

"어찌 그런 것을 물으시오? 당연히 소림사요."

"그렇다면 이곳에서 벌어진 일은 소림 방장이 주재해야 하오, 아니면 숭산파 장문인이 주재해야 하오?"

"빈승이 주재해야겠으나 여러 친구분들의 고견도 참고할 것이오."

임아행은 앙천대소했다.

"그렇지, 그렇지. 혼자서 싸우면 질 것이 뻔하니 떼거지로 덤벼들겠다는데, 과연 고견은 고견이오! 좌냉선, 네놈이 이 임아행을 막을 수 있다면 네놈 앞에서 내 스스로 목을 베어 자결하겠다!"

좌냉선은 싸늘하게 웃었다.

"우리 열 명만으로 당신을 막을 수 없을지는 모르나, 당신 딸을 죽이는 것은 어렵지 않소."

방증 대사가 합장을 하며 말했다.

"아미타불, 인명을 해쳐서는 아니 되오."

이들의 대화를 듣고 있던 영호충의 심장이 쿵쿵 뛰기 시작했다.

좌냉선의 말은 거짓이 아니었다. 대전에 있는 열 명 가운데 세 명은 누군지 모르지만 방증 대사나 충허 도인 등과 함께 있을 정도면 한 문파의 장문인이나 절정 고수가 분명했다. 임아행의 무공이 아무리 높아도 운이 좋아 무사히 자리를 빠져나갈 수 있을망정 그들 모두를 물리칠 수는 없는 노릇이었다. 상문천이 살아서 이곳을 떠날 수 있을지도 미지수인데 영영은 더욱더 희망이 없었다.

그러나 임아행은 당당하게 말했다.

"그거 참 좋은 방법이군. 좌 장문에게도 아들이 있다 들었소. 천외한송天外寒松 좌정左挺이라던가? 무공도 형편없고 머리에 든 것도 없어서 손바닥 뒤집듯 쉽게 죽일 수 있다더군. 군자이신 우리 악 장문에게는 딸이 있고, 여 관주는 애첩이 줄줄이 있어 아들도 셋이라지. 천문진인은 비록 자녀는 없지만 아끼는 제자가 여럿이고, 막대 선생은 나이 지긋하신 부모를 모시고 있다고 알고 있소. 곤륜파의 건곤일검乾坤一劍 진산자震山子에게는 하나뿐인 손자가 있고, 개방 해 방주는… 상좌사, 해 방주에게 가족이 있나?"

영호충은 그제야 나머지 사람들이 누군지 알 수 있었다.

'막 사백께서도 와 계셨구나. 그나저나 구태여 방증 방장께서 소개

시켜줄 필요도 없었군. 임 노선배는 이미 여기 있는 사람들과 그 가족들에 대해 철저하게 조사를 해둔 모양이야.'

상문천의 목소리가 들려왔다.

"개방의 청련사자靑蓮使者와 백련사자白蓮使者는 해씨는 아니지만 해방주의 사생이라고 합니다."

"확실한가? 자칫하면 사람을 잘못 죽일지도 모르네."

"확실합니다. 제가 꼼꼼하게 조사했습니다."

임아행은 만족스레 고개를 끄덕였다.

"하긴, 잘못 죽인들 어쩌겠나? 개방 사람 서른, 아니 마흔 명쯤 잡아죽이면 그중에 제대로 된 사람도 있겠지."

"정확한 판단이십니다!"

그가 가족들을 들먹이자 좌냉선과 해 방주 등의 안색이 싹 변했다. 만에 하나 이 자리에서 그를 처치하지 못하고 딸만 죽이면, 그는 반드시 자신들의 가족과 친지들에게 잔혹한 복수를 할 것이다. 가족들이 그의 독수에 당하는 상상만 해도 소름이 끼치고 몸이 덜덜 떨려, 장내의 분위기는 찬물을 끼얹은 듯 무겁게 가라앉았다.

한참 후에야 방증 대사가 입을 열었다.

"복수는 복수를 낳는 법, 그 끝을 기약할 수 없소. 임 선생, 우리는 결코 임 대소저를 해치지 않을 것이오. 허나 세 분께서는 부디 10년간 이 소실산에 머물러주시오."

임아행은 고개를 저었다.

"아니, 나는 이미 살심殺心이 동했소. 좌 장문의 아들을 잡아다 사지를 자르고 두 눈을 뽑은 뒤 여 관주가 애지중지하는 애첩들과 아들들을 모조리 죽여야 속이 풀리겠소. 악 선생의 따님도 더 이상 세상에 남아 있지 못할 거요."

그 말에 영호충은 까무러칠 듯 놀랐다. 속을 헤아리기 힘든 저 대마두가 정말 죽이려고 마음을 먹은 것인지, 단순히 겁을 주려고 협박하는 것인지 몰라 정신이 혼미했다.

그때, 충허 도인이 나섰다.

"임 선생, 우리 내기를 하는 것이 어떻소?"

"노부는 도박운이 나빠서 내기에는 자신이 없소. 하지만 살인에는 자신이 있지. 고수라면 몰라도 고수의 아비와 어미, 아들딸, 마누라나 첩을 죽이는 일은 충분히 자신이 있소."

"무공도 모르는 사람들을 죽이면 영웅이라 할 수 없소."

"영웅이 아니면 어떻소? 적이 평생토록 후회하고 슬퍼하기만 한다면 누구보다 즐거울 거요."

"허나 임 선생의 따님마저 사라진다면 그리 즐겁지 않을 것이오. 딸이 없으면 사위도 없으니, 임 선생의 사위는 다른 집 사위가 되어야 할 것이고, 그리되면 임 선생의 체면이 어찌 되겠소?"

임아행은 고개를 끄덕였다.

"흠, 어쩔 수 없군. 내 사위를 노리는 자들을 몽땅 잡아 죽이는 수밖에. 내 사위가 딸을 저버리게 만드는 자들은 용서하지 않겠소."

충허 도인이 차분히 말했다.

"이렇게 합시다. 우리가 머릿수로 밀어붙이지 않는 대신 임 선생도 무고한 사람들을 해치지 않겠다 약조하는 것이오. 공정하게 무공으로 승부를 가르면 되지 않겠소? 우리 쪽에서 세 사람을 내보내 당신들 세 사람과 시합을 벌여 두 번을 이기는 쪽이 승리하는 것이오."

방증 대사도 찬성했다.

"참으로 좋은 방법이구려. 충허 도형의 고견은 과연 비상하오. 단, 시합은 하되 서로 인명을 상하지는 않도록 해야 하오."

"우리 세 사람이 패하면 10년 동안 소실산에 갇혀 있으라는 말이 군. 그렇지 않소?"

"그렇소. 세 분이 두 번 이기면 우리도 패배를 인정하고 하산을 막지 않겠소. 공연히 목숨을 잃은 여덟 사람은 안타깝지만 어쩔 수 없구려."

"내 늙다리 도사를 절반은 인정한다 했는데 그 말도 절반은 일리가 있군. 그래, 그쪽에서는 누가 나설 참이오? 내가 선택할 수 있소?"

좌냉선이 나섰다.

"방장 대사께서는 소림사의 주인이시니 반드시 나가셔야 하고, 이 몸은 10여 년간 싸움을 멀리하여 몸이라도 풀까 하는 심정으로 나갈까 하오. 세 번째 사람은… 충허 도장께서 의견을 내신 이상 남들에게 미루기도 민망하실 테니 이 기회에 태극검법을 한번 보여주시지 않겠소?"

이 자리에 있는 사람들은 어디 내놓아도 빠지지 않는 고수들이지만, 좌냉선은 그중에서도 방증 대사와 충허 도인, 그리고 자신의 무공이 가장 높다고 생각해 단숨에 세 사람을 지명한 것이다. 영영은 고작 열여덟이나 열아홉밖에 되지 않았으니 아무리 무공이 높다 해도 한계가 있었고, 여기 있는 누구와 싸워도 질 것이 뻔했다.

악불군 등 다른 장문인들도 일제히 수긍했다. 방증 대사와 충허 도인, 좌냉선은 정파의 삼대 고수로, 무공에 있어서라면 결코 임아행에 뒤지지 않았고 상문천에 비하면 다소 우세한 편이었다. 그러니 두 번 이길 확률이 상당히 높았고 운이 좋으면 세 번 다 이길 수도 있었다. 그들이 걱정하는 것은 임아행을 놓쳐 그가 가족이나 제자들에게 복수를 하는 것이지, 정정당당하게 싸우는 것은 조금도 두려워할 필요가 없었다.

임아행은 고개를 저었다.

"삼세판까지도 필요 없소. 단 한 번으로 승부를 냅시다. 그쪽에서 한 사람, 우리 쪽에서 한 사람이 나서서 단판에 승부를 가름하는 것이오."

좌냉선은 차갑게 맞받았다.

"이보시오, 임 선생. 지금 불리한 것은 당신들이오. 여기 있는 열 명만 해도 당신들의 세 배는 되고, 방장 대사의 호령이 떨어지면 소림파의 일류고수들이 몰려올 텐데 그 수가 스물이나 서른은 될 것이오. 다른 문파의 고수들까지 셈할 필요도 없소."

"역시 머릿수로 밀어붙일 심산이군."

"그렇소, 머릿수를 믿고 이러는 것이오."

"후안무치한 놈."

"무고한 사람을 죽이는 것도 후안무치하기는 매한가지요."

임아행이 빙그레 웃으며 물었다.

"사람을 죽이는 데 반드시 이유가 있어야 하오? 좌 장문, 당신은 고기를 먹소, 아니면 채소만 먹소?"

좌냉선은 코웃음을 쳤다.

"사람 죽이는 이야기를 하다가 갑자기 무슨 엉뚱한 말이오?"

"당신이 사람을 죽이면, 그 사람은 반드시 그만한 죄를 지었겠군?"

"당연히 그렇소."

"당신도 고기를 먹을 테니 묻겠소만, 당신이 먹는 소나 양은 무슨 죄가 있소?"

방증 대사가 나섰다.

"아미타불, 임 선생께서 참으로 대자대비한 말씀을 하셨소이다."

좌냉선이 코웃음을 치며 말했다.

"방장께서는 속지 마시오. 저자는 무고하게 죽은 우리 제자들을 소나 양에 비유하고 있소."

"풀벌레, 개미, 소, 양, 그리고 보살과 평범한 사람들 모두 똑같은 중생이지 않소?"

"그렇소, 참으로 옳은 말이오. 아미타불!"

좌냉선이 차갑게 물었다.

"임 선생, 자꾸 시간만 끄는데 아무래도 싸울 용기가 없는 모양이구려?"

별안간 임아행이 크게 고함을 질렀다. 기왓장이 덜덜 떨리고, 불상 앞에 놓인 열두 개의 촛불도 그 기세에 눌려 희미해졌다가 고함이 그친 후에야 다시 환해졌다. 사람들도 고함 소리에 놀라 가슴이 철렁하고 안색마저 하얗게 질렸다.

임아행은 웃으며 말했다.

"오냐, 좌냉선. 어디 한번 싸워보자."

"대장부라면 한 번 뱉은 말은 반드시 지켜야 하오. 삼세판을 싸워

두 번 이기는 쪽의 승리라 했으니 당신들 중에서 두 사람이 지면 10년 동안 소실산을 떠날 수 없소."

"좋다, 우리가 지면 세 사람 모두 이곳에 10년 동안 머물겠다."

그가 좌냉선의 충동질에 넘어가 내기를 수락하자 정파 사람들은 속으로 몹시 기뻐했다.

임아행이 거칠게 말했다.

"너는 내가 상대하고, 상 좌사는 여씨 난쟁이와 싸울 것이다. 내 딸은 여자니 영 여협에게 가르침을 받도록 하지."

"안 되오. 우리 쪽에서 누가 나설지는 우리가 정하오."

"반드시 스스로 정해야 하는 것이냐?"

"그렇소. 우리 쪽에서는 소림파, 무당파의 장문인과 부족한 이 몸이 나설 것이오."

"네놈의 명성과 무공으로 어찌 감히 소림파와 무당파의 장문인에 비하느냐?"

좌냉선은 코웃음을 쳤다.

"이 몸이 소림파와 무당파 장문인에 비할 수는 없으나, 당신과 싸워 볼 만은 하오."

임아행은 껄껄 웃었다.

"방장, 내 방장의 소림신권을 한번 구경할까 하는데, 받아주겠소?"

"아미타불, 빈승은 무공을 멀리한 지 오래되어 시주의 상대가 되지 못할 것이오. 허나 시주를 소실산에 모시고자 하는 바람이 크니, 녹슨 뼈를 움직여서라도 시주와 한번 겨뤄보겠소이다."

좌냉선은 임아행이 방증 대사에게 도전하는 것이 자신을 얕보는 처

사라는 것을 알면서도 내심 기뻤다.

'네놈이 나와 싸우고 상문천과 충허, 그리고 네 딸과 방증이 서로 겨루게 만들까 봐 걱정이었다. 상문천은 제법 무공이 높아 충허가 실수라도 하면 승부가 어찌 될지 모르고 나 또한 네놈에게 지면 큰일이 아니냐?'

그가 가타부타 말없이 물러나자 사람들은 바닥에 쓰러진 시체 여덟 구를 치워 싸울 공간을 마련했다.

임아행이 손을 내밀었다.

"방장, 해봅시다."

그가 두 손으로 포권을 하며 예를 갖추자 방증 대사도 합장을 했다.

"시주께서 먼저 공격하시오."

"나는 일월신교의 정통 무공을 사용하고, 방장은 소림파 정통 무예를 사용하니 정통과 정통의 싸움이군. 한번 해볼 만하겠구려."

"흥! 마교에 무슨 정통이 있다는 것이냐? 부끄러운 줄 알아야지!"

여창해가 외쳤지만 임아행은 그쪽을 돌아보지도 않고 말했다.

"방장, 먼저 저 난쟁이부터 죽이고 다시 싸우는 것이 어떻겠소? 저 난쟁이는 보면 볼수록 밉살맞아서 오늘이 아니더라도 언젠가는 죽이고 말 것이오. 저 난쟁이와의 싸움은 시합으로 치지 않겠소."

"아니 되오."

방증 대사가 황급히 만류했다. 임아행의 번개 같은 움직임을 잘 아는 그는 주저하다가 자칫 여창해가 죽음을 당할까 봐 서둘러 장법을 펼쳤다.

"임 시주, 받으시오."

그의 초식은 보기에는 무척 평범했지만, 문득 손그림자가 바르르 떨리는가 싶더니 손이 두 개, 네 개, 그리고 여덟 개로 늘어나기 시작했다. 임아행이 감탄을 터뜨렸다.

"천수여래장千手如來掌이군!"

조금만 머뭇거려도 여덟 개의 손이 열여섯 개, 나아가 서른두 개로 늘어날 것임을 잘 아는 그는 재빨리 일장을 떨쳐 방증 대사의 오른쪽 어깨를 내리쳤다. 방증 대사가 오른손 아래쪽으로 왼손을 내밀자 그 손 역시 바르르 떨리며 둘로 늘어났다가 순식간에 네 개가 되었다. 임아행은 위로 몸을 솟구치며 쌍장을 획획 뻗었다.

높은 곳에 숨은 영호충의 눈에는 방증 대사의 변화무쌍한 장법이 훤히 보였다. 한 번 뻗어낸 일장은 도중에 방향이 몇 번이나 바뀌었고, 장법 또한 평생 처음 보는 신비로운 것이었다. 반면, 임아행의 장법은 단순하면서도 직접적이었다. 장법을 펼치거나 거두는 품새는 다소 딱딱하고 어색해 보였지만, 천변만화하는 방증 대사의 장법도 임아행의 장력이 닿는 순간 곧 물러서서 초식을 바꾸곤 해, 두 사람의 무공이 막상막하라는 것을 짐작할 수 있었다.

권각술拳脚術에 익숙지 않은 영호충은 독고구검의 파장식을 아직 완벽하게 습득하지 못한 상태였다. 상대방의 권각술에서 허점을 찾아내지 못하면 그 허점을 뚫고 들어갈 수 없기 때문인데, 천하의 권각술에 대해 그만한 견식이 없었던 것이다. 그러니 두 고수가 당세 제일의 신묘한 장법을 펼치며 겨루는 이 싸움을 정확히 읽어낼 수도 없었다.

'검법만이라면 충허 도장을 이길 수도 있고 임 노선배와도 대등하게 겨룰 수 있지만, 장법의 고수를 만나면 쾌검으로 단숨에 승부를 내지 않는 이상 승리하기가 쉽지 않겠구나. 풍 태사숙께서 20년을 더 수련해야 당세의 고수들과 자웅雌雄을 겨룰 만하다고 하신 것은 파장식을 염두에 두고 하신 말씀이었어.'

그때 임아행이 쌍장을 앞으로 쭉 뻗었고 방증 대사는 연이어 세 걸음을 물러났다.

'저런, 큰일 났다. 방증 대사께서 패하시면 어쩌지?'

이어서 방증 대사가 왼손으로 빙글빙글 원을 그리며 재빨리 오른손을 내밀어 상하좌우를 어지럽게 내리치자 임아행이 한 걸음 물러섰다. 곧바로 방증 대사의 장력이 팟팟팟 소리를 내며 날아들었기 때문에 임아행은 또다시 한 걸음 더 물러서야 했다.

'그렇지! 아주 좋아!'

영호충은 속으로 안도의 숨을 쉬다가 흠칫 놀랐다.

'어째서 방증 대사가 불리해지면 불안하고 유리해지면 마음이 놓일까? 아무래도 방증 대사는 득도한 고승이고 임 노선배는 방문좌도기 때문이겠지. 내 마음속에는 아직 선악의 구별이 남아 있는 거야.'

하지만 임아행이 패배한 뒤를 떠올려보면 결코 안도할 일이 아니었다.

'임 노선배께서 패하면 영영은 10년 동안 소실산에 갇혀 있어야 하는데, 과연 그것이 내가 원하는 일일까?'

그렇게 생각하니 이기기를 바라는 사람이 누군지 자신의 마음조차 헤아릴 수가 없었다. 임아행 부녀와 상문천이 강호에 나가면 세상에는 커다란 풍파가 일어나 혼란에 빠질 테지만, 어쩐지 상관없다는 생각이

들었다.

'풍파가 일어나면 어때? 시끌벅적해서 좋을지도 모르지.'

그는 천천히 시선을 돌려 기둥에 살며시 기댄 영영을 바라보았다. 바람이 불면 날아갈 것처럼 가녀린 몸에 근심이 있는 듯 살짝 찡그린 고운 눈썹을 보자 가엾은 마음이 물씬 일었다.

'영영을 10년 동안 가둬둘 수는 없다. 저 몸으로 어떻게 그런 고초를 견뎌내겠어?'

그녀가 자신을 구하기 위해 목숨마저 버리려 했다는 사실을 떠올리자 그의 마음은 더욱더 뜨겁게 타올랐다. 살아오는 동안 그에게 호의를 보여준 사람은 많았지만, 자신의 생명까지 던진 사람은 아무도 없었다. 그는 가슴속에서 활활 타오르는 뜨거운 피를 느끼며 굳게 결심했다. 영영이 마교 교주의 딸이 아니라, 세상 사람들이 앞다퉈 죽이려 하는 천하제일의 마녀라 하더라도 그녀를 보호하기 위해서라면 기꺼이 목숨을 버리겠다고.

대전 안에 있는 열한 쌍의 눈동자는 방증 대사와 임아행에게 쏠려 있었다. 두 사람의 놀라운 장법에 혀를 내두르지 않는 사람이 없었다.

좌냉선도 마찬가지였다.

'저 괴물이 방증에게 도전해서 다행이구나. 나라면 단순해 보여도 정교하기 짝이 없는 저 장법을 막아내지 못했을 것이다. 본 파의 대숭양신장은 초식이 복잡하고 변화도 너무 많아 공격에만 집중하는 저 괴물의 장법을 막아낼 방도가 없다.'

반면 상문천은 방증 대사의 장법에 감탄했다.

'과연 천 년 동안 쟁쟁한 명성을 누린 소림파는 다르구나. 방증 대사의 천수여래장은 복잡하지만 공력이 흩어지지 않으니 실로 무시무시한 장법이다. 그 상대가 나였다면 내공으로 버틸 수는 있을망정 장법은 상대가 되지 않겠군.'

악불군과 여창해 등도 자신의 무공과 두 사람의 장법을 비교하는 데 여념이 없었다.

싸움이 길어지면서 방증 대사의 장법이 조금씩 조금씩 느려지자, 임아행은 속으로 쾌재를 불렀다.

'장법은 훌륭하지만 아무래도 나이가 많아 오래 버티지는 못하겠군.'

기회를 놓칠세라 더욱더 거세게 공격을 퍼붓는데, 네 번째 장법을 펼쳤다가 거두는 순간 오른쪽 어깨가 뜨끔했다. 진기를 끌어올려보니 과연 어딘가 막힌 것처럼 마음대로 움직여지지 않았다. 등에서 식은땀이 흘렀다.

'장력에 맞지도 않았는데 내 진기를 제압하다니, 저 늙은이가 익힌 《역근경》의 무공이 참으로 무섭긴 무섭구나.'

이대로 싸우다가 방증 대사가 내공을 발출하면 수세에 몰릴 수밖에 없었다. 마침 방증 대사가 왼손 손바닥을 휘두르자 임아행은 망설이지 않고 재빠르게 팔을 뻗었다. 두 손바닥이 펑 소리를 내며 부딪치고, 두 사람은 각자 한 걸음씩 물러났다.

임아행이 느낀 방증 대사의 내공은 부드러우면서도 힘이 있었고, 흡성대법으로도 전혀 빨아들일 수가 없었다. 깜짝 놀란 그의 귀에 방증 대사의 목소리가 들려왔다.

"아미타불. 선재로다, 선재로다!"

곧이어 방증 대사의 오른손 손바닥이 날아들었다. 임아행 역시 오른손을 내밀어 또다시 상대방의 손바닥을 때렸다. 손바닥이 충돌하는 순간, 두 사람의 몸이 휘청했다.

임아행은 기혈이 뒤집히는 것을 느끼고 다급하게 두 발짝 물러섰지만 그것도 잠시, 몸을 홱 돌리며 오른손으로는 여창해의 가슴을, 왼손으로는 여창해의 천령개를 내리쳤다. 토끼처럼 재빠른 움직임이요, 그 누구도 예상치 못한 행동이었다. 싸움에서 형세가 불리해지면 상식적으로는 다른 사람의 도움을 청하는 것이 마땅했지만, 임아행은 예상을 뒤엎고 오히려 여창해를 공격한 것이었다.

너무나 뜻밖의 기습이라 여창해는 피할 겨를조차 없었다. 여창해는 일대 무학의 종주로서 단 1초 만에 제압당할 정도는 아니었으나 임아행의 상대는 못 되었기에 이런 상황에서는 방법이 없었다. 대전에 놀란 비명 소리가 크게 울렸다.

방증 대사가 새처럼 몸을 날리며 임아행의 뒤통수를 향해 쌍장을 힘껏 내질렀다. 적의 후방을 공격해 포위를 풀게 한다는 위위구조圍魏救趙의 계책으로, 임아행이 그 공격을 막으려면 자연스레 여창해를 놓아줄 수밖에 없었다.

방증 대사의 민첩한 반응에 사람들은 탄복해 갈채를 보냈다. 모두들 여창해가 위험에서 벗어나리라고 믿어 의심치 않았다. 그러나 임아행은 왼손을 물리면서도 방증 대사의 쌍장을 막기는커녕 도리어 가슴팍의 단중혈을 낚아채고, 오른손 손가락으로 심장을 찔렀다. 그 순간, 방증 대사의 몸은 흐느적거리며 바닥으로 쓰러졌다.

놀란 사람들이 소리를 지르며 그쪽으로 달려갔다.

좌냉선이 비호같이 달려와 임아행의 등을 힘껏 때렸다. 임아행은 몸을 돌려 반격하며 외쳤다.

"오냐, 두 번째 시합이구나."

좌냉선은 권법과 장법, 지공, 조공을 번갈아가며 순식간에 10여 초를 펼쳤다. 기습을 당한 임아행은 수비하는 수밖에 달리 도리가 없었다. 방증 대사와의 싸움에서 지혜를 써 이기기는 했으나, 그 역시 가진 힘을 모조리 쏟아부어야만 했다. 그렇지 않고서야 무슨 수로 웅후한 내공을 지닌 소림파 장문인의 단중혈을 단박에 제압할 수 있었겠는가? 그 초식은 혼신의 힘을 쏟아부은 최후의 일격이었다.

임아행이 방증 대사를 물리칠 수 있었던 것은 순전히 속임수 덕분이었다. 그는 상대방의 자비로운 마음을 이용하기 위해 느닷없이 여창해를 공격했다. 대전에 있는 다른 사람들은 거리가 멀어 제때 여창해를 구할 수 없는 데다, 여창해와 교분이 깊지도 않아 위험을 무릅쓰고 구하려 들 리 만무했다. 하지만 방증 대사는 달랐다. 그 상황에서 방증 대사가 할 수 있는 것은 임아행을 공격해 여창해를 풀어주는 것뿐이었고, 임아행은 모험을 걸어 반격하는 대신 도리어 방증 대사의 혈도를 공격한 것이었다.

생각해보면 위험하기 짝이 없는 행동이었다. 방증 대사가 노리던 곳은 그의 머리였고, 손이 직접 닿지 않더라도 장풍만으로 머리가 박살날 수도 있었다. 여창해를 공격하는 순간, 임아행은 목숨을 내놓은 도박을 한 셈이었다. 자비심 많은 불문 고승이 자신의 머리를 깨뜨리기 전에 장법을 거두리라는 데 목숨을 건 것이다.

과연 방증 대사는 쌍장을 쏟아내기 무섭게 거뒀다. 아무리 절정의 고수라도 이렇게 급작스럽게 움직임을 멈추면 진기가 곧바로 이어지지 않기 마련이었다. 임아행은 그 틈을 노려 그 심장을 찔렀고, 예상대로 방증 대사는 혈도를 짚여 쓰러지고 말았다.

그러나 임아행도 완전히 무사한 것은 아니었다. 방증 대사의 장력이 살짝 스친 바람에 뒤통수가 얼얼하고 단전에 진기가 모이지 않았다.

충허 도인이 황급히 방증 대사를 일으키고 막힌 혈도를 풀어주었다.

"방장께서 인의로운 마음에 간악한 자의 속임수에 당하셨구려."

방증 대사는 차분하게 대답했다.

"아미타불, 임 시주의 계책이 훌륭했소. 힘이 아닌 지혜로 싸웠으니 빈승이 졌소."

악불군이 큰 소리로 나섰다.

"임 선생은 간교한 계략으로 승리를 얻었으니 결코 정정당당한 승리가 아니오. 정인군자로서는 상상할 수도 없는 행동이오."

상문천은 껄껄 웃었다.

"우리 일월신교에도 정인군자가 있소? 임 교주께서 정인군자라면 진즉 그 더러운 물에서 당신과 어울리셨을 거요. 그랬다면 무엇 하러 이런 시합을 하겠소?"

악불군은 말문이 막혔다.

임아행은 나무 기둥에 기대 느릿느릿 팔을 움직여 좌냉선의 공격을 하나하나 막아내고 있었다. 자부심이 강한 좌냉선은 보통 때라면 결코 소림파에서 제일가는 고수와 싸운 임아행에게 무작정 덤벼들지 않았을 것이다. 상대방의 위기를 틈타 이득을 취하는 것은 일파의 종사라는 신분에 어울리는 행동도 아니요, 소문이 나면 너 나 할 것 없이 입방아를 찧어댈 터였다. 그러나 임아행이 방증 대사의 자비심을 이용해 간교하게 승리를 얻자 정파 사람들은 하나같이 주먹을 불끈 쥐며 분통을 터뜨렸고, 좌냉선의 이런 행동도 의분을 참지 못한 결과라고 좋게 보아넘겨주었다. 좌냉선에게는 실로 천재일우의 호기였다.

상문천은 임아행이 숨을 헐떡이는 것을 보고 그쪽으로 다가가 외쳤다.

"좌 장문, 한 번 싸운 사람을 공격하다니 부끄럽지 않소? 내가 상대해주겠소."

"이 필부를 쓰러뜨린 다음 네놈을 상대해주마. 한 번 싸웠다고 해서 네놈 따위를 겁낼 것 같으냐?"

좌냉선이 냉소를 터뜨리며 임아행을 향해 주먹을 내질렀다.

임아행은 왼손으로 그 주먹을 막으며 차갑게 말했다.

"상 형제, 물러나 있게!"

호승심 강한 교주의 성격을 잘 아는 상문천은 더 이상 권하지 못하고 고개를 숙였다.

"예, 지금은 물러나겠습니다. 하지만 저놈의 후안무치함에 치가 떨리니 엉덩이라도 걷어차야 속이 풀리겠군요."

그가 말하며 다리를 들자 좌냉선이 노한 목소리로 외쳤다.

"둘이서 한 사람을 공격할 셈이냐?"

발길질을 피하기 위해 옆으로 몸을 움직였지만, 상문천은 오른쪽 다리를 살짝 들어 차는 흉내만 냈을 뿐이었다. 좌냉선이 속아서 몸을 비키자 상문천은 껄껄 웃었다.

"머저리 같은 놈, 머릿수로 밀어붙이겠다던 제놈 말은 까맣게 잊었나 보군."

그렇게 한마디 꼬집어준 뒤, 그는 곧 물러나 영영 곁으로 갔다.

좌냉선이 몸을 움직인 사이에 물밀 듯한 공격은 잠시 끊겼다. 고수의 싸움에서는 이 찰나의 틈도 승부를 가르는 열쇠가 될 수 있었다. 임아행은 그 틈에 숨을 돌리고 진기를 끌어올려 기운을 차렸다. 그가 평평 평 하고 장력을 세 번 쏟아내자 좌냉선은 온 힘을 다해 막으며 속으로 비명을 질렀다.

'이 늙은이가 10년 사이 무공이 꽤 높아졌구나. 이기려면 전력을 다해 싸워야겠다.'

두 사람의 대결은 이번이 두 번째였다. 이 시합은 절세의 고수들 앞에서 자웅을 겨루는 중요한 싸움이었고, 두 사람 다 승패를 매우 중요하게 생각했기 때문에 조금 전 임아행과 방증 대사의 싸움처럼 평화롭지 못했다. 임아행은 살초만 골라 쌍장을 칼처럼 휘둘렀고, 좌냉선은 장법, 권법, 조공, 금나수를 가리지 않고 펼치며 화려하고 변화무쌍한 재주를 뽐냈다.

싸움은 점점 더 빨라져, 멀리 편액 뒤에 숨어 지켜보는 영호충마저 눈앞이 어지러울 정도였다. 임아행과 방증 대사의 싸움에서는 두 사람의 초식을 보고도 이해하지 못했을 뿐이지만, 이번 싸움은 움직임이 너무 빨라 누가 어떤 장법을 썼는지, 어떻게 거둬들였는지조차 똑똑히 볼 수가 없었다.

흥미를 잃은 그는 곧 고개를 돌려 영영을 바라보았다. 눈송이처럼 새하얀 얼굴의 그녀는 기다란 속눈썹을 살짝 내리뜨고 있었는데, 놀라거나 걱정하는 표정은 아니었다. 반면 상문천은 기뻐했다가 흠칫 놀랐다가 주먹을 때리며 안타까워했다가 이를 갈며 버럭 화를 내는 등 마치 자신이 싸우는 것처럼 흥분해 있었다.

'상 형님의 견식이 영영보다는 나을 테니, 저렇게 긴장하시는 것을 보면 임 노선배께서 이기기가 쉽지 않겠군.'

영호충은 이렇게 생각하며 대전을 둘러보았다. 대전 한쪽으로 나란히 선 사부와 사모가 보였다. 그들 옆에는 방증 대사와 충허 도인이, 그리고 그 뒤에는 태산파 천문 진인과 형산파 막대 선생이 서 있었다. 막대 선생은 이곳에 들어선 뒤 한마디도 하지 않았지만, 영호충은 왜소한 몸집의 그를 보는 순간 마음이 따뜻해졌다.

'의림 사매와 항산파 제자들은 이제 모두 사부를 잃었구나. 어떻게 지내고들 있을까?'

청성파의 여창해는 혼자서 벽에 바짝 붙어 있었다. 잔뜩 노한 얼굴로 손에 검자루를 꼭 쥐고 있는 품이 조금 전 당한 일이 몹시 분한 모양이었다. 서쪽에 있는 사람은 백발의 노인이었는데, 거지 차림인 것을 보니 개방 방주인 해풍이 틀림없었다. 나머지 한 명은 청삼을 걸치고 제법 멋을 낸 남자로, 다름 아닌 곤륜파 장문인 건곤일검 진산자였다.

이 아홉 사람은 정파에서 최강자로 손꼽히는 고수들이었다. 아마도 대전에서 벌어지는 시합에 정신이 팔리지 않았다면, 오래지 않아 편액 뒤에 숨어 있는 영호충을 발견했을 것이다.

'참 많은 고수들이 와 있구나. 사부님과 사모님은 물론이고, 방증 대사, 충허 도장, 막대 선생은 나도 무척 존경하는 선배들이시다. 이런 곳에 숨어 저분들을 엿보는 것은 지극히 불경한 짓이야. 물론 내가 먼저 와 있었지만 어찌 되었건 엿본 것은 사실이니 나중에 발각되면 변명할 여지가 없어.'

영호충은 임아행이 한시라도 빨리 이번 시합에서 이겨 영영을 데리고 산을 내려가기만을 바랐다. 그 후 방증 대사가 일행과 함께 대전에서 나가면 자신도 서둘러 산을 내려가 영영을 만날 생각이었다.

영영과 마주할 생각을 하자 가슴이 뜨겁게 달아오르고 귓불이 화끈거렸다.

'오늘이 지나면 정말 영영을 아내로 맞이해야 할까? 그녀가 내게 정이 깊은 것은 잘 알지만 나는… 나는….'

그동안 틈만 나면 영영 생각을 했지만, 그녀를 떠올릴 때마다 가장 먼저 드는 생각은 은혜에 보답해야 한다는 것이었다. 영영을 감옥에서 구해내고, 그녀가 아니라 자신이 혼자 그녀를 깊이 사모했다는 소문을 퍼뜨려 다시는 강호 호걸들에게 놀림을 받지 않도록 해주고 싶었다. 영영의 아리따운 모습이 머릿속에 떠오를 때 기쁘다거나 따스한 감정을 느낀 적은 없었다. 소사매 악영산을 생각할 때 가슴이 한없이 따스해지고 부드러운 정이 솟아나는 것과는 달리, 영영에게는 마음 깊은 곳에서 알 수 없는 두려움 같은 것이 느껴졌다.

두 사람이 처음 만났을 때, 그는 영영을 나이 지긋한 할머니로만 생각하고 존경하면서도 감사하게 생각했다. 그 후 그녀가 사람을 죽이고 강호의 호걸들을 호령하는 모습을 보자 존경하는 마음 사이로 두려움이 싹텄지만, 그녀가 보여준 지극한 정에 꺼리는 마음은 차차 옅어져갔다. 특히 그녀가 자신을 살리기 위해 소림사로 데려갔다는 말을 들은 후에는 무척 감동해 마음이 크게 흔들렸다. 하지만 아무리 감동했다 해도 가까이하고픈 것보다는 은혜에 보답하고자 하는 마음이 컸다. 그래서 임아행이 사위라고 했을 때 그렇게 난감해졌던 것이다.

그런 생각을 하며 아름다운 영영의 얼굴을 보고 있자니, 그녀와의 거리가 너무도 멀게 느껴졌다.

영영을 흘낏거리던 그는 더 이상 바라볼 용기가 없어 상문천 쪽으로 고개를 돌렸다. 상문천은 두 주먹을 불끈 쥔 채 눈을 휘둥그레 뜨고 있었다. 그의 시선을 따라가 임아행과 좌냉선을 바라보니, 좌냉선은 어느새 수세에 몰려 구석으로 물러나 있었다. 임아행이 장법을 하나둘 펼쳐내자 장력이 커다란 도끼처럼 횡횡 소리를 내며 좌냉선을 압박했다. 좌냉선은 아주 불리한 상황이었다. 두 팔을 양껏 휘둘러 초식을 펼치려 했지만 길목이 막혀 채 한 자도 나가기 전에 거둬야 했으니 별수 없이 수비만 할 뿐이었다.

바로 그때, 임아행이 대갈을 터뜨리며 질풍같이 쌍장을 뻗었다. 상대방의 가슴을 노린 일격이었다. 좌냉선이 막기 위해 두 손을 내밀자, 네 손바닥이 서로 부딪치며 평 하는 굉음을 냈다. 좌냉선은 벽에 등을 대고 있었기 때문에 그 충격이 고스란히 벽으로 전해져 서까래에서 먼지가 풀풀 날렸다. 그런데도 두 사람의 손바닥은 떨어질 줄 몰랐다. 영호충 역시 충격을 받아 몸이 휘청거렸고, 하마터면 몸을 숨긴 편액이 떨어질 뻔했다.

'좌 사백께서 큰일 났군. 내공을 겨루면 임 노선배의 흡성대법이 진기를 빨아들여 시간이 갈수록 불리해질 텐데.'

그러나 좌냉선은 오른손을 물리고 왼손으로만 임아행의 손을 가로막는 한편, 오른손 식지와 중지로 임아행을 찔렀다. 임아행은 놀라워하며 황급히 몸을 훌쩍 뒤로 피했고, 좌냉선은 기회를 놓치지 않고 바짝 쫓으며 오른손을 뻗었다. 그가 손가락을 세 번 튕기자 임아행은 연거푸 세 걸음이나 물러나야 했다.

방증 대사와 충허 도인 등이 의아해하는 것도 무리는 아니었다.

'임아행의 흡성요법은 상대방의 내공을 흡수하는 것이라 들었는데, 어찌하여 서로 손을 마주 대고도 좌 장문은 아무 피해를 입지 않은 것일까? 설마 숭산파의 내공이 흡성요법을 이길 수 있다는 말인가?'

그 자리에 있는 고수들이 놀랄 정도였으니 임아행은 더더욱 경악했다.

10여 년 전에 있었던 첫 번째 대결에서 임아행은 흡성대법을 쓰지 않고도 시종 우세를 점했다. 그런데 좌냉선을 완전히 쓰러뜨리기 위해 흡성대법을 끌어올리는 순간, 심장이 죄어들며 진기가 툭툭 끊기고 몸이 말을 듣지 않았다. 흡성대법의 부작용이 발작한 것이었다. 보통 때라면 운기행공으로 천천히 막힌 곳을 뚫으면 되지만, 강적과 맞서 싸우는 동안 그럴 여유 따위가 있을 리 없었다. 당황한 그가 어쩔 줄 몰라 하며 식은땀을 뻘뻘 흘리고 있는데, 좌냉선 뒤로 두 사람이 스르르 모습을 드러냈다. 바로 좌냉선의 사제인 탁탑수 정면과 대음양수 악후였다. 임아행은 그 틈을 놓치지 않고 그들의 공격 범위에서 물러나 껄껄 웃으며 말했다.

"말로는 혼자 싸운다 하더니 도와줄 사람을 숨겨놓았군. 군자는 훤히 보이는 함정에 빠지지 않는 법이라 했으니 오늘은 잠시 물러나고 다음에 만나지."

패색이 짙었던 좌냉선은 상대방이 먼저 물러나자 그저 반가운 마음에 부인조차 하지 못했다. 공연히 '누가 사제들의 도움을 받겠다 했느냐'며 뻣뻣하게 나갔다가 상대방이 격노해 다시 덤벼들면, 그때는 정면과 악후도 도울 방법이 없어 그간 쌓아올린 명성마저 물거품이 될 수도 있었던 것이다.

"당신도 마교에서 조력자를 불러오면 되지 않소?"

그가 변명이랍시고 우물거리자 임아행은 냉소를 지으며 그 자리에서 벗어났다.

이렇게 해서 두 사람의 첫 번째 싸움은 승부가 나지 않았지만, 임아행과 좌냉선 모두 자신의 무공에 약점이 많은데 운 좋게 패배를 면했다고 생각했고, 더욱더 열심히 연공하는 계기가 되었다.

특히 임아행은 흡성대법이 막대한 후환을 초래한다는 것을 잘 알고 있었다. 흡성대법은 다른 사람의 진기를 흡수하는 힘이 있지만, 이렇게 흡수한 진기들은 문파나 심법이 서로 달라 쉽게 서로 섞이지 못했고, 이 때문에 종종 이상한 발작이 일어나곤 했다. 본래 내공이 심후한 그는 몸속에서 다른 진기가 발작할 때마다 자신의 진기로 억제했기에 크게 위험하지 않았으나, 고수를 상대할 때면 진기 소모가 극심해 다른 진기를 억제하는 힘도 약해졌고, 내우와 외환이 겹쳐 몹시 불리한 상황에 처할 수밖에 없었다.

그것을 깨달은 후로 그는 모든 것을 팽개치고 잡다한 진기들을 하나로 융합하는 방법을 찾는 데만 골몰해, 그 영리한 머리로도 눈앞의 함정을 보지 못하고 동방불패에게 수모를 당하는 지경에 이르렀던 것이다. 그런데 서호 밑바닥에 갇혀 지낸 12년이라는 세월은 도리어 그에게 잡념 없이 사색할 수 있는 시간이 되어주었고, 마침내 서로 다른 진기를 융합하는 방법을 깨달아 흡성대법의 치명적인 약점을 해결할 수 있었다.

오늘 두 번째로 벌어진 좌냉선과의 싸움에서 단박에 승리를 거머쥐지 못하자, 이번에도 그는 흡성대법을 펼쳐 상대방을 쓰러뜨리려 했다. 그런데 두 사람의 손이 맞닿는 순간, 상대방의 몸속이 텅텅 빈 것을 알아차리고 깜짝 놀랐다. 조금 전 방증 대사처럼 진기를 단단히 응집해 빨아들일 수 없게 만드는 것은 놀랄 일이 아니었지만, 몸속에 있는 진기를 숨겨 흡성대법을 무용지물로 만드는 방법은 여태 본 적도 없거니와, 꿈에서조차 생각해본 적이 없었다.

다시 한번 진기를 움직여 상대방의 진기를 빨아당겨보았지만, 좌냉선의 진기는 어디로 갔는지 찾을 수가 없었다. 그때 좌냉선이 손가락을 찔러오자 별수 없이 연거푸 세 걸음 물러났으나 곧 초식을 바꿔 도끼로 내리찍듯 힘찬 공격을 퍼부었다. 좌냉선은 다시 수비로 돌아섰다. 그렇게 20~30초를 싸운 뒤 임아행이 왼손을 벼락같이 내리치자, 좌냉선은 약지로 그의 손목을 찌르고 오른손 식지로 그의 왼쪽 옆구리를 노렸다. 그 움직임을 본 임아행은 속으로 중얼거렸다.

'오냐, 그 손가락에도 내공이 전혀 실리지 않은 것은 아니겠지?'

그는 피하는 것처럼 몸을 옆으로 비키면서 일부러 허점을 드러내보였다. 그리고 좌냉선의 손가락이 옆구리를 찌르는 순간 흡성대법의 공력을 옆구리로 잔뜩 흘려보냈다.

'그동안은 흡성대법을 피하려고 진기를 꽁꽁 숨겨두었겠지만, 간지럼을 태우려는 것이 아니라면 지공을 펼치면서 진기를 끌어올리지 않았을 리 없다. 네놈이 진기를 쓰기만 하면 모조리 내게 흡수될 것이다.'

임아행이 이렇게 생각하는 동안 퍽 소리가 나면서 좌냉선의 손가락이 그의 왼쪽 천지혈을 찔렀다. 장내의 사람들이 비명을 질렀다.

좌냉선의 손가락이 그의 가슴팍에 닿자, 임아행은 곧바로 전신의 공력을 끌어올렸다. 과연 상대방의 진기가 봇물 터진 것처럼 천지혈로 흘러들기 시작했다. 임아행은 자못 기뻐하며 흡성대법의 공력을 더욱 높였고, 진기가 흘러드는 속도도 점점 빨라졌다.

그런데 별안간 그의 몸이 휘청하더니 비틀비틀 뒤로 물러나는 것이었다. 그리고 마치 혈도를 짚인 사람처럼 몸을 부르르 떨며 아무 말도 없이 좌냉선을 노려보았다.

"아버지!"

영영이 놀라 달려왔다. 임아행의 손이 얼음처럼 싸늘한 것을 보자 그녀는 황급히 상문천을 돌아보았다.

"상 숙부!"

상문천이 다가와 임아행의 가슴을 몇 번 두드리자, 임아행은 비로소 '헉' 하고 숨을 몰아쉬더니 얼굴이 하얗게 질린 채 말했다.

"오냐, 좋다. 하지만 그 초식으로 나를 쓰러뜨리지는 못했으니 다시 싸워보자."

좌냉선은 천천히 고개를 저었고, 악불군이 대신 나섰다.

"승부가 정해졌는데 어찌 다시 싸우자는 말이오? 좌 장문이 임 선생의 천지혈을 짚지 않았소?"

임아행은 퉤하고 침을 뱉었다.

"그래, 놈의 수법에 속았다. 이번에는 내가 진 것으로 하지!"

사실 좌냉선의 마지막 1초는 지극히 위험한 시도였다. 그는 10여 년간 수련한 한빙진기寒冰眞氣를 식지에 가득 실어 일부러 임아행이 흡수하도록 넘겨주면서, 그 힘을 빌려 강력한 진기를 급속도로 혈도에 주입했다. 그가 익힌 한빙진기는 매장의 흑백자가 쓴 현천지와 유사하게 음습하고 한랭한 무공인데, 좌냉선의 내공이 흑백자보다 훨씬 깊었기 때문에 삽시간에 임아행의 몸을 꽁꽁 얼릴 수 있었다. 임아행이 움찔하느라 흡성대법의 공력이 잠시 끊긴 순간, 그는 틈을 놓치지 않고 임아행의 혈도를 봉쇄했다.

혈도를 짚는 것은 이류나 삼류 강호인들이 즐겨 쓰는 수법이지, 고수들은 이런 평범한 수법으로 상대를 제압하는 법이 없었다. 그러나 좌냉선은 진기를 빼앗기는 것을 감수하고 이런 이류의 수법으로 승리를 쟁취한 것이다. 물론 속임수나 다름없는 행동이었지만, 달리 보면 지극히 고강한 내공이 없으면 결코 쓸 수 없는 방법이기도 했다.

덕분에 승리하기는 했으나 좌냉선 역시 몇 달이 지나도 본래의 내공을 회복하기 힘들 만큼 진기의 소모가 극심했다. 이를 눈치 챈 상문천이 말했다.

"좌 장문께서 임 교주와 싸운 다음 나를 쓰러뜨리겠다고 했으니, 어디 해봅시다!"

방증 대사와 충허 도인도 상황을 모르지 않았다. 임아행의 혈도를 짚은 뒤 좌냉선의 얼굴이 창백해지고 아무 말도 하지 않는 것으로 보아 진기를 크게 상한 것이 분명했다. 상문천과 좌냉선이 싸우면 좌냉선의 패배는 불 보듯 뻔했고, 심지어 목숨을 잃을 수도 있었다. 그러나 좌냉선이 상문천과 싸우겠다고 약속한 것은 사실이니 이제 와서 번복할 수도 없는 노릇이었다.

사람들이 주저하며 대답이 없자, 악불군이 나섰다.

"사전에 이번 시합에 나설 사람은 상대방이 지목하는 것이 아니라 각자 정하기로 했었소. 이는 임 교주께서 친히 약속하신 일인데 잊으셨소? 임 교주 같은 대영웅이자 호걸이 어찌 한 번 뱉은 말을 주워담으실 수 있단 말이오?"

상문천은 냉소를 지었다.

"악 선생의 날카로운 혀에 탄복했소이다. 허나 '군자'라는 별호는 그만 거두셔야 할 것 같소. 이익에 따라 이랬다저랬다 하는 사람이 소인배가 아니면 무엇이오?"

악불군은 담담하게 대답했다.

"군자의 눈에는 세상 만물이 모두 군자요, 소인의 눈에는 세상 모든 사람이 소인으로 보이는 법이오."

좌냉선은 주춤주춤 뒤로 물러서서 기둥에 등을 기댔다. 상태를 보니 혼신의 힘을 다한 뒤라 다시 싸운다는 것은 불가능했다.

무당파 장문인 충허 도인이 두어 걸음 나서서 말했다.

"상 우사는 천왕노자天王老子라고 불린다 하니 필시 경천동지할 솜씨를 지니셨겠구려. 빈도는 무당파 장문인으로서 정파와 귀 교의 싸움에서 아무런 힘이 되지 못해 늘 부끄러웠소. 오늘 운 좋게 천왕노자와 겨뤄볼 수 있다면 실로 크나큰 영광이겠소."

무당파 장문인이라는 높은 신분의 충허 도인이 상문천에게 이렇듯 공손하게 청하자, 상리를 아는 상문천으로서는 차마 거절할 방법이 없었다.

"기꺼이 명을 받들어야지요. 충허 도장의 태극검법이 천하무쌍이라는 말은 익히 들었습니다. 군자 앞에서 추태를 보이게 되었으니 부디 널리 용서하십시오."

그가 포권을 하며 두어 걸음 물러서자, 충허 도인도 양손을 들어올리고 허리를 숙여 반례했다. 두 사람은 마주 서서 서로를 응시했지만, 한동안 검을 뽑을 생각을 하지 않았다.

충허 도인과 상문천 두 사람 모두 오랫동안 무림에 이름을 날렸으나, 누구의 무공이 높은지 겨뤄본 적은 없었다. 이 결전은 임아행을 소림사에 묶어둘 수 있느냐 없느냐가 달린 중대한 일인 데다, 이 자리에 있는 누구도 승부를 예측할 길이 없어 지켜보는 사람들조차 당사자들처럼 바짝 긴장해 있었다.

그때, 임아행이 불쑥 외쳤다.

"잠깐! 상 형제, 물러나게."

그가 이렇게 말하며 허리에 찬 검을 뽑자 사람들은 경악했다.

'두 번이나 싸워 내공이 고갈되었을 텐데, 설마 이번에도 직접 충허 도장과 싸우려는 것인가?'

좌냉선은 더욱더 혼란스러웠다.

'10여 년 동안 힘들게 수련한 한빙진기를 천지혈에 쏟아부었으니, 놈보다 공력이 열 배 높은 사람도 서너 시진 후에나 겨우 몸이 풀려야 정상이다. 그런데 벌써 시합을 할 만큼 회복되었단 말인가?'

지금 임아행의 단전이 마치 수십 개의 칼로 후벼파는 것처럼 아프다는 사실을 아는 사람은 아무도 없었다. 그가 혼신의 힘을 다해 고통스러운 기색을 완벽하게 감춘 채 말을 했기 때문이었다.

충허 도인은 미소를 지으며 말했다.

"임 교주께서 가르침을 주시려오? 누가 싸울지는 각자 정하기로 약속했으니 임 교주께서 나선다 해도 약속을 어기는 것은 아니오만, 빈도가 너무 유리하지 않나 걱정스럽소이다."

임아행이 말했다.

"이미 고수 두 명과 싸워 기진맥진한 내가 도장과 싸운다면 수백 년 동안 이어져온 무당파의 검법을 무시하는 처사가 아니겠소? 내 비록 오만하고 자부심이 강하지만, 그 정도까지는 못 되오."

충허 도인은 기쁜 얼굴로 고개를 끄덕였다.

"고맙소이다."

임아행이 검을 뽑자 내심 우려하던 그였다. 지친 임아행과 싸워 이겨도 자랑스러워할 일이 아닌 데다 만에 하나 패하기라도 하면 무당파의 이름이 땅에 떨어질 것이기 때문이었다. 다행히 임아행이 싸우지 않겠다고 선언하자 겨우 마음이 놓였다.

"충허 도장은 아직 기력이 생생하니 우리 쪽도 기운이 팔팔한 사람을 내보내야 마땅하오."

임아행은 그렇게 말하며 고개를 들었다.

"영호충 형제, 내려오게!"

사람들은 화들짝 놀라 그가 외친 쪽으로 일제히 시선을 돌렸다.

그들보다 더 놀란 사람은 다름 아닌 영호충이었다. 그는 갑작스러운 호명에 당황해 갈팡질팡했지만, 계속 숨어 있기도 어려워 별수 없이 바닥으로 뛰어내려 방증 대사를 향해 깊이 절했다.

"함부로 보찰寶刹에 뛰어든 죄 죽어 마땅합니다. 부디 용서해주십시오."

방증 대사는 사람 좋게 허허 웃었다.

"이제 보니 영호 소협이었구려. 호흡이 고르고 내공이 심후하여 어느 고수께서 왕림하셨나 궁금하던 차였소. 자, 그만 일어나시오. 이토록 과한 예는 감당하기 어렵소."

그가 웃으며 합장하자 영호충은 속으로 뜨끔했다.

'역시 방증 대사께서는 내가 편액 뒤에 숨어 있는 것을 알고 계셨구나.'

여태 말이 없던 개방 방주 해풍이 불쑥 입을 열었다.

"영호충, 이리 와서 이것을 보아라."

영호충이 일어나 그가 가리키는 기둥을 살펴보니, 기둥 뒤에 글이 세 줄 새겨져 있었다. 첫 번째 줄은 '편액 뒤에 누군가 있소'였고, 두 번째 줄은 '내가 끌어내겠소'였다. 그리고 세 번째 줄은 '기다리시오. 정파와 사파의 내공이 뒤섞여 아직 친구인지 적인지 알 수 없소'였다. 나무 안쪽이 훤히 드러날 정도로 깊이 새겨져 있었는데, 방증 대사와 해풍 방주가 손가락으로 눌러 새겼음을 한눈에 알 수 있었다.

영호충은 탄복을 금할 수 없었다.

'방증 대사는 미약한 숨소리만으로도 내 무공을 헤아리셨구나. 참으로 신통하신 분이다.'

그는 정신을 차리고 포권을 하며 대청에 있는 사람들에게 예의를 갖췄다.

"여러 선배님들께서 계신지라 심장이 떨려 미처 내려와 인사를 드리지 못했습니다. 부디 용서해주십시오."

잔뜩 찡그리고 있을 사부의 얼굴을 생각하자 도저히 사부 쪽을 바라볼 수가 없었다.

해풍이 껄껄 웃으며 말했다.

"나쁜 마음을 먹었으니 심장이 떨릴 수밖에! 무슨 속셈으로 소림사에 숨어들었느냐?"

영호충은 고개를 숙이며 공손히 대답했다.

"임 대소저께서 소림사에 억류당했다는 소문을 듣고 대담하게도 구하러 왔습니다."

해풍은 너털웃음을 터뜨렸다.

"옳거니, 살그머니 마누라를 만나러 왔구먼. 하하하, 나쁜 마음을 먹은 것이 아니라 색심이 동한 게로군!"

영호충은 정색을 하며 말했다.

"임 대소저는 제게 큰 은혜를 베풀었습니다. 임 대소저를 위해서라면 기꺼이 이 한목숨 바칠 수 있습니다."

해풍은 웃음을 거두고 탄식했다.

"애석하구나, 애석해. 훌륭한 젊은이가 여자 하나 때문에 길을 잘못 들다니…. 네가 사도邪道에 빠지지만 않았어도 화산파 장문 자리는 네 것이었다."

임아행이 질세라 외쳤다.

"화산파 장문 자리쯤은 대단할 것도 없소. 훗날 노부가 세상을 떠났을 때 우리 사위 말고 누가 일월신교 교주 자리에 앉겠소?"

영호충은 식은땀을 뻘뻘 흘리며 떨리는 소리로 입을 열었다.

"그… 그런 것은…."

임아행이 웃으며 그의 말을 잘랐다.

"충아, 쓸데없는 말은 나중에 하고, 여기 이 무당파 장문인의 신검을 받아보아라. 충허 도장의 검법은 부드럽지만 강한 것을 이겨내고, 그 변화와 흐름이 자유로워 보기 드물게 뛰어난 힘을 지니고 있다. 조심하거라."

그가 영호충을 '충아'라고 바꿔 부른 것은 딸의 짝으로 인정한다는 의미였다.

삼세판 중에서 쌍방이 각각 한 번씩 승리를 거둔 지금, 이 시합이야말로 영영의 거취를 결정하는 중요한 시합이었다. 충허 도인과 겨뤄본 적이 있는 영호충은 검법으로 그를 물리칠 자신이 있었으니 영영을 구해내려면 반드시 나서야만 했다. 결심을 한 그는 즉시 몸을 돌려 충허 도인 앞에 엎드려 머리를 조아렸다.

충허 도인이 황급히 팔을 내밀어 그를 일으켰다.

"어찌 이러시는가! 예가 너무 과하네."

"도장께서 어여삐 보아주셨기에 소생은 진심으로 존경하고 감사하는 마음뿐입니다. 상황이 여의치 않아 도장의 가르침을 청하게 되었으나 불안한 마음을 견딜 수가 없습니다."

충허 도인은 허허 웃었다.

"젊은이가 참으로 예의가 바르군그래."

영호충이 몸을 일으키자 임아행이 검을 건네주었다. 영호충은 검을 받아 검끝을 아래로 향하고 말석에 섰다. 충허 도인은 넋을 잃은 듯이 대전 밖에 펼쳐진 하늘을 바라보며 지난번 무당산에서 본 영호충의 검법을 떠올렸다. 그가 좌선을 하는 듯 꼼짝도 하지 않자 사람들은 저마다 의아해하며 서로를 바라보았다.

한참 후, 이윽고 충허 도인이 한숨을 내쉬며 말했다.

"시합은 할 필요도 없소이다. 네 분은 이만 산을 내려가시오."

그 한마디에 사람들은 놀라 눈이 휘둥그레졌다. 반면 영호충은 몹시 기뻐 흥분을 이기지 못하고 다시 절을 하려 했다. 충허 도인이 재빨리 그런 그를 붙잡아 세웠다.

개방 방주 해풍이 그에게 물었다.

"도장, 그 무슨 말씀이오?"

"영호 소협의 검법을 깨뜨릴 방법이 떠오르지 않소이다. 이 시합은 빈도가 졌소."

"아직 싸워보지도 않았잖소?"

"빈도는 며칠 전 무당산 기슭에서 소협과 300여 초를 겨뤘으나 패했소. 오늘 다시 겨뤄도 필시 패할 것이오."

방증 대사가 놀란 듯이 물었다.

"그런 일이 있었소?"

"영호 소협은 풍청양 노선배의 진전을 고스란히 이어받았소. 빈도는 그의 적수가 되지 못하오."

이렇게 말한 충허 도인은 빙그레 웃으며 옆으로 물러섰다.

임아행이 큰 소리로 웃음을 터뜨렸다.

"과연 충허 도장은 도량이 넓구려. 탄복했소! 본디 노부는 도장을 반만 인정했으나, 이제 7할은 인정하게 되었소."

7할이라면 완전히 인정한다는 뜻은 아니었다. 임아행은 오만한 태도로 방증 대사를 돌아보며 두 손을 포개 들었다.

"방장, 다음에 봅시다."

영호충은 사부와 사모 앞으로 나아가 절을 올렸다. 악불군은 옆으로 홱 피하며 싸늘하게 말했다.

"치워라!"

하지만 악 부인은 마음이 아픈지 눈시울이 빨갛게 물들었다. 영호충은 그들에게서 물러나 막대 선생에게 인사를 올렸지만 그가 사람들 앞에서 두 사람의 교분을 밝히고 싶어 하지 않는 것을 알고 말없이 머리만 세 번 조아렸다. 막대 선생도 반례로 읍했다.

임아행은 한 손으로 영영의 손을 잡고, 다른 손으로는 영호충을 잡아끌면서 껄껄 웃었다.

"자, 그만 가자!"

그들이 성큼성큼 문을 나섰지만, 해풍과 진산자, 여창해, 천문 진인 등은 자신의 무공이 충허 도인에 미치지 못하는 것을 잘 알기에 영호충이 그를 이겼다는 사실을 반신반의하면서도 치욕을 당할까 두려워 차마 가로막지 못했다.

임아행이 대전을 나서는데, 별안간 악불군이 외쳤다.

"잠깐!"

임아행은 뒤를 돌아보았다.

"무슨 일이오?"

"충허 도장은 자비심이 많은 현인이시라 소인배와 싸우기를 거부하신 것이니, 아직 세 번째 시합은 끝나지 않았소. 영호충, 내가 너와 겨루겠다."

영호충은 까무러칠 듯 놀라 몸을 덜덜 떨며 말했다.

"사… 사부님, 제가… 제가 어떻게…?"

그러나 악불군은 태연자약했다.

"도장의 말씀대로 네가 본 파의 선배이신 풍 사숙의 가르침을 받았다면 화산파 검술의 정수를 깨우쳤을 테니 나 또한 네 적수가 못 되겠지. 너는 본 파에서 쫓겨났지만 여전히 화산파의 검법을 사용해 강호에서 이름을 날리고 있다. 내 너를 제대로 가르치지 못한 탓에 정파의 여러 선배들이 너 하나로 인해 골머리를 앓고 있으니, 내가 아니고서야 누가 이 무거운 짐을 짊어지겠느냐? 오늘 내가 너를 죽이거나 네가 나를 죽여야만 할 것이다."

말을 마친 그가 쐐액 소리를 내며 검을 뽑았다.

"너와 나 사이의 정은 이미 끝났다. 검을 뽑아라!"

영호충은 주춤주춤 뒤로 물러섰다.

"그… 그럴 수는 없습니다!"

하지만 악불군의 검이 어느새 허공을 가르며 똑바로 그에게 날아들었다. 영호충은 황망히 옆으로 몸을 피했다. 악불군은 곧이어 두 번째, 세 번째 검을 찔렀지만 영호충은 끝끝내 검을 내려뜨린 채 피하기만 했다.

악불군이 외쳤다.

"3초를 양보했으니 그만하면 선배를 대하는 예는 갖추었다. 이제 검을 뽑아라!"

임아행도 옆에서 거들었다.

"충아, 계속 그렇게 피하기만 할 참이냐? 정말 여기서 목숨을 버리고 싶으냐?"

"알겠습니다."

영호충은 어쩔 수 없이 검을 들어 가슴 앞에 세웠지만 머릿속은 여전히 혼란스러웠다. 사부에게 양보해야 하는가, 아니면 이겨야 하는가?

일부러 양보해 시합에 패하면 필시 중상을 입을 것이나 그것은 중요하지 않았다. 중요한 것은 임아행과 상문천, 영영이 10년 동안 소실산에 갇혀 지내야 한다는 사실이었다. 방증 대사는 득도한 고승이지만, 좌냉선이나 소림사의 다른 승려들이 세 사람을 가만히 내버려둘지는 모르는 일이었다. 명목상 유폐라고 해도 계략을 꾸며 목숨을 해칠 수도 있으니 10년이라는 세월을 무사히 버텨내기란 결코 쉬운 일이 아닐 것이었다. 그렇지만 어려서부터 길러주고 가르쳐준 사부와 사모의 은혜를 아직 갚지도 못했는데, 천하 영웅들 앞에서 사부를 쓰러뜨려 얼굴을 들지 못하게 만드는 것도 결코 원하는 바가 아니었다.

이렇게 주저하며 망설이는 사이 악불군은 어느새 20여 초를 펼쳐냈고, 영호충은 사부에게 전수받은 화산파의 검법만 사용해 그 공격을 막았다. 독고구검은 상대방의 급소를 노려 단숨에 쓰러뜨리는 수법이었기에 차마 쓸 수가 없었던 것이다.

독고구검을 배운 뒤로 영호충의 검법은 크게 정진했고, 최근에는 내공까지 깊어져 평범한 검초를 펼쳐도 그 위력은 예전과는 사뭇 달랐다. 악불군은 연신 날카롭게 공격을 퍼부었지만 끝내 그의 털끝 하나 건드릴 수가 없었다.

지켜보던 사람들 누구나 영호충이 일부러 양보하고 있다는 사실을 알아차렸다. 임아행과 상문천은 걱정스러운 표정으로 서로를 바라보며, 약속이나 한 듯 항주 매장에서의 일을 떠올렸다. 일월신교에 들어오면 광명우사로 삼은 뒤 훗날 교주 자리를 내주고 흡성대법의 부작용을 해소할 비법까지 알려주겠다고 권유했지만, 영호충은 추호도 흔들리지 않았다. 그 일로 두 사람은 영호충이 뼛속까지 사문의 은혜에 묶여 있다는 사실을 알게 되었다. 지금도 사부와 사모를 더없이 공손하게 대하는 것을 보면, 설령 악불군이 검으로 찔러 죽인다 해도 기꺼이 받아들일 것 같았다. 저렇게 수비만 해서는 결코 승리할 수 없으니, 영호충은 사부를 이길 뜻이 없는 것이 분명했다. 이 많은 영웅들 앞에서는 특히 그랬다. 이 시합에서 지면 영영과 임아행, 상문천이 소실산에 감금된다는 내기만 아니었어도 진작 검을 던지고 패배를 시인했으리라. 하지만 당사자도 아닌 임아행과 상문천으로서는 그야말로 속수무책이었다. 서로를 바라보는 두 사람의 눈빛은 '이제 어쩌나' 하는 똑같은 외침만 던지고 있을 뿐이었다.

임아행은 영영에게 속삭였다.

"저쪽 맞은편으로 가거라."

영영은 아버지의 말뜻을 정확히 이해했다. 영호충이 사문의 은혜를 잊지 못하고 시합에서 일부러 져줄까 봐 그녀를 통해 위기의식을 자극하려는 것이었다. 그녀의 얼굴을 보면 영호충은 그녀가 베푼 정을 떠올리고 적극적으로 싸울지도 몰랐다.

영영은 나지막이 대답했지만, 그 자리에서 꼼짝도 하지 않았다. 시간이 지나도 영호충이 계속 물러나기만 하자 더욱 초조해진 임아행이 다시 딸에게 말했다.

"어서 저리로 가라지 않느냐?"

이번에 영영은 숫제 대답조차 하지 않았다.

'내가 당신을 어떻게 대했는지 당신도 잘 알 거예요. 당신이 진심으로 나를 생각한다면 나를 구하기 위해 반드시 이 시합에서 이기려 하겠죠. 하지만 나보다 사부를 더 중요하게 생각한다면 당신 옷자락에 매달려 울면서 애원한들 아무런 소용도 없을 거예요. 그런데 무엇 하러 당신 앞으로 가서 나를 좀 생각해달라고 매달리겠어요?'

남녀 사이의 정이란 자연스럽게 서로에게 끌려야 한다는 것이 그녀의 생각이었다. 일부러 깨우쳐주어야만 떠올리는 사이라면 그녀에게는 아무 의미가 없었다.

영호충은 이리저리 손을 휘두르며 사부의 공격을 하나하나 막아냈다. 이제는 화산파 검법만 쓰는 것도 아니어서 공격하기로 마음만 먹으면 악불군의 패배는 자명했다. 하지만 그는 사부의 초식에서 커다란 허점을 발견하고도 끝내 공격하지 않았다. 악불군 스스로도 이를 잘 알고, 자하신공을 끌어올려 화산파의 검법을 아낌없이 펼쳤다. 영호충이 반격하지 않으니 허점이 드러나거나 말거나 오로지 공격에만 힘을 쏟을 수 있었던 것이다. 덕분에 검법의 위력도 배가되었다.

악불군이 유리한 위치에서 정묘한 검술을 펼치면서도 한참 동안이나 영호충을 찌르지 못하자, 지켜보던 사람들은 영호충의 솜씨에 혀를 내둘렀다. 영호충은 초식을 펼치기도 했지만 초식 없이 검을 휘두를 때도 있었는데, 초식이 없을 때는 마치 아무렇게나 움직이는 것 같아도 악불군의 오묘한 초식들을 귀신같이 막아내는 것이 놀랍기 그지없었다.

사람들은 입을 떡 벌린 채 똑같은 생각을 했다.

'저자를 이길 수 없다고 한 충허 도장의 말이 사실이었구나.'

오랫동안 싸워도 승리하지 못하자 악불군은 몹시 초조했다.

'큰일 났군. 이놈이 은혜를 저버렸다는 말은 듣기 싫으면서도 끝내 물러서지 않는구나. 공격하지도 않지만 그렇다고 내 검에 맞지도 않으니…. 이곳에는 하나같이 눈이 예리한 고수들만 모여 있으니, 지금쯤이면 이놈이 일부러 양보하는 것을 알아차렸을 것이다. 그런데 나는 혼신의 힘을 다해 필사적으로 공격을 퍼붓고 있으니 체통이 말이 아니구나. 이래서야 일파의 장문인으로서 어찌 낯이 서겠는가? 보아하니 이놈은 내가 알아서 패배를 시인하고 물러나게 하려는 속셈이구나.'

그는 곧장 자하신공을 검으로 흘려보내며 영호충의 머리 위로 힘껏 내리쳤다. 영호충이 옆으로 피하자 이번에는 검을 빙그르르 돌려 허리춤을 베었고, 영호충은 몸을 훌쩍 날려 검을 뛰어넘었다. 악불군은 기다렸다는 듯이 검을 반대로 움직여 영호충의 등을 찔렀다. 갑작스러운 변화였으니 영호충의 등에 눈이 달리지 않은 이상 피하기가 어려워 보였다. 사람들은 저도 모르게 '앗' 하고 비명을 질렀다.

허공에 몸을 띄운 영호충은 뒤에서 날아드는 검을 느꼈지만 다시 몸을 날릴 수도, 돌아서서 막을 수도 없었다. 그는 재빨리 검을 내밀어 앞에 있는 나무 기둥을 때리고 그 반탄력을 이용해 기둥 뒤로 날아갔다. 뒤에서 악불군의 검이 기둥을 뚫고 들어가면서 퍽 하는 소리가 났다. 부드러워 잘 휘어지는 검이지만 공력이 실린 덕분에 기둥을 완전히 꿰뚫고도 삐죽 튀어나와 영호충의 몸에서 겨우 몇 치 떨어진 곳에서 멈췄다.

사람들이 또 한 번 '앗' 하고 비명을 질렀다. 이번에는 기쁨과 감탄이 담긴 비명이었다. 모두들 영호충의 교묘한 움직임에 감탄하고, 악불군의 검이 그를 찌르지 못한 것을 다행스럽게 여겼던 것이다.

악불군은 평생의 절기를 쏟아부어 연거푸 세 번이나 공격을 했으나 여전히 영호충에게 상처 하나 입히지 못했다. 그런 와중에 사람들이 영호충을 응원하는 것처럼 탄성을 지르자 몹시 불쾌해 노기가 치밀었다.

방금 그가 펼친 탈명연환삼선검奪命連環三仙劍은 화산파 검종의 절기로, 기종의 제자들은 모르는 것이 옳았다. 지난날 기종과 검종이 서로 각축을 벌일 때 검종의 제자들은 이 검법으로 수많은 기종 고수들을 살해했다. 훗날 기종 제자들이 검종 제자들을 완전히 몰살시키고 화산파 장문 자리를 손에 넣자, 기종의 고수들은 탈명연환삼선검의 세 가지 초식을 자세히 연구했는데, 검종이 펼치던 당시의 위력을 떠올리기만 해도 오금이 저려 대놓고 이 검법을 마도魔道라 치부해버렸다. 검법 자체만 연구하고 이기어검以氣取劍이라는 검법의 이치를 빠뜨렸다는 것이 이유였지만, 사실 기종의 모든 사람들은 이 검법의 오묘함에 탄복을 금치 못했다.

악불군과 영호충이 비무를 시작했을 때부터 악 부인은 슬픔을 이기지 못해 눈물을 흘리며 지켜보고 있었다. 그런데 남편이 갑자기 탈명연환삼선검을 펼치자 속으로 깜짝 놀랐다.

'기종과 검종이 서로 죽고 죽이며 싸우게 된 것은 모두 기공이 먼저냐 검법이 먼저냐 하는 논쟁 때문이었다. 사형은 화산파 기종의 장문인인데 이런 때에 검종의 절기를 쓰다니, 남들이 알면 비웃음을 사겠구나. 아아, 사형도 어쩔 수가 없어서 저 초식을 썼겠지. 아무리 봐도 충이의 적수가 아닌데 어쩌자고 저렇게 집착하는 것일까?'

마음 같아서는 달려가 싸움을 말리고 싶었지만, 화산파만의 문제가 아닌 데다 강호의 중대사와 직결되어 있는 일이어서 검자루만 꼭 쥔 채 애타는 마음으로 지켜볼 수밖에 없었다.

악불군은 오른손에 힘을 주어 기둥에 박힌 검을 뽑았다. 그때까지 영호충은 기둥 뒤에서 나오지 않았다. 악불군은 그가 계속 기둥 뒤에 숨어서 겁을 먹은 사람처럼 다시 나와 싸우지 않기만을 바랐다. 그러면 화산파 장문인의 체면도 땅에 떨어지지 않을 터였다.

두 사람의 시선이 마주치자 영호충은 고개를 숙이며 말했다.

"저는 어르신의 적수가 아닙니다. 이제 그만하는 것이 어떨지요?"

악불군은 코웃음을 쳤다.

임아행이 뒤에서 외쳤다.

"두 사람의 싸움은 승부를 가릴 수가 없구려. 방장, 삼세판을 싸웠지만 결과는 무승부요. 미안하지만 우리는 이만 가봐도 되겠소?"

악 부인은 남몰래 안도의 숨을 내쉬었다.

'이번 싸움은 우리가 진 것이 분명한데도 우리 체면을 세워주는구나. 정말 다행이다.'

방증 대사도 합장을 하며 말했다.

"아미타불! 임 선생께서 서로 의를 상하지 않도록 말씀해주셨으니 참으로 고명하십니다. 빈승도 이의가…."

그러나 그 말이 끝나기도 전에 좌냉선이 불쑥 끼어들었다.

"그렇다면 저들이 강호에 소란을 일으키고 무고한 사람을 해치도록 내버려두자는 말씀이오? 저 손에 수천수만 명의 피를 묻히고 선량한 사람들을 마구 죽여도 괜찮다는 말씀이오? 이래가지고야 악 사형이 어찌 화산파 장문인이라 할 수 있겠소?"

"그런…."

방증 대사가 머뭇거리는 사이, 악불군이 기둥 뒤로 홱 돌아가 영호충을 향해 힘차게 검을 찔렀다. 영호충은 재빨리 몸을 피했다. 몇 차례 초식을 주고받은 뒤 두 사람은 다시 대전 한가운데로 자리를 옮겨 싸움을 계속했다. 악불군의 검이 빠르게 날아들 때마다 영호충은 가로막거나 몸을 피했고, 또다시 승부가 나지 않는 지루한 싸움이 이어졌다.

20여 초가 지나자 임아행이 껄껄 웃으며 말했다.

"언젠가는 승부가 날 거요. 아마 배고픈 사람이 먼저 물러나겠지. 한 이레쯤 지나면 누가 이길지 차차 드러나지 않겠소?"

3푼쯤 과장이 섞여 있었지만, 이렇게 싸우면 짧은 시간 안에 결론이 나지 않으리라는 것은 누구나 알 수 있었다. 임아행은 속으로 가만히 헤아렸다.

'저 위선자가 낯가죽 두껍게 계속 발목을 잡는구나. 저자야 유리한 위치에 있으니 질 리 없겠지만, 충이는 조금이라도 실수하면 사태를 수습할 수 없게 된다. 오래 끌수록 우리에게 불리하니 자극을 해주어야겠다.'

그는 곧 목소리를 높여 말했다.

"상 형제, 오늘 이 소림사에서 새로운 것을 많이 보게 되는군."

상문천이 대답했다.

"그렇군요. 무림에서 최고로 손꼽는 인물들이 모두 이곳에 모여 있으니…."

"그중에서도 특히 한 사람이 눈에 띄는군."

"어느 분 말씀이십니까?"

"무슨 신공인가 하는 것을 익혔다는데, 그 오묘함에 박수를 쳐주고 싶을 정도라네."

"무슨 신공입니까?"

"음, 금검조金臉罩 철면피鐵面皮라는 신공일세."

"금종조 철포삼은 들어보았지만, 금검조 철면피는 처음 듣습니다."

"금종조 철포삼은 칼이나 창에 찔려도 상처를 입지 않도록 몸을 단련하는 무공이지만, 이 사람이 익힌 금검조 철면피는 낯가죽만 두껍게 단련하는 신공이지."

"그렇군요. 그 금검조 철면피는 어느 문파의 무공입니까?"

"이 무시무시한 무공은 바로 서악 화산에 있는 화산파 장문인이자 강호에서 군자검으로 알려진 악불군 선생께서 창안하셨다네."

"군자검 악 선생은 기공의 고수인 데다 검술도 무척 신묘하다고 들었는데, 과연 허명이 아니었군요. 금검조 철면피 신공은 창칼로 찔러도 상처가 나지 않도록 낯가죽을 단련하는 무공이라 하셨는데, 이 무공을 어디에 쓰는지요?"

"쓸 곳이야 많지. 우리야 화산파 제자가 아니니 그 비결까지는 상세히 알 수 없지만 말일세."

"악 선생께서 그렇게 대단한 신공을 창안하셨다니 대대손손 강호에 이름을 날리시겠군요."

"그야 당연하지. 앞으로 철면피 신공을 쓰는 화산파 사람을 만나면 각별히 조심하도록 하게."

"여부가 있겠습니까! 반드시 머리에 새기겠습니다. 낯가죽이 그렇게 두꺼운 사람을 무슨 수로 상대하겠습니까?"

두 사람이 죽이 척척 맞아서 한마디씩 주고받으며 마음껏 악불군을 비웃자, 여창해는 남의 재앙이 그렇게나 좋은지 아예 소리 내 낄낄거렸다. 그 소리를 들은 악 부인의 얼굴은 수치심을 이기지 못하고 새빨갛게 달아올랐다.

그러나 당사자인 악불군은 그 대화가 전혀 귀에 들어오지 않는 모양이었다. 그가 검을 찌르자 영호충은 왼쪽으로 피했다. 악불군은 다시 오른쪽으로 돌아가 검을 살짝 흔들다가 별안간 고개를 돌리며 반대로 검을 찔렀다. 바로 화산파 검법 중 하나인 낭자회두浪子回頭였다. 영호충이 검을 들어 막자, 악불군은 검을 춤추듯이 아래로 떨어뜨렸다. 바로 창송영객이었다. 영호충은 이번에도 검을 휘둘러 막았다. 곧이어 악불군이 연달아 두 번 검을 휙휙 찌르자, 영호충은 화들짝 놀라 뒤로 두 걸음 물러나며 얼굴을 붉혔다.

"사부님!"

악불군은 코웃음을 치며 검을 찔렀고 영호충은 다시 한 발 더 물러났다.

지켜보던 사람들은 수줍음과 당혹감이 역력한 영호충의 표정을 보고 고개를 갸웃했다.

'평범하기 짝이 없는 검법 같은데 어째서 저렇게 쩔쩔매는 것일까? 저 속에 무슨 오묘한 이치라도 숨어 있는 것인가?'

남들은 몰랐지만, 악불군이 펼친 세 가지 초식은 바로 영호충과 악영산이 연검을 하면서 남몰래 만들어낸 충영검법이었다. 당시 영호충은 훗날 소사매 악영산과 부부의 연을 맺기만을 고대하고 있었고, 악영산도 그에게 몹시 친절했다. 늘 함께 시간을 보내던 두 사람은 치기 어린 마음에 몇 가지 초식을 만들었는데, 악불군 부부에게 배운 무공은 동문이면 누구나 할 수 있지만 이 충영검법은 세상에서 그들 두 사람만 아는 검법이라는 생각에 펼칠 때마다 달콤한 기분에 휩싸이곤 했다.

그런데 뜻밖에도 악불군이 사람들 앞에서 그 초식을 펼친 것이다. 한동안 머릿속에서 잊고 있던 검법을 보자 영호충은 금세 혼란에 빠졌다. 부끄러움도 부끄러움이지만 당시와는 판이하게 달라진 악영산의 태도가 떠올라 가슴이 갈기갈기 찢어졌다.

'소사매는 이제 내게 정이라고는 남아 있지 않아. 사부님께서 저 검법을 펼치신 것은 옛일을 떠올리고 괴로워하게 만들기 위해서겠지. 예, 사부님. 그토록 저를 죽이고 싶으시다면 마음껏 찔러 죽이십시오.'

세상에 살아 있는 것이 아무 의미가 없으니, 차라리 죽는 편이 속 시원할 것 같았다.

그사이 악불군은 초식을 바꿔 농옥취소弄玉吹簫를 펼쳤다. 워낙 익숙한 초식이라 영호충은 혼란한 와중에도 어찌어찌 막아낼 수 있었다. 악불군의 다음 초식은 소사승룡蕭史乘龍이었다. 농옥취소와 소사승룡은 서로 잘 어우러지는 초식이고 자세 또한 우아하고 아름다웠다. 특히 소사승룡은 검을 높이 들어 춤추는 것처럼 휘두르는 모양이 마치 하늘을 뚫고 날아오르는 신룡 같아서, 자세만 멋들어질 뿐 아니라 선기仙氣가 느껴질 만큼 고상했다.

전설에는 춘추시대 진秦 목공穆公에게 딸이 한 명 있었는데, 이름은 농옥弄玉이고 통소 부는 것을 몹시 좋아했다. 어느 날 소사蕭史라는 청년이 용을 타고 내려왔다. 통소를 부는 솜씨가 몹시 빼어났던 그는 농옥을 만나 통소를 가르쳤고, 진 목공은 사랑하는 딸을 그와 맺어주었다. 바로 이것이 승룡쾌서乘龍快婿라고 알려진 고사였다. 훗날 두 부부는 신선이 되어 화산 중봉에서 살게 되었다고 하는데, 화산 옥녀봉에 있는 인봉정引鳳亭과 중봉의 옥녀사玉女祠, 옥녀동玉女洞, 옥녀세두분玉女洗頭盆, 소장대梳裝臺는 모두 그 고사에서 따온 이름이었다. 영호충과 악영산은 수없이 그 장소에 가서 뛰어놀았고, 소사와 농옥의 아름다운 사랑과 자유로운 삶은 두 사람의 마음을 매번 사로잡곤 했다.

그런데 악불군이 이 소사승룡을 펼쳤으니 영호충은 더욱더 마음이 흐트러져 겨우겨우 그 공격을 막아냈다.

'사부님께서는 어째서 이 초식을 쓰셨을까? 내 마음을 어지럽혀 쓰러뜨리기 위함일까?'

그때 악불군이 다시 낭자회두, 창송영객을 펼치더니, 곧바로 충영검법의 세 초식에 이어 농옥취소, 소사승룡을 시전했다. 고수의 싸움에서는 천 초가 넘게 싸우는 경우에도 같은 초식을 반복하는 일은 없었다. 이미 상대방이 깨뜨린 초식이라면 다시 사용해도 아무 소용이 없을뿐더러 도리어 공격의 빌미를 줄 수 있기 때문이었다. 그런데 악불군이 똑같은 초식들을 순서도 바꾸지 않고 다시 펼치자 모두들 어리둥절해했다.

악불군이 두 번째로 소사승룡을 펼치고 또다시 충영검법을 펼치는 것을 보았을 때, 영호충은 별안간 망치로 머리를 두드려맞은 듯 정신이 번쩍 들었다.

'이제 보니 사부님께서 검법으로 나를 깨우치려 하시는구나! 낭자회두는 방탕아가 다시 돌아온다는 뜻이니 잘못된 길을 버리고 다시 화산파로 돌아오라는 뜻이야.'

화산에는 오래된 소나무가 몇 그루 있는데 가지와 잎이 사방으로 뻗어 마치 산에 오르는 여행객들을 두 팔 벌려 환영하는 모양이라 영객송 迎客松이라고 불렸다. 화산파의 창송영객이라는 초식도 바로 이 소나무의 형상을 본뜬 것이었다.

'내가 다시 화산파로 돌아가면 사부님과 사모님뿐 아니라 동문들도 영객송처럼 두 팔 벌려 환영할 거라는 말씀이구나.'

기쁨에 차서 다음 초식을 떠올리던 영호충은 저도 모르게 심장이 쿵쿵 뛰었다.

'나를 다시 화산파 문하에 받아들일 뿐만 아니라 소사매와 짝지어 주겠다는 거야! 그런 뜻으로 충영검법을 펼치셨는데 내가 어리석어서 깨닫지 못하자 농옥취소와 소사승룡까지 펼치셨구나.'

화산파로 돌아가는 것과 악영산을 아내로 맞아들이는 것은 영호충의 가장 큰 바람이었다. 비록 말로 한 것은 아니지만 초식에 그 의미가 명확히 담겨 있으니, 사부는 천하 영웅들 앞에서 그 두 가지를 허락한 것이나 마찬가지였다. 영호충은 약속을 가장 중요하게 생각하고 한 번 한 말은 반드시 지키는 사부의 성품을 누구보다 잘 알고 있었다. 화산파에 다시 받아들여 딸을 아내로 삼게 해주겠다는 오늘의 약속도 철석같이 지킬 것이 틀림없었다.

영호충의 가슴은 기쁨으로 벅차올랐다.

악영산과 임평지가 서로에게 정이 깊고, 악영산이 자신을 사랑하기는커녕 미워한다는 것은 알고 있었다. 하지만 혼사란 부모가 정해주기 마련이고 자녀들은 그 명을 따르는 것이 수백 년간 이어져온 전통이었다. 악불군이 악영산을 영호충과 맺어주기로 결정하면 악영산은 결코 반항할 수 없을 것이었다.

'다시 화산파 제자로 돌아가는 것만으로도 천지신명께 감사해야 할 일인데, 소사매와 부부가 되다니 천운이 아니고 무엇이겠어? 소사매도 처음에는 기꺼워하지 않을지 모르지만, 그녀가 하자는 대로 하면서 따라주면 내 정성에 감동해 차차 마음을 돌릴 거야.'

악영산이 짜증을 부릴 때마다 참을성 있게 달랜 것이 벌써 수백 번이었다. 그녀의 성미도 잘 알고 있으니 잘 해낼 자신이 있었다.

기뻐서 덩실덩실 춤이라도 추고 싶은 마음이 들자 그의 얼굴에도 웃음꽃이 활짝 피었다. 악불군은 또다시 낭자회두와 창송영객을 펼쳤다. 인내심이 바닥난 사람처럼 빠르게 검을 휘두르는 그를 보자 영호충은 곧 그 의미를 깨달았다.

'그렇구나. 공으로 받아주겠다는 것이 아니라 여기서 패배를 시인해야만 받아준다는 의미야. 화산으로 돌아가 소사매와 혼례를 올릴 수만 있다면 더 바랄 것이 없지만, 영영과 상 형님, 그리고 임 교주는 어떻게 되지? 이 시합에서 지면 세 사람은 소실산에 갇혀 목숨이 위태롭게 될 거야. 나만 행복하자고 책임을 던져버린다면 사람이라고 할 수도 없어.'

그렇게 생각하자 등 뒤로 식은땀이 주르륵 흘렀다. 아련하게 흐려지는 시야로 악불군이 검을 가로로 그은 뒤 검날을 앞으로 쭉 뻗는 것이 보였다. 농옥취소였다.

영호충의 심장이 또다시 쿵쿵 뛰었다.

'영영은 나를 위해 목숨을 버렸다. 그런데 그 마음을 가차 없이 내던지려 하다니, 세상에 나보다 더 박정한 사람이 있을까? 무슨 일이 있어도 영영이 베푼 은혜를 저버릴 수는 없어.'

머리가 핑 돌면서 정신이 멍해지더니, 별안간 쨍그랑하고 검이 바닥에 떨어지는 소리가 울려퍼졌다. 구경꾼들의 놀란 비명 소리도 함께 터져나왔다.

영호충은 몸을 가누지 못해 비틀거리며 억지로 초점을 모아 앞을 바라보았다. 뒤로 훌쩍 뛰어 물러나는 악불군의 모습이 눈에 들어왔다. 그의 얼굴은 분노로 시뻘겋게 달아올랐고, 오른쪽 손목에서는 핏방울이 똑똑 떨어지고 있었다. 자신이 든 검을 바라보니 예상대로 검 끝에 핏방울이 맺혀 있었다.

영호충은 소스라치게 놀랐다. 혼란스러운 상태에서 공격을 막다가 무의식적으로 독고구검을 펼쳐 악불군의 손목을 찔렀던 것이다. 그는 황급히 검을 내던지고 바닥에 엎드렸다.

"사부님, 죽을죄를 지었습니다."

악불군은 다짜고짜 발로 그의 가슴을 힘껏 걷어찼다. 내공이 실린 공격은 아니었지만 힘없이 뒤로 날아간 영호충은 금세 눈앞이 까매졌다. 우당탕하는 소리가 나면서 몸이 바닥에 처박혔으나 통증은 느껴지지 않았다. 그는 그대로 정신을 잃었다.

笑傲江湖

적설

28

— 악영산이 말했다.
"여기 있는 눈사람에 글을 새겨야겠어."
그녀는 검을 뽑아 날카로운 검끝으로 눈사람 위에 글을 쓰기 시작했다.

얼마나 시간이 흘렀을까. 영호충은 으슬으슬한 추위를 느끼며 서서히 눈을 떴다. 환한 불빛에 눈이 부셔 다시 눈을 감는데, 귓가에 기뻐하는 영영의 목소리가 들려왔다.

"깨어났군요!"

눈을 뜨자 영영이 기쁨이 넘치는 표정으로 그를 응시하고 있었다. 영호충이 일어나려 했지만 영영은 손을 내저었다.

"조금 더 누워 있어요."

시선을 돌려보니 그가 누워 있는 곳은 어느 동굴이었고, 동굴 밖에 모닥불이 활활 타오르고 있었다. 그제야 사부에게 걷어차인 기억이 떠올랐다.

"사부님은 어떻게 되셨소? 사모님은?"

영영은 입을 삐죽였다.

"아직도 사부라는 말이 나오나요? 세상에 그렇게 부끄러움 모르는 사부가 어디 있담? 당신이 계속 양보했는데도 물고 늘어지더니, 끝내 이기지 못하자 걷어차기까지 했잖아요. 다리가 부러져도 마땅해요."

영호충은 깜짝 놀랐다.

"사부님의 다리가 부러졌소?"

"죽지 않은 것만도 고마워해야 할 거예요. 아버지께선 당신이 흡성대법을 썼다면 다치지도 않았을 거라고 하셨어요."

영호충은 힘없이 중얼거렸다.

"사부님을 찌른 것도 모자라 다리까지 부러뜨리다니… 정말…."

"후회스러운가요?"

영호충은 죄스러움을 견딜 수 없어 꽉 잠긴 목소리로 대답했다.

"정말이지 불의하고 불충한 짓을 저질렀소. 사부님과 사모님이 고아가 된 나를 거둬주시지 않았다면 나는 진작 길거리에서 죽었을 거요. 그렇게 큰 은혜를 원수로 갚다니, 금수만도 못한 짓이었소."

"그 사람은 수차례나 살초를 써서 당신을 죽이려고 했어요. 그만큼 참아주었으면 은혜는 갚고도 남아요. 더군다나 당신 같은 사람은 어디에 던져놓아도 쉽사리 죽지 않아요. 악불군 부부가 당신을 거두지 않았다면 거지 노릇이라도 해서 살아남았을 테지요. 화산파에서 내쫓긴 이상 사제간의 정은 끝났는데, 어째서 그토록 미련을 갖는 건가요?"

화난 듯이 쏘아붙이던 영영은 여기까지 말한 뒤 다소 누그러진 목소리로 말을 이었다.

"하지만 나를 구하기 위해 사부와 사모에게까지 죄를 지었으니 나, 나는…."

그녀는 말을 끝내지 못하고 양 볼을 발갛게 물들이며 고개를 푹 숙였다.

소녀처럼 수줍어하는 그녀의 얼굴은 동굴 밖에서 활활 타오르는 불빛에 비쳐 비할 데 없이 곱고 아름다웠다. 영호충은 마음이 흔들려 저도 모르게 그녀의 손을 꽉 잡았지만, 무슨 말을 해야 좋을지 알 수가 없어 한숨을 푹 쉬었다.

영영이 부드럽게 속삭였다.

"어째서 한숨을 쉬지요? 나를 만난 걸 후회하나요?"

"아니, 아니오! 후회할 리가 있소? 당신은 나를 위해 목숨까지 바치려 했소. 내 몸이 부서지고 가루가 된다 하여도 그 은혜를 다 갚지 못할 거요."

영영은 그의 두 눈을 빤히 바라보았다.

"어째서 그런 말을 하나요? 당신은 아직도 나를 아무 관계도 없는 타인처럼 생각하는군요."

영호충은 무안함을 감출 수 없었다. 확실히 그의 마음속에서는 그녀와의 사이에 커다란 틈이 놓여 있었다.

"내가 말을 잘못했소. 이제부터는 죽을 때까지 당신에게 잘하겠소."

이렇게 말하자 절로 악영산의 얼굴이 떠올랐다.

'소사매… 소사매는 어떡하지? 이제 소사매를 잊어야 하나?'

영영의 눈동자에서 기쁨의 빛이 출렁였다.

"충 오라버니, 그 말이 진심인가요? 아니면 나를 달래려고 해보는 말인가요?"

그 눈빛을 마주하자, 영호충도 그 순간만큼은 뼛속 깊이 그리워하던 악영산을 잠시 잊고 진심을 다해 대답했다.

"단순히 달래려고 해본 말이라면 이 영호충, 천수를 다하지 못하고 벼락을 맞아 죽을 거요!"

영영이 잡힌 손을 살며시 돌려 그의 손을 마주잡았다. 지금 이 순간이 평생 살아오면서 가장 행복한 시간처럼 느껴졌다. 몸이 따사로운 햇살을 받은 듯이 사르르 녹고, 심장은 구름을 탄 것처럼 둥둥 떠올라 마치 꿈속에 있는 것만 같았다. 그녀는 이 순간이 영원히 계속되기만 을 속으로 빌고 또 빌었다.

한참 후, 그녀가 살며시 입을 열었다.

"무림인들 중에 천수를 다하는 사람이 몇이나 되겠어요. 만에 하나 당신이 나를 저버린다면 벼락이 떨어지기도 전에 내가… 내 손으로 직접 찔러 죽일 거예요."

뜻밖의 대답에 영호충은 흠칫 놀랐지만, 곧 호쾌하게 웃음을 터뜨 렸다.

"당신이 나를 구해주었으니 이 목숨은 당신 것이오. 언제든 거두고 싶을 때 거둬가시오."

영영은 생긋 미소를 지었다.

"사람들이 당신을 두고 능글맞은 방탕아라고 하더니, 역시 진지한 구석이라곤 없이 능청만 떠는군요. 내가 어쩌다가… 당신같이 경박한 사람을 좋아하게 되었는지 모르겠어요."

영호충은 껄껄 웃었다.

"내가 언제 당신에게 경박하게 굴었소? 흠, 이왕 그런 말을 들었으 니 제대로 경박해져야겠군."

그가 일부러 느릿느릿 일어나자 영영은 재빨리 몸을 날려 멀찌감치 피했다.

"우리는 서로 예의를 갖춰야 해요. 경박한 여자들처럼 나를 함부로 할 수 있다고 생각한다면, 사람 잘못 봤어요."

그녀가 얼굴을 굳히며 선언하자, 영호충도 진지한 표정으로 말했다.

"어찌 감히 당신을 경박하다고 생각할 수 있겠소? 내 눈에 당신은 덕망이 높아 감히 쳐다보지도 못하는 나이 지긋하신 할머니라오."

영영이 '풋' 하고 웃음을 터뜨렸다.

그녀가 누군지 몰랐을 때 '할머니'라고 부르며 공손하게 대하던 그의 모습을 떠올리자 보조개가 쏙 들어갈 정도로 웃음이 났다. 그녀는 다시 다가와 앉았지만, 여전히 영호충과는 서너 자나 거리를 두었다.

그 모습을 본 영호충이 웃으며 말했다.

"내가 경박하게 구는 것이 싫으면 이제부터 당신을 할머니처럼 대하며 공경하겠소."

영영도 생긋 웃었다.

"그래, 그래야 착한 손자지."

"할머니, 저는…."

"할머니라고 부르지 말아요. 그렇게 부르고 싶으면 60년 후에나 부르라고요."

"앞으로 60년간 당신을 할머니라고 부를 수만 있다면 내 인생이 아깝지 않을 거요."

영영은 두근거리는 가슴을 안고 고개를 살짝 돌렸다.

'당신과 60년을 함께할 수 있다면 신선도 부럽지 않을 거예요….'

오뚝한 콧날과 길게 드리운 속눈썹, 행복한 생각에 잠긴 듯 따스한 표정이 그녀의 고운 얼굴을 더욱 돋보이게 했다. 영호충은 그 아름다운 옆모습을 바라보며 속으로 중얼거렸다.

'이렇게 아름다운 사람인데, 어째서 거칠고 제멋대로인 강호의 수많은 호걸들이 덜덜 떨며 두려워하는 걸까?'

그는 그 까닭을 물으려다가 분위기를 깨뜨릴 것 같아 입을 다물었다. 영영이 그 표정을 읽고 말했다.

"하고 싶은 말이 있으면 주저 말고 해보세요."

"사실 노두자나 조천추 같은 사람들이 당신을 귀신처럼 두려워하는 것이 도무지 이해가 가지 않소."

영영이 까르르 웃었다.

"내내 그 때문에 불안해했던 것은 알고 있었어요. 당신 눈에는 내가 요괴나 괴물같아 보이겠군요?"

"아니오, 아니오. 오히려 신통한 능력을 가진 신선인가 싶었소."

영영은 미소를 지었다.

"세 마디를 하면 한 번은 꼭 허튼소리를 끼워넣는군요. 당신이라는 사람은 경박한 것이 아니라 기름을 바른 양 번지르르한 말을 잘하는 것뿐이에요. 그래서 다들 능글맞은 방탕아라고 부르는 거죠."

"당신을 할머니라고 부를 때 내가 번지르르한 말을 한 적이 있소?"

"그럼 평생 나를 할머니라고 불러야겠군요."

"물론 평생 불러야지. 하지만 할머니라고는 부르지 않겠소."

영영의 뺨에 홍조가 피어올랐다. 그녀는 목까지 차오르는 달콤함에 푹 빠져 조용히 속삭였다.

"부디 그 말은 기름을 듬뿍 바른 말이 아니길 바라요."

"내 입에 기름칠하는 것이 그리 싫으면 밥상을 차릴 때 나물에 기름을 넣지 않으면 되잖소."

영영은 생긋 웃었다.

"나는 밥을 지을 줄 몰라요. 개구리도 태워버렸는걸요."

그 말에 영호충도 야산의 개울가에서 그녀와 함께 개구리를 굽던

날이 생각났다. 그날의 광경이 눈앞에 떠오르자 가슴 한구석이 아련하게 젖어들었다.

영영이 나지막이 덧붙였다.

"하지만 당신이 탄 밥도 마다하지 않는다면, 평생 당신을 위해 밥상을 차리겠어요."

영호충은 껄껄 웃었다.

"당신이 해주는 밥이라면 삼시세끼 까맣게 탄 밥을 먹은들 어떻소?"

영영도 배시시 웃었다.

"그렇게도 농담을 좋아하니 실컷 하세요. 당신이 나를 놀리면서 즐거워하면 나도 즐거워요."

두 사람은 아무 말 없이 서로를 지그시 바라보았다.

한참 후, 영영이 조용히 말했다.

"우리 아버지가 일월신교의 교주였다는 것은 당신도 알고 있을 거예요. 그런데 동방 숙… 참, 숙부가 아니라 동방불패예요. 늘 숙부님이라고 불렀더니 입에 붙고 말았군요. 아무튼 동방불패는 계교를 꾸며 아버지를 감옥에 가두고, 사람들에게는 아버지께서 멀리 타지에서 세상을 떠나시며 자기에게 교주 자리를 물려주었다고 선포했어요. 그때 나는 아직 어렸고, 동방불패가 워낙 간교하고 주도면밀하게 일을 꾸며 추호도 그 말을 의심하지 않았지요. 동방불패는 남들의 이목을 신경 쓰느라 내게는 무척 친절하게 대해주었어요. 내가 무슨 말을 하든지 절대 거절하는 법이 없었죠. 그 덕분에 나는 일월신교에서 꽤 강한 권력을 쥘 수 있었던 거예요."

"그 강호의 호걸들이 모두 일월신교의 교인들이오?"

영영은 고개를 저었다.

"정식 교인은 아니고 대부분 이름만 올린 사람들이에요. 그들이 일월신교의 명을 따르는 것은 그들의 수령이 삼시뇌신단을 복용했기 때문이지요."

영호충은 '헉' 하고 찬 숨을 들이켰다.

지난번 매장에서 마교의 장로 포대초, 상삼랑 등이 임아행이 내민 새빨간 삼시뇌신단을 보고 혼비백산하던 장면이 떠올랐던 것이다. 그날의 소름끼치던 광경을 생각하면 지금도 머리가 쭈뼛했다.

영영이 말을 이었다.

"삼시뇌신단을 복용하면 매년 한 차례 해약을 먹어야 해요. 그러지 않으면 독이 발작해서 참혹한 죽음을 맞게 되니까요. 동방불패는 강호인들에게 몹시 엄격해서 조금이라도 자신의 뜻을 거스르면 해약을 주지 않았어요. 그때마다 내가 그들에게 해약을 내려달라고 간청했지요."

"이제 보니 당신은 그들을 구한 은인이었군."

"은인이라고 할 정도는 아니에요. 단지 엎드려 울면서 애원하는 모습이 너무 안돼 보여서 모르는 척할 수가 없었던 거예요. 지금 생각해 보면 그것도 이목을 가리기 위한 동방 숙… 동방불패의 계략이었어요. 자신이 나를 몹시 아끼고 존중한다는 것을 모두에게 알리고자 했던 거예요. 덕분에 아무도 그가 교주 자리를 빼앗았다고 의심하지 않게 되었죠."

영호충은 고개를 끄덕였다.

"정말 심계가 깊은 사람이구려."

"하지만 매번 동방불패를 찾아가 부탁하는 것은 정말이지 성가신 일이었어요. 교단 상황이 예전과는 많이 달라져서, 동방불패를 만나면 갖은 아양을 떨고 아부를 늘어놓아야만 했거든요. 그래서 재작년 봄에 사질인 녹죽옹을 데리고 산수 유람을 떠났고, 번잡함 속에서도 평화로움을 간직한 낙양성 녹죽항이 마음에 들어 그곳에 자리를 잡았지요. 그곳에 있으면 교단의 일에 신경 쓰지 않아도 되고, 동방불패에게 내키지도 않는 아부를 하며 부탁할 일도 없으니 정말 좋았어요. 그러다가 당신을 만난 거예요."

영호충을 흘낏 바라본 그녀는 녹죽항에서 그를 처음 만났을 때를 떠올리며 살며시 한숨을 내쉬었다. 그날을 떠올리기만 해도 가슴이 따스하게 녹아내리는 것 같았다.

한참 후에야 그녀는 이야기를 계속했다.

"소림사를 찾아온 그 많은 호걸들 모두가 내 덕에 해약을 얻은 사람들은 아닐 거예요. 다만 단 한 사람이라도 그런 사람이 있다면, 그 가족이나 친구, 문하 제자까지 모두가 한마음으로 내 은혜를 입었다고 생각했겠지요. 참, 대부분은 나 때문이 아니라 영호 대협께서 부르시니 차마 꽁무니를 뺄 수가 없어 따랐을 거예요."

그녀는 이렇게 말하고 생긋 미소를 지었다.

영호충은 짐짓 한숨을 쉬어 보였다.

"나와 함께 있더니 번지르르한 말재주만 늘었군."

영영은 폭소를 터뜨렸다.

태어나면서부터 일월신교 사람들에게 공주 대접을 받아온 그녀였다. 특히 성년이 된 후에는 권세를 쥐고 무엇이든 원하는 대로 할 수

소오강호

있었으니, 일월신교 내에서 그녀에게 장난을 걸거나 농을 하는 사람은 단 한 사람도 없었다. 그래서인지 처음 대하는 영호충의 우스꽝스러운 말투가 무척 즐겁고 재미가 있었다.

한참 웃던 그녀가 고개를 돌려 밖으로 시선을 던지며 말했다.

"당신이 사람들을 이끌고 나를 구하러 소림사로 온다는 소식에 무척 기뻤어요. 그들은 쓸데없이 입방아 찧는 것을 좋아해서, 아마 뒤에서는 내가 당신에게… 진심을 바치는데도 당신은 도처에 정을 뿌리고 다니는 방탕한 풍류객이라 내겐 요만큼도 관심이 없다고 떠들어댔을 거예요…."

이렇게 말하는 그녀의 목소리가 점점 낮아졌다.

"그런데 당신이 세상이 다 알 만큼 떠들썩하게 소문을 낸 덕분에 겨우 체면을 차렸지요. 이제… 죽어도 억울하지 않아요."

"그 당시에는 당신이 나를 업고 소림사에 가서 치료를 부탁했다는 사실을 전혀 몰랐소. 게다가 얼마 후에 서호 밑에 있는 감옥에 갇혔고, 그곳을 나와서는 항산파의 일에 휘말려 나중에야 겨우 그 소식을 들었소. 그동안 고생을 시켜 미안하오."

"소림사에서 지내는 일은 그리 고생스럽지 않았어요. 나 혼자 석실에 머물렀는데, 열흘에 한 번씩 늙은 스님이 땔나무와 쌀을 갖다주고, 매일 식모가 와서 밥을 짓고 빨래를 해주었지요. 그 스님과 식모는 아무것도 모르는 것 같았어요. 더욱이 내게 말을 걸지도 않았고요. 정한 사태와 정일 사태께서 찾아오셨을 때에야 방장께서 당신에게 《역근경》을 전수하지 않았다는 걸 알았지요. 내가 속은 줄 알고 방장께 화를 내며 따졌더니, 정한 사태께서 말리시더군요. 당신이 잘 지내고 있

고, 방장께 나를 풀어달라 부탁하기 위해 두 분을 보내셨다고 하시면
서요."

"그 말을 듣고 방장 대사께 난 화를 거뒀겠군."

"방장께서는 내가 화를 내도 그저 빙그레 웃기만 하시다가, 내 말이
끝난 후에야 이렇게 말씀하시더군요. '여시주, 빈승은 그날 영호 소협
에게 소림파에 들어와 빈승의 제자가 되면 이상한 진기를 없앨 수 있
는《역근경》의 무공을 전수해주겠다 권했소. 허나 영호 소협이 너무나
단호하게 거절하여 강요할 수가 없었다오. 여시주가 그를 업고… 온
날 그는 겨우 숨만 붙어 있는 위험한 상태였으나, 이곳을 떠날 때는 비
록 완치가 되지는 못했어도 최소한 평소처럼 몸을 가눌 만큼은 회복
되었소. 우리 소림사가 영호 소협에게 아무것도 해주지 않은 것은 아
니오'라고요. 듣고 보니 그 말이 옳은 것 같아서 나도 더는 그 일을 탓
하지 않았어요. 대신 '그럼 어째서 나를 여기 잡아두는 건가요? 출가
인은 남을 속이지 않는다더니 이게 속임수가 아니면 무엇인가요?' 하
고 물었죠."

영호충은 고개를 끄덕이며 맞장구를 쳤다.

"그러게나 말이오. 그렇게 속이면 안 되지."

"하지만 방장께서는 이상한 논리를 펴셨어요. 나를 소실산에 붙잡
아두면 불법으로 내 난폭한 기질을 지울 수 있으리라 생각하셨다더군
요. 정말 말도 안 되는 소리예요."

"그러게나 말이오. 당신에게 난폭한 기질이 어디 있다고?"

"듣기 좋은 말만 골라 하시는군요. 물론 내겐 난폭한 기질이 있어
요. 그것도 아주 많이요. 하지만 당신에게 터뜨리지는 않을 테니 안심

하세요."

"나를 달리 대해주겠다니 참으로 고맙소."

영영은 픽 웃으며 말을 이었다.

"그래서 방장께 이렇게 말했어요. '연세도 많으신 분이 젊은 사람을 속이시다니, 부끄럽지도 않으세요?' 방장의 대답은 이랬지요. '여시주는 소림사에 찾아와 자신을 영호 소협의 목숨과 바꾸겠다 하였소. 우리가 비록 영호 소협의 병을 치료하지는 못했으나 여시주의 목숨도 요구하지 않았으니 결코 속인 것이 아니오. 항산파 두 분 사태의 말씀을 들으니, 영호 소협이 강호에서 의로운 일을 많이 한 것 같아 빈승도 몹시 기쁘오. 항산파 사태분들께서 청하시니 이제 여시주를 보내주려 하오.' 물론 나를 구하려다 붙잡힌 강호 친구들도 풀어주기로 약속하셨지요. 나는 감사한 마음에 몇 번이나 절을 올렸어요. 이미 말했듯이 그 뒤 항산파 사태들을 따라 하산했고, 기슭에서 당신이 수천 명을 이끌고 나를 찾아 소림사로 오고 있다는 소식을 들었어요. 사태들께서는 소림사에 위기가 닥쳤는데 수수방관할 수는 없으니 다시 돌아가시겠다며, 나더러 당신을 막으라고 하셨죠. 그토록 자애로우신 분들이 소림사에서 목숨을 잃으시다니…."

영영이 눈물을 글썽이며 한숨을 쉬자, 영호충도 탄식하며 말했다.

"누가 그런 짓을 했는지 정말 모르겠구려. 두 분의 몸에 상처도 없어서 누구 짓인지 실마리조차 찾을 수가 없었소."

"상처가 없다니요? 소림사에서 두 분의 시신을 발견했을 때 옷깃을 들춰 자세히 살폈더니, 심장 부근에 바늘구멍만 한 붉은 점이 있었어요. 누군가 침으로 찔러 죽인 거예요."

영호충은 놀라서 펄쩍 뛰었다.

"침이라면… 독침이란 말이오? 당금 무림에서 독침을 쓰는 사람이 누구요?"

영영은 고개를 저었다.

"아버지와 상 숙부께서도 확신은 못하셨어요. 아버지 말씀으로는 암기로 쓰는 독침이 아니라 일반적인 무기에 급소를 찔려 목숨을 잃은 것이라더군요. 정한 사태를 찌른 침은 심장에서 약간 비껴갔지만요."

"맞소, 내가 두 분을 발견했을 때 정한 사태는 아직 살아 계셨소. 심장을 찔렀다면 암습이 아니라 정면에서 공격했겠군. 그렇다면 두 분을 죽인 사람은 절정의 고수가 틀림없소."

영호충의 말에 영영도 고개를 끄덕였다.

"아버지도 그렇게 말씀하셨어요. 비록 실마리는 얻었지만, 흉수를 찾아내기는 쉽지 않을 것 같아요."

영호충은 동굴 벽을 힘껏 내리치며 외쳤다.

"영영, 우리가 살아 있는 한 반드시 두 분의 원한을 풀어드립시다!"

"꼭 그렇게 해요."

영호충은 고개를 끄덕이고는 벽을 짚고 일어섰다. 뜻밖에도 팔다리가 멀쩡하고 걷어차인 가슴팍에서도 통증이 느껴지지 않았다.

"이상하군. 사부님께 걷어차였는데 전혀 다친 것 같지 않구려."

"남들의 진기를 많이 흡수한 덕분에 지금 당신의 내공은 당신 사부보다 깊다는 것이 아버지 말씀이셨어요. 비록 사부에게 반항하지 못해 고스란히 발길질을 당했지만, 진기가 몸을 보호해 상처가 무겁지 않은데다 상 숙부께서 당신 몸을 두드려 진기로 치료되게끔 해주셔서 금

세 나은 거예요. 하지만 당신 사부의 다리가 부러진 것은 이상한 일이에요. 아버지께서도 아무리 생각해도 그 이유를 모르시겠대요."

"내공이 강해졌으니 사부님의 발이 닿았을 때 반발력이 생겨 그렇게 되지 않았겠소? 무엇이 이상하단 말이오?"

"그렇지 않아요. 아버지는 타인의 진기가 몸을 보호할 수는 있지만 의식적으로 운용하지 않으면 다른 사람에게 피해를 입힐 수 없다고 하셨어요. 아무래도 스스로 갈고닦은 진기와 같을 수는 없으니까요."

"그렇군."

영호충은 잘 이해가 가지 않았지만 깊이 생각해보려고는 하지 않았다. 그보다는 천하 영웅들 앞에서 다리가 부러져 체면이 깎였을 사부를 생각하자 황송해서 고개를 들 수가 없었다.

두 사람이 각자 생각에 잠기는 바람에 동굴 안에는 정적이 내려앉았고, 이따금씩 모닥불 타는 소리만 탁탁하고 울렸다. 동굴 바깥에서 펑펑 쏟아지는 눈송이는 소실산에 내리던 것보다 훨씬 굵직했다.

별안간 동굴 밖 서쪽에서 거친 숨소리가 들려와 영호충은 흠칫하며 귀를 기울였다. 그보다 내공이 얕은 영영은 그 소리를 듣지 못했다.

"무슨 소리라도 들렸나요?"

"방금 숨찬 소리가 들렸소. 누군가 이쪽으로 오는 모양이오. 헐떡이는 것을 보면 무공이 높은 사람은 아닐 테니 걱정할 필요는 없겠지."

영호충은 영영을 돌아보며 물었다.

"임 교주께서는 어디로 가셨소?"

"산책을 하신다며 상 숙부와 함께 나가셨어요."

영영은 이렇게 대답하며 살짝 얼굴을 붉혔다. 영호충과 단둘이 있는 시간을 주려고 아버지가 일부러 자리를 피해주었다는 것을 알기 때문이었다.

그때 또다시 숨소리가 들려오자 영호충이 말했다.

"우리도 나가봅시다."

임아행과 상문천의 발자국은 펑펑 내리는 눈에 희미해지고 있었다. 영호충은 그 발자국이 난 쪽을 가리켰다.

"숨소리는 저쪽에서 들렸소."

발자국을 따라 10여 장 정도 걸어 산굽이를 돌자 두껍게 쌓인 눈 위에 석상처럼 우뚝 서 있는 임아행과 상문천이 보였다. 영호충과 영영은 깜짝 놀라 그쪽으로 달려갔다.

"아버지!"

영영이 소리치며 임아행의 왼손을 잡았는데, 그 피부에 닿는 순간 뼛속까지 싸늘한 기운이 밀려들었다.

"아버지, 이… 이게…?"

그녀는 놀란 소리로 입을 열었지만, 말을 끝맺기도 전에 몸이 오들오들 떨리고 이가 딱딱 부딪쳐 목소리가 나오지 않았다. 좌냉선의 한 빙진기를 맞은 뒤 억지로 버티던 아버지가 끝내 그 기운을 억누르지 못해 발작했다는 것을 직감적으로 알 수 있었다. 소림사에서 나오면서 임아행이 좌냉선의 속임수에 넘어가 혈도가 막혔다는 것을 딸에게 설명해주었던 것이다. 옆에 선 상문천은 진기를 쏟아부어 임아행을 돕고 있는 것이 분명했다.

하지만 영호충은 그 사실을 알 턱이 없었다. 어리둥절한 얼굴로 새하얀 눈에 비친 두 사람의 침중한 얼굴을 살피는데, 임아행이 거칠게

숨을 몰아쉬었다. 바로 조금 전 동굴에서 들은 소리였다.

그때 영영이 한기를 느낀 듯 덜덜 떨기 시작하자 그는 아무 생각 없이 손을 뻗어 그녀의 손을 잡았다. 맞잡은 손에서부터 싸늘한 기운이 흘러드는 것을 느끼고 나서야 비로소 임아행이 음랭한 적의 진기에 당해 그 기운을 밀어내려고 안간힘을 쓰고 있다는 것을 알 수 있었다. 영호충은 곧바로 서호 바닥의 지하 감옥에서 본 구결에 따라 흘러드는 한기를 천천히 흩어내기 시작했다.

영호충이 돕자 임아행도 한결 편안해졌다.

상문천이나 영영은 익힌 내공이 달라 한기를 억제할 수 있을 뿐 몰아내지는 못했고, 그 자신은 몸이 꽁꽁 얼어붙지 않도록 하는 데만 진기를 쏟아붓느라 한기를 몰아낼 여력이 없었다. 이대로는 시간이 흐를수록 기운만 빠질 뿐이었는데, 다행히 영호충이 나서서 한기를 흩어내자 몸속의 차가운 기운이 줄기줄기 밖으로 흘러나가기 시작한 것이다. 네 사람은 굳은 석상처럼 손에 손을 잡고 한참을 그 자리에 서 있었다. 펑펑 내리는 눈이 머리와 얼굴 위로 떨어져 머리칼과 눈썹, 코, 그리고 옷이 하얗게 변했다.

영호충은 운기행공을 하면서 속으로 고개를 갸웃했다.

'이상하군, 왜 얼굴에 떨어진 눈이 녹지 않지?'

그는 알지 못했지만, 좌냉선이 익힌 한빙진기는 눈보다 더 차가웠다. 그 차가운 기운 때문에 오장육부와 혈관에만 가까스로 온기가 남았을 뿐 밖으로 드러난 피부는 꽁꽁 얼어붙고 말았던 것이다. 피부에 떨어진 눈이 녹기는커녕 바닥보다 더욱 빨리 쌓여가는 것은 당연한 일이었다.

시간은 흐르고 흘러, 마침내 하늘이 서서히 밝아왔다. 그러나 세상을 하얗게 뒤덮은 눈은 여전히 그칠 기미가 없었다.

영호충은 가녀린 영영이 차갑디차가운 한빙진기에 쓰러지지나 않을까 걱정스러웠지만, 임아행의 몸속에 든 한기를 완전히 몰아내기 전에는 차마 손을 뗄 수가 없었다. 임아행은 어젯밤처럼 숨을 헐떡이지는 않았으나, 갑자기 멈추면 무슨 일이 벌어질지 모르니 계속해서 한기를 흩어내는 수밖에 없었다. 다행스럽게도 그가 붙잡은 영영의 손은 얼음처럼 차가워도, 처음처럼 덜덜 떨지도 않았고 미약하게나마 맥도 느껴져 다소 안심이 되었다.

그때쯤 감은 눈꺼풀 위에도 눈이 소복이 쌓여, 날이 밝았다는 것은 알았지만 전혀 앞을 볼 수가 없었다.

영호충은 더욱 기운을 내 임아행의 몸속 한기를 조금씩 조금씩 끌어내 기경팔맥으로 보낸 다음, 손가락 끝에 자리한 소상혈少商穴과 상양혈商陽穴을 통해 몸 밖으로 쏟아냈다.

또다시 한참이 지난 뒤, 멀리 동북쪽에서 이쪽으로 향하는 말발굽 소리가 들려왔다. 한 마리가 앞장서서 달리고 다른 한 마리가 뒤를 쫓아오는 소리였다. 곧이어 외침 소리가 영호충의 귀를 때렸다.

"사매! 사매, 내 말 좀 들어보시오."

귀에도 눈이 쌓였지만, 영호충은 사부인 악불군의 목소리임을 단박에 알아차렸다. 말발굽 소리는 점점 더 가까워졌다.

악불군이 다시 외쳤다.

"속사정도 모르고 무작정 화를 내면 어찌하오? 내 말을 들어보라지 않소."

"제 기분이 안 좋은 것이 사형과 무슨 관계가 있다는 말이에요? 대체 무슨 할 말이 있다고요?"

자못 떨어져서 들려오는 말발굽 소리나 대화 내용으로 미루어보아, 악 부인이 앞서 달리고 악불군이 뒤쫓는 것 같았다.

영호충은 속으로 고개를 갸웃했다.

'사모님께서 화가 잔뜩 나셨구나. 대관절 사부님께서 무슨 잘못을 하셨을까?'

곧장 앞으로 달리던 악 부인은 얼마 가지 못해 '어머' 하고 탄성을 질렀다. 고삐를 당겼는지 히힝거리는 말 울음소리가 들려왔고, 곧이어 악불군이 쫓아왔다.

"허, 이 눈사람들이… 마치 진짜 같구려. 그렇지 않소, 사매?"

악불군이 물었지만 악 부인은 여전히 화가 풀리지 않았는지, 코웃음을 치고는 혼잣말로 중얼거렸다.

"이런 허허벌판에 대체 누가 와서 눈사람을 넷이나 만들었을까?"

'이곳에 눈사람이 있다고?'

영호충은 어리둥절했지만 곧 깨달았다.

'그렇구나, 우리 몸에 눈이 두껍게 쌓여 눈사람으로 오인하신 거야.'

사부와 사모가 앞에 있다고 생각하자 난감했지만 눈사람이라고 오해를 받는 것이 몹시 우스웠다. 그러나 즐거움은 잠시뿐, 곧 소름끼치는 생각이 퍼뜩 떠올랐다.

'큰일 났다. 눈사람이 우리라는 것을 알면 사부님께서는 당장 검을 휘둘러 죽이실 거야. 지금 이대로라면 우리 네 사람을 죽이기는 식은 죽 먹기겠지.'

불안으로 덜덜 떨리는 그의 마음을 알 리 없는 악불군은 태평하게 말했다.

"발자국이 없는 것을 보면 한참 전에 만든 모양이오. 사매, 잘 보시오. 셋은 남자고 하나는 여자 같지 않소?"

"제 눈에는 똑같아 보이는데, 무엇으로 남녀를 구별한다는 건가요?"

그녀가 다시 떠나려는 모양인지 말이 푸르르 코투레를 했다.

악불군이 황급히 말했다.

"사매, 어찌 이리 성미가 급하시오? 아무도 없으니 여기서 터놓고 얘기해봅시다."

"급하긴 누구 성미가 급하다는 말씀이세요? 아무튼 저는 화산으로 돌아갈 테니 좌냉선에게 잘 보이고 싶으면 사형 혼자 숭산으로 가세요."

"내 언제 좌냉선에게 잘 보이고 싶다 했소? 무엇 하러 이 좋은 화산파 장문 자리를 팽개치고 숭산파에 가서 고개를 숙인단 말이오?"

"말씀 잘하셨어요! 사형이 어째서 좌냉선에게 머리를 숙이고 시키는 대로 하는지 도무지 그 연유를 모르겠어요. 좌냉선이 오악검파의 맹주라고는 해도 우리 화산파 일에 참견할 권한은 없어요. 오악검파가 하나가 되면 어찌 되겠어요? 이 무림에서 화산파라는 이름은 사라지고 말 거예요. 오래전 사부님께서 사형께 장문 자리를 물려주실 때 하신 말씀이 무엇이었던가요?"

"은사께서는 화산파의 문호를 빛내달라 당부하셨소."

"그래요. 그런데 좌냉선에게 굴복해 우리 화산파를 고스란히 숭산파에 바치고서야 무슨 낯으로 구천에 계신 사부님을 뵙겠어요? 소 꼬리보다는 닭 머리가 낫다는 말을 듣지 못하셨어요? 비록 우리 화산파는 작은 문파에 불과하지만, 큰 문파에 빌붙기보다는 스스로의 힘으로 살아남아야 해요."

악불군은 깊이 한숨을 쉬었다.

"사매, 항산파 정한 사태와 정일 사태의 무공은 우리 두 사람에 비해 어떻소?"

"겨뤄본 적이 없으니 잘은 모르지만 거의 비슷하겠지요. 갑자기 그건 왜 물으세요?"

"나도 당신 생각에 동의하오. 그 두 분이 소림사에서 목숨을 잃은 것은 필시 좌냉선의 짓일 거요."

그 말에 영호충은 심장이 쿵 내려앉았다. 그 역시 좌냉선의 짓이 아닐까 의심하던 차였다. 당시 소림사에 그만한 무공을 지닌 사람은 좌냉선을 제외하면 그리 많지 않았다. 소림파와 무당파의 두 장문인도 무공이 높지만, 득도한 고인들이라 그런 모략을 꾸밀 리가 없었다. 반면, 숭산파는 수차례나 항산파의 여승들을 공격했으니 이번에는 좌냉선이 직접 나선 것이 분명했다. 세상에 둘도 없이 강력한 무공을 지닌 임아행마저 좌냉선의 손에 패할 정도였으니, 항산파의 여승들이야 당연히 그의 상대가 되지 못했을 것이다.

악 부인이 물었다.

"좌냉선의 짓이면 어떻다는 건가요? 증거가 있으면 정파의 영웅들에게 알리고 좌냉선에게 죄를 물어 두 사태의 원한을 풀어드리면 될 일이에요."

"증거도 없을뿐더러 있다손 치더라도 우리로서는 역부족이오."

"역부족이라니요? 소림파 방증 대사와 무당파 충허 도장께 사실대로 말씀드리고 공평하게 처리해달라고 부탁하면 좌냉선이라고 해서 별난 수가 있겠어요?"

"방증 대사께 부탁드리기도 전에 우리 부부 역시 항산파 사태들처럼 될지도 모르오."

"좌냉선이 우리를 죽일 거라고요? 흥, 그러면 또 어때요? 우리는 무림에 몸담은 사람들이에요. 이리 재고 저리 재며 벌벌 떨어서야 어떻게 험한 강호에서 살아가겠어요?"

영호충은 속으로 감탄을 금할 수 없었다.

'사모님은 여인이지만 호방한 기상은 남자보다 훨씬 낫구나.'

악불군이 말했다.

"우리 두 사람이야 기꺼이 죽을 수 있지만, 그런다고 무슨 의미가 있겠소? 좌냉선이 쥐도 새도 모르게 우리를 죽이면 어찌 될 것 같소? 우리가 죽는다고 그가 오악검파를 합병하는 일을 그만두겠소? 천만의 말씀이오. 아마도 흉측한 죄목을 지어내 우리에게 덮어씌울 거요."

악 부인도 그 말이 옳다 여기는지 아무 말이 없었다.

악불군이 계속 말했다.

"우리가 죽으면 화산파 제자들은 도마 위에 오른 물고기나 다름없소. 그 아이들이 무슨 힘이 있어 좌냉선에게 항거할 수 있겠소? 그리고 무엇보다… 산이 생각을 해야 하지 않소?"

딸의 이름이 나오자 악 부인은 마음이 흔들려 나지막이 신음을 흘렸다. 얼마 후 그녀가 무거운 목소리로 말했다.

"그렇다면 잠시 동안은 좌냉선의 음모를 모른 척하면서, 사형 말대로 겉으로는 친밀하게 굴며 기회를 살펴야겠군요."

"그렇게 말해주니 고맙소. 평지의 집안에 전해지는 〈벽사검보〉를 영호충 그 불충한 놈이 훔쳐간 것이 애석할 따름이오. 그놈이 검보를 돌려줘 우리 화산파 제자들이 다 함께 익힐 수만 있다면, 좌냉선의 위협을 두려워할 까닭이 어디 있겠소? 지금처럼 화산파가 무너질까 노심초사할 일도 없을 터이고."

"어째서 아직도 충이가 평지네 〈벽사검보〉를 훔쳤다고 의심하세요? 방증 대사와 충허 도장께서 충이의 정묘한 검법은 풍 사숙의 진전을 이어받은 것이라고 밝혀주셨잖아요. 풍 사숙께서 검종이긴 하나 어쨌든 우리 화산파 사람인 것은 분명해요. 충이가 마교 사람들과 교분을 맺은 것은 크나큰 잘못이지만, 그 때문에 〈벽사검보〉를 훔쳤다는 누명을 씌울 수는 없어요. 방증 대사와 충허 도장의 말씀도 믿지 못한다면 세상에 그 누구의 말을 믿을 수 있겠어요?"

사모가 이렇게 자신을 변호해주자 영호충은 몹시 감격해 당장이라도 달려가 사모에게 안기고 싶었다.

그때, 누군가 머리에 손을 얹은 듯 머리가 묵직해졌다.

'들켰구나! 임 교주의 한독이 아직 다 가시지 않았는데 사부님과 사모님이 공격하면 큰일이야.'

영영의 손에서 전해지는 진기가 요동치는 것을 보면 임아행도 불안해하는 것이 분명했다. 그러나 머리 위에 놓인 손은 쌓인 눈을 톡톡 칠 뿐 더 이상의 움직임은 없었다.

악 부인의 목소리가 이어졌다.

"어제 충이와 싸울 때 낭자회두, 창송영객, 농옥취소, 소사승룡을 펼친 까닭은 무엇인가요?"

악불군은 허허 웃었다.

"그놈이 인품은 단정치 못하나 필경은 우리 손으로 기른 제자가 아니오? 올바르지 못한 길로 가는 것이 안타까워 다시 화산파로 돌아오라고 낭자회두를 펼친 것이오."

"저도 그 의미는 알았어요. 하지만 뒤의 두 초식은요?"

"이미 짐작한 모양인데 어찌 또 물으시오?"

"충이가 잘못을 뉘우치고 다시 돌아오면 산이와 짝을 지어주겠다는 뜻이었지요?"

"그렇소."

"그 아이의 마음을 돌리기 위한 임시방편이었나요, 아니면 정말 그럴 생각이 있으셨나요?"

악불군은 대답하지 않았다. 또다시 머리 위를 톡톡 두드리는 느낌이 들자, 영호충은 머리에 얹힌 손이 악불군의 것임을 깨달았다. 악불군은 생각에 잠겨 무의식적으로 눈사람의 머리를 두드리고 있을 뿐 눈사람 속에 누가 있는지는 모르는 것 같았다.

잠시 후 악불군이 천천히 대답했다.

"대장부는 한 번 입 밖으로 낸 말은 반드시 지켜야 하는 법. 결코 뒤집을 뜻은 없었소."

"충이는 마교의 요녀에게 푹 빠져 있어요. 어찌 그것을 모르세요?"

"그렇지 않소. 그놈이 요녀에게 느끼는 감정은 고마움이지 정이 아니오. 산이를 대할 때와 그 요녀를 대할 때가 판이하게 다른 것을 알아보지 못했소?"

"물론 알아보았지요. 그렇다면 충이가 아직도 산이에게 미련을 버리지 못했다는 말씀인가요?"

"단순히 미련을 버리지 못한 정도가 아니라… 뼈에 사무칠 만큼 그리워하고 있소. 내가 펼친 초식의 의미를 알아차렸을 때, 마치 천운을 얻은 사람처럼 환하게 웃으며 기뻐하는 얼굴을 당신은 보지 못한 모양이구려."

악 부인의 목소리가 싸늘하게 식었다.

"그렇다면 사형은 산이를 미끼로 그 아이를 유혹하셨군요. 그 아이가 산이 생각에 비무에서 져주리라 생각하고 말이지요."

귀가 눈에 뒤덮여 있는데도 영호충은 사모의 말 속에 담긴 분노와 야유를 생생히 느낄 수 있었다. 사모의 입에서 이런 말투가 나온 적은 여태껏 단 한 번도 없었다.

본디 악불군 부부는 그를 아들처럼 여겨 평소에도 그의 앞에서 거리낌 없이 대화를 주고받았다. 성미가 다소 급한 악 부인은 집안일로 이따금씩 남편과 다투기도 했지만, 문파나 제자 문제로는 장문인인 남편을 존중해 그 뜻을 거스른 적이 없었다. 그런데 지금 이런 말투로 따지는 것을 보면 그 일이 퍽이나 불만스러웠던 모양이었다.

악불군은 장탄식을 했다.

"당신마저 내 뜻을 몰라주는구려. 내 한 몸의 명예는 사소한 일이나 화산파의 흥망성쇠는 중대한 사안이오. 영호충을 설득하여 다시 화산파로 돌아오게 한다면 우리 화산파는 일석사조—石四鳥의 득을 볼 수 있소."

"일석사조라니요?"

"영호충의 검법은 나를 훌쩍 뛰어넘을 만큼 높아졌소. 벽사검법을 익혔든 풍 사숙의 진전을 이어받았든, 일단 그놈이 화산파로 돌아오면 우리 화산파의 명성이 크게 높아질 것이오. 이것이 우리가 얻는 첫 번째 이득이오. 또한 화산파를 합병하려는 좌냉선의 음모가 무너지고, 태산파와 항산파, 형산파까지 보존할 수 있으니 이것이 두 번째요. 영호충이 정파로 돌아서면 마교는 한 팔을 잃는 한편 강적을 얻는 셈이니 이것이 세 번째라 할 수 있지 않겠소?"

"그렇군요. 그럼 네 번째는 뭐죠?"

"네 번째는 말이오… 우리 부부에게는 아들이 없지 않소? 나는 항상 충이를 친아들처럼 생각해왔는데 잘못된 길로 빠져들어 몹시 상심하던 차였소. 이제 내 나이도 적지 않으니 속세의 허명이 무슨 가치가 있겠소? 충이가 바른길로 돌아오면 우리 일가족이 한데 모여 다정하고 행복하게 세월을 누릴 수 있으니 그 얼마나 좋은 일이오?"

여기까지 들은 영호충은 가슴이 뭉클해져 저도 모르게 '사부님, 사모님!' 하고 외치고 싶은 것을 겨우 참았다.

악 부인이 말했다.

"산이는 평지와 마음이 잘 맞아요. 그런데 두 사람을 억지로 갈라놓을 생각이세요? 산이가 평생 억울해해도요?"

"다 산이를 걱정해서 그러는 것이오."

"산이를 걱정해서라니요? 평지는 착하고 성실한 아이예요. 그 아이가 어디가 나쁘다는 말씀이죠?"

"평지는 근면성실해서 열심히 노력하기는 하지만, 영호충에 비하면 한참 멀었소. 자질이 부족해 평생을 수련한들 영호충의 발끝에도 미치지 못할 것이오."

"무공이 강하다고 해서 좋은 남편이 되는 것은 아니에요. 저도 충이가 마음을 고치고 다시 돌아오기를 진심으로 바라지만, 너무 제멋대로고 술을 좋아해서 산이가 그 아이에게 시집가면 평생을 후회하며 살거예요."

영호충은 부끄러운 마음에 속으로 중얼거렸다.

'사모님 말씀이 옳아. 나는 제멋대로고 술을 좋아하지. 하지만 소사매를 아내로 맞아들이면 평생 후회하게 만들 것이라니… 아니, 절대 그럴 리가 없어! 그렇게만 된다면 반드시 근면성실하고 올바르게 살면서 술도 끊을 거야. 꼭 끊을 거라고!'

악불군은 다시 한숨을 내쉬었다.

"어찌 되었건 내 계획은 실패했소. 그 도적놈은 사악한 길에 너무 깊이 빠져 있으니, 우리 둘이 이런 이야기를 해보았자 아무 소용이 없다오. 사매, 아직도 화가 풀리지 않았소?"

악 부인은 곧바로 대답하지 않았지만, 잠시 후 다소 풀린 목소리로 물었다.

"다리는 좀 괜찮으세요?"

"외상을 조금 입은 것뿐이니 괜찮소. 같이 화산으로 돌아갑시다."

"그래요."

눈밭을 두드리는 말발굽 소리가 차츰차츰 멀어져갔다.

영호충의 마음은 얽히고설킨 덩굴처럼 복잡했다. 사부와 사모가 나눈 대화를 곱씹느라 잠깐 운기행공을 멈췄더니 한기가 퍼져나가 몸이 덜덜 떨렸다. 뼛속까지 싸늘해지는 느낌에 깜짝 놀라 진기를 끌어올렸지만, 너무 급작스럽게 기운을 운용했는지 왼쪽 어깨가 뻐근해지며 어깻죽지에서 진기가 턱 막혔다. 혈맥을 뚫으려고 애를 썼으나 애석하게도 그의 흡성대법은 스승을 구해 배운 것이 아니라 철판에 새겨진 비결을 스스로 익힌 것이 전부였다. 그 속에 담긴 오묘한 이치를 가르쳐준 사람이 없었기 때문에 막무가내로 움직일 수밖에 없었고, 그러자 진기가 역행해, 왼팔부터 왼쪽 옆구리와 허리, 그리고 다리가 차례차례 마비되기 시작했다.

당황한 영호충은 소리를 지르려고 했지만, 입술마저 굳어버렸는지 입을 달싹할 수도 없었다.

바로 그때, 또 다른 말발굽 소리와 함께 말 두 마리가 달려왔다.

"여기 말 발자국이 있어. 아버지와 어머니가 여기서 잠시 멈추셨었나 봐."

악영산의 목소리에 영호충은 놀랍고 반가웠다.

'소사매는 또 무슨 일이지?'

그 생각이 끝나기도 전에 다른 목소리가 들렸다.

"사부님께서 다리를 다치셨으니 변고가 생기면 큰일입니다. 어서 쫓아가시지요."

다름 아닌 임평지였다.

'소사매와 임 사제가 눈 위에 난 말 발자국을 보고 사부님과 사모님을 쫓아왔구나.'

영호충이 그렇게 생각하는 사이 악영산이 엉뚱한 이야기를 꺼냈다.

"소림자, 여기 눈사람 좀 봐. 넷이서 나란히 손을 잡고 있어!"

"부근에 인가도 없는데 누가 눈사람을 만들었을까요?"

악영산이 웃으며 말했다.

"우리도 눈사람을 만들자, 응?"

"좋아요. 남자 하나, 여자 하나 만들어서 서로 손을 잡게 하지요."

악영산은 말에서 내려 눈을 굴리기 시작했다.

"사부님과 사모님부터 찾으러 가시지요. 두 분을 찾은 후에 다시 와서 만들어도 늦지 않아요."

임평지의 말에 악영산이 툴툴거렸다.

"늘 저렇게 흥을 깬다니까. 아버지께서 다리를 다치시긴 했어도 말 타는 데는 아무 무리 없으셔. 게다가 어머니가 함께 계신데 감히 누가 두 분을 건드려? 네가 태어나기도 전부터 쌍쌍이 검을 들고 강호를 주유하신 분들이라고."

"옳은 말씀이긴 하지만, 사부님과 사모님을 찾지도 못하고 놀자니 마음이 불안해서 그럽니다."

"알았어, 알았어. 하지만 부모님을 찾고 나면 꼭 다시 와서 예쁜 눈사람을 만들겠다고 약속해."

"물론이지요."

영호충은 속으로 중얼거렸다.

'나라면 '너처럼 예쁜 눈사람을 만들 거야'라거나 '너처럼 예쁜 눈사람을 만들고 싶지만 쉽지 않겠는걸'이라고 했을 텐데, 임 사제는 '물론이지요'라고만 하는구나. 하긴 임 사제처럼 성실하고 신중한 사람이 나처럼 경박하게 굴 리가 없지. 소사매가 나더러 눈사람을 만들자고 했으면 하늘이 무너져도 같이 만들었을 거야. 거절이라도 하면 소사매가 마구 투정 부리고 심술을 피웠을 테지. 하지만 임 사제 앞에서는 내키지 않아도 토라지지 않고 고분고분 따르는군. 참, 그리고 보니 임 사제가 많이 나았구나. 대체 누가 임 사제를 공격했을까? 소사매가 나를 의심할 줄이야….'

악영산과 임평지의 대화에 정신이 팔린 영호충은 몸이 마비된 것조차 까맣게 잊었다. 뜻밖에도 이렇게 아무것도 하지 않는 것이 마음을 쓰지 않고 집착을 버리는 흡성대법의 운공 방법과 맞아떨어진 덕분에 왼쪽 다리와 허리의 마비는 차차 풀어졌다.

악영산이 말했다.

"좋아, 눈사람은 나중에 만들더라도 여기 있는 눈사람에 글을 새겨야겠어."

쳉 하고 검을 뽑는 소리가 들리자 영호충은 기겁했다.

'소사매가 우리 몸에 칼을 휘두르면 끝장이다.'

소리를 질러 멈추고 싶었지만 말은커녕 손가락조차 까딱할 수가 없었다. 악영산의 검날이 스윽스윽 소리를 내며 상문천의 몸에 쌓인 눈을 긁어내다가 곧이어 영호충의 몸으로 옮겨왔다. 다행히 힘주어 쓰지 않아 옷이 드러나거나 피부가 벗겨지는 일은 없었다.

'뭐라고 썼을까?'

영호충이 궁금해하는 사이 글쓰기를 마친 악영산이 부드러운 목소리로 말했다.

"너도 써봐."

"좋아요!"

임평지가 검을 들고 다가와 왼쪽에서 오른쪽으로 글을 써내려갔다.

'임 사제는 뭐라고 썼을까?'

등을 긁어내리는 검날을 느끼면서 영호충은 궁금증을 참을 수가 없었다.

잠시 후 악영산이 즐거운 목소리로 말했다.

"그래, 우리 꼭 이렇게 하자."

두 사람은 아주아주 오랫동안 아무 말이 없었다.

영호충은 더욱더 몸이 달았다.

'꼭 어떻게 하자는 것일까? 두 사람이 떠나고 임 교주의 한독이 다 가시면 그때 살펴봐야지. 참, 내가 움직이면 눈이 떨어져서 글자도 사라질 텐데…. 네 사람이 한꺼번에 움직이면 한 글자도 남아 있지 않겠구나.'

얼마쯤 지나자 말 달리는 소리가 어렴풋하게 들려왔다. 모두 10여 마리 정도였는데, 거리는 제법 멀었지만 이쪽으로 오고 있는 것은 분명했다.

'화산파 사제나 사매들이 오는 모양이군.'

말들이 점점 다가오는데도 악영산과 임평지는 전혀 눈치채지 못한 것 같았다. 동북쪽에서 달려온 말들은 몇 리 밖에서 길을 나눠 몇몇은 서쪽으로 돌아가 횡대를 이룬 뒤 마치 포위를 좁혀오듯 천천히 다가왔다.

영호충은 슬그머니 불안해졌다.

'좋은 사람들 같지는 않군!'

갑자기 악영산이 비명을 질렀다.

"앗, 누가 오고 있어!"

급한 말발굽 소리와 함께 말 10여 마리가 바람처럼 달려왔다. 이어서 화살 두 대가 씽씽 소리를 내며 날아들자, 악영산과 임평지의 말은 구슬픈 비명을 지르며 쓰러졌다.

'놈들의 무공이 여간이 아니야. 소사매와 임 사제가 달아나지 못하게 말부터 쓰러뜨리다니, 필시 나쁜 마음을 먹고 있구나.'

사방을 진동시키는 우렁찬 웃음소리가 점점 가까워졌다. 악영산은 비명을 지르며 주춤주춤 물러났다.

누군가 껄껄 웃으며 말했다.

"거기, 젊은 친구, 예쁜 낭자. 너희는 어느 문파 사람이냐?"

임평지가 당당하게 대답했다.

"이 몸은 화산파의 임평지고, 이분은 사저인 악씨 여협이오. 서로 알지도 못하는 사이인데 왜 우리 말을 쓰러뜨렸소?"

"흐흐흐, 화산파 문하라고? 너희 사부가 비무에서 제자 손에 처참하게 무너진 군자검인가 뭔가 하는 악 선생이냐?"

그 말에 영호충은 마음이 무거웠다.

'그렇게 많은 사람들이 소림사에 와 있었으니 내가 사부님께 죄를 짓는 것을 본 사람도 적지 않겠구나. 이제 곧 세상 사람들 모두가 어제 있었던 일을 알게 되겠지. 사부님을 웃음거리로 만들다니, 이 죄를 어찌해야 하나?'

곧 임평지의 외침이 들렸다.

"영호충은 품행이 단정하지 못하고 문규를 어겨 1년 전에 화산파에서 축출되었소."

말인즉 사부가 영호충에게 패배했지만, 영호충은 타인이니 제자에게 패배한 것은 아니라는 뜻이었다.

남자는 킬킬거리며 웃었다.

"고 예쁘장한 낭자가 악씨라고? 악불군과는 무슨 사이냐?"

악영산은 화난 목소리로 대꾸했다.

"당신이 무슨 상관이야? 내 말을 죽였으니 물어내!"

"고거 참, 야들야들한 것이 아무래도 악불군의 첩이로구먼."

함께 온 사람들이 세상이 떠나가라 큰 소리로 웃어댔다.

그 소리를 듣자 영호충은 소름이 끼쳤다.

'말본새를 보니 결코 정파 사람은 아니다. 소사매가 위험하겠군.'

임평지가 말했다.

"강호 선배 같은데 어찌 그런 추잡한 말을 입에 담으시오? 사저는 바로 사부님의 따님이시오."

"아아, 악불군의 딸이라? 듣던 것과는 다른데?"

옆에 있던 사람이 물었다.

"노 형, 듣던 것과 다르다니, 무슨 말인가?"

"악불군의 딸이 참하고 곱상해서 젊은 낭자들 가운데 손꼽을 만한 미녀라고 들었는데, 직접 보니 소문과는 영 딴판이잖나."

"저 계집애가 용모는 그저 그래도 피부가 보들보들하니 벗겨놓으면 제법 볼 만할 걸세. 으하하하!"

10여 명이나 되는 남자들이 약속이나 한 듯 음란한 웃음을 터뜨렸다.

악영산과 임평지, 영호충은 이 무례한 언사에 화가 머리끝까지 치솟았다. 임평지가 검을 뽑아 들고 외쳤다.

"한 번 더 그따위 말을 지껄이면 맹세코 가만두지 않겠다!"

"어이, 친구들. 저 음란한 연놈들이 눈사람에 써놓은 것 좀 보게!"

남자가 아랑곳 않고 비웃자 임평지는 버럭 소리를 질렀다.

"용서할 수 없다!"

그가 검을 휘둘렀는지 쐐액 하는 파공성이 들렸다. 곧이어 몇 사람이 말에서 내려 싸움을 시작했다. 악영산도 검을 뽑아 달려들자, 일고여덟 명의 남자들이 동시에 외쳤다.

"내가 저 계집과 싸울 테다!"

누군가 껄껄 웃음을 터뜨렸다.

"자자, 싸우지들 말게. 돌아가면서 싸우면 되지 않나?"

악영산도 적들과 싸우기 시작하자 무기 부딪치는 소리가 더욱 크게 들렸다.

그녀의 검이 매서웠는지 누군가 고통에 찬 비명을 질렀다.

"아주 악랄한 계집이구나! 사 형, 내가 복수해줌세!"

챙챙챙 하는 쇳소리에 이어 악영산이 소리를 질렀다.

"조심해!"

쩡하는 굉음이 터지고 임평지의 신음 소리가 귀를 때렸다.

"소림자!"

악영산이 기겁한 목소리로 외쳤다. 임평지가 상처를 입은 것이었다.

"저놈을 죽여라!"

누군가 외쳤지만 대장인 듯한 남자가 만류했다.

"죽이지 말고 사로잡아라. 악불군의 딸과 사위를 인질로 삼으면 그 위군자놈이 우리 말을 따를 수밖에 없을 것이다."

영호충은 초조한 마음으로 싸우는 소리에 귀를 기울였다. 칼이 허공을 가르는 소리에 이어 챙챙 하는 무기 소리가 들리더니 누군가 검을 맞은 듯 퍽 하고 찌르는 소리가 들려왔다.

남자가 욕설을 퍼부었다.

"이 육시랄 계집이 감히!"

별안간 영호충은 누군가의 몸이 묵직하게 기대오는 것을 느꼈고, 가까이에서 헐떡이는 숨소리가 들렸다. 악영산이 몸을 가누지 못하고 눈사람에 기댄 것이었다.

또다시 챙챙챙 하는 무기 소리가 귀를 때렸다.

"이래도 싸울 테냐?"

남자가 의기양양하게 외치자, 악영산이 '앗' 하고 탄성을 터뜨렸다. 검을 떨어뜨렸는지 무기 부딪치는 소리가 뚝 끊겼다.

남자들이 큰 소리로 웃어댔고, 누군가가 잡아당긴 양 악영산의 무게가 획하니 사라졌다.

"놔! 놓으란 말이야!"

악영산이 고래고래 소리를 질렀다. 누군가 낄낄거리며 말했다.

"민 형은 요 계집의 피부가 보들보들하다고 했지만 내 보기엔 아닌 것 같은데? 어디 발가벗겨서 확인해봐야겠군."

남자들이 손뼉을 치며 환호했다.

"더러운 놈들…!"

임평지가 소리를 질렀지만 누군가의 발길에 차여 풀썩 쓰러졌다. 이어서 찌이익 하고 천 찢어지는 소리가 들렸다.

소사매가 악당들에게 능욕을 당하자 임아행의 한독을 제거하는 일 같은 것은 영호충의 머리에서 씻은 듯이 사라져버렸다. 그는 온 힘을 다해 눈 속에서 뛰쳐나오며, 오른손으로 허리에 찬 검을 뽑고 왼손으로 얼굴을 덮은 눈을 털어내려 했다. 하지만 왼손이 마비되어 말을 듣지 않았다.

뜻밖의 사태에 놀란 사람들이 어리둥절해하는 사이, 영호충은 오른팔로 눈을 비볐다. 눈앞이 환해지며 모든 것이 또렷하게 보이자, 그는 재빨리 검을 내질러 세 사람의 목을 꿰뚫었다. 곧이어 몸을 획 돌리며 또다시 검을 두 번 휘두르자 두 사람이 픽픽 쓰러졌다. 한 남자가 악영산의 양팔을 붙잡아 등 뒤로 돌렸고, 다른 남자가 그 앞에 서서 영호충을 막기 위해 칼을 뽑았다. 영호충은 그자의 왼쪽 옆구리 아래로 검을 찔러 죽인 뒤, 오른발로 힘껏 걷어차 시체에서 검을 뽑았다.

그사이 뒤에서 누군가 달려드는 기척이 느껴졌다. 그는 고개를 살짝 돌리며 손을 뒤집어 뒤를 덮친 두 사람의 심장을 찌른 다음, 자연스럽게 검을 거두며 악영산에게 날아가 그녀를 붙잡고 있는 남자의 목을 꿰뚫었다. 그자는 목에서 피를 분수처럼 뿜으며 악영산의 어깨 위로 힘없이 쓰러졌다.

너무도 갑작스러운 일이었다.

눈 깜짝할 사이에 아홉 명이 영호충의 검을 맞아 쓰러지자, 대장인 듯한 남자가 대갈을 터뜨리며 그의 머리 위로 철패 두 개를 어지럽게 휘둘렀다. 영호충은 검을 살짝 쳐올려 철패 사이의 공간을 통해 그자의 왼눈을 찔렀다. 남자는 비명을 지르며 뒤로 벌러덩 쓰러졌다. 돌아선 영호충이 이리저리 검을 휘둘러 또다시 세 명을 죽이자, 남은 네 사람은 잔뜩 겁을 집어먹고 걸음아 날 살려라 달아나기 시작했다.

"소사매를 욕보이려 하다니, 한 놈도 살려두지 않겠다!"

영호충이 소리를 지르며 뒤를 쫓았다.

그가 팔을 뻗을 때마다 검날이 달아나는 자들의 등을 찔렀다. 혼신의 힘을 다해 달아나던 도망자들은 검을 맞아 숨이 끊어졌는데도 다리가 멈추지 않아, 10여 걸음을 더 가서야 눈밭 위로 풀썩 쓰러졌다.

마지막 남은 두 사람은 동쪽과 서쪽으로 나눠 달아나는 중이었다. 영호충이 동쪽으로 달려가 진기를 발산하자 검이 은광을 흩뿌리며 날아가 적의 허리를 갈랐다. 그와 동시에 영호충은 돌아서서 서쪽으로 달아난 자를 쫓았다. 10여 장쯤 달려 따라잡은 뒤 손을 뻗었지만, 조금 전 검을 던진 바람에 무기가 없었다. 그는 별수 없이 손가락에 진기를 흘려넣어 적의 등을 힘껏 찔렀다. 칼로 찌르는 듯한 통증을 느낀 악당은 어떻게든 그를 막기 위해 돌아서서 마구 칼을 휘둘렀다. 권각술에 익숙지 않은 영호충은 손가락에 내공을 싣는 법을 몰랐기 때문에 단번에 적을 쓰러뜨리지 못했던 것이다.

적이 칼을 휘두르자 영호충은 당황해 황급히 몸을 피했다. 마침 적의 오른쪽 옆구리 쪽에서 커다란 허점이 보여 주먹을 휘둘렀지만, 왼팔을 내지르기도 전에 어깨가 뻣뻣해지며 말을 듣지 않았다. 적의 칼은 바로 코앞에 와 있었다.

영호충은 대경실색해 허둥지둥 뒤로 물러났다. 승세를 탄 적이 칼을 치켜들고 바짝 쫓았다. 무기가 없는 영호충은 그를 상대할 마음이 없어 재빨리 돌아서서 달아나기 시작했다. 이를 본 악영산이 바닥에 떨어진 자신의 검을 주워들고 외쳤다.

"대사형, 받아요!"

검이 허공을 가르며 빙글빙글 날아왔다.

영호충은 오른손으로 날아오는 검을 낚아챈 뒤, 돌아서서 보란 듯이 껄껄 웃었다. 마침 칼을 높이 치켜들었다가 내리찍으려던 악당은 그의 손에서 검광이 번뜩이는 것을 보고는 굳은 듯이 그 자리에 우뚝 섰다. 영호충이 천천히 다가가자 그는 겁을 집어먹고 부들부들 떨다가 끝내 무릎이 힘없이 꺾이며 바닥에 꿇어앉았다.

영호충이 노한 목소리로 외쳤다.

"내 사매를 모욕했으니 살려둘 수 없다."

검으로 남자의 목을 겨누던 그는 호기심을 참지 못하고 한 걸음 바짝 다가서며 나지막이 물었다.

"눈사람 위에 뭐라고 쓰여 있었느냐?"

악당이 겁먹은 목소리로 더듬더듬 말했다.

"그, 그게… '바다… 바닷물이 마를 때까지… 서로를 향한… 마음 변치… 변치 말자'라고….

세상에 저런 말이 생긴 이래, 공포에 질려 덜덜 떨면서 그 말을 입에 담은 사람은 아마도 그가 처음이었으리라.

영호충은 멍한 얼굴로 중얼거렸다.

"바닷물이 마를 때까지… 서로를 향한 마음 변치 말자고….

두 사람이 새긴 글을 되뇌자니 가슴이 찢어지는 것 같았다. 그는 입을 꾹 다물고 검을 쭉 뻗어 남자의 목을 찔렀다.

천천히 뒤를 돌아보니 악영산이 임평지를 부축해 일으키고 있었다. 두 사람 모두 얼굴과 몸이 온통 피투성이였다.

임평지가 몸을 세우며 영호충에게 포권을 했다.

"영호 형의 도움에 감사드립니다."

"뭘 그렇게 예의를 차리나? 상처는 좀 어떤가?"

"괜찮습니다!"

영호충은 검을 악영산에게 돌려주고 눈 위에 두 줄로 나란히 찍힌 말발굽을 가리켰다.

"사부님과 사모님은 이쪽으로 가셨다."

"예, 알겠습니다."

악영산은 적이 타고 온 말 가운데 두 마리를 끌고 와서 그중 하나에 올라탔다.

"아버지와 어머니를 찾으러 가자."

그녀의 말에 임평지는 다친 몸을 이끌고 억지로 말에 올랐다. 악영산은 말을 탄 채 영호충에게 다가오더니 말고삐를 당겨 세우고 그의 얼굴을 바라보았다.

시선을 느낀 영호충이 그녀를 바라보자, 악영산은 머뭇거리며 말했다.

"고… 고마워요, 대… 사형."

이 말만 남긴 채 그녀는 홱 고개를 돌리며 채찍을 휘둘렀다. 말 두 마리는 악불군 부부가 남긴 발자국을 따라 쏜살같이 서북쪽으로 달려갔다.

영호충은 두 사람의 뒷모습이 저 멀리 수풀 사이로 흐려지는 것을 넋을 놓고 바라보다가 이윽고 그 모습이 까만 점이 되어 사라지자 느릿느릿 돌아섰다. 임아행과 상문천, 영영도 어느새 몸에 쌓인 눈을 털어내고 돌아서서 그를 바라보고 있었다.

영호충은 기뻐하며 물었다.

"임 교주님, 저 때문에 잘못되지는 않으셨습니까?"

임아행은 쓴웃음을 지었다.

"나는 괜찮다만 네가 문제구나. 왼팔은 좀 어떠냐?"

"경맥이 막히고 진기가 통하지 않아 움직일 수가 없습니다."

임아행은 눈을 잔뜩 찌푸렸다.

"귀찮게 되었군. 어떻게 해야 할지 천천히 생각해보는 수밖에. 네가 악불군의 딸을 구했으니 사문의 은혜는 충분히 갚았다. 이제 빚은 없는 셈이야. 상 형제, 노 노대가 어쩌다 저런 꼴이 되었나? 대관절 왜 저렇게 비열한 짓을 하게 되었지?"

"대화를 들어보니 두 사람을 흑목애로 잡아가려는 것 같았습니다."

"동방불패의 뜻이라는 것인가? 그놈이 화산파 위군자와 무슨 원한이라도 있나?"

영호충은 새하얀 눈밭을 벌겋게 물들인 채 쓰러져 있는 시신들을 가리키며 물었다.

"이들이 동방불패의 부하입니까?"

"내 부하들일세."

임아행의 대답에 영호충은 말없이 고개를 끄덕였다.

"아버지, 저 사람 팔은 괜찮을까요?"

영영이 걱정스레 묻자 임아행은 껄껄 웃었다.

"초조해할 것 없다! 착한 사위가 이 아비의 한독을 제거해주었으니 내 당연히 그 팔을 치료해주어야지."

그가 호방하게 웃으며 영호충을 바라보자 영호충은 민망해서 어쩔 줄 몰라 했다.

영영이 조용히 말했다.

"아버지, 그런 말씀은 그만하세요. 충 오라버니는 어려서부터 화산파 악 소저와 청매죽마青梅竹馬하며 자란 사이예요. 방금 충 오라버니가 악 소저를 보던 표정, 못 보셨어요?"

임아행은 웃으며 대답했다.

"악불군 같은 위군자가 무에 그리 대단해서 그자의 딸을 내 딸과 비교한다는 말이냐? 더구나 악 낭자는 이미 다른 남자에게 가지 않았느냐? 그렇게 가벼운 여자는 충이도 금세 잊어버릴 것이다. 어린 시절의 일이 다 무슨 소용이냐?"

"충 오라버니가 저를 위해 소림사로 달려온 것은 세상이 다 알아요. 더군다나 저 때문에 화산파로 돌아갈 기회마저 포기했으니, 그 두 가지만으로도 저는 만족해요. 그러니 더 이상 그런 말씀은 마세요."

지기 싫어하는 딸의 성격을 누구보다 잘 아는 임아행이었다. 영호충이 구혼하기 전에 이러쿵저러쿵 말해본들 소용이 없는 데다, 서두르지 않아도 언젠가는 그렇게 될 것이 분명했기에 그는 허허 웃으며 고개를 끄덕였다.

"오냐, 오냐. 종신대사를 이리 서둘러서는 안 될 일이지. 충아, 왼팔의 경맥을 뚫는 방법부터 전수해주마."

그는 영호충을 한쪽으로 데려가 운기행공 방법과 경맥을 뚫는 요결을 일러주었다. 영호충이 몇 번만에 완벽하게 외워내자 그가 말했다.

"너는 내 한독을 몰아내주었고 나는 네 경맥을 뚫어주었으니 이제 우리 서로 빚진 것이 없다. 경맥이 원래대로 돌아오려면 이레는 지나야 하니 너무 서두르지 말거라."

"예."

임아행은 손을 흔들어 상문천과 영영을 불렀다.

"충아, 내 지난번 네게 일월신교에 들어오라고 권했으나 너는 단칼에 거절했다. 지금은 그때와 상황이 많이 달라졌으니 다시 한번 묻겠다. 이번에는 거절하지 않겠지?"

영호충이 머뭇거리며 대답하지 못하자 임아행은 더욱 몰아붙였다.

"네가 익힌 흡성대법은 부작용이 많다. 몸속에 있는 여러 갈래의 진기가 발작하면 그때는 살고 싶어도 살 수 없고 죽고 싶어도 죽지 못하는 지경에 처할 것이다. 노부는 한 번 한 말은 반드시 지키느니라. 본교에 들어오지 않으면, 설사 영영과 혼례를 올리더라도 흡성대법의 부작용을 없애는 방법만큼은 절대로 알려주지 않겠다. 영영이 평생 나를 원망한다 해도 상관없다. 내게는 동방불패를 찾아가 복수를 해야 하는 큰일이 남아 있다. 너도 함께 가서 나를 돕지 않겠느냐?"

영호충은 공손하게 말했다.

"저는 결코 일월신교에 들어갈 수 없습니다. 부디 너무 탓하지 마십시오."

추호의 여지조차 느껴지지 않는 단호한 말투였다.

이 한마디에 임아행과 상문천, 영영 모두 안색이 변했다.

상문천이 달래듯이 말했다.

"대체 무엇 때문인가? 우리 일월신교가 눈에 차지 않나?"

영호충은 바닥에 널브러진 시체들을 가리키며 말했다.

"일월신교에는 저런 자들이 가득합니다. 제가 비록 대단치 못한 사람이지만, 저런 자들과 함께 어울릴 수는 없습니다. 그리고 저는 이미 정한 사태께 항산파의 장문인이 되겠다고 약속했습니다.”

임아행과 상문천, 영영은 뜻밖의 이야기에 눈이 휘둥그레졌다. 영호충이 일월신교에 들어오지 않으려는 것은 이상한 일이 아니지만, 항산파의 장문인이 되겠다는 말은 제 귀를 의심할 정도로 황당하기 짝이 없었던 것이다.

한참 멍하니 있던 임아행이 별안간 손가락질을 하며 너털웃음을 터뜨렸다. 그 쩌렁쩌렁한 웃음소리에 나뭇가지 위에 쌓였던 눈이 우수수 쏟아졌다.

그렇게 한참을 웃고 나서야 그가 겨우 숨을 가다듬으며 물었다.

“네… 네가… 여승이 되겠다고? 여승이 되어 그 여자들의 장문인이 되겠단 말이냐?”

영호충은 정색을 했다.

“여승이 되겠다는 말이 아니라 항산파의 장문인이 되겠다고 했습니다. 정한 사태께서 돌아가시기 전에 친히 제게 부탁하신 일입니다. 제가 받아들이지 않았다면 죽어서도 눈을 감지 못하셨을 겁니다. 정한 사태는 저 때문에 돌아가셨습니다. 제가 항산파 장문인이 된다는 것이 얼마나 황당하고 놀라운 일인지 저도 압니다만, 도저히 거절할 수가 없었습니다.”

임아행은 그래도 웃음을 그치지 못했다. 영영이 그런 아버지에게 차분하게 말했다.

“아버지, 정한 사태는 저 때문에 돌아가셨어요.”

영호충은 눈동자에 고마움을 가득 담고 그녀를 바라보았다.

마침내 임아행이 웃음을 그쳤다.

"부탁을 받았으니 반드시 해내겠다, 그 말이냐?"

"그렇습니다. 정한 사태는 제 부탁을 받고 소림사로 가셨다가 해를 입으신 분입니다."

임아행이 고개를 끄덕였다.

"오냐, 좋다! 노부는 늙은 괴물이고 네녀석은 젊은 괴물이구나! 세상이 놀라 뒤집힐 일을 하지 않고서야 어찌 괴물이라 하겠느냐? 그래, 가서 여승들의 장문인이 되거라. 곧바로 항산으로 갈 생각이냐?"

영호충은 고개를 저었다.

"아닙니다, 소림사부터 들르겠습니다."

임아행은 잠시 어리둥절해했지만 곧 그 의미를 깨달았다.

"음, 그렇군. 그 사태들의 시신을 수습해서 항산으로 가야겠지."

그는 딸을 돌아보았다.

"너도 충이를 따라 소림사로 갈 테냐?"

영영은 조용히 대답했다.

"아니에요, 아버지를 따라가겠어요."

"암, 그래야지. 너까지 항산에 보내 비구니를 만들 수야 없지."

그는 이렇게 말하며 껄껄 웃었지만, 그 웃음에는 쓸쓸함이 묻어 있었다.

영호충은 깊이 허리를 숙여 절했다.

"임 교주, 상 형님, 영영, 이만 작별하겠습니다."

돌아서서 성큼성큼 걸어가던 그는 열 걸음도 못 가 뒤를 돌아보았다.

"임 교주님, 언제 흑목애로 가실 예정이십니까?"

"본 교의 일이니 외부인은 신경 쓸 것 없다."

영호충이 동방불패를 물리칠 때 찾아와 도우려고 물었다는 것을 잘 알면서도 임아행은 일언지하에 거절했다. 영호충은 고개를 끄덕인 뒤 눈 속에 파묻힌 검을 주워 허리에 차고 그곳을 떠났다.

笑傲江湖

장문인

— 항산파 대제자 네 명이 차례차례 법기를 건넸다.
불경과 목어, 염주, 그리고 단검이었다.
목어와 염주를 보는 순간 영호충은 심히 난처했다.

영호충은 저녁나절에야 다시 소림사에 도착했다. 지객승知客僧에게 정한 사태와 정일 사태의 유체를 수습하러 왔다고 밝히자 지객승은 안으로 들어갔다가 잠시 후 다시 나와 말했다.

"방장께 말씀드리니, 두 분 사태의 법체는 이미 화장했고 본 사의 승려들이 모여 법사를 치르는 중이라 하셨습니다. 두 분의 사리를 수습하고 나면 사람을 시켜 항산으로 보내드리겠다 하십니다."

영호충은 법사가 진행되는 편전으로 들어가 유골그릇과 영위 앞에 무릎을 꿇고 공손하게 머리를 조아렸다.

'살아 있는 동안 항산파를 빛내는 데 온 힘을 다하겠습니다. 결코 사태의 부탁을 저버리지 않겠습니다.'

그러고는 방장 대사를 만나지 않고 지객승에게만 작별을 고한 후 소림사를 떠났다.

산기슭에 내려와서도 폭설이 그치지 않았기 때문에 그는 부근의 농가를 찾아 하룻밤 재워달라 청해서 묵고, 이튿날 아침 일찍 북쪽으로 향했다. 가는 길에 마을이 나타나자 말 한 필을 사서, 매일 70리를 달린 뒤 객잔을 찾아 휴식을 취하는 일을 반복했다. 객잔에 머물 때마다 임아행이 알려준 요결대로 천천히 운기행공을 했더니 이레 후에는 마비된 왼팔이 완전히 풀렸다.

그렇게 며칠 더 달린 그는 어느 날 오후, 갈증을 풀기 위해 술집을 찾아가 술을 마셨다. 거리 곳곳에는 행인들이 바삐 움직이며 다가오는 설을 준비하느라 여념이 없었다. 영호충은 행복해 보이는 사람들을 멍하니 바라보며 하릴없이 홀로 술을 마셨다.

'화산에 있을 때는 사모님이 사제, 사매들과 함께 대청소를 하고, 떡을 찌고, 설맞이 음식을 만들고, 새 옷을 짓곤 하셨지. 소사매는 창문에 붙일 장식을 만들면서 즐거워했고…. 하지만 올해는 나 혼자 쓸쓸히 술을 마셔야 하는구나.'

홀로 외로운 마음을 달래고 있는데, 누각으로 오르는 발소리와 함께 떠들썩한 목소리가 들려왔다.

"아이고, 목마르다. 여기서 몇 잔 마시는 게 좋겠어."

"목이 마르지 않는데 마시면 나쁜 거야?"

"술 마시는 것과 목이 마른 것은 전혀 다른 문제야. 왜 한데 버무려서 말하는 거야?"

"술을 마실수록 목이 마르는 게 이치야. 그러니까 두 가지는 한데 버무려서 말할 수 없을뿐더러 확연하게 반대되는 개념이라고."

도곡육선의 목소리를 알아들은 영호충이 기뻐하며 외쳤다.

"도곡육선, 어서 이리들 오시오! 나하고 한잔합시다."

그들이 소리도 요란하게 우르르 올라와 영호충을 에워싸고 어깨며 팔을 잡아 마구 흔들었다.

"내가 먼저 봤어!"

"잡은 건 내가 먼저야!"

"말을 한 건 내가 먼저야. 영호 공자가 내 목소리를 제일 먼저 알아들었다고!"

"내가 이리로 오자고 하지 않았으면 너희가 무슨 수로 영호 공자를 만났겠어?"

영호충은 어리둥절했다.

"왜들 이리 소란이오? 또 무슨 내기라도 했소?"

도화선이 주루의 창가로 달려가 고래고래 소리를 질렀다.

"어이, 꼬마 여승, 아주머니 여승, 할머니 여승! 이 도화선이 영호 공자를 찾았다! 어서 천 냥을 내놔!"

도지선도 쪼르르 달려가 외쳤다.

"이 도지선이 제일 먼저 발견했어. 꼬마 여승, 아주머니 여승! 어서 은자를 내놔!"

도근선과 도실선은 여전히 영호충의 팔을 하나씩 잡고 우겨댔다.

"내가 먼저 찾았다니까!"

"아니야! 나야, 나!"

거리 저편에서 여자 목소리가 들려왔다.

"영호 대협을 찾았소?"

도실선이 대답했다.

"내가 영호충을 찾은 거야! 빨리 은자를 내놔!"

도간선도 거들었다.

"은자와 사람을 동시에 교환하는 거야!"

"맞아, 맞아! 꼬마 여승이 은자를 주지 않으면 영호충을 내주지 말고 꽁꽁 숨기자."

도근선이 맞장구를 치자 도지선이 물었다.

"어떻게 숨겨? 여승들이 보지 못하게 어디 가두기라도 하자는 거야?"

그때 계단이 삐걱거리는 소리와 함께 여자 몇 명이 올라왔다. 앞장선 사람은 항산파 제자 의화였고, 그 뒤로는 여승 네 사람과 속가 제자인 정악과 진견이 따르고 있었다. 일곱 사람은 영호충을 보자 얼굴이 환해지며, '영호 대협'이니 '영호 사형'이니 '영호 공자'니 각기 익숙한 호칭으로 불러댔다.

도간선 등 여섯 형제가 일제히 팔을 벌리고 영호충 앞을 가로막았다.

"은자 천 냥을 내놓지 않으면 못 줘."

영호충이 피식 웃으며 말했다.

"이보시오, 도 형. 은자 천 냥이라니, 대체 무슨 말이오?"

도지선이 설명했다.

"조금 전에 여승들을 만났는데, 우리더러 영호 공자를 봤느냐고 묻지 뭐야. 우리는 아직은 못 봤지만 곧 보게 될 거라고 말했지."

진견이 따졌다.

"아저씨, 대놓고 거짓말을 하시면 어떡해요? 분명 '아니, 못 봤어. 영호충에게 다리가 있는 이상 어디로든 갈 수 있는데, 어디로 갔는지 우리가 어떻게 알아?'라고 하셨잖아요."

도화선은 짐짓 고개를 저었다.

"아니지, 아니야. 우리는 선견지명이 있어서 여기서 영호충을 만날 줄 미리 알았어."

"두말하면 잔소리! 그렇지 않고서야 우리가 왜 다른 술집도 아니고 이곳으로 왔겠어?"

영호충이 웃으며 말했다.

"이제 알겠군. 항산파 분들께서 내게 할 말이 있어 여섯 분께 나를 찾아달라고 했구려? 그랬더니 여섯 분은 대가로 은자 천 냥을 요구했고, 그렇지 않소?"

"은자 천 냥은 일부러 크게 부른 거야. 거래를 좀 해봤으면 그 자리에서 값을 깎았어야지. 그런데 저 여승들은 손이 아주 큰지 대뜸 '좋소, 영호 대협을 찾아주면 은자 천 냥을 드리겠소'라고 했단 말이야. 분명히 그랬지?"

의화가 고개를 끄덕이며 대답했다.

"그렇소. 여섯 분께서 영호 대협을 찾아주셨으니, 당연히 천 냥을 지불하겠소."

말이 끝나기 무섭게 여섯 개의 손이 동시에 그녀 앞으로 달려들었다.

"내놔."

의화는 차분하게 말했다.

"출가인인 우리가 그리 큰돈을 몸에 지니고 있겠소? 함께 항산으로 갑시다. 거기서 드리겠소."

도곡육선이 번거롭다며 물러나리라 예상했는데, 뜻밖에도 그들은 몹시 좋아했다.

"좋아, 좋아. 같이 항산으로 갈게."

영호충이 웃음을 터뜨렸다.

"여섯 분께서 횡재를 하셨구려. 정말 축하하오. 고작 나 같은 사람으로 그렇게 큰돈을 벌다니, 참으로 대단들 하오."

도곡육선도 귤껍질 같은 얼굴에 웃음꽃을 피우며 예의 바르게 두 손을 포갰다.

"다 영호 공자 덕분이지, 아무렴!"

반면 의화 일행은 어두워진 얼굴로 영호충에게 다가오더니 공손하게 절했다.

"아니, 왜들 이러는 거요?"

영호충은 놀라 황급히 맞절을 했다. 절을 마친 의화가 말했다.

"장문인께 인사 올립니다."

"아니, 알고 있었소? 어서들 일어나시오."

"그러게… 그렇게 꿇어앉아 있으면 이야기하기가 힘들잖아."

도근선이 끼어들었다. 영호충은 일어나서 도곡육선을 향해 말했다.

"도 형, 나와 항산파는 긴히 할 말이 있으니 여러분은 저쪽에서 술을 드시면서 기다려주시오. 방해하면 은자 천 냥은 물 건너갈 줄 아시오."

곁에서 수다를 떨어대려던 도곡육선은 마지막 한마디에 합죽이처럼 입을 꾹 다물고 다른 탁자로 옮겨 술과 안주를 시켰다.

바닥에서 일어난 의화 일행은 정한 사태와 정일 사태의 참혹한 죽음을 떠올리고 소리 내 통곡했다. 멀찌감치 떨어져 있던 도화선이 중얼거렸다.

"어? 이상하군, 왜 갑자기 울고 난리람? 영호충을 만나는 것이 그리 슬픈 일이면, 차라리 안 만나면 되잖아."

영호충이 노한 눈길로 쏘아보자 도화선은 흠칫하며 입을 다물었다.

의화가 흐느끼며 말했다.

"그날 영호 사형… 아니, 장문인께서 술을 마시러 육지에 오르셨다가 돌아오시지 않자 저희는 몹시 걱정을 했습니다. 다행히 형산파 막대 사백님이 찾아오셔서 한발 앞서 소림사로 가셨다고 알려주셨지요.

상의 끝에 저희도 소림사로 가서 사숙님들과 합류하는 것이 좋겠다고 결정하고 출발했는데, 도중에 만난 강호 호걸들에게서 장문인이 무리를 이끌고 소림사를 공격했고, 놀란 소림사 승려들이 꽁무니를 빼고 달아났다는 이야기를 들었습니다. 그중에는 땅딸막하고 머리가 큰 노씨라는 자와 중년 서생 차림의 조씨라는 자가 있었는데, 그들이… 장문 사숙과 정일 사숙께서 소림사에서 참변을 당했다고 알려주었지요. 장문 사숙께서는 임종 전에 영호… 사형께 장문 자리를 물려주셨고 사형께서도 받아들이셨다는 말도 했습니다. 두 분의 최후를 이 귀로 똑똑히 들었는데도 저희는….”

의화는 쏟아지는 눈물과 울먹임 때문에 더 이상 말을 잇지 못했다. 함께 온 사람들도 눈물을 흘리며 흐느꼈다.

영호충은 탄식하며 말했다.

“정한 사태께서 내게 그 중임을 맡기신 것은 사실이오. 허나 나는 아직 나이도 어린 남자인 데다 강호에서 소문도 좋지 않소. 내가 품행 나쁜 방탕아라는 것을 모르는 사람이 없는데 어떻게 항산파 장문인이 되겠소? 정한 사태께서 마음 편히 떠나시지 못할까 봐 어쩔 수 없이 받아들였지만, 참 난감하구려.”

의화는 울음을 참으며 말했다.

“저희는… 저희 모두 사형께서… 항산파를 다스려주시기를 바랍니다.”

정악이 나섰다.

“장문 사숙님, 사숙님은 저희와 생사고락을 함께하시며 몇 번이나 저희 목숨을 구해주셨어요. 사숙님이 정인군자라는 것은 우리 항산파 제자 모두가 알고 있어요. 게다가 본 파의 규칙에 남자는 장문인이 되지 못한다는 조항도 없어요."

중년 여승 의문도 거들었다.

"사부님과 사숙님께서 원적하셨다는 소식에 모두 비통함을 금할 수 없었습니다. 하지만 장문 사숙께서 장문 자리를 이어받으셨다는 것을 알고는 적어도 우리 항산파가 헛되이 무너지지는 않겠구나 싶어 반겨 마지않았습니다."

의화는 고개를 끄덕이며 말했다.

"저희 사부님과 두 분 사숙께서는 모두 적의 손에 돌아가셨습니다. '정' 자 돌림을 쓰시던 어른 세 분께서 몇 달 사이에 차례로 원적하셨는데 저희는 아직 흉수가 누군지도 모릅니다. 이럴 때 장문 사숙께서 항산파를 맡아주시면 그보다 더 좋은 일도 없지요. 배분이 걱정스러우시면 성함을 '영호정충'으로 바꿔 '정' 자 돌림자를 쓰시면 됩니다. 장문 사숙이 아니면 누가 세 분의 복수를 할 수 있겠습니까?"

영호충은 고개를 끄덕였다.

"세 분의 복수에 대한 책임은 응당 내가 질 것이오."

진견이 기뻐하며 말했다.

"장문인께서는 화산파에서 쫓겨나셨지만 이제 우리 항산파의 장문인이 되셨어요. 서악 화산과 북악 항산은 동등한 위치에 있으니 나중에 악 선생을 만나더라도 사부라고 부르지 말고 악 사형이라고 하셔야 해요."

영호충은 쓴웃음을 지으며 속으로 중얼거렸다.

'내가 무슨 낯으로 그분을 뵐 수 있을까…?'

정악과 진견이 번갈아가며 이야기를 했다.

"저희는 사숙님들께서 해를 입었다는 소식을 듣고 급히 소림사로 달려가다가 도중에 또 막대 사백님을 만났어요. 막대 사백님은 장문 사숙께서 이미 소림사를 떠났으니 어서 쫓아가라고 하셨어요."

"막대 사백님은 한시라도 빨리 장문 사숙을 찾아야 한다고 하셨어요. 잘못하면 장문 사숙께서 마교에 들어갈지도 모른다고요. 정파와 사파는 불구대천의 원수니 만일 그런 일이 벌어지면 우리는 장문인을 잃게 되잖아요."

정악은 진견을 흘겨보았다.

"진 사매, 무슨 그런 말을 하고 그래? 장문 사숙께서 왜 마교에 들어가시겠어?"

"그야 그렇지만, 막대 사백님께서 분명히 그렇게 말씀하셨잖아요."

그 말을 들은 영호충은 속으로 감탄했다.

'막대 사백님은 보는 눈이 남다르시구나. 분명 나는 일월신교에 거의 들어갈 뻔했어. 임 교주께서 내공 비결을 미끼로 유혹하는 대신 간절하게 부탁하셨다면 영영과 상 형님의 체면 때문이라도 단박에 거절하지는 못했을 거야. 어쩌면 항산파의 일을 마무리 지은 뒤에 들어가겠다고 했을지도 모르지.'

그는 빙그레 웃으며 진견과 정악을 바라보았다.

"그래서 은자 천 냥을 걸고서라도 이 영호충을 잡으려고 했소?"

진견은 눈물 어린 눈으로 까르르 웃었다.

"잡다니요? 저희가 어떻게요?"

정악도 웃음 섞인 소리로 말했다.

"막대 사백님 말씀을 듣고 저희는 일곱 명씩 무리를 지어 장문 사숙을 찾아나섰어요. 한시라도 빨리 장문 사숙을 항산으로 모시고 대사를 부탁드려야 하니까요. 그러다가 오늘 도곡육선을 만났는데, 은자 천 냥을 주면 장문 사숙을 찾아준다는 거예요. 장문 사숙을 찾을 수만 있다면 천 냥이 대수겠어요? 만 냥을 요구했어도 무슨 수를 써서든 만들어드렸을 거예요."

영호충은 미소를 지었다.

"내가 장문인이 되면 다른 것은 몰라도 탐관오리나 악질 토호에게 보시를 받는 능력은 크게 발전할 거요."

항산파의 일곱 제자는 복건성에서 백박피에게 탁발을 하던 일이 떠올라 잠시 슬픔을 잊고 웃음을 지었다.

영호충이 그들에게 말했다.

"좋소, 너무 걱정 마시오. 정한 사태께 굳게 약속했으니 이 영호충은 반드시 그 말을 지킬 것이오. 이름은 바꾸지 않겠지만, 여러분이 반대하지만 않는다면 항산파 장문인이 되겠소. 자, 배불리 먹고 당장 항산으로 갑시다."

항산파 제자들은 뛸 듯이 기뻐했다.

"당연히 저희는 찬성이에요."

이야기를 끝낸 영호충은 도곡육선의 탁자로 건너가 함께 술을 마셨다. 사례로 받을 은자 천 냥을 어디에 쓸 것인지 묻자 도근선이 대답했다.

"야묘자 계무시는 찢어지게 가난해서 천 냥이 없으면 굶어 죽을지도 몰라. 그래서 조금 마련해주기로 했지."

"지난번에 소림사에서 계무시와 내기를 했는데…."

도간선이 말하는데 도화선이 재빨리 끼어들었다.

"물론 계무시가 졌지. 그런 녀석이 무슨 수로 우리를 이겨?"

'계무시와 내기를 했다면 누가 졌는지는 뻔하군.'

영호충은 속으로 빙그레 웃으며 물었다.

"무슨 내기였소?"

이번에는 도실선이 대답했다.

"영호 형과 관련 있는 일이야. 우리는 영호 형이 항산파 장문인이 되지 않을… 아니, 아니지, 반드시 항산파 장문인이 될 거라고 말했어."

도화선이 또 끼어들었다.

"반대로 야묘자는 영호 형이 항산파 장문인이 될 리가 없다고 했지. 그래서 우리는 대장부는 자기가 한 말에 책임을 져야 한다, 죽어가는 사람에게 약속을 했고 천하가 다 아는데 어떻게 뒤집을 수 있느냐고 주장했어."

도지선이 말했다.

"하지만 야묘자는 영호충은 강호를 떠돌다가 곧 마교의 성고를 마누라로 맞게 될 텐데 무엇 때문에 늙은 여승들과 어울리겠느냐고 반박했지."

영호충은 이번에도 속으로 피식 웃었다.

'영영을 깊이 존경하는 야묘자가 마교라는 말을 썼을 리 없지. 도곡육선이 서로가 한 말을 반대로 이야기하는군.'

그는 여섯 사람을 바라보며 물었다.

"그래서 내가 항산파 장문인이 될지 안 될지를 놓고 천 냥 내기를 했군."

도근선이 대답했다.

"맞아, 그때 우리는 승리를 확신했어. 계무시는 내기에 쓸 은자는 훔치거나 빼앗지 말고 정정당당하게 얻어야 한다는 조건을 붙였고, 우리도 찬성했지. 설마 우리 도곡육선이 도둑질을 하겠어?"

도엽선이 끼어들었다.

"그러다가 오늘 저 여승들을 만난 거야. 여승들은 영호 형을 항산파 장문인으로 만들려고 서둘러 찾고 있었어. 그래서 우리가 은자 천 냥을 받고 대신 찾아주기로 했지."

영호충은 미소를 지었다.

"천 냥을 잃을 처지가 된 야묘자가 너무나 가엾어서 대신 천 냥을 구해주기로 했구려?"

도곡육선은 일제히 고개를 끄덕였다.

"그래, 그래, 바로 그거야. 귀신같이 알아맞히네."

도엽선이 말했다.

"잘 알아맞히는 것을 보니 영호 형도 우리 형제 못지않게 생각이 깊어."

식사가 끝나자 영호충 일행은 곧장 항산으로 출발해 채 하루도 지나지 않아 항산 기슭에 도착했다.

어느새 소식을 들은 제자들이 기슭까지 영접을 나와 영호충에게 절을 올렸다. 영호충도 황급히 맞절을 했다. 모두들 갑작스레 세상을 떠난 정한 사태와 정일 사태를 떠올리고 슬픔에 잠겨 눈물을 흘렸다.

영호충은 제자들 속에 섞여 있는 의림을 발견하고는, 몹시 수척해진 얼굴에 놀라 걱정스레 물었다.

"의림 사매, 어디 아프오?"

의림은 눈시울을 빨갛게 물들인 채 대답했다.

"아니에요."

그러고는 잠시 망설이다 덧붙였다.

"이제 장문인이 되셨으니 저를 사매라고 부르시면 안 돼요."

항산까지 오는 동안 의화 일행은 영호충을 '장문 사숙'이라 불렀다. 본래대로 불러달라고 부탁해도 모두들 안 된다며 손사래를 쳤는데, 의림에게서도 같은 말을 듣자 영호충은 큰 소리로 말했다.

"여러 사저와 사매들은 들어주시오. 이 영호충은 장문 사태의 유명을 받아 항산파 문호를 책임지게 되었으나, 덕과 재주가 없어 결코 이 자리에 어울리지 않소."

제자들이 입을 모아 말했다.

"장문 사숙께서 그 중임을 맡아주신 것은 항산파에게는 크나큰 복입니다."

영호충은 다시 말했다.

"그렇다면 부디 한 가지만 약속해주시오."

"분부만 내리시면 반드시 따르겠습니다."

"이 몸은 여러분의 장문 사형이 될 수 있을 뿐, 장문 사숙은 될 수 없소."

그 말을 들은 의화와 의청, 의진, 의문 등의 대제자들이 소리 죽여 의논을 하더니, 고개를 끄덕이며 대답했다.

"장문인께서 그렇게까지 말씀하시니 명을 따르겠습니다."

영호충은 몹시 기뻐했다.

"정말 잘됐소."

호칭 정리가 끝나자 일행은 다 함께 항산으로 올라갔다. 걸음이 느린 편이 아닌데도 항산의 주봉인 견성봉見性峯은 무척 높아 꼭대기에 오르는 동안 반나절이 훌쩍 지났다. 항산파의 주 암자는 무색암無色庵으로, 암자 옆에 제자들이 기거하는 방이 30여 개 늘어서 있었다. 무색암을 둘러보니 그 규모나 웅장함이 소림사에는 비할 수도 없을 만큼 작았다. 암자 안에는 백의관음상을 모시는 사당이 있었는데, 먼지 하나 없이 깨끗했지만 기물은 몹시 간소해 강호에 이름을 떨치는 항산파의 주 암자라고는 믿을 수 없을 정도였다.

영호충은 관음상 앞에 꿇어앉아 절을 올렸다. 우씨는 정한 사태가 평소 머무르던 곳으로 그를 안내했다. 그 방에는 바닥에 깔린 낡은 방석 몇 개를 제외하면 아무것도 없었고 쥐죽은 듯이 고요했다.

시끌시끌한 것을 좋아하고 술과 음식을 즐기는 영호충이 고인 물 같은 이런 방에서 참선을 한다는 것은 상상도 못할 일이었다. 그렇다고 해서 구수한 냄새를 풍기는 고기며 술을 이런 곳으로 가져오자니, 불문의 성지를 더럽히는 것 같아 내키지 않았다.

그는 우씨에게 말했다.

"내가 비록 항산파의 장문인이 되었지만, 출가한 사람도 아니고 여승도 아니지 않소? 사저와 사매들은 모두 여자인데 남자인 내가 한곳에 있으면 서로 불편할 거요. 여기서 조금 떨어진 곳에 빈방을 구해 나와 도곡육선이 함께 머무르는 것이 좋을 것 같소."

"알겠습니다. 이곳 견성봉 서쪽에 방이 세 개 있는 큰 집이 있습니다. 본 파 제자들의 부모가 찾아왔을 때 묵는 객방이지요. 장문인께서 괜찮으시다면 잠시 그곳에 머무시는 것이 어떻겠습니까? 그동안 새로운 거처를 마련하겠습니다."

영호충은 반가워하며 말했다.

"그런 곳이 있다니 정말 잘되었소. 구태여 새로운 거처를 마련할 필요야 있겠소?"

이렇게 말한 데는 이유가 있었다.

'나더러 평생 항산파 장문인을 하라고? 아니, 항산파 내에서 제자들이 기꺼이 따를 만큼 적절한 인물이 나오면 곧장 이 자리를 넘겨주고 마음 편히 강호를 떠돌며 즐겁게 살 거야. 물론 항산파가 위기에 빠지면 반드시 힘을 다해 도와야겠지.'

견성봉 서쪽의 객방에는 암자와는 달리 시골 농가처럼 침상과 탁자, 의자 등이 구비되어 있었다. 값비싼 물건은 아니지만 아무것도 없는 무색암보다야 훨씬 나았다.

"장문인, 앉으시지요. 술을 내오겠습니다."

우씨의 말에 영호충은 희색을 띠며 물었다.

"이곳에도 술이 있소?"

뜻밖의 횡재였다. 우씨는 기뻐하는 그를 보며 빙그레 미소를 지었다.

"있다마다요. 그것도 아주 좋은 술이지요. 장문인께서 항산으로 오신다는 소식을 듣고 의림 소사매가 제게 달려와서 좋은 술이 없으면 장문인께서 이 자리를 마다하실지도 모른다고 말하더군요. 해서 사람을 시켜 밤새 좋은 술 수십 동이를 사놓았습니다."

영호충은 겸연쩍은 얼굴로 웃었다.

"본 파에서는 모두 검소하게 지내는데 나 한 사람 때문에 그런 돈을 쓰다니, 그래서야 되겠소?"

그때 의청이 나타나 말했다.

"지난번 백박피에게 보시받은 은자 대부분을 가난한 사람들에게 나눠주었지만 아직도 많이 남아 있습니다. 게다가 타고 온 말도 모두 팔았으니 장문 사형의 술값은 10년에서 20년쯤은 거뜬합니다."

그날 밤 영호충은 도곡육선과 더불어 실컷 술을 마시고 잠이 들었다. 그리고 다음 날 아침 일찍 우씨와 의청, 의화와 함께 정한 사태와 정일 사태의 유골을 모시는 일과 그들의 복수에 대해 논의했다.

의청이 말했다.

"장문 사형께서 장문 자리에 오르셨으니 응당 그 사실을 무림동도들에게 공표해야 합니다. 오악검파의 맹주인 좌 맹주에게도 사람을 보내 알려야지요."

의화가 분통을 터뜨렸다.

"흥, 사부님께서는 그 간악한 숭산파 놈들에게 죽임을 당하셨다. 사숙님들을 해친 자도 필시 그자들일 텐데 무엇 하러 소식을 전한단 말이냐?"

의청은 고개를 저었다.

"그래도 예는 지켜야지요. 세 분의 죽음을 조사해 숭산파의 소행임이 밝혀지면, 그때 장문 사형을 따라 당당히 죄를 물으면 됩니다."

영호충도 의청의 말에 동의했다.

"의청 사저의 말씀이 옳소. 하지만 장문인이 되었다고 특별한 의식을 할 필요는 없을 것 같구려."

그는 어린 시절 사부가 장문인이 되었을 때, 셀 수 없이 많은 사람들이 축하를 하기 위해 찾아왔고 온갖 번잡한 예식들이 거행되었던 것이 떠올랐다. 형산파 유정풍의 금분세수 때만 해도 무림의 호걸들이 형산성으로 몰려들어 몹시 북적이지 않았던가?

항산파는 화산파나 형산파와 어깨를 나란히 하는 문파인데, 혹여 신임 장문인을 축하해주러 오는 사람이 적으면 체면이 서지 않을 것이고, 설혹 축하객이 많더라도 남자가 여승들의 장문인이 되었다며 비웃음을 살 것이 뻔했다.

의청은 그의 마음을 헤아린 듯 고개를 끄덕였다.

"장문 사형께서 무림동도들을 번거롭게 하기 싫으시다면, 손님은 청하지 않고 날을 정해 산에 올라 간단하게 의식을 거행하시지요. 하지만 정식 취임 날짜를 정해 각지에 알리는 일은 꼭 필요합니다."

오악검파 중 하나인 항산파가 장문인을 세우는 데 너무 허투루 하면 그 명성에 흠집이 날 수도 있었기에 영호충은 말없이 고개를 끄덕였다. 의청이 책력을 가져와 한참을 뒤적이더니 이윽고 입을 열었다.

"2월 열엿샛날과 3월 초여드렛날, 스무이렛날이 대길일이군요. 장문 사형, 어느 날이 좋겠습니까?"

영호충은 길일이니 흉일이니 하는 말을 믿지 않았지만, 날짜가 빠를수록 하객이 적어 덜 민망하리라는 생각에 물었다.

"정월에는 길일이 없소?"

"정월에도 길일이 있습니다만, 길을 나설 때나 밭갈이, 혼례, 장사를 시작할 때 좋은 날이고, 인수印綬(벼슬 자리에 임명될 때 받는 관인을 몸에 지니기 위해 쓰는 끈)를 받기에 좋은 날은 2월이 되어야 있습니다."

영호충은 웃음을 터뜨렸다.

"관리가 되는 것도 아닌데 인수 받기에 좋은 날이 무슨 소용 있소?"

의화가 웃으며 끼어들었다.

"장문 사형께서는 장군까지 하신 분인데 어찌 모르십니까? 장문인이 되는 데도 당연히 인수가 필요하지요."

영호충도 여러 사람의 뜻을 거스르고 싶지 않아 고개를 끄덕였다.

"그럼 2월 열엿샛날로 하겠소."

논의가 끝나자 그는 곧 정한 사태와 정일 사태의 유골을 모셔올 사람과 각 문파에 소식 전할 사람을 정했다. 그리고 그들에게 이번 취임식을 크게 떠벌리지 말라고 재삼 당부했다.

"각 파의 장문인들께는 정한 사태께서 원적하셨는데 여태 복수를 하지 못했고 아직 상중喪中이기도 해서 성대한 취임식을 치르지 않기로 했다고 설명해주시오. 구태여 축하하러 오실 필요는 없다고 말이오."

제자들을 떠나보낸 뒤 영호충은 속으로 생각했다.

'이왕 항산파 장문인이 되었으니 항산파의 검법과 무공을 익히는 것이 좋겠지.'

그는 남아 있는 제자들을 불러모아 각자 익힌 검법과 무공을 펼쳐보게 했다. 갓 입문한 사람이 익히는 기본 무공부터 시작해 대제자인 의화와 의청이 익힌 최상승의 초식들을 하나하나 살펴보니, 항산파의 검법은 꼼꼼하고 세밀하며 수비력이 뛰어나면서도 때때로 예상치 못한 곳에서 살기가 실리지만, 날카로움이 부족하다는 것을 알 수 있었다. 여자가 익히기에는 딱 알맞은 무공이었다. 항산파 역대 고수들이 모두 여자였으니, 그들로부터 전해져온 검법이 남자들이 쓰는 것처럼 거칠고 사납지 않은 것은 당연했다. 하지만 항산파의 검법은 허점이 거의 없는 검법 중 하나로 수비력은 무당파 태극검법에 약간 못 미치지만 허를 찔러 공격하는 기술은 태극검법보다 뛰어나다고 볼 수 있었다. 항산파가 무림에 이름을 날린 것은 바로 이런 특유의 검법 덕분이었다.

영호충은 화산 사과애 뒤쪽 동굴에서 본 항산파의 검법을 떠올렸다. 동굴 벽에 새겨진 항산파의 검초들은 방금 의화와 의청이 펼친 것보다 훨씬 심오하고 변화가 많았다. 물론 그 검초들도 마교 십장로의 손에 깨졌으니, 앞으로 항산파가 무림에서 더욱 명성을 떨치려면 기본적인 검술부터 차근차근 발전시켜야만 했다.

그는 새삼스레 정정 사태가 싸우던 장면을 떠올렸다. 내공이 깊고 초식에 노련했기 때문인지 그녀의 검법은 의화 같은 제자들로서는 따를 수 없을 만큼 날카로웠다. 정한 사태는 정정 사태보다 더 무공이 높다고 했으니, 아마도 여기 있는 제자들은 사부의 무공을 절반도 익히지 못한 것 같았다. 항산파 검법을 깊이 익힌 세 명의 사태가 겨우 몇 달 사이에 차례로 세상을 떠나는 바람에 항산파의 절묘한 무공마저 실전될 위기에 처한 것이었다.

영호충이 가타부타 말없이 바라보기만 하자 의화가 말했다.

"장문 사형, 비록 저희 검법이 부족하지만 많이 가르쳐주십시오."

영호충은 그제야 생각난 듯이 말했다.

"세 분 사태께서 이 검법을 가르쳐주셨는지 모르겠구려."

그는 의화에게서 검을 받아 사과애 동굴에서 본 항산파 검법을 차례로 펼쳐 보였다. 일부러 더디게 움직였기 때문에 모든 제자들이 똑똑히 볼 수 있었다.

몇 초 지나지 않아 제자들이 환호성을 터뜨렸다. 영호충이 펼친 초식에 항산파 검법의 정수가 녹아 있으니 항산 정통의 무공임이 틀림없는데, 기가 막힌 변화가 숨어 있어 그들이 익힌 초식보다 훨씬 뛰어났다. 초식이 하나씩 펼쳐질 때마다 지켜보는 제자들은 몸속에서 뜨거운 피가 요동치고 가슴이 뻥 뚫리는 기분을 느꼈다. 사과애 동굴에 새겨진 이 초식 역시 죽은 초식이었지만, 영호충은 그 초식들을 하나로 엮고, 서로 이어지는 부분에서 자기만의 방식을 곁들여 새롭게 살려냈다.

그의 연검이 끝나자 제자들은 우레와 같은 박수갈채를 보냈고, 기쁨을 이기지 못해 허리를 숙이며 감탄을 표했다.

의화가 물었다.

"장문 사형, 우리 항산파의 검법인 것은 분명하지만 저희는 그런 초식을 본 적이 없습니다. 사부님과 사숙님들도 모르셨으리라 생각되는데, 어디서 배우셨습니까?"

"어느 동굴의 벽에 새겨진 것을 보았소. 배우고 싶다면 전수해주리다."

제자들은 탄성을 터뜨리며 좋아했다.

영호충은 항산파 제자들에게 초식 세 개를 전수하고, 그 속에 담긴 이치를 자세히 설명해준 뒤 각자 연검하게 했다. 고작 세 개에 불과했지만 변화가 다양하고 의미가 깊어 의화나 의청 같은 대제자도 이레나 여드레가 지나서야 겨우 그 오묘함을 깨달을 수 있었다. 정악이나 의림, 진견 같은 어린 제자들이 쉽사리 익히지 못한 것은 말할 필요도 없었다. 아흐레째 되는 날, 영호충은 다시 초식 두 개를 전수했다. 사과애 동굴에 새겨진 초식은 개수가 많지 않았지만, 이런 식으로 진행하자 모두 전수하는 데 한 달이 훌쩍 넘게 걸렸다. 이 초식들을 어떻게 융합해 연결할지는 각자의 깨달음에 달려 있었다.

그러는 동안 소식을 전하러 갔던 제자들이 속속 돌아왔다. 그들 모두 약속이나 한 듯 불쾌한 얼굴로 경과보고를 얼버무리자, 영호충은 여승들이 남자를 장문인으로 삼았다고 비웃음을 당했으리라 짐작하고는 구태여 캐묻지 않고 좋은 말로 위로한 뒤 사저들과 검법을 익히게 했다. 뒤늦게 검법을 배운 제자들이 잘 모르는 부분이 있으면 직접 가서 설명해주기도 했다.

화산파를 찾아간 사람은 신중하고 점잖은 우씨와 의문이었다. 화산은 항산에서 그리 멀지 않았으니 벌써 돌아오고도 남을 시간이었건만, 멀리 남쪽으로 간 제자들이 돌아온 지금까지도 소식이 없었다. 취임식을 치르는 2월 열엿샛날이 코앞으로 다가왔는데도 우씨와 의문의 모습이 보이지 않자, 영호충은 의광儀光과 의공儀空을 보내 두 사람의 소식을 알아보게 했다.

하객을 초청하지 않은 항산파 제자들은 귀빈들을 위한 음식을 준비하는 대신 잡초를 뽑고 암자 안의 방을 깨끗이 청소한 뒤 새로 지은 옷으로 갈아입었다. 정악 등 어린 제자들은 영호충이 취임식 때 입을 옷으로 검정색 장포를 지어주었다. 항산파는 오악 중 북악이라 북쪽의 색상인 검은색을 숭배해왔기 때문이었다.

이윽고 2월 열엿샛날 아침이 밝았다. 영호충이 일찍 일어나 방을 나가보니, 견성봉의 건물 처마마다 등과 비단띠가 주렁주렁 매달려 몹시 홍겨운 분위기를 자아내고 있었다. 세심한 여제자들이 구석구석까지 신경 써서 아름답게 꾸며놓은 것이었다. 영호충은 부끄러우면서도 감격을 금할 수 없었다.

'두 분 사태께서 나를 돕다 비명에 가셨는데도 이곳 제자들은 나를 탓하기는커녕 이렇게나 우러르고 좋아해주는구나. 세 사태의 복수를 하고 항산파를 다시 일으켜 세우지 못한다면 나는 사람도 아니야.'

바로 그때, 산길 쪽에서 누군가 쩌렁쩌렁한 목소리로 외쳤다.

"림아! 림아! 아비가 왔다. 잘 지내고 있느냐? 림아, 아비가 왔다니까!"

귀청이 터질 듯한 목소리가 골짜기를 떠르르 울리고 끊임없이 메아리쳤다.

"림아… 림아… 아비다. 아비가 왔다….”

이 목소리를 들은 의림이 암자 밖으로 후다닥 달려나갔다.

"아버지! 아버지!"

덩치가 어마어마한 승려가 아스라이 보이는 길 끝자락에 모습을 드러냈다. 의림의 아버지인 불계 화상이었는데, 또 다른 승려가 뒤를 따르고 있었다. 두 사람은 나는 듯이 걸음을 옮겨 순식간에 암자 앞에 도착했다.

불계 화상이 큰 소리로 외쳤다.

"영호충, 중상을 입었는데도 살아남아 내 딸의 장문인이 되었구나. 참 잘되었다!"

영호충도 웃으며 그를 맞이했다.

"모두 대사 덕분입니다."

의림이 달려가 다정하게 아버지의 손을 잡아끌었다.

"아버지, 오늘 영호 사형께서 장문 자리에 오르시는 것을 알고 축하하러 오셨어요?"

"아니다. 나도 항산파에 들어가려고 왔는데, 한집안 사람끼리 축하는 무슨?"

영호충은 흠칫 놀랐다.

"대사께서 항산파에 들어오시겠다고요?"

"아무렴. 내 딸이 항산파인데 나도 당연히 항산파가 되어야지. 빌어먹을 놈들이 너를 두고 멀쩡한 남자가 비구니와 계집들의 장문인이 되었다고 비웃어대지 뭐냐? 흥, 더러운 놈들. 네가 얼마나 의롭고 정이 많은 사람인지도 모르고…."

그는 몹시 기쁜 듯이 헤벌쭉 웃더니, 딸을 곁눈질하며 말했다.

"내 한주먹에 놈들의 이를 모조리 부러뜨려놓고 호통을 쳤지. '이런 무식한 놈들! 항산파에 여자들만 있다고? 잘 보아라, 이 어르신도 항산파다! 머리를 박박 깎았다고 다 비구니인 줄 아느냐? 어디 바지를 벗어 보여주랴?' 그러면서 바지춤에 손을 가져갔더니 놈들이 화들짝 놀라 머리를 싸매고 달아나더구나. 으하하하!"

영호충과 의림도 따라서 웃음을 터뜨렸다. 의림이 생글거리며 말했다.

"아버지, 그런 행동을 하시면 남들이 비웃어요!"

"무슨 소리냐? 내가 비구니인지 화상인지 그놈들에게 똑똑히 보여주어야 다시는 그런 말을 안 하지! 어이, 영호충. 내 사손도 항산파에 들어가게 하려고 데려왔다. 불가불계不可不戒야, 어서 영호 장문께 인사드려라."

그가 떠들어대는 동안 내내 영호충과 의림을 등지고 있던 승려가 그제야 천천히 돌아서서 겸연쩍은 표정으로 두 사람에게 싱긋 웃어 보였다.

어딘가 낯이 익은 얼굴이었지만 당장 누군지 떠오르지 않았다. 한참 동안 그를 바라보던 영호충이 별안간 실성한 목소리로 비명을 질렀다.

"저, 전 형?"

그 승려는 다름 아닌 만리독행 전백광이었다.

전백광은 쓴웃음을 지으며 의림을 향해 공손히 허리를 숙였다.

"사… 사부님께 인사 올립니다."

의림도 깜짝 놀라 물었다.

"당… 당신 정말 출가했나요? 아니면… 변장을…?"

불계 화상이 득의양양하게 말했다.

"변장은 무슨 변장이냐? 당연히 진짜 화상이지. 불가불계야, 네 법명이 무엇인지 사부께 아뢰어라."

전백광은 쓴웃음을 지으며 말했다.

"사부님, 태사부太師父께서 제게 불가불계인가 무언가 하는 법명을 지어주셨습니다."

의림의 눈이 휘둥그레졌다.

"불가불계라고요? 무슨 법명이 그렇게 길지요?"

불계는 고개를 저었다.

"모르는 소리! 불경에 나오는 보살들의 이름은 이보다 훨씬 길다. 대자대비구고구난관세음보살大慈大悲救苦救難觀世音菩薩이란 이름도 있는

데 겨우 네 글자가 뭐가 길다는 말이냐?"

의림은 고개를 끄덕였다.

"그렇군요. 그런데 어쩌다 출가를 하게 되었지요? 아버지께서 제자로 삼으셨나요?"

불계는 이번에도 고개를 저었다.

"아니다. 이 아이는 네 제자니 나는 태사부가 되는 거지. 사부가 여승이니, 항산파의 명예에 누를 끼치지 않으려면 그 제자는 마땅히 화상이 되어야 해. 그래서 내가 출가하라고 권했다."

"권유가 아니라 협박이었겠지요, 그렇죠?"

"아니다, 이 아이가 자원한 거다. 출가라는 것은 남이 억지로 강요한다고 할 수 있는 일이 아니지. 이 아이는 다 좋은데 딱 한 가지가 문제라, 그걸 금하라고 불가불계라는 법명을 지어주었다."

의림은 그 말을 알아듣고 얼굴을 살짝 붉혔다. 전백광이 색을 몹시 밝히는 것은 그녀도 잘 알고 있었다. 지난번 어찌어찌하여 불계에게 붙잡혔을 때 불계는 그의 목숨을 살려주는 대신 온갖 괴상한 벌을 내렸고, 이번에는 숫제 승려로 만들어놓은 것이었다.

불계 화상이 큰 소리로 말했다.

"불계라는 내 법명은 규칙이나 계율을 하나도 지키지 않는다는 뜻이다. 하지만 전백광은 강호에서 나쁜 짓을 많이 했으니 불계까지 허락하면 네 제자가 될 수 없고, 영호충도 싫어하겠지. 하지만 훗날 내 의발을 전수받을 아이니 법명에 '불계'라는 글자를 넣었다."

그때 다른 목소리가 끼어들었다.

"불계 화상과 불가불계가 항산파에 들어가면, 우리 도곡육선도 못

들어갈 까닭이 없지."

어느새 도곡육선이 나타난 것이었다.

도근선이 큰 소리로 말했다.

"영호충을 만난 건 우리가 먼저니까, 우리가 대사형이고 불계 화상은 사제가 되어야 해."

영호충은 속으로 피식 웃었다.

'불계 대사와 전백광을 받아주었으니 도곡육선을 못 받아들일 것도 없지. 적어도 이 영호충이 여자들의 장문인이 되었다는 비웃음은 가라앉겠군.'

이렇게 생각한 그는 도곡육선에게 말했다.

"여섯 분께서 항산파에 들어오다니 정말 좋은 일이오. 한데 사형이니 사제니 순서를 정하는 것은 귀찮고 복잡하니 다 같은 항렬로 합시다!"

도엽선이 불쑥 물었다.

"불계의 제자가 불가불계라면, 불가불계가 제자를 얻으면 법명을 뭐라고 짓지?"

도실선이 끼어들었다.

"불가불계의 제자니까 반드시 '불가불계'라는 글자가 법명에 들어가야 해. 그렇다면 '당연히불가불계'라고 불러야지."

"그럼 당연히불가불계의 제자는?"

도곡육선이 저마다 한마디씩 떠들어대는 사이, 영호충은 민망함을 감추지 못하는 전백광의 팔을 잡아끌며 말했다.

"물어볼 말이 있소."

"그러시오."

두 사람은 바삐 걸음을 옮겼다. 뒤에서 도간선의 외침이 들렸다.

"그 제자는 당연히 '완전당연히불가불계'가 되어야 해."

도화선이 또다시 물었다.

"그럼 완전당연히불가불계의 제자는 뭐라고 불러?"

도근선이 진지하게 대답했다.

"이제 앞에는 붙일 말이 없으니 뒤에 글자를 붙여서 '완전당연히불가불계하라'가 되어야지."

전백광은 쓴웃음을 지으며 말했다.

"영호 장문, 내가 태사부께 협박을 받아 화산으로 당신을 찾아갔을 때 무슨 일이 있었는지 이야기하려면 하룻밤으로는 부족할 거요."

"불계 대사가 전 형에게 독약을 먹이고 사혈을 짚었다는 것은 아오."

"좋소, 그 이야기부터 하지. 형산 군옥원에서 난쟁이 여창해와 싸운 뒤로 나는 호남에 정파의 고수들이 몰려든 것을 알고 지체 없이 그곳을 피해 하남으로 올라갔소. 입에 담기 부끄럽지만 제 버릇 남 못 준다더니 내가 딱 그 짝이라, 그날 밤 개봉부 어느 부호의 규수 방으로 숨어들었다오. 살금살금 침상으로 다가가 휘장을 걷고 손을 뻗었는데, 웬걸, 뜻밖에도 매끈매끈한 대머리가 만져지지 않겠소?"

영호충은 웃음을 터뜨렸다.

"그 규수가 여승이었소?"

전백광은 쓴웃음을 지으며 고개를 저었다.

"아니오, 남자 화상이었다오."

그 말에 영호충은 박장대소했다.

"아니, 규수의 침상에서 화상이 자고 있었단 말이오? 귀하디귀한 부호의 따님이 화상을 샛서방으로 두었을 줄이야."

전백광은 또다시 고개를 저었다.

"아니오! 그 화상은 바로 태사부님이었소. 나를 잡으려고 쫓아다니다가 소식을 듣고 개봉부에 왔는데, 마침 그날 낮에 그 집을 살피던 나를 발견하신 거요. 태사부님은 내가 나쁜 마음을 품은 것을 아시고 그 집 사람들에게 알린 후 규수를 숨기고 대신 그 침상에서 나를 기다리셨다오."

영호충이 쿡쿡거리며 말했다.

"허, 큰 봉변을 당했겠군."

"왜 아니겠소? 어두컴컴한 곳에서 반들반들한 머리를 만지는 순간 아차 싶었지만, 돌아서기도 전에 아랫배의 혈도를 찔리고 말았소. 태사부님께서는 침상에서 내려와 등을 켜시더니 죽고 싶으냐 살고 싶으냐 물으셨소. 평생 저지른 죄가 있으니 언젠가는 그 대가를 치러야 한다고 생각했던 터라 내 망설임 없이 죽겠다고 외쳤지. 그랬더니 태사부님께서는 뜻밖이라는 듯이 어째서 죽으려고 하는지 물으셨소. 나는 이렇게 대답했소. '실수로 당신 손에 잡혔는데 살아날 길이 있겠소?' 그랬더니 태사부님은 잔뜩 화난 목소리로 말씀하시더군. '실수로 잡혔다고? 실수를 하지 않았다면 잡히지 않았다는 말이구나. 오냐, 좋다!' 그러면서 내 혈도를 풀어주시지 뭐요. 나는 털썩 앉으며 물었소. '내게 시킬 일이라도 있소?' 그랬더니 태사부님은 '칼이 있는데 왜 나를 베지 않느냐? 다리도 멀쩡한 놈이 달아나지도 않을 참이냐?'라고 물으셨고, 나는 '이 전백광은 당당한 남아대장부요. 어찌 그런 소인배 같은 짓을 하겠소?'라고 대꾸했소. 그 대답에 태사부께서는 허허 웃으시더군. '소인배가 아니라고? 그렇다면 어째서 내 딸을 사부로 모시겠다고 약속해놓고 미루기만 하느냐?' 나로서는 기가 막힌 이야기라 딸이 누구냐고 물을 수밖에 없었지. 그랬더니 '주루에서 화산파의 꼬마와 싸우면서 지는 사람이 내 딸을 사부로 모시자고 내기를 하지 않았느냐? 그것도 부인할 셈이냐? 내 직접 항산으로 가서 딸에게 확인했더니, 처음부터 끝까지 하나도 빼놓지 않고 이야기해주었다'라고 하시지 않겠소? 그제야 나도 어떻게 된 일인지 짐작이 갔소. '그렇군, 그 스님이 당신 딸이었구려. 거참 이상하군.' 내가 이렇게 말하자 태사부님은 '무엇이 이상하다는 말이냐?'라고 물으셨소. 물론 나는 대답을 하지 않았지."

영호충은 웃으며 말했다.

"보통 사람들은 아이를 낳은 후 출가해서 승려가 되는데, 불계 대사는 승려가 된 후에 딸을 낳았으니 당연히 이상할 수밖에. 규칙과 계율을 지키지 않는다 해서 불계라는 법명을 지었다 하지 않소?"

"맞소, 하지만 나는 그 이야기는 하지 않고 말을 돌렸소. '그날의 내기는 그저 농담이었소. 내가 진 것은 맞지만, 그 대가로 더는 그 스님을 괴롭히지 않았으니 다 끝난 일이오.' 하지만 태사부께서는 '안 된다. 그 아이를 사부로 삼기로 약속했으면 지켜야지. 너는 반드시 내 딸의 제자가 되어야 한다. 그 아이는 남들에게 무시당하라고 낳은 것이 아니야. 너를 찾느라 내가 얼마나 고생을 한 줄 아느냐? 어찌나 미꾸라지처럼 쏙쏙 빠져나가는지, 호색한 짓거리만 아니었다면 잡기가 쉽지 않았을 거다' 하며 우기셨소. 나는 말로는 떼어놓기가 글렀다는 것을 알고 재빨리 도채삼첩운倒踩三疊雲을 펼쳐 창문으로 달아났다오. 영호 장문도 알다시피 내가 경공에는 소질이 좀 있어서 절대 따라오지 못하리라 생각했지. 그런데 웬걸, 뒤에서 발소리가 들리는가 싶더니 태사부께서 바짝 쫓아오시지 뭐요. 나는 큰 소리로 외쳤소. '대화상, 나를 한 번 놓아주었으니 오늘만큼은 당신을 살려주겠소. 하지만 자꾸 쫓아오면 가만있지 않겠소.' 그랬더니 태사부님은 껄껄 웃으시며 말씀하시더구려. '가만히 있지 않으면 어쩔 테냐?' 나도 어쩔 수가 없어, 재빨리 돌아서면서 칼을 뽑아 내리쳤는데, 태사부님의 무공은 정말 놀랍더구려. 맨손으로 내 쾌도를 하나하나 막아내더니, 결국 40초 후에 내 뒷덜미를 낚아채고 칼을 빼앗으셨다오. '이제 승복할 테냐?' 하고 묻기에 나는 '그렇소, 어서 죽이시오!' 하고 소리를 쳤소. 태사부께서는 '너를 죽인들 무슨 소용이 있겠느냐? 그런다고 해서 내 딸을 살릴 수 있는 것도 아니고'라고 하시더구려. 나는 깜짝 놀라 물었소. '의림 스님이 죽었소?' 태사부님의 대답은 이러했소. '아직 숨은 붙어 있다만 죽은 것이나 다름없다. 내가 찾아가보니 피죽도 못 먹은 사람처럼 살가죽만 남아 나를 보자마자 엉엉 울더구나. 내 달래가며 무슨 일이 있었느냐 물었더니 네가 무례한 짓을 했다고 말해주었다.' 나는 '죽이려면 죽이시오. 이 전백광은 내 손으로 한 짓을 결코 부인하지 않소. 내 본래 당신 딸에게 무례를 저지르려고 했지만, 화산파 영호충이 구해가는 바람에 털끝 하나 건드리지 못했소. 당신 딸은 여전히 순결한 낭자… 아니, 순결한 여승이오'라고 했소. 그랬더니 태사부님은 펄쩍 뛰며 화를 내셨소. '이런 염병할, 순결 따위가 무슨 소용이냐? 영호충이 그 아이를 아내로 맞지 않으면 상사병에 걸려 시름시름 앓다가 죽고 말 텐데! 그리 말했더니 딸아이는 출가인이 그런 마음을 품으면 보살께서 벌을 내려 죽은 후에 18층 지옥에 떨어진다며 오히려 나를 나무라니….' 그러더니 별안간 내 목을 움켜쥐고 욕을 퍼부으셨소. '네 이놈, 모두 네놈 탓이야. 네놈이 딸아이를 납치하지 않았다면 영호충도 나서지 않았을 것이고, 내 딸이 상사병에 걸리지도 않았을 거다.' 그래서 나는 이렇게 말했다오. '꼭 그렇지는 않소. 스님은 선녀같이 아름다우니 내가 없었어도 영호충은 필시 핑계를 대어 스님을 꼬드겼을 거요.'"

영호충은 눈을 찌푸렸다.

"전 형, 말이 좀 과하지 않소?"

전백광이 웃으며 사과했다.

"정말 미안하게 됐소. 그때는 상황이 급박해 어쩔 수가 없었다오. 그렇게 말하지 않았다면 태사부께서는 절대 나를 놓아주시지 않았을 거요. 예상대로 그 말을 듣자 태사부님은 도리어 기뻐하며 말씀하셨소. '이놈, 네가 얼마나 나쁜 짓을 했는지 알겠느냐? 네가 내 딸에게 나쁜 마음을 품지 않았더라면 벌써 네놈 머리를 뭉개버렸을 것이다.'"

영호충은 고개를 갸웃했다.

"딸에게 나쁜 마음을 품었기 때문에 마음에 들었다니, 이상한 말이군."

"마음에 든다는 것이 아니라 내가 보는 눈이 있다고 칭찬하신 거요."

영호충은 불계 화상의 단순함에 파안대소했다.

전백광이 말을 이었다.

"태사부께서는 왼손으로 나를 들어올리고 오른손으로 스무 대 가까이나 따귀를 때리셨다오. 내가 정신을 잃자 개울에 처박아 깨우시고는 이렇게 말씀하셨소. '한 달을 줄 테니 영호충을 내 딸 앞에 데려다 놓아라. 혼인은 차치하고 다정하게 말만 건네도 내 딸의 목숨은 건질 수 있을 것이다. 사부가 어려움에 처했는데 제자 된 몸으로 모른 척할 생각은 아니겠지?' 그러고는 사혈을 짚는다면서 내 혈도를 여기저기 누르고 억지로 독약을 먹였소. 한 달 안에 영호 장문을 데려와 스님을 구하면 해약을 주겠지만, 그렇지 않으면 독이 발작해 죽게 된다면서 말이오.”

영호충은 비로소 그 속사정을 알 수 있었다. 전백광은 화산에 올라와 함께 가자고 했을 때 상세한 이야기를 하지 않았는데, 이제 보니 이런 곡절이 숨겨져 있었던 것이다.

전백광의 말이 이어졌다.

“그 후 나는 화산으로 갔지만 영호 장문에게 패해 목숨을 구하기 어렵게 되었소. 한데 태사부님은 내가 미덥지 않았는지 스님을 데리고 친히 화산으로 오셨고 해약도 주셨지. 그 후로 나는 영호 장문과의 약속대로 다시는 양가 부녀자에게 함부로 굴지 않았지만, 천성이 호색한이라 여자가 없이는 살 수가 없었다오. 다행히 은자만 넉넉하면 경박한 여자들이나 기녀를 구하기란 별로 어려운 일이 아니었지. 그런데 보름 전에 태사부께서 다시 나를 찾아오셔서, 영호 장문이 항산파의 장문인이 되었는데 강호인들이 비웃고 조롱해 명성이 크게 실추되었다고 하시더구려. 마누라가 좋으면 처가의 말뚝에도 절을 한다고, 딸이 좋으면 사위도….”

영호충이 눈을 찡그리며 손을 내저었다.

“전 형, 그런 말은 다시는 입에 담지 마시오.”

“알았소, 알았소. 그냥 태사부님 말씀을 그대로 옮긴 것뿐이오. 아무튼 그분은 항산파로 들어가야겠으니 나도 함께 가자고 하셨다오. 그러려면 먼저 정식으로 스님의 제자가 되어야 한다기에 거절했더니 주먹을 마구 휘두르셨소. 내 힘으로는 태사부님을 이길 수도 없고, 그 손아귀에서 빠져나갈 수도 없으니 시키는 대로 하는 수밖에 달리 무슨 방도가 있겠소?"

여기까지 말한 전백광은 몹시 괴로운 표정을 지었다.

영호충이 위로하듯 물었다.

"의림 사매를 사부로 모신다고 해서 꼭 출가하라는 법은 없지 않소? 항산파에도 속가 제자들이 많이 있소."

전백광은 고개를 저었다.

"태사부님의 생각은 달랐소. 그분은 '너는 색을 너무 밝혀서 문제야. 항산파에는 예쁘장한 여승들이 많아 무슨 일이 일어날지 모르니, 미리 화근을 뿌리 뽑는 것이 상책이겠구나' 하시더니, 갑자기 내 혈도를 짚어 꼼짝 못하게 한 뒤, 바지를 벗기고 칼로 중요한 부위를 싹둑, 반이나 잘라내셨소."

영호충은 기겁하여 '헉' 하고 찬 숨을 들이켰다가 고개를 설레설레 저었다. 잔인한 일이기는 했으나, 지금껏 수많은 양가 부녀자들의 순결을 해친 전백광의 죄를 생각하면 인과응보라고 해도 어쩔 수 없는 일이었다.

전백광도 고개를 가로저으며 말했다.

"나는 그 자리에서 정신을 잃고 쓰러졌소. 깨어나보니 태사부께서 금창약을 바르고 상처를 싸매주셨더구려. 그리고 며칠 쉰 뒤 머리를 깎고 불가불계라는 법명을 지어주시며 이렇게 말씀하셨다오. '네 물건을 잘라 다시는 못된 짓을 할 수 없게 되었으니 화상으로 만들 필요도 없다만, 구태여 머리를 깎고 불가불계라는 이름을 지어준 것은 네가 새사람이 되었다는 것을 천하에 알리기 위해서다. 그래야 항산파에 들어가도 누가 되지 않을 게 아니냐? 화상이 여승들과 한데 어우러져 지내는 것은 크나큰 잘못이지만, 불가불계라는 법명을 내건 이상 그런 사소한 것까지 신경 쓸 필요는 없겠지'라고 말이오."

영호충은 빙그레 웃었다.

"전 형의 태사부께서는 참 세심하시구려."

"그렇소. 귀하신 따님을 살리기 위해서 이렇게 심혈을 쏟아부으신 것이라오. 그분은 나더러 영호 장문에게 이 일을 상세히 설명하고, 부디 더는 사부님을 탓하지 말아달라는 부탁을 하라 하셨소."

그 말에 영호충의 눈이 휘둥그레졌다.

"아니, 내가 왜 전 형의 사부를 탓하겠소? 그런 일은 없었소."

"태사부께서는 사부님이 나날이 야위고 안색이 나빠진다고 걱정하고 계시오. 무슨 일이냐고 물어도 눈물만 뚝뚝 흘리고 아무 말씀도 안 하시니, 필시 영호 장문이 괴롭혔을 거라고 하시더구려."

영호충은 깜짝 놀랐다.

"그렇지 않소! 나는 단 한 번도 의림 사매를 야단친 적이 없소. 그렇게 마음씨 고운 사람을 왜 괴롭히겠소?"

"바로 그렇기 때문에 사부님께서 매일 눈물 바람을 하시는 거요."

"무슨 말이오? 알아들을 수가 없구려."

"그 일로 내가 태사부께 얼마나 두드려맞았는지…."

영호충은 영문을 몰라 머리를 긁적였다. 보통 사람은 생각지도 못하는 괴상한 논리를 펴는 데 있어서는 불계 화상도 도곡육선 못지않았던 것이다.

전백광이 상세히 설명해주었다.

"태사부께서는 부인을 얻으신 뒤로 매일같이 다퉜는데, 싸우면 싸울수록 정도 깊어졌다고 하셨소. 그러니 영호 장문이 사부님께 야단을 치지 않는 것이야말로 사부님을 아내로 맞이할 생각이 없다는 뜻이라는 거요."

"허, 전 형의 사부는 출가인이오. 출가인을 두고 어찌 그런 생각을 하겠소?"

"나도 그렇게 말씀드렸소만 태사부님은 분기탱천하여 마구 주먹질만 하시더구려. 태사부님의 부인도 여승이었는데, 태사부님은 그분을 아내로 맞기 위해 화상이 되었다고 하셨소. 출가인이 부부가 될 수 없다면 사부님은 태어나지도 않았을 것이고, 사부님이 없었다면 나도 없었을 것이라며 소리소리 지르셨소."

영호충은 참지 못하고 끝내 웃음을 터뜨렸다.

의림의 나이는 전백광보다 한참 어린데, 의림이 태어나지 않았다고 해서 전백광에게 무슨 영향을 줄 수 있는지 도무지 연상이 되지 않던 것이다. 그러나 전백광은 아랑곳없이 이야기를 이어갔다.

"태사부께서는 말이오, 영호 장문이 사부님을 아내로 맞이하지 않을 요량이면 대체 무엇 때문에 항산파의 장문인이 되었느냐고 마구 따지셨소. 이곳 항산파에 여승들이 수두룩해도 하나같이 사부님의 미모에는 발끝에도 미치지 못하는 여자들인데, 사부님이 아니면 대체 누구를 마음에 두었는지 모르시겠다고 말이오."

영호충은 절로 한숨이 나왔다.

'불계 대사는 여승을 사랑해서 화상이 되었으니 남들도 다 똑같은 마음이라고 생각하는군. 저런 이야기가 소문이 나면 아주 난처한 일이 벌어지겠구나.'

전백광도 쓴웃음을 지으며 말했다.

"태사부께서는 내게 사부님이 이 세상에서 제일 예쁜 여자가 아니냐고 물으셨소. 나는 '제일 예쁘다고 할 수는 없지만, 확실히 아름다운 분이시지요' 하고 대답했소. 그랬더니 대뜸 주먹을 날려 내 이를 두 개나 부러뜨리면서 성질을 부리시더구려. '제일 예쁘지 않다니? 내 딸이 예쁘지 않았다면 네놈이 내 딸에게 눈독을 들였을 리도 없고, 영호충 그 녀석이 목숨을 걸고 구해내지도 않았을 게 아니냐?' 하고 펄쩍펄쩍 뛰시기에 어쩔 수 없이 '아무렴, 그렇고말고요. 사부님이야말로 천하 제일의 미인이십니다. 태사부께서 낳으신 따님인데 당연히 세상에서 제일 아름다우시지요' 하고 역성을 들었소. 그랬더니 그제야 기뻐하시며 보는 눈이 있다고 칭찬을 하시더구려."

영호충은 빙그레 웃었다.

"의림 사매는 정말 아름다운 사람이오. 불계 대사의 말씀이 과장된 것은 아니지."

"오, 지금 사부님이 아름답다고 했소? 아주 잘되었군."

영호충은 어리둥절했다.

"무엇이 잘되었다는 거요?"

"태사부께서 내게 맡기신 임무가 있소. 어떻게든 영호 장문을… 영호 장문을….'"

"나를 어쩌겠다는 말이오?"

전백광은 씩 웃으며 말을 이었다.

"영호 장문을 사부님의 부군으로 만들라는 것이오."

영호충은 기가 막혔다.

"전 형, 딸을 아끼는 불계 대사의 마음은 나도 잘 알겠소. 하지만 전 형도 알다시피 그런 일은 절대로 있을 수 없소."

"난들 모르겠소? 당연히 몹시 어려운 일이라고 말씀드렸지. '영호 장문은 일월신교의 임 대소저를 위해 소림사까지 공격하지 않았습니까? 임 대소저의 미모는 사부님에 못 미치지만, 이미 그녀에게 푹 빠진 사람을 어찌 돌려놓겠습니까'라고 말이오. 태사부 앞에서 이렇게 말하지 않으면 남은 이마저 부러질 입장이라 어쩔 수가 없었소. 부디 양해해주시오."

영호충은 빙그레 웃었다.

"물론이오."

"태사부께서도 이미 그 이야기를 들어 알고 계시더구려. 그러면서 임 대소저를 죽이고 우리가 죽였다는 사실만 잘 숨기면 문제없다고 하시기에 극구 만류했소. 임 대소저가 죽으면 영호 공자도 자결할 것이라고 했더니, 태사부님은 '하긴 그렇군. 영호충이 죽으면 내 딸은 평생 독수공방해야 하는데 그럴 수는 없지. 음, 어쩔 수 없군. 가서 영호충에게 내 딸을 첩으로 삼아도 좋다고 전해라'라고 하셨다오. 내가 '태사부님, 귀하디귀한 따님을 어찌 그런 자리에 보내려 하십니까?' 하고 물었더니, 그분은 한숨을 푹 쉬시며 '모르는 소리, 영호충에게 시집을 가지 못하면 그 아이는 오래 살지 못하고 죽을 거다' 하시더니 갑자기 눈물을 뚝뚝 흘리시지 뭐요? 아아, 그 절절한 부정이라니… 그 눈물에는 한 치의 거짓도 없었소."

두 사람은 난처한 얼굴로 말없이 서로를 바라보았다.

잠시 후 전백광이 다시 입을 열었다.

"영호 장문, 태사부의 말씀은 모두 전했소. 어렵다는 것은 나도 잘 아오. 더욱이 이제 항산파의 장문인이 되었으니 더욱더 조심스러울 수밖에 없을 거요. 허나 최소한 듣기 좋은 말이라도 해서 사부님을 기쁘게 해주시오. 그다음 일은 나중에 생각해도 되지 않겠소?"

영호충은 고개를 끄덕였다.

"알겠소."

그 역시 항산에 온 뒤로 의림이 나날이 야위어가는 것을 눈치채고 있었지만, 그 원인이 상사병이라고는 생각지도 못했다. 자신을 향한 그녀의 깊은 정을 그라고 모를 리 없었다. 그러나 의림은 출가인이고 나이도 어리니, 시간이 지나면 그 마음을 훌훌 털고 극복해내리라 여겼던 것이다.

돌이켜보면 선하령에서 재회해 민남에서 강서로 가는 동안 단둘이 이야기할 기회가 단 한 번도 없었고, 항산에 온 뒤로는 보는 눈이 많아 더욱더 조심스러웠다. 영호충 자신은 이미 명성이 실추될 대로 실추된 터라 세상 사람들의 입방아를 신경 쓰지 않았지만, 항산파의 깨끗한 이름마저 더럽힐 수는 없었다. 이 때문에 검법을 전수할 때를 제외하고는 가능한 한 여제자들과 한담을 나누지 않으려 했고, 가짜 장군 노릇을 할 때의 우스꽝스러운 장난도 그만두었던 것이다. 그런데 전백광의 이야기를 들으니, 지난날 의림이 보여주었던 따스한 마음이 새삼스레 떠올라 가슴이 뜨거워졌다.

옛 추억을 떠올린 그가 먼 산꼭대기에 쌓인 하얀 눈을 바라보며 상념에 잠겨 있는데, 갑자기 산길 쪽이 시끌시끌해졌다. 언제나 고요하기만 한 견성봉에 뜻밖의 소란한 소리가 울려퍼지자 영호충은 의아해하며 뒤를 돌아보았다. 왁자한 발소리와 함께 수백 명이나 되는 사람들이 앞다퉈 올라오고 있었다.

제일 앞장선 사람이 큰 소리로 외쳤다.

"영호 공자, 축하드립니다! 경사도 이런 경사가 또 어디 있겠습니까!"

땅딸막하고 통통한 그 사람은 다름 아닌 노두자였다. 그 뒤로 계무시와 조천추, 황백류, 사마대, 남봉황, 유신, 그리고 막북쌍웅까지 속속 모습을 드러냈다. 영호충은 놀랍고도 기쁜 마음으로 그들을 맞이했다.

"정한 사태의 유명을 받아 급작스럽게 항산파의 문호를 관장하게 되어 여러분을 방해할까 봐 소식을 전하지 못했소. 한데 어떻게들 알고 오셨소?"

모두들 영호충과 함께 소림사를 찾아가 생사의 혈투를 벌이며 어려움을 헤쳐나온 동지들이었다. 그들은 영호충을 에워싸고 시끌벅적하게 축하 인사를 건넸다.

노두자가 큰 소리로 외쳤다.

"영호 공자께서 성고를 구해내셨다는 소식에 모두들 뛸 듯이 기뻐했습니다. 공자께서 항산파의 장문인이 된다는 소식이 강호에 쫙 퍼졌는데, 축하하러 오지 않으면 사람이 아니지요!"

호방하기 짝이 없는 호걸들은 산이 떠나갈 듯이 왁자그르르 웃음을 터뜨렸다. 항산에 온 뒤로 여승과 낭자들에게 둘러싸여 말이나 행동에 두 번 세 번 신경을 써야 했던 영호충은 오랜 친구들을 만나자 기쁨을 감추지 못했다.

황백류가 웃으며 말했다.

"초대도 받지 않고 왔으니 필시 이 거친 무부들을 먹일 식량이 준비되지 않았을 겁니다. 그럴 줄 알고 저희가 먹을 술과 음식은 알아서 준비했지요."

"그것 참 고마운 일이오."

지난날 호걸들이 한자리에 모여 떠들썩하게 즐겼던 오패강의 연회가 재연되는 것 같아 영호충은 몹시 반가웠다. 그들은 지난 이야기를 나누며 천천히 암자를 향해 올라갔다.

얼마쯤 가자 계무시가 말했다.

"영호 공자, 우리끼리야 그렇다 쳐도 점잖은 항산파 여제자들이 우리 같은 사람들을 반겨 맞을 수는 없지 않겠습니까? 아무래도 따로 모여 즐기는 것이 낫겠습니다."

견성봉은 마을 장터처럼 북적이기 시작했다. 이렇게 많은 손님이 올 줄은 예상하지 못한 항산파 제자들은 너 나 할 것 없이 기뻐 어쩔 줄 몰라 했다. 물론 개중에서 제법 아는 것이 많은 나이 든 제자들은 손님 대부분이 이름 모를 하류들인 데다 이름이 알려진 인사들도 사파의 고수가 아니면 녹림의 도적과 흑도의 호걸들이라는 것을 알아차리고 당혹스러움을 감추지 못했다. 본디 문규가 엄하기로 이름난 항산파는 자중자애를 중요하게 여겨 정파 사람들과도 왕래가 잦지 않았고, 특히 방문좌도의 인물들에게는 눈길조차 주지 않았다. 그 좌도의 인물들이 벌떼같이 몰려들었으니 당혹스러운 것은 당연했지만, 장문인이 그들을 반기며 거리낌 없이 대하니 차마 대놓고 불만을 표시하지는 못했다.

오후가 되자 수백 명의 호걸들은 닭과 오리, 소와 양을 잡고 술안주와 밥을 봉우리 위로 퍼날랐다. 이를 본 영호충은 속으로 중얼거렸다.

'이 견성봉은 백의관음을 모시는 신성한 곳이다. 장문인이 되어 이곳에서 살생을 하고 고기를 구우면 역대 조종들께 면목이 없어.'

이렇게 생각한 그는 호걸들에게 산중턱에 부뚜막을 만들어 그곳에서 요리를 하도록 청했다. 그런데도 고기 굽는 냄새가 솔솔 풍기자 여승들은 남몰래 눈살을 찌푸렸다.

식사가 끝난 뒤 호걸들은 무색암 앞의 공터에 둘러앉았다. 영호충이 서쪽 끝에 앉자 항산파 제자들은 입문 순서대로 그 뒤에 늘어서서 취임식을 거행할 시각이 될 때까지 기다렸다.

그때, 구성진 사죽絲竹 소리와 함께 악사 한 무리가 퉁소와 피리를 불며 산을 올라왔다. 악사들 사이로 푸른 옷을 걸친 노인 두 명이 성큼성큼 걸어오는 것이 보였다. 그 두 사람을 본 호걸들은 저마다 놀란 듯 소리를 질렀고, 적잖은 사람들이 벌떡 일어섰다.

왼쪽에 선 얼굴이 누런 노인이 낭랑하게 외쳤다.

"일월신교의 동방 교주께서 영호 대협이 항산파 장문인이 된 것을 축하하기 위해 장로 가포賈布와 상관운上官雲을 보내셨소. 영호 장문께서 무림에 이름을 떨치고 항산파가 크게 발전하기를 기원하오."

그 말이 떨어지기 무섭게 호걸들은 일제히 탄성을 질렀다.

이곳에 모인 방문좌도들 대부분은 일월신교와 연줄이 있었고, 개중에는 동방불패의 삼시뇌신단을 먹은 사람도 있어 '동방 교주'라는 말을 듣는 순간 간담이 서늘했던 것이다. 두 노인을 직접 만난 적이 없는 사람도 그 이름은 귀가 아프도록 들어 알고 있었다. 왼쪽에 선 사람은 황면존자黃面尊者 가포고, 오른쪽에 선 사람은 조협鵰俠이라는 별호를 가진 상관운으로, 두 사람의 무공은 평범한 문파의 장문인이나 방주, 총타주보다 훨씬 높다고 알려져 있었다. 그들은 일월신교에 몸담은 지는 오래지 않지만 최근에 그 지위가 가파르게 올랐고, 상문천 같은 원로들이 쫓겨나거나 스스로 은퇴한 지금은 교내에서 커다란 권력을 쥐고 있었다. 동방불패가 그런 그들을 보낸 것은 영호충을 높이 평한다는 의미라고 볼 수 있었다.

영호충은 앞으로 나아가 인사했다.

"이 몸은 동방 선생과 아무런 인연이 없는데 두 분께서 이렇게 축하해주러 오시니 몸 둘 바를 모르겠소."

황면존자 가포는 안색이 누르스름하고 양쪽 태양혈이 호두알처럼 불룩 솟은 얼굴이었고, 그 옆에 있는 조협 상관운은 손발이 길쭉길쭉하고 눈에서 정광을 뿜어내는 품이 자못 위용이 있어 보였다. 외모는 제각각이었지만 두 사람 모두 깊은 내공을 지니고 있다는 것은 충분히 알 수 있었다.

가포가 입을 열었다.

"동방 교주께서는 영호 대협께서 큰 경사를 맞았으니 몸소 축하하러 오시는 것이 마땅하다 말씀하셨소. 허나 교내의 일이 많아 멀리 나오시기가 어려워 이렇게 우리 두 사람을 보냈으니 양해해주시오."

"당치않은 말씀이오."

영호충은 이렇게 대답하며 속으로 중얼거렸다.

'동방불패가 건재한 것을 보니 임 교주께서 아직 자리를 되찾지 못

하신 모양이구나. 상 형님과 영영은 지금쯤 어디 있을까?'

그때 가포가 옆으로 비켜서며 왼손을 들었다.

"변변치 못하지만 동방 교주의 작은 성의니 받아주시기 바라오."

요란하게 울리는 사죽 소리와 함께 수십 명의 장한들이 빨갛게 칠한 상자 마흔 개를 들고 올라왔다. 두 명이 떠메야 들 수 있을 만큼 큼직한 상자에는 제법 묵직한 물건이 들었는지, 장한들이 발을 옮길 때마다 발자국이 깊이 찍혔다.

영호충은 황급히 말했다.

"두 분께서 이렇게 와주신 것만 해도 크나큰 영광인데 이토록 후한 선물까지 받을 수는 없소. 동방 선생께도 이 영호충이 무척 감사하게 생각하나, 이곳 항산파는 청빈함을 으뜸으로 삼아 화려한 물건을 받을 수 없다고 전해주시오."

가포가 대답했다.

"영호 장문께서 받아주지 않으시면 이 몸과 상관 형제가 몹시 곤란하게 되오."

그는 살짝 고개를 돌려 상관운에게 말했다.

"그렇지 않은가, 상관 형제?"

"그렇습니다!"

영호충은 심히 난감했다.

'정파인 항산파가 마교와 어울릴 수는 없는 일, 무기를 뽑아 혈투를 벌이지는 못할망정 교분을 맺을 수는 없지. 더군다나 임 교주와 영영이 복수하러 찾아갈 사람의 선물을 어떻게 받을 수 있겠어?'

그는 차분한 목소리로 다시 한번 거절했다.

"이 선물은 도저히 받을 수 없소. 두 분께서는 부디 동방 선생께 가서 잘 전해주시오. 두 분이 가져가시지 않는다면 따로 사람을 시켜 귀 교단으로 보내드릴 수밖에 없소."

그 말에 가포는 빙그레 웃었다.

"영호 장문께서는 저 상자에 무엇이 들었는지 아시오?"

"모르겠소."

가포는 더욱더 크게 웃었다.

"우선 한번 보시오. 아마 보시고 나면 거절하지 못할 것이오. 저 상자에 든 것이 모두 동방 교주의 선물은 아니오. 그중 일부는 본래 영호 장문의 것이고, 우리는 그저 주인에게 돌려주러 가져왔을 뿐이오."

영호충은 의아해하며 물었다.

"이 몸의 물건이라니? 대체 무엇이오?"

가포가 그에게 한 걸음 다가서며 소리 죽여 말했다.

"대부분은 임 대소저께서 흑목애에서 쓰시던 옷과 장신구 같은 것들이오. 동방 교주께서는 임 대소저께서 불편하시지 않게 이 물건들을 가져다드리라 하셨소이다. 그 외에도 교주께서 영호 대협과 임 대소저를 위해 준비하신 선물이 조금 있소만 한데 섞여 가려내기가 쉽지 않소. 그러니 더는 사양 말고 받아주시오. 하하하!"

본성이 소탈하고 사소한 일에 집착하지 않는 영호충은 동방불패의 정성을 뿌리치기가 쉽지 않을 뿐 아니라 대부분이 영영의 물건이라고 하니 더 이상 거절하지 않았다.

"그렇다면 감사히 받겠소."

그가 웃으며 인사하는데 항산파 제자 한 명이 총총히 달려와 보고

했다.

"무당파 충허 도장께서 축하하러 오셨습니다."

깜짝 놀란 영호충이 황급히 마중을 나가보니, 과연 충허 도인이 제자 여덟 명을 데리고 올라오고 있었다. 영호충은 허리를 숙여 예를 갖췄다.

"도장께서 왕림해주시다니, 뭐라고 감사 인사를 드려야 할지 모르겠습니다."

충허 도인이 웃으며 말했다.

"자네가 항산파 장문인이 된다는 소식을 듣고 기쁨을 이루 말할 수 없었네. 소림사의 방증 대사와 방생 대사께서도 오겠다 하셨는데, 아직 도착하지 않으셨는가?"

그 말에 영호충은 더욱더 놀랐다.

그때 기다렸다는 듯이 산길 저편에서 승려 한 무리가 나타났다. 너른 소맷자락을 바람에 흩날리며 앞장서서 걸어오는 두 사람은 충허 도인의 말대로 방증 대사와 방생 대사였다.

멀리서 방증 대사가 외쳤다.

"충허 도형, 우리보다 먼저 도착하시다니 걸음이 빠르시구려."

영호충은 그들을 맞이하러 산길로 내려갔다.

"두 분께서 친히 와주시니 몸 둘 바를 모르겠습니다."

방생 대사가 빙그레 웃으며 말했다.

"영호 소협이 소림사에 세 번이나 방문하였으니 우리도 항산을 방문하는 것이 예의가 아니겠소?"

영호충은 소림파 승려들과 무당파 도사들을 암자로 안내했다. 양대

문파인 소림파와 무당파의 장문인들이 몸소 나타난 것을 보자, 모여 있던 호걸들마저 깜짝 놀라 슬그머니 입을 다물고 자세도 바로 했다.

항산파 제자들은 덕분에 장문인의 체면이 섰다며 무척 기뻐했다.

가포와 상관운은 서로 눈짓을 주고받을 뿐, 소림파와 무당파 사람들에게는 눈길조차 주지 않았다.

영호충은 방증 대사와 충허 도인에게 상좌를 권하며 속으로 중얼거렸다.

'사부님께서 장문 자리에 오르셨을 때 소림파와 무당파는 장문인이 직접 오지 않고 축하 사절만 보냈지. 그 당시에는 나도 아직 어려서 하객이 어떤 사람들인지 몰랐지만, 나중에 사모님께서 그날의 이야기를 해주실 때도 소림파나 무당파의 장문인이 오셨다는 말씀은 없으셨어. 그런데 오늘은 두 문파의 장문인이 모두 오셨으니… 정말 축하하러 오신 것일까, 아니면 다른 뜻이 있어서일까?'

그사이에도 하객들의 발길은 끊임없이 이어졌다. 지난번 함께 소림사에 갔던 호걸들이 대부분이었지만, 곤륜파나 점창파, 아미파, 공동파, 청성파, 개방 등 큰 문파에서도 장문인이나 방주의 축하 서신이나 선물을 들고 찾아왔다. 봉우리를 가득 채운 하객들을 보자 영호충은 자못 마음이 놓였다.

'아마도 나 때문이 아니라 항산파와 정한 사태의 얼굴을 보아 축하하러 왔겠지.'

그러나 오악검파로서 함께했던 숭산파와 화산파, 형산파, 태산파는 아무런 소식이 없었다.

평평평 세 번의 폭죽 소리가 길시吉時를 알렸다. 영호충은 광장 가운데로 나아가 포권을 하고 허리를 숙여 하객들에게 두루 인사한 뒤 낭랑하게 외쳤다.

"항산파 전임 장문인이신 정한 사태께서는 불행하게도 적의 공격을 받아 정일 사태와 함께 원적하셨습니다. 이 영호충은 정한 사태의 유명을 받아 항산파를 맡게 되었습니다. 여러 선배님들과 무림동도들께서 꺼리지 않으시고 이렇게 찾아와주시니 실로 감격을 이길 수가 없습니다."

느릿느릿 울려퍼지는 징소리에 맞춰 항산파 제자들이 두 줄을 지어 앞으로 나왔다. 대제자인 의화와 의청, 의진, 의질도 그 속에 있었다. 그들은 두 손으로 법기法器를 받들고 영호충 앞에 서서 공손히 허리를 숙였다. 영호충도 반례로 깊이 읍했다.

의화가 말했다.

"이 네 개의 법기는 항산파의 시조 효풍曉風 사태로부터 본 파 장문인들께 전해내려오는 것입니다. 신임 장문인 영호충은 부디 법기를 받아주십시오."

"예."

영호충이 대답하자, 대제자들이 차례차례 법기를 건넸다. 불경과 목어, 염주, 그리고 단검이었다. 목어와 염주를 보는 순간 영호충은 심히 난처해, 차마 사람들을 마주하지 못하고 시선을 발끝에만 둔 채 법기를 받았다.

법기 전달이 끝나자 의청이 두루마리를 펼쳐 읽었다.

"항산파의 문인들은 불문의 계율과 본 파의 다섯 가지 규칙을 엄격하게 지켜야 합니다. 첫째 윗사람을 거스르지 말 것이며, 둘째 동문을 해치지 말 것이며, 셋째 무고한 사람을 살해하지 말 것이며, 넷째 부정한 행동을 하지 말 것이며, 다섯째 간악한 무리와 교분을 맺지 말지어다. 장문 사형께서는 항산파 조종들께서 남기신 교훈을 몸소 익히고 실천하시어 제자들이 기꺼이 따르도록 모범이 되어주십시오."

"예!"

영호충은 시원스럽게 대답하면서도 속으로는 쓴웃음을 지었다.

'다른 것은 그렇다 치더라도 간악한 무리와 교분을 맺지 말라니, 지금 이곳에 있는 하객들 절반이 방문좌도의 무리가 아닌가?'

그때 산길 쪽에서 높은 외침 소리가 들려왔다.

"오악검파 좌 맹주의 명이다. 영호충은 항산파 장문 자리를 찬탈하지 말라!"

남자 다섯 명이 나는 듯이 봉우리로 올라왔고 그 뒤로 수십 명이 바짝 뒤따랐다. 앞선 다섯 사람이 손에 하나씩 들고 있는 비단 깃발은 분명히 오악검파의 영기였다. 그들이 모여 있는 하객들에게서 몇 장 정도 떨어진 곳에 멈추자, 영호충은 그들 가운데 쉰 살 정도 되는 우람한 남자를 알아보았다. 그는 숭산파 장문인 좌냉선의 사제이자 숭산 십삼 태보 중 첫 번째인 탁탑수 정면으로, 오래전 약왕묘에서 마주친 적이 있었다.

영호충은 그를 향해 포권을 하며 말했다.

"정 선배님, 어서 오십시오."

정면은 비단 깃발을 활짝 펼치며 말했다.

"항산파는 오악검파에 속하니 필히 좌 맹주의 명을 따라야 한다."

영호충은 당당하게 대답했다.

"선배님께서 잊으신 모양인데, 절남 용천의 주검곡에서 숭산파 사람들은 일월신교를 가장해 정한 사태와 정일 사태를 포위하고 항산파 사저와 사매들을 해쳤습니다. 정한 사태께서는 원적하시기 전에 좌 맹주의 명을 따르지 않겠다 선포하셨습니다. 아마도 조 형과 장 형, 사마 형이 그 소식을 좌 장문께 전했을 겁니다. 이 영호충은 정한 사태의 유명을 받아 항산파 장문인이 되었고, 항산파는 오악검파 연맹에서 탈퇴하겠습니다."

그때쯤 뒤따라온 사람들도 거의 봉우리에 올라섰는데, 놀랍게도 숭산파뿐 아니라 화산파와 형산파, 태산파의 제자들도 함께였다. 화산파에서 온 여덟 사람은 모두 영호충의 사제들이었지만 임평지는 보이지 않았다.

오악검파의 제자들은 검자루를 움켜쥔 채 아무 말 없이 네 줄로 도열했다.

정면이 큰 소리로 외쳤다.

"항산파는 대대로 출가한 여승들만 장문인이 되었다. 남자인 영호충이 그 자리에 오르는 것은 수백 년간 이어져온 전통을 깨는 일이다."

"전통은 사람이 만든 것이고, 사람이 바꿀 수도 있습니다. 하물며 항산파는 좌 맹주의 명을 받들지 않기로 했으니 숭산파가 상관할 일이 아니지요."

호걸들 가운데 몇몇이 정면에게 욕을 퍼부었다.

"아무렴! 왜 숭산파가 항산파의 일에 이래라저래라 하는 것이냐?"

"빌어먹을 놈들, 썩 꺼져라!"

"오악검파 좋아하시네! 부끄러운 줄 알아야지!"

오래전 형산파 유정풍이 금분세수하고 무림에서 은퇴하려 할 때, 좌냉선은 정면과 육백, 비빈 등 숭산파 고수들에게 오악영기를 주며 제자들과 함께 가서 은퇴를 막게 했다. 당시 그들은 준비가 철저했고 세력도 강했기 때문에 태산파와 화산파, 항산파의 수뇌부들마저 그 명령을 거역하지 못했고, 유정풍은 금분세수도 못한 채 가족과 제자들을 모두 비명에 보내는 참혹한 결말을 맞아야 했다. 당시 그 자리에 있었던 정일 사태는 처참한 사태를 막고 속사정을 낱낱이 밝히려고 했으나, 정면의 손에 상처를 입는 바람에 분을 품고 물러날 수밖에 없었다.

오늘 숭산파의 행동은 유정풍의 금분세수 때와 유사했지만, 이번에는 숭산파 사람뿐 아니라 화산파, 형산파, 태산파의 제자들까지 동원되어 그 위세는 유정풍 때보다 훨씬 높았다.

의화와 의청 같은 제자들은 두려움에 떨었지만 장내를 꽉 채운 하객들이 눈에 들어와 다소 마음이 놓였다. 소림파와 무당파 장문인이 몸소 축하하러 왔고 천 명에 가까운 호걸들이 모여 있으니, 아무리 숭산파라고 해도 유정풍 때처럼 쉽사리 방해할 수는 없을 터였다. 특히 지금처럼 호걸들이 기세 좋게 대항하면 항산파에 좀 더 유리할 것 같아 더욱 안심이 되었다.

정면은 영호충을 향해 물었다.

"저렇게 거친 무리들이 무엇 때문에 여기 있는 것이냐?"

"저분들은 이 영호충의 친구들입니다. 당연히 제가 장문인이 되는 것을 축하해주러 왔지요."

"그래? 항산파의 다섯 계율 중 다섯 번째가 무엇인지 아느냐?"

영호충은 속으로 빙긋 웃었다.

'대놓고 시비를 걸 모양이니 나도 똑같이 대해주지.'

그는 낭랑하게 대답했다.

"항산파 다섯 계율 중 다섯 번째는 간악한 무리와 교분을 맺지 말라는 것입니다. 해서 이 영호충은 당신 같은 간악한 숭산파 사람들을 결코 가까이하지 않을 겁니다."

호걸들이 왁자그르르 웃음을 터뜨리며 소리쳤다.

"들었느냐, 이 간악한 놈들아! 썩 꺼져라!"

정면과 숭산파 제자들, 그리고 함께 온 오악검파 사람들은 적의 수가 생각보다 많은 것을 보고 진짜 싸움이라도 벌어지면 큰일이겠구나 싶어 눈치만 살폈다.

정면은 속이 씁쓸했다.

'이번에는 좌 사형의 예측이 틀렸구나. 견성봉에는 항산파 여자들만 있을 테니 고수 수십 명이면 충분히 제압할 수 있고, 영호충이 비록 검술은 뛰어나지만 무기가 없는 틈을 타 권각으로 공격하면 쉽게 목숨을 취할 수 있으리라 하셨는데, 하객이 이렇게 많고 소림파와 무당파의 장문인까지 와 있으니….'

그는 어쩔 수 없이 방증 대사와 충허 도인을 돌아보며 말했다.

"두 분께서는 무림의 태산북두시고 강호인들에게 널리 존경을 받고 계십니다. 그러니 두 분께서 판결을 내려주시지요. 영호충이 저 요마들을 항산으로 불러들인 것이 간악한 자들과 교분을 맺지 말라는 계율을 어긴 것이 아닙니까? 항산파같이 오랜 역사와 명예를 지닌 명문정파가 영호충의 수중에 들어가 돌이킬 수 없는 지경에 처했는데, 좌

시하시지만은 않으시겠지요?"

방증 대사는 헛기침을 했다.

"음, 그것은… 그것이….”

그 역시 정면의 말이 옳다고 여겼기 때문에 쉽사리 입이 떨어지지 않았던 것이다. 지금 이 자리에 있는 사람 대부분이 방문좌도들이지만, 그렇다고 해서 영호충에게 그들을 쫓아내라고 할 수도 없는 노릇이었다.

그때 산길 쪽에서 청아한 목소리가 들려왔다.

"일월신교 임 대소저께서 오셨습니다!"

영호충은 놀라움과 기쁨이 교차해 저도 모르게 소리쳤다.

"영영이 왔구나!"

황급히 산길 쪽으로 달려가보니 장한 두 사람이 푸른색의 조그마한 가마를 메고 올라오는 것이 보였다. 가마 뒤로는 푸른 옷을 입은 시녀 넷이 따르고 있었다.

영영이 왔다는 소식에 방문좌도의 호걸들이 우르르 달려가 우레와 같은 함성으로 영접하며 봉우리까지 가마를 안내했다. 가마가 땅에 내려서자 가리개가 걷히고 연둣빛 옷을 입은 아리따운 소녀가 내렸다. 영영이었다.

"성고! 성고!"

호걸들이 환호성을 질러대며 일제히 절을 했다. 그들의 표정에는 마음에서부터 우러나는 경외심과 고마움, 그리고 기쁨이 훤히 드러나 있었다.

영호충이 영영에게 다가가 미소를 지으며 말했다.

"영영, 와주었군."

영영도 생긋 웃었다.

"경사스러운 날인데 당연히 와야지요."

주위를 둘러본 그녀는 사뿐사뿐 걸어가 방증 대사와 충허 도인에게 공손히 인사했다.

"방장 대사님, 장문 도장님, 영영이 인사 올립니다."

방증 대사와 충허 도인은 반례를 하면서 속으로 혀를 찼다.

'아무리 좋아하는 사이라도 오늘은 오지 말았어야 했건만… 덕분에 영호충이 더욱 어렵게 되었구나.'

예상대로 정면이 기다렸다는 듯이 외쳤다.

"이 여자는 마교의 수뇌 인물이다. 영호충, 어디 한번 말해보아라. 내 말이 틀렸느냐?"

"그래서 어쨌다는 겁니까?"

"간악한 무리와 교분을 맺지 않는 것이 항산파의 계율이다. 저 간악한 무리들과 깨끗이 갈라서지 않는 한 너는 결코 항산파의 장문인이 될 수 없다."

"되지 못하면 또 어떻다는 겁니까? 그게 뭐 그리 중요합니까?"

영영은 고운 눈동자에 무한한 정을 담뿍 담고 그를 올려다보았다.

'당신은 나를 위해서라면 아무것도 개의치 않는군요.'

그녀가 생긋 웃으며 말했다.

"영호 장문, 이분은 누구신가요? 무엇 때문에 항산파 일에 간섭하는 건가요?"

"숭산파 좌 장문이 보냈다고 하는구려. 들고 있는 깃발이 바로 좌 장문의 영기라는군. 좌 장문의 영기는 말할 것도 없고, 좌 장문이 친히 오더라도 우리 항산파 일에 이래라저래라 할 수 없소."

영영은 고개를 끄덕였다.

"물론 그렇지요."

소림사의 비무에서 아버지가 좌냉선의 계략에 당해 한빙진기에 목숨을 잃을 뻔했던 일을 떠올리자 그녀는 새삼 화가 치밀었다.

"저 사람이 들고 있는 것이 오악검파의 영기라고요? 어디서 그런 속임수를…."

말이 끝나기도 전에 그녀가 훌쩍 몸을 날려 어디서 나타났는지 서늘한 빛을 뿜는 단검으로 정면의 가슴을 찔렀다.

무공이 높은 정면이지만, 가녀리고 아리따운 아가씨가 느닷없이 공격할 줄은 예상하지 못한 데다 그녀의 움직임이 몹시 빨라 제때 반격하지 못하고 황급히 몸을 피하는 수밖에 없었다. 뜻밖에도 영영의 이 공격은 허초였다. 정면이 몸을 돌리는 사이 오른손에 들었던 비단 깃발이 쑥 빠져나가 영영의 손으로 들어갔다. 영영은 멈추지 않고 연달아 다섯 번을 공격해 영기 다섯 개를 모두 빼앗았다. 다섯 번 다 신법과 초식은 처음과 똑같았다. 오늘 견성봉에 온 숭산파 사람들은 모두 정면의 사제들로, 특히 권각에 있어서는 누구에게도 뒤지지 않을 정도로 뛰어난 사람들이었다. 좌냉선이 구태여 그런 사제들을 보낸 까닭은, 검법에 뛰어난 영호충을 권각으로 제압하기 위해서였다. 그러나 그런 그들도 너무나 빠른 영영의 움직임에 손 한번 제대로 써보지 못한 채 당하고 말았다. 초식에 졌다기보다는 기습에 당한 것이었다.

영영은 빼앗은 깃발을 들고 영호충에게 돌아와 큰 소리로 말했다.

"영호 장문, 역시 이 깃발은 가짜였군요. 이것은 오악검파의 영기가 아니라 오선교의 오독기五毒旗예요."

그녀가 비단 깃발을 활짝 펼치자, 장내의 모든 사람들은 그 위에 수놓인 청사와 지네, 거미, 전갈, 두꺼비를 똑똑히 볼 수 있었다. 살아 있는 듯 생생하고 빛깔조차 선명한 그 독물들을 보고 그것을 오악검파의 영기라고 할 사람은 아무도 없었다.

정면 등은 당황해 말문이 턱 막혔고, 노두자와 조천추를 위시한 호걸들은 봉우리가 떠나가라 갈채를 보냈다. 영영이 깃발을 뺏은 뒤 오독기로 바꿔치기했다는 것은 누구나 알 수 있었지만, 손놀림이 워낙 빨라 언제 어떻게 바꿨는지 아무도 보지 못했던 것이다.

"남 교주!"

영영이 높이 외치자 호걸들 틈에서 묘족 복장의 미녀가 일어나 생글생글 웃으며 대답했다.

"예, 성고. 무슨 분부라도 있으십니까?"

다름 아닌 오선교 교주 남봉황이었다. 영영이 그녀에게 물었다.

"당신네 오독기가 어찌하여 숭산파 손에 들어갔소?"

남봉황은 웃으며 대답했다.

"저 숭산파 제자들은 저희 오선교 여제자들의 친구입니다. 아마도 달콤한 말로 그 아이들을 꼬드겨 오독기를 빼앗은 모양입니다."

"그랬군. 이 깃발은 돌려주겠소."

영영이 말하며 깃발 다섯 개를 건네자 남봉황은 고마워하며 받았다.

정면이 노한 목소리로 외쳤다.

"수치심도 모르는 계집, 감히 내 앞에서 사술을 부려? 당장 영기를 내놓아라!"

영영은 웃으며 되물었다.

"오독기가 그렇게 좋으면 남 교주에게 부탁하시오."

정면은 별수 없이 방증 대사와 충허 도인에게 말했다.

"방증 대사, 충허 도장, 부디 명망 높은 두 분께서 해결해주십시오."

방증 방장이 입을 열었다.

"음, 그것은… 간악한 무리와 교분을 맺지 말라는 것은 항산파의 계율이오. 허나… 허나 강호의 친구들이 축하를 하러 왔는데 문전박대하는 것은 너무 인정머리 없는 행동이 아닐까 싶소만…."

그때 정면이 호걸들 틈에 있는 누군가를 가리키며 큰 소리로 외쳤다.

"저, 저자는… 채화음적 전백광이 아니냐? 화상으로 변장하면 내 눈을 속일 수 있을 줄 알았느냐? 저런 자도 영호충 네놈의 친구냐?"

그는 엄한 목소리로 다그쳤다.

"전백광! 네놈은 무슨 일로 항산에 왔느냐?"

"사부님을 뵈러 왔다."

전백광의 대답에 정면은 어리둥절해했다.

"사부?"

"그렇다."

전백광은 성큼성큼 의림의 앞으로 걸어가 무릎을 꿇고 고개를 숙였다.

"사부님, 문안 인사드립니다. 제자는 지난 과오를 뉘우치고 출가하여 불가불계라는 법명을 얻었습니다."

의림은 새빨개진 얼굴로 주춤주춤 몸을 피했다.

"다, 당신…."

영영이 웃으며 말했다.

"전백광이 과오를 뉘우치고 옳은 길에 들어 좋은 사부를 얻었으니 참 잘되었군. 머리를 밀고 출가하여 불가불계라는 법명을 지은 것을 보면 그 마음이 얼마나 진실한지 알 수 있소. 방장 대사님, 대사님께서는 누구든 칼을 내려놓고 과오를 뉘우치면 성불할 수 있다고 하셨지요? 부처님의 문은 크고도 넓어 개과천선하기로 결심한 사람에게는 언제든지 새로운 길을 열어주신다고 말이지요."

방증 대사는 기쁜 얼굴로 고개를 끄덕였다.

"그렇소이다! 불가불계가 항산파에 투신하여 그 문규를 엄히 지킨다면 무림의 홍복이 아닐 수 없소."

영영이 큰 소리로 외쳤다.

"모두들 들으시오. 우리가 이곳에 온 까닭은 항산파에 투신하기 위해서요. 영호 장문께서 받아주신다면 우리 모두 항산파 제자가 될 것이오. 항산파의 제자를 어찌 간악한 요마라 할 수 있겠소?"

영호충은 정신이 번쩍 들었다.

'그렇구나. 영영은 내가 여자들의 장문인이 되어 비웃음을 살 것을 알고, 남자 제자들이 생기면 어려움에서 벗어날 수 있으리라는 생각에 호걸들에게 항산파 제자가 되라고 명하는 거야.'

영영의 마음을 헤아린 그는 곧 큰 소리로 물었다.

"의화 사저, 본 파에 남자를 제자로 들이지 말라는 규칙이 있소?"

의화가 대답했다.

"남자를 제자로 들이지 말라는 규칙은 없습니다. 허나… 허나…."

그녀는 갑작스레 남자 제자들이 대거 들어오는 것은 온당치 못하다는 생각이 들어 말을 더듬었다. 영호충이 웃으며 말했다.

"여기 계신 분들께서 항산파에 들어오신다고 하니 더할 나위 없이 잘된 일이나, 반드시 사부를 정하지 않아도 좋습니다. 이 항산에 따로 새로운 거처를 만들어 그곳에서 지내도록 하시지요. 음… 이름은 항산 별원으로 하고, 장소는 저쪽 통원곡通元谷이 좋겠습니다."

통원곡은 견성봉 옆에 있는 골짜기로, 당나라 때의 신선 장과로張果老가 단약을 만들던 곳이었다. 항산에 있는 큰 바위에는 곳곳에 발굽 자국이 찍혀 있는데, 바로 장과로가 나귀를 타고 지나간 흔적이라는 전설이 전해졌다. 단단한 화강암에 나귀 발자국이 찍혔으니 신선의 흔적이 아니고서야 설명할 길이 없었다.

당나라 현종은 장과로를 통원선생通元先生에 봉했고, 통원곡이라는 이름 또한 여기서 따온 것이었다. 거리로만 보면 견성봉의 암자와 그리 멀지 않았지만, 골짜기와 봉우리를 잇는 길은 몹시 험하고 가팔랐다. 영호충이 강호 호걸들을 통원곡에 머물게 한 것은 남자와 여자를 갈라놓아 시비가 생기지 않도록 하기 위한 배려였다.

방증 대사는 연신 고개를 끄덕였다.

"아주 좋은 생각이오. 여기 계신 친구들이 항산파에 귀순하여 항산파의 문규를 따르게 되었으니 무림에는 실로 크나큰 복이 아닐 수 없구려."

적의 수가 많은 데다 방증 대사까지 이렇게 나오자, 영호충이 항산파 장문인이 되는 것을 막을 수 없다고 판단한 정면은 좌냉선의 두 번째 명령을 실행하기 위해 목청을 가다듬고 외쳤다.

"오악검파 좌 맹주의 명이오. 3월 보름 새벽, 오악검파 각 문파의 사람들이 숭산에 모여 오악파의 장문인을 선발할 것이오. 반드시 정해진 시간까지 당도해야 하오."

영호충이 물었다.

"오악검파를 한 문파로 만드는 것은 누구의 생각입니까?"

"숭산파와 태산파, 화산파, 형산파가 모두 동의했다. 항산파 홀로 이의를 제기한들 다른 네 문파와 공공연히 척을 지게 될 뿐이다."

정면은 이렇게 대답한 다음 뒤에 있는 태산파 사람들에게 물었다.

"내 말이 틀렸소?"

"옳습니다!"

수십 명이 입을 모아 대답했다. 임무를 완수한 정면은 냉소를 지으며 돌아서서 봉우리를 내려갔지만 도중에 잠시 멈춰 영영을 흘끗 돌아보았다.

'빼앗긴 영기를 어떻게든 되찾아야 하는데….'

그 마음을 읽었는지 남봉황이 까르르 웃으며 말했다.

"정 선생, 깃발을 잃어버렸으니 좌 장문께 야단을 들을까 봐 걱정이시지요? 그렇다면 돌려드리지요!"

그녀가 오른손을 휘둘러 그에게 깃발 하나를 던졌다.

정면은 힘차게 날아드는 깃발을 보고 속으로 쓴웃음을 지었다.

'틀림없이 오악영기가 아니라 오독기일 것이다. 그런 것을 받아 무엇 하겠느냐?'

그러나 어느새 깃발이 목을 찌를 듯이 날아들어 엉겁결에 손을 뻗어 낚아챘다. 깃발에 손이 닿는 순간, 그는 비명을 지르며 깃발을 팽개쳤다. 손이 불붙은 것처럼 화끈거려 살펴보니, 깃발에 독이 묻어 있었는지 손바닥이 자줏빛으로 물들어 있었다. 오독교의 암산에 당한 것을 깨달은 그는 놀라고 화가 나 대뜸 욕설을 내뱉었다.

"이 더러운 요녀가…!"

남봉황이 생글거리며 그 말을 끊었다.

"저분께 '영호 장문'이라고 부르고 살려달라 빌면 해약을 주겠어요. 그러지 않으면 그 손이 썩어문드러질 줄 아세요."

오독교의 독이 얼마나 무서운지 잘 아는 정면은 손바닥이 딱딱하게 마비되며 감각이 사라지는 것을 느끼자 온몸에서 식은땀이 줄줄 흘렀다. 평생의 공력을 쌍장에 쏟아부어온 그에게 손을 잃는 것은 폐인이 되는 일이나 마찬가지였다.

"영호 장문…."

그가 당혹스러운 목소리로 입을 열자 남봉황이 덧붙였다.

"사과하고 부탁하세요."

정면은 더듬더듬 말했다.

"영… 영호 장문, 무례를 용서하시오. 내 잘못이오. 부디… 부디 해약을…."

영호충은 웃으며 말했다.

"남 교주, 저 사람은 그저 좌 장문의 명을 열심히 수행한 죄밖에 없소. 해약을 내주시오!"

남봉황은 생글생글 웃으며 옆에 있는 묘족 소녀에게 손짓을 했다. 묘족 소녀가 하얀 종이로 싼 물건을 품에서 꺼내 정면에게 던지자, 정면은 그것을 받아들고 호걸들의 비웃음을 뒤로한 채 황급히 봉우리를 내려갔다. 함께 온 사람들도 그 뒤를 따랐다.

영호충이 낭랑하게 말했다.

"친구들, 친구들께서 항산별원에 머물기로 결심한 이상 반드시 본 파의 계율을 지켜야 합니다. 사실 지키기 어려운 계율은 아니나, 간악한 무리와 교분을 맺지 말라는 다섯 번째 계율만큼은 조금 골치가 아플 겁니다. 물론 여러분은 항산파에 들어왔고, 항산파 제자는 간악한 무리가 아니니, 앞으로 본 파 외의 사람들과 사귈 때만 주의를 기울여 주시기 바랍니다."

호걸들은 큰 소리로 대답했다. 영호충이 또다시 말했다.

"술을 마시고 고기를 먹는 것도 가능합니다. 하지만 고기를 먹는 사람은 오늘부터 이곳 견성봉에 오를 수 없습니다."

방증 대사가 합장을 하며 말했다.

"선재로다! 불문의 성지를 더럽힐 수는 없는 법, 참으로 훌륭한 결정이오."

영호충은 웃으며 말했다.

"자, 이제 반대하는 사람도 없으니 장문인 취임식은 끝났습니다. 다들 시장하실 테니 어서 식사를 합시다. 저는 소림파 방장 대사와 무당파 장문 도장, 그리고 여러 선배들과 식사를 해야겠군요. 여기 계신 친구분들과는 내일 함께 술을 마시겠습니다."

식사가 끝난 뒤 방증 대사가 말했다.

"영호 장문, 빈승과 충허 도형이 장문과 논의할 일이 있소."

"그렇게 하시지요."

영호충은 그렇게 대답하며 주위를 살폈다.

'당금 무림의 양대 문파 장문인이 친히 항산으로 왔을 정도니 몹시 긴요한 일이겠구나. 이곳에는 정파와 사파가 섞여 있어 듣는 귀가 많겠지.'

그는 의화와 의청에게 손님들 접대를 맡기고, 방증 대사와 충허 도인에게 말했다.

"이 봉우리를 내려가면 자요구磁窯口 옆으로 산이 하나 있습니다. 깎아지른 산봉우리로 둘러싸여 취병산翠屏山이라 불리지요. 그곳에 있는 현공사懸空寺는 항산의 명승지니, 두 분께서 흥미가 있으시다면 그곳으로 안내하겠습니다."

충허 도인은 몹시 반가워했다.

"북위北魏 연간에 지어진 취병산 현공사에 대한 이야기는 귀가 따갑도록 들었네. 소나무도 자라지 못하고 원숭이조차 오르지 못하는 가파른 곳에 큰 공을 들여 허공에 떠 있는 것처럼 보이는 사찰을 지어 다시없는 절경을 이루었다기에 내 오래도록 앙모해왔다네. 덕분에 좋은 구경을 하겠군."

영호충은 웃으며 방증 대사와 충허 도인을 현공사 가는 길로 안내했다.

笑傲江湖

밀담

30

― 영호충은 방증 대사와 충허 도인을 현수교 위로 안내했다.
현수교 너비는 겨우 몇 자밖에 되지 않았고 주위는 가린 데 없이 공활했다.
발아래로는 구름이 피어올라 마치 하늘에 오른 기분이었다.
빼어난 경치를 마주한 세 사람은 가슴이 탁 트이는 것 같았다.

영호충과 방증 대사, 충허 도인은 견성봉을 내려간 뒤, 자요구를 지나 취병산으로 향했다. 높다란 봉우리 위로 날아갈 듯 우뚝 솟은 비각飛閣은 마치 구름 위에 지어진 신선의 누각처럼 신비로움을 자아내고 있었다.

방증 대사가 찬탄을 터뜨렸다.

"저 누각을 지은 사람은 참으로 기발한 생각을 했구려. 사람이 마음을 먹으면 세상에 못할 일이 없다 하더니, 실로 그 말이 옳소이다."

세 사람은 느릿느릿 봉우리에 올라 현공사로 들어갔다. 현공사에는 3층짜리 누각이 두 채 있는데 그 높이는 수십 장이나 되었고, 수십 보 떨어진 두 누각 사이로 아슬아슬한 현수교가 이어져 있었다.

뜰에서 비질을 하고 있던 늙수그레한 노파는 영호충 일행을 보고도 멀거니 바라보기만 할 뿐 인사는커녕 아는 체도 하지 않았다. 얼마 전 의화와 의청, 의림 등과 함께 이곳을 다녀갔던 영호충은 그 노파가 벙어리에 귀까지 멀어 사람이 와도 신경을 쓰지 않는다는 것을 알고 있었기 때문에 개의치 않고 방증 대사와 충허 도인을 현수교 위로 안내했다.

현수교의 너비는 겨우 몇 자밖에 되지 않았다. 보통 사람은 사방이 훤히 뚫리고 발밑으로 구름이 피어오르는 이곳에 서면 마치 몸이 허공에 붕 뜬 것 같아 심장이 떨리고 손발이 뻣뻣해질 만도 하지만, 일류고수인 세 사람은 쉽사리 볼 수 없는 빼어난 경관이 눈앞에 펼쳐지자 두렵기는커녕 가슴이 탁 트이고 속이 시원했다.

방증 대사와 충허 도인은 북쪽으로 눈길을 던졌다. 가물가물한 운무 사이로 얼핏얼핏 성곽이 보이고, 양쪽으로 우뚝 솟은 두 봉우리 사이로는 한 줄기 폭포가 쏟아지고 있어 몹시도 웅장하고 장엄한 풍경이었다.

방증 대사가 입을 열었다.

"한 사람이 관문을 틀어막고 지키면 장사 만 명이 와도 뚫지 못한다는 옛말이 있는데, 이곳 형세가 꼭 그렇구려."

충허 도인도 고개를 끄덕이며 그 말을 받았다.

"북송 때의 양영공楊令公(북송의 명장 양업楊業의 존칭)이 삼관三關을 사수하며 이곳에서 둔병했으니, 이곳이야말로 병가필쟁兵家必爭의 군사 요충지가 아니겠소? 현공사를 보았을 때도 귀신같은 건축 솜씨에 감탄하고 옛사람들의 굳센 의지에 놀랐소만, 500리나 되는 이 산길을 뚫어낸 것에 비하면 현공사는 아무것도 아니구려."

영호충은 눈을 동그랗게 뜨고 물었다.

"아니, 이 산길이 자연히 생긴 것이 아니라 사람의 힘으로 뚫었다는 말씀입니까?"

"사서에는 북위의 도무제道武帝 천흥 원년에 연나라를 정복한 장병들이 중산에서 평성으로 돌아올 때, 수만 명의 병졸을 동원해 이곳 항령恆嶺을 뚫어 500여 리나 되는 길을 냈다고 쓰여 있다네. 자요구가 바로 그 길의 북쪽 끝일세."

"물론 그 500리 가운데 대부분은 본래 있던 길이었을 것이오. 북위의 황제가 병졸 수만 명을 시켜 한 일은 그 길을 가로막은 산맥을 뚫은 것뿐이오. 허나 그렇다고 해도 얼마나 어렵고 힘든 대공사였을지는 상상조차 하기 어렵구려."

영호충은 고개를 끄덕였다.

"그러니 수많은 사람들이 황제가 되려고 그렇게 안달이겠지요. 황제의 한마디면 병졸 수만 명이 앞을 가로막은 산도 뚫어주니, 그럴 만도 합니다."

충허 도인은 한숨을 쉬었다.

"권력을 향한 욕망은 예로부터 수많은 영웅호걸들을 무너뜨린 난관이었지. 황제는 말할 것도 없고, 이곳 무림에 끊임없이 일어나는 풍파와 분쟁도 모두 그 권력 때문이라네."

영호충은 이제야 본론이 나왔구나 싶어 정신을 가다듬었다.

"소생은 잘 모르니 두 분께서 가르쳐주십시오."

방증 대사가 말했다.

"영호 장문, 오늘 숭산파의 정 대협이 무리를 이끌고 찾아온 연유가 무엇인지 아시오?"

"소생이 항산파 장문 자리에 오르지 못하게 하라는 좌 맹주의 명 때문이겠지요."

"좌 맹주가 영호 장문이 항산파 장문인이 되는 것을 막으려는 까닭은 무엇이겠소?"

"좌 맹주는 오악검파를 합병하려는 계획을 갖고 있습니다. 소생이 몇 차례 방해를 하고 숭산파 사람들을 죽였으니 좌 맹주가 저를 미워하는 것은 당연한 일입니다."

방증 대사가 다시 물었다.

"영호 장문은 어찌하여 좌 맹주의 계획을 방해했소?"

일순 영호충은 대답할 말을 찾지 못하고 멍하니 그 질문을 되풀이했다.

"어째서 그를 방해했느냐고요…?"

방증 대사가 질문을 바꿨다.

"오악검파를 합병하는 것이 온당치 못하다 생각하오?"

영호충은 조심스레 대답했다.

"처음 그 속셈을 알아차렸을 때는 그런 생각조차 없었습니다. 하지만 그들이 항산파의 동의를 얻기 위해 일월신교로 가장하고 항산파 제자들을 납치해 협박하거나 정정 사태를 포위 공격한 것은 너무나 비열한 짓이었습니다. 저는 우연히 그 사건을 목격하고 참을 수가 없어 항산파를 도왔을 뿐입니다. 그 후에도 숭산파는 악랄하게도 주검곡에 불을 질러 정한 사태와 정일 사태를 태워 죽이려고 했습니다. 오악검파 합병이 그렇게도 좋고 훌륭한 일이라면 떳떳하게 각 문파의 장문인들과 상의하면 되지, 그렇게 수상한 계략을 꾸밀 까닭이 없지 않습니까?"

충허 도인이 고개를 끄덕이며 말했다.

"영호 장문의 말대로일세. 좌냉선은 야심만만하게도 무림의 제일인자가 되고자 한다네. 그런데 자기 힘만으로는 사람들을 복종시킬 수 없다는 것을 알고 음모를 꾸민 거지."

방증 대사는 길게 탄식했다.

"좌 맹주는 문무를 겸비한 인재이자 무림에서 손꼽을 만큼 걸출한 인물이오. 오악검파에서 그에 비견할 만한 사람은 없을 것이오. 허나 포부가 너무 커서 하루라도 빨리 무당파와 소림파를 능가하고자 하는 마음에 수단과 방법을 가리지 않고 있소."

충허 도인도 동의했다.

"소림파가 무림의 수장이라는 사실에는 오랫동안 그 누구도 이의를 달지 않았네. 소림파 다음은 무당이고, 그다음은 곤륜, 아미, 공동파 같은 문파들이 있지. 영호 장문, 한 문파의 명성은 수백 년간 셀 수 없이 많은 영웅호걸들이 피땀을 흘린 결과고, 그 문파의 무공 역시 그들이 한 땀 한 땀 공들여 다듬은 것이지, 하늘에서 뚝 떨어지듯 하루아침에 이루어진 것이 아니라네. 오악검파가 무림에 이름을 알린 지는 이제 겨우 60~70년밖에 되지 않았네. 빠르게 발전하고는 있으나 그 기반은 아직 곤륜파나 아미파에 미치지 못하고, 더욱이 깊고도 심오한 소림파의 72절기와는 비교할 수도 없지."

영호충은 동의하듯 고개를 끄덕였다.

충허 도인이 말을 이었다.

"물론 어쩌다 어느 문파에 재주가 빼어난 사람 한둘이 나타나 고강한 무공으로 무림을 제패할 수는 있네. 누군가 무림에서 두각을 나타내고 이름을 드날리는 일도 흔하지. 허나 한 사람의 힘만으로 명문정파를 모두 쓰러뜨린 일은 여태껏 한 번도 없었다네. 한데 좌냉선은 바로 그 일을 이루려는 야심을 품고 있네. 그가 오악검파의 맹주 자리에 오르던 날, 방장께서는 이미 이런 날이 오리라 예상하셨다네. 최근 좌냉선의 움직임을 보면 방장 대사의 선견지명이 맞아떨어진 것이 분명하네.”

“아미타불!”

방증 대사는 합장을 하며 조용히 불호를 외웠다. 충허 도인이 다시 말했다.

“좌냉선이 오악검파의 맹주가 된 것은 바로 그 어마어마한 야심을 이루는 첫걸음이었지. 두 번째는 오악검파를 하나로 만들고 그 장문인이 되는 것일세. 다섯 문파가 합쳐지면 그 규모로 소림, 무당과 나란히 무림의 삼대문파를 자처할 수 있다네. 그리고 곤륜파와 아미파, 공동파, 청성파를 하나하나 잠식해나가는 것이 세 번째일 걸세. 그런 연후에 마교와 싸움을 일으키고, 소림파와 무당파 등을 이끌어 일거에 그들을 쓰러뜨리는 것이 네 번째겠지.”

영호충은 내심 불안한 마음으로 물었다.

“그런 일은 하늘에 오르기처럼 어렵습니다. 좌냉선의 무공이 천하무적도 아닌데 무얼 믿고 그 엄청난 계략을 꾸미겠습니까?”

“사람의 마음은 모르는 것일세. 아무리 어려운 일이라 해도 한번 해보려는 사람은 항상 있기 마련이지. 보시게. 산을 뚫고 지나는 이 500리 길도 사람이 만들지 않았는가? 이 험준한 봉우리에 우뚝 선 이 현공사 역시 사람이 만든 것일세. 마교를 무너뜨리기만 한다면 좌냉선은 무림에서 유아독존할 수 있다네. 그런 뒤에 무당과 소림을 병탄하는 것도 아주 불가능한 일은 아니겠지. 이런 일은 오로지 무공으로만 해낼 수 있는 것이 아닐세. 그보다는 당대의 형세가 더 중요하다네. 일패도지하여 큰 화를 입을 수도 있겠지만, 승세를 타고 크나큰 업적을 세울지 누가 알겠는가?”

"아미타불!"

방증 대사가 또다시 불호를 외웠다.

영호충은 고개를 주억이며 말했다.

"좌냉선은 전 무림의 호걸들을 호령하고 싶은 것이군요."

"바로 그것일세! 그 후에는 황제가 되려 할지도 모르지. 황제가 된 연후에는 장생불로하고자 할 것이고! 자고로 사람의 욕심은 끝이 없다고들 하지 않던가? 뛰어난 영웅호걸 중에서도 권력욕이라는 무시무시한 관문을 넘은 사람은 얼마 되지 않네."

영호충은 할 말을 잃었다. 쌩쌩 불어닥치는 북풍 때문인지 오싹 한기가 들고 몸이 떨렸다.

"고작 수십 년밖에 되지 않는 인생, 마음 편히 살다 가면 그뿐인데 어째서 그런 욕심으로 안달하며 사는지 모르겠습니다. 마교를 무너뜨리기 위해 공동파나 곤륜파를 없애고 소림파와 무당파를 집어삼키는 동안 얼마나 많은 사람이 죽고 또 얼마나 많은 피를 흘려야 합니까?"

충허 도인이 손바닥을 마주치며 말했다.

"그래, 그렇지! 그러니 우리 세 사람이 책임지고 좌냉선을 막아야하네. 그자가 야심을 이루지 못하게 해야 강호에 피비린내가 진동하지 않을 것이야."

영호충은 화들짝 놀랐다.

"어찌 그런 황공한 말씀을 하십니까? 소생은 아는 것도 적고 재주도 모자라니, 그저 두 분의 분부를 성실히 따를 뿐입니다."

충허 도인은 고개를 저었다.

"영호 장문이 임 대소저를 찾아 강호의 호걸들을 이끌고 소림사에 들어갔을 때 그 기물에 손도 대지 않은 것을 보고 방장께서는 몹시 감격하셨다네."

영호충은 얼굴을 약간 붉히며 말했다.

"제멋대로 소란을 피워 송구합니다."

"자네가 떠난 뒤 좌냉선과 다른 사람들도 물러갔네만, 이 늙은이는 소림사에 이레를 더 머물면서 방장 대사와 함께 좌냉선의 야심을 우려하며 밤낮으로 이야기를 나눴네. 자네도 기억하겠지만, 임아행이 속임수를 쓰는 바람에 방장께서 물러나자 좌냉선은 곧바로 나서서 똑같은 방식으로 임아행을 물리쳤네. 얼핏 생각하면 별것 아닌 듯 보이나, 아무것도 모르는 무림인들은 '방증 대사는 임아행에 미치지 못하고, 임아행은 좌냉선에 미치지 못한다'고 떠들어댈지도 모르는 일일세."

영호충은 힘차게 고개를 저었다.

"아니지요, 절대 그렇지 않습니다!"

"물론 우리는 아니라는 것을 알지. 허나 그 싸움 덕분에 좌냉선이 크게 명성을 떨친 것 또한 사실이고, 그자의 자부심과 야심은 더욱 높아졌다네. 영호 장문이 항산파의 장문인이 된다는 소식을 듣고 방장 대사와 이 늙은이가 몸소 이곳까지 오기로 한 까닭은 진심으로 자네를 축하하고 싶어서기도 하지만, 한편으로는 자네와 함께 무림의 대사를 논의하고 싶어서라네."

"두 분께서 소생을 이렇게 생각해주시니 몸 둘 바를 모르겠습니다."

충허 도인이 말을 이었다.

"정면이 전한 말대로라면 좌냉선은 3월 보름에 오악검파를 숭산으로 불러모아 오악파의 장문인을 선출하기로 했네. 방장 대사의 예상대로기는 하나 이토록 서두를 줄은 몰랐네. 장문인을 선출한다는 둥 마치 오악검파의 합병 문제는 이미 논의가 끝난 것처럼 말했지만, 기실 형산파 막대 선생은 괴팍한 구석이 있는 사람이라 결코 좌냉선 쪽에 붙을 리가 없네. 태산파 천문 진인 또한 강직하여 남의 밑에 있을 사람이 아니고, 자네 사부인 악 선생은 외유내강한 성품인 데다 화산파의 도통을 잇는 것을 몹시 중요하게 여기니 화산파라는 이름이 없어지는 것을 극력 반대하겠지. 반면 항산파는 사태 세 분이 돌아가시고 힘없는 제자들만 남았으니 본래라면 좌냉선에게 굴복할 수밖에 없었다네. 한데 정한 사태가 전통을 깨뜨리면서까지 자네에게 장문 자리를 넘겨준 걸세. 앞을 멀리 내다보신 정한 사태의 식견에 이 늙은이와 방장 대사 모두 감탄을 금치 못했네. 중상을 입은 몸으로 거기까지 생각하기란 참으로 쉬운 일이 아니건만, 원체 수양이 깊은 분이라 죽음을 앞두고도 머리가 맑으셨던 거지. 이제 태산파와 형산파, 화산파, 항산파가 힘을 합쳐 오악검파의 합병에 반대한다면 강호에 해를 끼칠 좌냉선의 음모는 수포로 돌아갈 것일세."

"하지만 오늘 보니 태산파와 형산파, 화산파는 이미 좌냉선에게 굴복한 것 같았습니다."

영호충의 말에 충허 도인은 고개를 끄덕였다.

"그렇지. 자네 사부인 악 선생의 행동은 나도 방장 대사도 도무지 이해할 수가 없었다네. 듣자니 복주 임가의 자제가 악 선생 문하에 들어갔다던데 사실인가?"

"사실입니다. 이름은 임평지라고 합니다."

"그 집안에 대대로 전해지는 〈벽사검보〉는 오래전부터 강호에 소문이 자자했다네. 그 검보에는 어마어마한 위력을 지닌 검법이 쓰여 있다고 하는데, 아마 자네도 들어보았을 것이야."

"예, 그렇습니다."

영호충은 복주 향양항에서 〈벽사검보〉가 적힌 가사를 찾아낸 일과 숭산파 사람이 그 검보를 훔친 일, 검보를 되찾으려고 싸우다가 기절한 일을 소상히 털어놓았다. 어두운 얼굴로 듣고 있던 충허 도인은 한참 만에야 입을 열었다.

"순리대로라면 악 선생이 그 가사를 발견하고 임 공자에게 전해주었겠군."

"저도 그렇게 생각했습니다. 하지만 그 후에 사매가 저를 찾아와 〈벽사검보〉를 내놓으라고 하더군요. 제가 혼절해 있는 동안 무슨 일이 있었는지는 아직도 수수께끼입니다. 저야 의심을 받은 것이 이번만은 아니니 그런 대접에는 익숙합니다. 하지만 벽사검법이 대체 무엇인데 다들 그렇게 찾아다니는지 알 수가 없습니다. 부디 두 분께서 알려주십시오."

방증 대사가 고개를 끄덕이며 말했다.

"영호 장문, 혹시 《규화보전葵花寶典》이라는 이름을 들어보았소?"

"예, 사부님께서 거론하신 적이 있습니다. 《규화보전》은 지고무상한 무학 비급인데, 이미 오래전에 실전되어 행방이 묘연하다고 하셨지요. 그런데 얼마 전 임 교주께 들으니 바로 그 《규화보전》을 동방불패에게 주었다고 하시더군요. 그러니 《규화보전》은 일월신교에 있을 겁니다."

방증 대사는 고개를 저었다.

"일월교가 얻은 《규화보전》은 완전하지도 않고 원본도 아니오."

"그렇군요."

영호충은 무림의 중대한 비밀에 대해서는 방증 대사나 충허 도인보다 잘 아는 사람은 없으리라 생각하며 순순히 고개를 끄덕였다. 이제 곧 방증 대사의 입을 통해 그 중대한 비밀을 듣게 될 터였다.

방증 대사는 고개를 들고 하늘 위로 느릿느릿 흘러가는 흰 구름을 바라보았다.

"수십 년 전, 화산파는 기종과 검종으로 나뉘어 동문들이 서로 무기를 들고 싸운 적이 있소. 영호 장문도 알고 있으리라 생각하오."

"예, 하지만 사부님께서는 상세하게 말씀해주시지 않았습니다."

방증 대사는 고개를 끄덕였다.

"동문들이 서로 죽고 죽인 참담한 사건이니 악 선생도 차마 입에 담기가 내키지 않았을 것이오. 화산파가 기종과 검종으로 나뉜 까닭은 바로 《규화보전》 때문이었다는 말이 있소."

그는 잠시 멈췄다가 느린 어조로 다시 말을 이었다.

"무림에 전해지는 이야기에 따르면, 《규화보전》은 이전 왕조의 황궁에서 일하던 환관이 쓴 것이라고 하오."

"환관이라니요?"

"환관이 바로 태감일세."

충허 도인의 설명에 영호충은 그제야 알았다는 듯 고개를 끄덕였다. 방증 대사의 이야기는 계속되었다.

"그 선배님은 이름도 알려지지 않았지만, 그만한 고수가 어찌하여 황궁에 들어가 태감이 되었는지는 특히 아는 사람이 없소. 허나《규화보전》에 담긴 무공은 실로 정묘하고 심오하여 300년이 지나도록 그것을 연성한 사람은 아무도 없었소. 100여 년 전에 복건성 천주에 있는 소림사의 별원에서《규화보전》을 얻었는데, 당시 그곳 방장인 홍엽 선사는 지혜롭기가 남다른 분이셨던지라 사람들은 그분이라면 필시 그 무공을 연성했으리라 생각했다오. 그러나 그 제자의 말에 따르면 홍엽 선사 역시《규화보전》의 무공을 연성하지 못했다고 하오. 홍엽 선사께서 그 비급을 오랫동안 연구하셨으나 원적하실 때까지 한 번도 그 무공을 수련하지 않았다는 소문도 있었소.”

“어쩌면 비급에 쓰여 있지 않은 비결이 있는지도 모르겠군요. 홍엽 선사와 같이 지혜로운 분마저 깨우치기는커녕 시작조차 하지 못하셨다니 말입니다.”

방증 대사는 고개를 끄덕였다.

“그럴 수도 있소. 사실 빈승과 충허 도형은 인연이 옅어《규화보전》을 접할 기회가 없었다오. 연성을 하겠다는 생각은 품지도 않지만, 도대체 얼마나 심오한 무공이 담겨 있는지 볼 수라도 있다면 얼마나 좋겠소?”

그 말에 충허 도인이 빙그레 웃었다.

“허허, 방장께서 속심俗心을 품으셨구려. 무학을 익히는 우리 같은 사람들은《규화보전》에는 눈길도 주지 않는 것이 좋소이다. 한 번 보면 침식을 잊고 밤낮 그 무공에 매달릴 것이 뻔한데, 그리되면 수양을 그르치고 헛된 번뇌만 얻을 뿐이오. 인연이 옅은 것이 우리에게는 도리어 복이라오.”

방증 대사는 너털웃음을 터뜨렸다.

"충허 도형의 말씀이 옳구려. 빈승이 여태 속심을 버리지 못하였으니 참으로 부끄럽소."

그는 영호충에게 고개를 돌리고 이야기를 계속했다.

"소문에는 그 당시 화산파의 사형제 두 명이 천주 소림사에 손님으로 와 있었는데, 어떤 기연을 얻었는지 그《규화보전》을 보게 되었다 하오."

영호충은 깜짝 놀랐다.

'그렇게 중요한 비급이니 천주 소림사에서 쉽게 보여주지는 않았겠지. 그렇다면 화산파 선배들이 훔쳐본 것이 분명하구나. 방증 대사께서는 내 입장을 고려해 훔쳐보았다는 말을 입에 담지 않으신 거야.'

방증 대사는 그의 표정에 아랑곳하지 않고 말했다.

"두 사람이 번갈아 보기에는 시간이 촉박하였기에 두 분은 비급을 나누어 읽은 뒤 화산으로 돌아가 함께 연구를 시작했소. 한데 뜻밖에도 마치 완전히 다른 비급을 읽은 것처럼 그 내용이 판이하게 다르고 흐름도 전혀 이어지지 않았소. 두 분은 서로 상대방이 잘못 이해했다고 굳게 믿었지만, 비급의 반만으로는 무공을 익힐 수가 없었소. 이 일로 말미암아 친형제나 다름없었던 사형제는 원수지간이 되었다 하오. 화산파가 기종과 검종으로 나뉜 것도 이때부터였소."

"그렇다면 그 사형제가 바로 화산파의 선배인 악소岳肅와 채자봉蔡子峯이겠군요."

영호충이 중얼거렸다.

악소는 기종의 비조이고 채자봉은 검종의 비조였다. 화산파가 둘로 나뉜 것은 무척이나 오래된 일이었다.

"그렇소. 오래지 않아 홍엽 선사께서도 악 선배와 채 선배가 사사로이 《규화보전》을 읽었다는 사실을 아시게 되었소. 그분은 《규화보전》에 실린 무공이 실로 오묘하나 그만큼 위험하다는 것을 잘 아셨다오. 특히 가장 어려운 부분이 첫 번째 관문인데, 그 관문만 통과한다면 그 뒤로는 거침없이 익힐 수 있다 하더구려. 세상 모든 무공은 순서에 따라 차곡차곡 익혀야 하고 뒤로 갈수록 어려워지기 마련이나, 이 《규화보전》의 무공은 첫 번째가 가장 어려워 조금이라도 실수가 있으면 죽거나 중상을 입을 수밖에 없다는 것이오. 하여 홍엽 선사께서는 아끼는 제자인 도원 선사를 화산으로 보내 두 선배께 《규화보전》의 무공을 익히지 말라 권하셨다오."

"처음이 가장 어렵다니 가르쳐주는 사람도 없이 홀로 연공하면 무척 위험하겠군요. 그래도 악 선배와 채 선배께서는 그 충고를 따르지 않으셨을 겁니다."

"두 분을 탓할 일도 아니오. 우리같이 무학을 배운 사람이 어찌 심오한 비급을 보고도 못 본 척할 수 있겠소? 빈승도 수십 년 동안 수행을 했으나 《규화보전》을 떠올리자 속심이 들어 충허 도형의 비웃음을 샀는데, 속세의 무인들이야 오죽하겠소? 그보다는 도원 선사의 방문으로 일이 더욱 심각해졌소."

"혹시 두 선배께서 도원 선사를 무례하게 대하셨습니까?"

방증 대사는 고개를 저었다.

"그런 것은 아니오. 도원 선사께서 화산에 오르자 악 선배와 채 선배는 공손하게 맞이하고 《규화보전》을 읽은 사실을 인정한 뒤, 그 일을 사과하면서 도원 선사께 가르침을 청하셨다오. 도원 선사가 비록 홍엽 선사의 수제자기는 하나,《규화보전》의 무공은 전수받지 못했다는 사실을 모르셨던 것이오. 홍엽 선사께서는 당신도 깨닫지 못한 무학이었기에 그 내용을 제자에게 전하지 않으셨지만, 악 선배와 채 선배는 도원 선사가 그 무공에 정통하리라 여기고 해답을 얻으려 하셨소. 도원 선사는 그 사실을 알리지 않고, 두 분이 외운 경문을 들으며 내키는 대로 대답하면서 남몰래 그 내용을 머리에 새기셨다오. 도원 선사 역시 무공이 극히 뛰어나고 지혜롭기 그지없는 분이라 처음 듣는 경문에 붙인 나름의 해석이 퍽 논리정연하여 누구도 의심하지 않았소."

"그렇다면 도리어 도원 선사께서 화산파 선배들을 통해《규화보전》의 내용을 알게 되셨군요."

"그렇소. 그러나 악 선배와 채 선배의 기억에 남은 부분은 그리 많지 않았고, 입에서 입으로 옮기는 동안 다소 곡해된 상태였다오. 도원 선사께서는 여드레 동안 화산에 머물고 떠나셨지만, 그 뒤 다시는 천주 소림사로 돌아가지 않으셨다는구려."

영호충은 의아한 듯 물었다.

"소림사로 돌아가지 않으셨다면 어디로 가셨다는 말씀입니까?"

"당시에는 누구도 그 행방을 알지 못했소. 그로부터 얼마 후 홍엽 선사께서는 도원 선사의 서신을 한 통 받으셨소. 그 서신에는 속세의 미련을 버리지 못해 환속하기로 결심했고 차마 사부를 볼 낯이 없어 찾아뵙지 못했다고 쓰여 있었다고 하오."

너무도 뜻밖의 이야기에 영호충은 고개를 갸웃했다.

방증 대사의 이야기는 계속되었다.

"그 일로 인해 소림사 별원과 화산파 사이에는 크나큰 틈이 생겼고, 화산파의 제자가《규화보전》을 읽은 사실이 세상에 알려지게 되었소. 그리고 얼마 지나지 않아 마교의 십장로가 화산을 공격하는 일이 벌어졌소."

"아!"

영호충은 사과애 뒤쪽 동굴에서 본 해골과 벽에 새겨진 검법을 떠올리고 저도 모르게 탄성을 터뜨렸다.

방증 대사가 의아한 얼굴로 물었다.

"어찌 그러시오?"

영호충은 민망해 얼굴을 붉혔다.

"제가 방증 대사의 말씀을 끊었군요. 부디 용서해주십시오."

방증 대사는 빙그레 웃으며 고개를 끄덕였다.

"영호 장문의 사부인 악 선생이 태어나시기도 전에 있었던 일이오. 마교 십장로가 화산을 공격한 것은 바로《규화보전》을 얻기 위해서였소. 화산파는 태산파, 숭산파, 항산파, 형산파와 더불어 오악검파 연맹에 들어 있으니 그때 네 문파가 소식을 듣고 구원하러 달려갔다오. 화산 기슭에서 벌어진 혈전에서 마교 십장로 중 대다수가 중상을 입었으나, 악 선배와 채 선배 역시 그 싸움에 희생되셨고 두 분이 남긴 미완성이었던《규화보전》또한 마교에게 빼앗기고 말았소. 그러니 그 싸움의 승자가 누구인지는 명확히 말하기가 어렵구려. 그 일로부터 5년이 지난 뒤, 마교는 권토중래하여 다시 찾아왔는데, 이번에는 철저하게 준비한 듯 오악검파 검법의 파해법까지 들고 나타났다오. 마교 십장로의 무공이 높기는 하나, 5년이라는 짧디짧은 시간에 정묘한 오악검파의 초식을 모두 깨뜨릴 수 있었던 것은 《규화보전》 덕분이라는 것이 빈승과 충허 도형의 생각이오. 그 두 번째 싸움에서 오악검파는 크게 꺾여 수많은 고수와 명숙들이 죽거나 다쳤고, 정묘한 초식들도 수없이 실전되었다오. 허나 마교 십장로도 살아서 화산을 떠나지는 못했으니, 그때의 싸움이 얼마나 치열하고 참혹했는지 짐작이 가고도 남는구려."

그가 잠시 말을 끊자 영호충이 말했다.

"소생은 화산 사과애의 동굴에서 마교 십장로의 유골을 본 적이 있습니다. 그 동굴 벽에는 글이 새겨져 있었습니다."

"허, 그런 일이? 그래, 무어라 쓰여 있었는가?"

충허 도인의 질문에 영호충은 선선히 대답했다.

"큰 글씨로 '오악검파는 부끄러움조차 모르는 하류배들이다. 비무로 승리를 얻지 못하니 비겁하게 흉계를 꾸며 우리를 해쳤다'라는 글귀가 쓰여 있고, 그 옆에는 작은 글씨로 오악검파를 저주하는 말들이 빼곡했습니다."

"화산파가 어찌하여 그런 비방을 남겨두었는고? 참으로 이상한 일이군."

"소생이 우연히 발견한 동굴이라 아마 다른 사람들은 알지 못할 겁니다."

그는 동굴을 발견한 경위를 설명하고, 도끼를 쓰는 사람이 예리한 도끼날로 수십 장이나 동굴을 파내려가다가 성공하기 직전에 기력이 다해 죽은 것 같다는 이야기를 해주었다. 그 어마어마한 힘도 놀랍지만 하늘의 장난 같은 사람의 운명을 생각하면 한숨이 절로 나왔다.

방증 대사가 말했다.

"도끼를 쓰는 사람이라…? 혹시 마교 십장로 중 한 사람인 대력신마大力神魔 범송일지도 모르겠구려."

"맞습니다! 동굴 벽에 '범송과 조학, 이곳에서 항산파 검법을 깨뜨리다'라는 글귀가 있었습니다."

"조학? 조학이라면 마교 십장로 중 비천신마飛天神魔라 불리던 사람이오. 혹시 뇌진당을 쓰지 않았소?"

"그것까지는 모르겠습니다. 하지만 동굴 안에 뇌진당이 떨어져 있는 것은 보았습니다. 화산파 검법을 깨뜨린 사람은 장승풍과 장승운이라는 이름이었습니다."

"역시 그랬구려. 금후신마金猴神魔 장승풍과 백원신마白猿神魔 장승운은 친형제인데, 숙동곤을 썼다고 하더구려."

"맞습니다. 동굴 벽에는 곤봉 같은 것으로 화산파 검법을 깨뜨리는 그림이 그려져 있었습니다. 기발하고 놀라운 파해법이라 탄복하지 않을 수 없었지요."

"그 이야기로 추측건대 마교의 십장로는 오악검파의 매복과 유인계에 당해 그 동굴에 갇혀서 빠져나오지 못한 모양이구려."

"소생의 생각도 같습니다. 그 때문에 승복하지 못하고 오악검파를 비방하는 글을 벽에 새기고 오악검파의 검법을 깨뜨리는 법을 남겨, 자신들이 싸움에서 진 것이 아니라 함정에 빠졌을 뿐이라는 사실을 후세에 알리려 했던 것입니다. 그 동굴 벽에 새겨진 화산파의 검법은 확실히 비할 데 없이 뛰어났지만 사부님과 사모님께서는 모르고 계신

듯했습니다. 지금껏 그 연유를 몰라 답답했는데, 방장 대사님의 말씀을 듣고 보니 이제 이해가 되는군요. 그 당시 마교와의 싸움에서 화산파의 고수분들이 목숨을 잃는 바람에 뛰어난 초식들도 함께 묻힌 까닭이지요. 다른 네 문파들도 비슷할 겁니다.”

“그렇다네.”

충허 도인이 고개를 끄덕이며 동의했다.

영호충은 다시 말했다.

“마교 십장로의 해골 옆에는 그들의 무기 외에 검도 많이 떨어져 있었습니다. 오악검파의 무기들이지요.”

방증 대사는 한참 동안 생각하다가 입을 열었다.

“알 수 없는 일이구려. 십장로가 오악검파 제자들에게서 빼앗은 것일 수도 있소. 영호 장문은 그곳에서 본 것들을 아무에게도 말하지 않았소?”

“그 동굴에서 이상한 광경을 발견한 뒤로 변고가 잇달아 일어나 사부님과 사모님께 말씀드릴 기회가 없었습니다. 그리고 풍 태사숙께서는 이미 알고 계셨습니다.”

방증 대사는 고개를 끄덕였다.

“사제인 방생이 지난날 풍 노선배와 몇 차례 인연이 닿아 은혜를 입은 적이 있소. 사제는 영호 장문의 검법이 풍 노선배의 진전을 이어받은 것이 분명하다고 했소. 풍 노선배께서 화산파의 기종과 검종 다툼이 끝난 뒤로 세상을 뜨셨다 생각했으나 아직 건강히 살아 계시다니 참으로 기쁘오.”

“소문에는 화산파에서 내분이 일어났을 때 풍 노선배께서는 혼인을 치르기 위해 강남에 계셨다고 했네. 소식을 듣고 화산으로 달려가셨을 때는 검종 고수들이 이미 대부분 꺾인 후였다는군. 풍 노선배께서 참여하셨다면 그분의 검법으로 보아 기종이 쉽사리 이기지는 못했을 테지. 나중에야 아셨지만, 강남에서의 혼인도 속임수였다네. 장인이라는 사람이 화산파 기종의 부탁을 받고 기녀를 처녀로 꾸민 뒤 풍 노선배를 강남에 묶어두었다지. 풍 노선배께서 다시 강남의 처가를 찾아갔을 때 장인과 가짜 가족들은 어디론가 달아나고 없었다는군. 강호에는 풍 노선배께서 분노와 수치심을 견디지 못해 자결했다는 소문이 돌았다네."

방증 대사가 그만하라는 듯이 눈짓을 했지만, 충허 도인은 짐짓 모른 척하며 말을 이었다.

"영호 장문, 빈도는 풍 노선배를 깊이 존경한다네. 그 어르신의 옛일을 들춰내 비웃고자 하는 것이 아니라, 자네에게 경각심을 주기 위해 이 말을 꺼냈을 뿐일세. 영웅은 미인에게 약하다는 말이 있네. 대장부가 일시적으로 간계에 빠져 길을 잘못 들 수는 있으나 함정에 빠지고서도 돌아설 줄 모르고 더더욱 깊이 들어가서는 안 되네."

영호충은 충허 도인의 비유가 옳지 않다 여기면서도 그 호의를 짐작하고 구태여 반박하지 않았다.

'풍 태사숙님께서 사과애 부근에 은거하신 까닭은 지난 잘못을 뉘우치기 위해서였구나. 무림동도를 볼 낯이 없어서 절대 행적을 발설하지 말라 당부하시고, 다시는 화산파 사람들을 보지 않겠다 선언하신 거야. 그리 참혹한 일을 겪으시고 수십 년 동안 외롭게 지내시다니…. 일이 끝나면 사과애를 찾아 말동무라도 해드려야겠어. 이제 화산파 제

자도 아니니 그분을 찾아뵌다고 해도 말씀을 어기는 일은 아니지.'

한참 이야기를 나누는 동안 해가 서서히 기울고 하늘 한쪽이 불그스름하게 물들어갔다.

방증 대사가 하늘을 바라보며 말했다.

"화산파의 악 선배와 채 선배는 《규화보전》을 베껴쓴 지 얼마 되지 않아 마교 십장로의 손에 목숨을 잃었기에, 화산파가 그 무공을 채 익히기도 전에 《규화보전》은 마교의 손으로 들어갔소. 이 때문에 화산파에 《규화보전》의 무공을 아는 사람은 없게 되었지. 허나 생전에 두 선배는 경문을 서로 다르게 이해하고 문하 제자들에게 각각 기와 검을 중요시해야 한다는 강론을 펼쳤던 터라, 화산파가 기종과 검종으로 나뉘어 서로 죽고 죽이는 참상을 벌이게 된 것은 모두 그 일에서 비롯된 것이라오. 그렇게 생각하면 《규화보전》은 결코 상서로운 물건이 아니오."

충허 도인도 고개를 끄덕였다.

"화려한 빛깔은 눈을 멀게 하고, 화려한 소리는 귀를 멀게 하는 것이 세상의 이치가 아니겠나."

"비록 마교가 화산파에 있던 《규화보전》을 얻었으나 결코 이득을 보았다 할 수는 없소. 마교의 십장로가 화산에서 비명에 갔으니 어찌 이득일 수 있겠소? 영호 장문의 말대로 임 교주가 그 《규화보전》을 동방불패에게 주었다면, 두 사람의 다툼 또한 그것이 원인이 되었을지 모르오. 본시 그 《규화보전》은 완벽하지 않았으니 그 속에 실린 내용도 임원도가 깨우친 것만은 못했을 것이오."

"임원도가 누굽니까?"

영호충이 묻자 방증 대사는 차분하게 대답했다.

"임원도는 바로 영호 장문의 사제였던 임평지의 증조부요. 복위표국을 창건하고 72로 벽사검법으로 호걸들의 간담을 서늘하게 만들었던 인물이 바로 그 사람이라오."

"그 선배님께서 《규화보전》을 읽으셨던 겁니까?"

"그가 바로 홍엽 선사의 제자인 도원 선사라오!"

영호충은 흠칫 놀라 실성한 듯이 외쳤다.

"아니, 그런…!"

"출가 전 도원 선사의 성이 임씨였기에 환속한 후 본래 성으로 돌아간 것이오."

"72로 벽사검법으로 강호에 명성을 날리셨다던 임 선배께서 도원 선사였다니, 정말 뜻밖입니다."

형산성 밖에서 죽음을 맞았던 임진남의 모습이 새삼스레 머릿속에 떠올랐다.

방증 대사가 말을 이었다.

"'도원'이라는 법명을 보면 알 수 있소. 그 선배께서는 환속하고 본래 성을 되찾은 뒤 법명과 발음이 같은 단어를 뒤집어 '원도'라는 이름을 지으셨소. 그리고 부인을 얻어 아들을 낳고, 표국을 세워 강호에서 무시 못할 기반을 세우셨다오. 올바른 분이라 비록 표국 일을 하시면서도 의를 행하고 어려운 사람을 도우셨으니, 불문에 있지는 않았으나 불문의 일을 하신 것이오. 마음이 착하고 그 속에 부처를 품고 있다면, 출가하여 승려가 되건 속세에 있건 아무런 차이가 없다오. 홍엽 선사 역시 오래지 않아 임 표두가 아끼던 제자라는 것을 아셨으나 전혀 왕래를 하지 않으셨다 하오."

"그 임 선배께서는 화산파의 선배들을 통해 《규화보전》의 정수를 들으셨다고 하셨습니다. 그렇다면 〈벽사검보〉는 또 무엇입니까? 어째서 임가에 전해지는 벽사검법이 예전만큼 뛰어나지 않은 겁니까?"

"벽사검법은 완벽하지 않은 《규화보전》에서 얻은 깨달음으로 만들어진 무공이오. 화산파의 《규화보전》과 임가의 〈벽사검보〉는 결국 똑같은 《규화보전》의 일부분에 그 뿌리를 두고 있소."

방증 대사는 그렇게 말하며 충허 도인을 돌아보았다.

"충허 도형, 도형은 검법의 대가니 빈승보다 잘 알고 있을 것이오. 어찌 된 일인지 영호 장문에게 상세히 설명해주시구려."

충허 도인이 미소를 지으며 말했다.

"방장 대사와 내가 오랜 지기가 아니었다면, 이 늙은이를 비웃는 말이라 생각했을 거요. 허허허, 당금 무림에서 검술로 논하자면 풍 노선배를 제외하고 그 누가 여기 이 영호 소협을 따를 수 있겠소이까?"

"영호 장문의 검술이 훌륭하기는 하나 검도에 이르는 학문에서는 아직 도형에게 한참 모자라오. 다 같은 형제니 못할 말이 어디 있겠소? 너무 겸양하지 마시오."

충허 도인은 한숨을 쉬었다.

"솔직히 이 늙은이는 드넓은 바다와도 같은 검도 가운데 겨우 쌀알만큼 작은 부분만 알고 있을 뿐이오. 훗날 인연이 닿아 풍 노선배를 뵐 수 있다면 풀지 못한 의문들을 여쭈어보고 싶을 따름이오."

그는 그렇게 말하며 영호충을 돌아보았다.

"지금 전해지고 있는 임가의 벽사검법은 평범하디평범한 검법이나,

지난날 임원도 선배께서 그 검법으로 강호를 진동시킨 것은 결코 거짓이 아닐세. 당시 청성파 장문인 장청자는 삼협三峽 서쪽에서는 검으로 당할 자가 없다고 불리던 검법의 대가였으나 임 선배의 검에 패했지. 오늘날 청성파의 검법이 복위표국의 벽사검법보다 훨씬 강해진 것은 다른 까닭이 있어서라네. 이 늙은이는 오랫동안 그 연유를 곰곰이 생각해보았네. 아마도 검법을 익힌 사람이라면 누구든 그런 생각을 해보았겠지."

"임 사제의 집안이 무너지고 부모님이 참혹하게 돌아가셨기 때문입니까?"

"바로 그렇다네. 벽사검법의 위명이 그토록 드높은데도 불구하고 임진남의 무공은 보잘것없었으니, 임진남이 어리석기 짝이 없어 집안의 무공을 제대로 익히지 못했으리라는 추측은 당연한 결과지. 한발 더 나아가 그 검보를 손에 넣는다면 자신이야말로 임원도가 혁혁한 명성을 날렸던 그 검법을 연성하리라 생각하는 것도 무리는 아니야. 생각해보시게. 근 100여 년 동안 검법으로 이름을 날린 사람이 임원도 한 사람만은 아닐세. 소림이나 무당, 아미, 곤륜, 점창, 청성, 그리고 오악검파에도 뛰어난 검법이 전해지고 있지만, 그 누구도 감히 그 문파에 손댈 생각을 하지 못했던 것일세. 허나 임진남같이 평범한 사람이 〈벽사검보〉를 가지고 있는 것은, 마치 세 살 먹은 계집아이가 황금을 들고 거리를 지나는 것과 다름이 없으니 누군들 욕심을 내지 않겠는가?"

"임원도 선배께서 홍엽 선사의 수제자였다면 천주 소림사에서 이미 놀라운 무공을 익히시지 않았겠습니까? 그러니 벽사검법은 소림파의 검법을 변화시킨 것이지, 그분이 새로 만들어낸 검법이 아닐 수도 있지 않습니까?"

"그렇게 생각하는 사람도 많았다네. 허나 벽사검법과 소림파의 무공은 판이하게 달라서 검을 익힌 사람이라면 한눈에 알 수 있지. 허허허, 그 검보를 노리는 사람은 많았으나 종국에는 가장 낯이 두꺼운 청성파의 난쟁이가 제일 먼저 움직였네. 허나 그 난쟁이가 낯은 두꺼울망정 생각이 모자랐기 때문에 자네 사부인 악 선생이 손가락 하나 까딱 않고 어부지리를 얻게 되었다네."

영호충은 안색이 싹 변해 떨리는 목소리로 물었다.

"도장, 그… 그게 무슨 말씀이신지…?"

충허 도인은 보일 듯 말 듯 미소를 지었다.

"임평지가 화산파 문하에 들었으니 〈벽사검보〉는 자연히 따라가지 않았겠는가? 더욱이 악 선생은 무남독녀 외동딸을 임평지와 짝지어주었다고 하던데, 참으로 놀라운 심모원려深謀遠慮일세."

그가 '악 선생이 손가락 하나 까딱 않고 어부지리를 얻었다'며 사부를 모욕하자 잔뜩 화가 난 영호충이지만, '심모원려'라는 단어가 나오자 별안간 사부가 둘째 사제인 노덕낙을 변장시켜 소사매와 함께 복주성 외곽에 술집을 차리게 했던 일이 떠올랐다. 당시에는 사부가 무엇 때문에 그런 명을 내렸는지 이해하지 못했지만, 지금 생각해보니 복위표국을 노린 것이 분명했다. 임진남은 별 볼일 없는 사람이었으니 사부가 관심을 가진 것이 〈벽사검보〉가 아니면 무엇이었겠는가? 사부는 여창해나 목고봉같이 강제로 빼앗으려 하는 대신 교묘한 책략으로 그 검보를 손에 넣은 것이었다.

'소사매는 시집도 안 간 처녀인데 사부님은 어째서 그런 소사매를 대놓고 술집에서 일하게 하셨을까?'

가슴 한구석에서 서늘한 한기가 모락모락 피어오르기 시작했다.

'역시 사부님은 소사매를 임 사제와 맺어주려고 하신 거야! 두 사람이 만나기 전부터 이미 정해진 일이었어.'

방중 대사와 충허 도인은 몹시 흔들리는 그의 눈빛과 흉하게 일그러지는 얼굴을 보자 존경하는 사부가 모욕을 받아 마음이 몹시 상했다는 것을 알 수 있었다. 방중 대사가 부드럽게 말했다.

"그 문제는 빈승과 충허 도형이 이런저런 한담을 나누다 아무렇게나 추측한 것에 불과하오. 악 선생은 성품이 반듯하고 무림에서 군자라 불리는 분인데, 우리가 소인배 같은 마음으로 함부로 그분의 속을 가늠했구려."

그러나 충허 도인은 빙그레 웃기만 했다.

영호충은 혼란에 빠졌다. 충허 도인의 말이 사실이 아니기를 바랐지만, 내심 깊은 곳에서는 그가 구구절절 사실만을 말하고 있다는 것을 느낄 수 있었다.

'그래, 임원도 선배는 한때 출가한 승려였으니 향양항 옛집에 불당을 마련하고 가사에 검보를 써놓았을 거야. 화산파의 악소, 채자봉 선배들께《규화보전》의 내용을 들었을 때는 아직 승려였으니 한 글자 한 글자 머릿속에 새겼다가 저녁에 혼자 남았을 때 입고 있던 가사에 옮겨 적었겠지.'

그가 이렇게 생각하는 동안 충허 도인이 입을 열었다.

"이제《규화보전》에 기록된 오묘한 무공은 마교의 손에 일부가, 그

319

리고 악 선생의 손에 일부가 남아 있네. 임평지가 화산파 제자가 되었으니, 좌냉선은 두 가지 목적을 위해 수단과 방법을 가리지 않고 화산파를 괴롭힐 걸세. 첫 번째 목적은 악 선생을 죽여 화산파를 오악파에 흡수하는 것이고, 두 번째 목적은 〈벽사검보〉를 빼앗는 것이지."

영호충은 연신 고개를 끄덕였다.

"도장의 추측이 옳습니다. 그런데 《규화보전》의 원본이 천주 소림사에 있다는 사실을 좌냉선이 알고 있습니까? 그 사실을 알면 필시 천주 소림사에 손을 쓰려 할 겁니다."

방증 대사가 미소를 지었다.

"천주 소림사에 있던 《규화보전》은 일찍이 없애버렸으니 걱정하지 않아도 되오."

영호충은 깜짝 놀랐다.

"없애버렸다니요?"

"홍엽 선사께서 원적하시기 전에 제자들을 불러모아 《규화보전》에 얽힌 이야기를 들려주신 뒤 화로에 던져넣으셨소. 그리고 이렇게 말씀하셨다오. '이 무학 비급은 오묘하고도 훌륭하나 그 속에는 문제가 되는 부분이 많으니라. 지난날 이 비급을 편찬한 사람 또한 그 오묘한 점을 완전히 깨우치지 못해 수많은 난제를 남겼고, 특히 첫 번째 관문을 통과하기가 몹시 어렵구나. 단순히 어려운 것이 아니라 숫제 넘을 수 없는 관문이기도 하니, 후세에 전해도 결코 무림의 복이 되지 않을 것이니라' 하고 말이오. 홍엽 선사께서는 숭산 본사의 방장께도 유서를 남겨 그 사실을 알리셨소."

영호충은 깊이 탄식했다.

"홍엽 선사께서는 참으로 비범한 눈을 지니셨군요. 이 세상에《규화보전》이 없었더라면 수많은 변고도 발생하지 않았을 겁니다."

말은 하지 않았지만 그는 속으로 몹시 안타까워했다.

'《규화보전》이 없었다면 벽사검법도 없었을 테고, 사부님께서 소사매를 임 사제와 짝지어주시려 하지도 않으셨을 거야. 임 사제도 화산파에 들어와 소사매를 만나지 않았을 것이고….'

하지만 곧 낭패감이 들었다.

'하지만 내가 방문좌도와 친구가 되어 사부님 눈 밖에 난 것은《규화보전》과 아무 상관도 없는 일이지. 남아대장부라면 자기가 뿌린 씨앗을 제 손으로 거둬야지, 남을 탓해 무엇 하겠어?'

충허 도인이 말했다.

"다음 달 보름이면 좌냉선이 오악검파를 소집해 오악파의 장문인을 선출한다고 했네. 영호 장문은 어떻게 생각하시는가?"

영호충은 빙그레 웃었다.

"선출이랄 것도 없겠지요. 필시 좌냉선이 그 자리에 오를 겁니다."

"반대하지 않으시겠나?"

"숭산파와 태산파, 형산파, 화산파가 이미 상의를 끝냈다면 항산파 홀로 반대해봤자 무슨 힘이 있겠습니까? 항산파는 좌냉선의 명을 따르지 않겠다고 선언했으니 숭산의 모임에도 가지 않을 작정입니다."

충허 도인은 고개를 저었다.

"아니 되네! 태산파와 형산파, 화산파는 숭산파가 두려워 공공연히 반대를 표하지 못할 뿐, 정말로 합병에 찬성했을 리가 없네."

방증 대사도 거들었다.

"오악검파는 서로 이와 입술 같은 사이니 오악검파의 일은 결코 항산파와 무관하지 않소. 빈승이 생각하기에는 영호 장문이 반드시 숭산의 모임에 참석해 오악검파의 합병에 대해 논리정연하게 반대해야 하오. 숭산파는 아직 다른 문파들을 완전히 설득한 게 아닐 것이오. 만에 하나 합병하기로 결론이 나더라도 그 장문인은 무공을 겨뤄 선발하게 될 것인즉, 영호 장문이 전력을 다하면 검으로 좌냉선을 꺾어 최소한 그자에게서 장문 자리를 빼앗을 수는 있을 것이오."

영호충은 기겁해 손을 내저었다.

"제… 제가 어떻게…? 저는 절대 못합니다!"

충허 도인이 권했다.

"방장 대사와 이 늙은이는 오랫동안 논의를 했다네. 자네는 솔직한 성품이지만, 마음 가는 대로 행동하고 거리낌이 없어 마교나 방문좌도들과 교분을 맺었으니, 솔직히 말해서 자네가 오악파의 장문인이 되면 기강이 해이해져 제자들도 함부로 행동하게 될 것인즉, 결코 무림의 복이라고는 할 수 없겠지…."

영호충은 웃음을 터뜨렸다.

"도장의 말씀대로입니다. 소생이 다른 사람을 단속하다니 가당키나 하겠습니까? 기둥이 기울면 대들보가 기우는 것은 당연한 이치지요. 이 영호충은 경망하고 술만 탐하는 방탕아일 뿐입니다."

"경망스러운 성품은 큰 잘못이 아니고, 술을 좋아하는 취미는 남에게 피해를 주지 않네. 허나 야심만만한 마음은 수많은 사람을 해친다네. 자네가 오악파의 장문인이 되면 첫째로 오악검파의 선배 명숙이나 문인들을 억압하지 않을 것이고, 둘째로 마교를 멸하겠다는 마음으로 싸움을 일으키거나 소림파와 무당파를 병탄하려 하지 않을 것이며, 셋째로 아미나 곤륜 같은 문파를 흡수하려 하지도 않을 걸세."

방증 대사가 미소를 지으며 덧붙였다.

"충허 도형과 빈승이 이렇게 결심한 것은 무림동도를 위해서라 말은 했으나 사실 태반은 사사로운 이득 때문이라오."

충허 도인도 거들었다.

"솔직하게 털어놓고 말하겠네. 이 늙은이와 나이 드신 방장께서 이곳 항산에 온 까닭은 자네를 격려함과 동시에 수만에 이르는 정파와 사파 무림동도를 위해 부탁하기 위해서일세."

방증 대사가 합장을 했다.

"아미타불! 좌냉선이 오악파의 장문인이 되면 언제까지 살겁이 벌어질지 모르오."

영호충은 무거운 목소리로 대답했다.

"두 분이 이렇게까지 분부하시는데 어찌 거절할 수 있겠습니까? 하지만 부디 다시 한번 생각해보십시오. 소생은 경험이 없고 재능도 부족하여, 부득이하게 항산파를 맡았으나 이것만으로도 민망하기 짝이 없습니다. 그런데 오악파의 장문인까지 되려 한다면 천하 영웅들이 배꼽을 잡고 웃을 일이지요. 제가 비록 모자라나 그 정도 헤아림은 할 수 있습니다. 그러니 결코 오악파의 장문인이 되겠다고 나설 수는 없습니다. 대신 3월 보름에 반드시 숭산으로 가서 한바탕 소란을 피우고 좌냉선이 오악파 장문인이 되지 못하도록 방해하겠다고 약속드리겠습니다. 대사를 완수할 수는 없어도 그 자리를 엉망으로 만들 수는 있을 겁니다."

"그것을 어찌 소란이라 하시는가? 다만 어쩔 수 없이 자네가 장문인이 되도록 상황이 흘러간다면 결코 거절해서는 아니 되네."

영호충은 고개를 저었지만 충허 도인은 끈질기게 권했다.

"자네가 좌냉선과 싸우지 않으면 필시 그자가 장문인이 될 것일세. 오악검파가 하나가 되어 좌냉선의 손에 그 권력이 쥐어지면, 제일 먼저 자네부터 없애려 할 것이야."

영호충은 한참 동안 말이 없다가 이윽고 한숨을 푹 쉬며 대답했다.

"그래도 어쩌겠습니까?"

"자네야 달아나면 그뿐이겠지만, 항산파 제자들은 어찌할 셈이신가? 정한 사태가 자네에게 수많은 제자들을 부탁했는데 그들이 좌냉선에게 짓밟히는 것을 두고 볼 수 있겠는가?"

영호충은 난간을 꽉 움켜잡으며 외쳤다.

"그럴 수는 없습니다!"

"그때가 되면 좌냉선은 자네 사부와 사모, 사제, 사매들도 용납하지 않을 것일세. 그들이 수년에 걸쳐 차례차례 화를 입어 쓰러지는 것을 견딜 수 있겠나?"

그 말을 듣자 영호충은 가슴이 철렁하고 온몸에 소름이 끼쳤다. 그는 두어 걸음 물러나며 방증 대사와 충허 도인에게 깊이 읍했다.

"두 분의 가르침에 감사드립니다. 그 말씀이 아니었다면 이 영호충은 힘써보지도 않고 많은 사람들에게 피해를 입혔을 겁니다."

방증 대사와 충허 도인도 예를 갖춰 답례했다. 방증 대사가 말했다.

"3월 보름에 빈승과 충허 도형도 본 파 제자들을 이끌고 숭산으로 가서 영호 장문을 돕겠소이다."

충허 도인도 동의했다.

"숭산파가 불측한 행동을 한다면 소림과 우리 무당이 나서서 막아 줌세."

영호충은 몹시 기뻐했다.

"두 분께서 그 자리에 계신다면 좌냉선도 함부로 하지 못할 겁니다."

이렇게 해서 세 사람의 논의는 끝났다. 그들 앞에는 힘들고 험한 여정이 펼쳐져 있었지만 근심이 풀린 덕분인지 마음은 편안했다.

충허 도인이 웃으며 말했다

"이제 돌아가보아야겠네. 신임 장문인께서 늙은이들과 어디로 사라지셨나 하고 다들 걱정하고 있을 것이야."

세 사람은 돌아서서 현수교를 내려갔으나, 예닐곱 걸음 옮기다 말고 동시에 우뚝 멈춰섰다. 영호충이 소리 높여 외쳤다.

"누구냐?"

현수교 반대편에서 여러 사람의 숨소리가 들리고 현공사 왼쪽 끝에 자리한 영귀각靈龜閣에서도 사람의 기척이 느껴졌다.

그의 외침이 끝나기 무섭게 영귀각의 창문이 우당탕 소리를 내며 떨어져나가고 창가에 기다란 활 10여 개가 삐죽이 튀어나와 세 사람을 겨눴다. 동시에 뒤쪽에 있는 신사각神蛇閣 창문도 부서지며 수십 명이 활시위를 잔뜩 메긴 채 모습을 드러냈다.

방증 대사와 충허 도인, 그리고 영호충은 무림의 절정 고수였다. 수십 개의 화살이 그들을 조준하고 있지만 어디서나 볼 수 있는 평범한 화살이었고, 그 궁수들이 아무리 무공이 뛰어나다 한들 세 사람을 어찌해볼 힘은 없었다. 하지만 문제는 그들이 천길만길 낭떠러지 위에 매달린 현수교에 있어 아래로 뛰어내릴 수가 없는 데다, 너비가 몹시 좁아 쉽사리 돌아설 수도 없다는 데 있었다. 설상가상으로 세 사람 모두 무기를 가져오지 않았으니, 창졸간에 벌어진 사태에 가슴이 철렁 내려앉았다.

이곳 주인인 영호충은 재빨리 몸을 날려 방증 대사와 충허 도인 앞을 가로막으며 외쳤다.

"대담한 놈들, 감히 이곳에 나타나다니!"

"쏘아라!"

누군가 큰 소리로 외치자 창문에서 시꺼먼 물줄기 10여 개가 쏘아져나왔다. 이제 보니 적들이 든 활은 화살을 쏘는 것이 아니라 물을 쏘아내는 장치였던 것이다. 하늘 위로 비스듬히 쏘아올린 새까만 물줄기는 지는 햇살을 받아 몹시 괴상한 느낌을 자아냈다.

곧 이상한 냄새가 코를 찔렀다. 시체 썩는 냄새나 죽은 물고기에서 나는 비린내 같은 냄새에 절로 얼굴이 찡그려지고 구역질이 났다. 하늘로 올라갔던 검은 물줄기는 곧 빗줄기처럼 후두둑 떨어져내리며 현수교의 난간을 적셨는데, 나무를 깎아 만든 난간은 그 물이 닿기 무섭게 피시식 소리를 내며 썩어들어가 구멍이 숭숭 뚫렸다.

견문이 넓은 방증 대사와 충허 도인조차 이렇게 강력한 독은 여태 본 적이 없었다. 화살이나 암기라면 무기가 없더라도 소매를 휘둘러 막을 수 있지만, 닿자마자 물체를 녹여버리는 독은 단 한 방울도 손에 묻힐 수가 없었다. 약속이나 한 듯 서로를 쳐다본 두 사람은 상대방의 얼굴과 눈동자에서 놀라움과 두려움을 읽었다. 소림파와 무당파 장문인을 두렵게 만드는 것은 세상에서 가장 어려운 일 중 하나였지만, 지금 그 일이 벌어지고 있는 것이었다.

독수를 쏘아낸 창문 안쪽에서 누군가 낭랑하게 외쳤다.

"이번에는 하늘에 쏘았지만, 세 분의 몸에 쏘면 어찌 될 것 같소?"

위로 추켜올려졌던 열일고여덟 개의 화살이 천천히 내려와 똑바로 세 사람을 겨눴다. 세 사람이 서 있는 10여 장 길이의 현수교 왼쪽 끝은 영귀각에, 오른쪽 끝은 신사각에 맞닿아 있었다. 누각 두 곳에 독수를 매긴 활이 매복해 있으니, 양쪽에서 일제히 쏘면 제아무리 무공이 높은 사람이라도 날개가 돋지 않는 이상 달아날 방도가 없었다.

영호충은 그 사람의 목소리를 알아듣고 외쳤다.

"동방 교주께서 선물을 보내셨다더니 참으로 훌륭한 선물이구려!"

영귀각에 숨어서 외친 사람은 바로 동방불패가 축하 사절로 보낸 황면존자 가포였다.

가포는 소리 내 껄껄 웃었다.

"이 몸의 목소리를 단번에 알아듣다니 영호 공자는 역시 총명하시오. 이 몸이 비열한 계략을 꾸며 우위를 점했소만, 본디 총명한 사람은 뻔히 보이는 손해를 입지 않는다 했소. 그러니 잠시 패배를 인정하는 것이 어떻겠소?"

스스로 '비열한 계략'이라는 말을 꺼내 영호충의 질책을 사전에 차단한 것이었다. 영호충은 단전에 기를 모아 큰 소리로 웃음을 터뜨렸다. 산골짜기에 시원한 웃음소리가 쩌렁쩌렁 울렸다.

"이 몸은 소림, 무당의 선배들과 함께 이곳에서 담소를 나누던 차였소. 오늘 항산을 방문한 분들은 모두 가까운 친구들이라 방비를 게을

리하다가 그만 가 형의 수작에 당했구려. 이런 상황에서는 패배를 인정하는 수밖에 달리 도리가 있겠소?"

"다행이오. 동방 교주께서는 항상 무림의 선배들을 존경하고 젊은 영웅들을 중요하게 생각하셨소. 하물며 임 대소저께서는 어려서부터 동방 교주의 보살핌을 받고 자라 친조카나 마찬가지로 가까우시니, 그분의 체면을 봐서라도 영호 공자에게 무례를 저지르지는 않겠소."

영호충은 말없이 콧방귀를 뀌었다.

방증 대사와 충허 도인은 영호충과 가포가 이야기를 나누는 동안 뚫고 들어갈 틈이 있는지 주위를 꼼꼼히 살폈다. 하지만 앞뒤로 빽빽하게 늘어선 활들은 쉽게 빈틈을 보이지 않았다. 두 사람이 동시에 출수하면 10여 개쯤은 손쉽게 망가뜨릴 수 있겠지만, 단 하나라도 남겼다가는 독수를 맞아 목숨을 보장할 수 없었다. 두 사람은 말없이 눈짓으로 경거망동하지 말자는 뜻을 주고받았다.

가포의 말이 이어졌다.

"영호 공자께서 패배를 인정하여 서로 의를 상하지 않게 되었으니 꼭 이 몸이 바라던 대로구려. 나와 상관 형제가 흑목애를 떠나올 때 동방 교주께서는 공자와 소림 방장, 무당 장문인을 흑목애에 있는 본교 총단으로 초청하여 며칠 머무시게 하라 명하셨소. 다행스럽게도 지금 세 분이 한자리에 계시니 이대로 출발하시는 것이 어떻겠소?"

영호충은 다시금 콧방귀를 뀌었다. 그와 방증 대사, 충허 도인이 이 현수교에서 벗어나기만 하면 가포와 상관운 및 그 수하들을 제압하는 것은 그야말로 식은 죽 먹기였다. 그런데 무엇 때문에 순순히 그들을 따라가겠는가?

가포도 그 결과를 예상했던지 큰 소리로 덧붙였다.

"허나 세 분의 무공이 워낙 높으니 도중에 마음이 바뀌기라도 한다면 우리가 무슨 수로 막아서겠소? 해서 무례하나마 세 분의 오른팔을 빌릴까 하오."

"오른팔을 빌리다니?"

"말 그대로요. 세 분 스스로 오른팔을 자른다면 우리도 안심하고 동행할 수 있소이다."

영호충은 껄껄 웃었다.

"잘 알겠소. 동방불패가 우리 세 사람의 무공이 두려운 나머지 이런 짓을 꾸몄구려. 우리가 오른팔을 잘라 무기를 들지 못하게 되어야만 베개를 높이 하고 마음 편히 쉴 수 있는 모양이오?"

가포가 개의치 않고 대답했다.

"글쎄, 마음 편히 쉴 수 있을지는 모르겠소. 허나 영호 공자라는 강력한 조력자가 사라지면 임아행의 세력이 훨씬 꺾이지 않겠소?"

"말 한번 솔직하게 하시는구려."

"이 몸은 본디 알아주는 소인배로소이다."

가포가 목청을 높여 외쳤다.

"방장 대사, 장문 도장. 기꺼이 한쪽 팔을 자르시겠소, 아니면 차라리 이곳에서 목숨을 버리시겠소?"

"좋다! 동방불패가 내 팔을 빌리겠다니 아낌없이 주마. 허나 내 손에 무기가 없으니 자르고 싶어도 방법이 없구나."

그 말이 끝나기 무섭게 창문에서 한광이 번뜩이더니 강권 鋼圈 하나가 획 날아왔다. 직경이 한 자 정도에 가장자리가 날카롭고, 가운데를 가로지르는 손잡이가 달려 있었다. 방문좌도들이 쓰는 외문병기로, 보통 둘로 짝을 지어 쓰는 건곤권乾坤圈 같은 것이었다.

제일 앞에 서 있던 영호충은 그 무기를 받아들고는 저도 모르게 쓴웃음을 지었다. 가포는 꽤 심계가 깊은 사람 같았다. 그가 던져준 이 강권은 가장자리는 칼처럼 예리해서 팔을 자르기는 쉬웠지만, 길이가 너무 짧아 아무리 빨리 휘둘러도 날아드는 독수를 막을 수는 없었던 것이다.

가포가 호통을 쳤다.

"약속을 했으니 어서 자르시오! 공연히 구원군이 올 때까지 시간 끌 필요 없소. 셋을 셀 때까지 자르지 않으면 독수를 쏘겠소. 하나!"

영호충이 나지막하게 속삭였다.

"제가 먼저 돌격할 테니 뒤를 쫓아오십시오!"

"아니 되네!"

놀란 충허 도인이 만류하는 사이 가포가 다시 외쳤다.

"둘!"

영호충은 왼손으로 강권을 높이 들며 생각했다.

'방증 대사와 충허 도장은 항산의 손님이시다. 무슨 일이 있어도 두 분을 다치게 할 수는 없어. 저자가 셋을 외치는 순간 강권을 내던지고 옷자락을 휘두르면 독수가 내게 쏟아질 테니 그사이 두 분은 빠져나갈 수 있을 거야.'

가포가 높이 외쳤다.

"모두들 준비해라! 곧 셋을 세겠다!"

그때 영귀각 지붕에서 맑디맑은 여자의 목소리가 들려왔다.

"잠깐!"

그와 동시에 구름 같은 연둣빛 옷자락이 팔락팔락 아래로 떨어져 영호충의 앞을 가로막았다. 다름 아닌 영영이었다.

"영영! 물러서시오!"

영호충이 황급히 외쳤지만 영영은 왼손을 등 뒤로 돌려 살며시 흔들며 외쳤다.

"가 숙부, 강호에 이름깨나 날린 황면존자께서 어찌 이런 비겁한 짓을 하시나요?"

"그… 그게… 대소저, 공연히 끼어들지 마시고 제발 물러나십시오."

"이곳에 온 연유가 무엇이던가요? 동방 숙부께서는 당신과 상관 숙부께 선물을 보내라고 하셨습니다. 그런데 어째서 숭산파 좌냉선과 결탁해 항산파 장문인을 해치려 하시지요?"

"좌냉선과 결탁하다니요? 저는 동방 교주의 밀명을 받아 영호충을 총단으로 데려가려는 것뿐입니다."

"허튼 변명은 그만두세요. 교주께서 주신 흑목령이 여기 있습니다. 교주의 명이니 모두들 잘 들으시오! '가포는 불측한 음모를 꾸몄으니 즉시 체포하여 격살하라. 가포를 죽인 자에게는 무거운 상을 내릴 것이다!'"

영영이 그렇게 외치며 높이 쳐든 오른손에는 과연 새까만 흑목령이 쥐어져 있었다.

가포는 대로하여 버럭 소리를 질렀다.

"활을 쏘아라!"

"동방 교주께서 나를 죽이라고 하셨나요?"

영영이 날카롭게 외치자 가포는 당황했다.

"대소저께서는 교주의 명을 어기셨으니…."

영영은 머뭇거리는 그의 말을 끊고 차갑게 외쳤다.

"상관 숙부, 반역자 가포를 붙잡으면 청룡당青龍堂 장로로 승진하실 수 있습니다."

상관운은 가포보다 교단에 들어온 지 오래되었고 무공도 높다고 자부했지만, 청룡당 장로인 가포에 비해 백호당白虎堂 장로라는 다소 낮은 자리에 있었기 때문에 평소에 불만을 품고 있었다. 영영의 말이 그런 그의 마음을 흔들어놓은 것은 당연했다.

영영은 전대 교주인 임아행의 딸이고, 최근에는 임아행이 다시 강호에 나타나 교주 자리를 되찾으려 한다는 소문이 있었다. 게다가 동방불패 역시 줄곧 그녀를 존중하고 알뜰살뜰하게 보살펴주었다. 비록 나중에는 상황이 달라져 서로 대립할 수도 있겠지만, 이 자리에서 부하들을 시켜 영영에게 독수를 쏘는 것은 지금까지의 상황으로는 결단코 실행에 옮길 수 없는 일이었다.

가포가 펄펄 뛰며 다시 외쳤다.

"어서 쏘아라!"

그러나 그의 부하들은 지금껏 영영을 신처럼 떠받들어온 데다 그녀가 흑목령까지 들고 있는 것을 보자 감히 공격할 엄두조차 내지 못했다.

양쪽이 잠시 대치하는 사이, 영귀각 아래쪽에서 누군가 놀란 목소리로 외쳤다.

"불이다, 불이야!"

붉은 화광이 번쩍이고 거무스름한 연기가 치솟는 것을 보니 누각 아래에 불이 붙은 것이 분명했다. 영영이 큰 소리로 외쳤다.

"가포, 정말 독랄하구나! 어째서 불을 질러 오랜 시간 함께한 부하들을 태워 죽이려는 것이냐?"

"그게 무슨…?"

가포가 노성을 질렀지만 영영은 더욱 큰 소리로 외쳤다.

"천추만재千秋萬載, 일통강호一統江湖! 일월신교 교인들은 들어라! 동방 교주의 명이니 당장 내려와 불길을 잡아라!"

그 말과 함께 그녀가 쏜살같이 앞으로 내닫자, 영호충과 방증 대사, 충허 도인도 기세를 타고 뒤를 쫓았다. 영영이 일월신교의 은어를 외친 데다 누각이 타오르기 시작하자 일월신교 교인들은 혼란에 빠져 허둥지둥했고, 그사이 영호충 일행은 현수교를 건너 부서진 창을 통해 누각으로 뛰어들었다.

세 사람이 안으로 들이닥치자 독수를 머금은 활은 더 이상 소용이 없었다. 영호충은 진무대제 제단 앞에 놓인 촛대를 낚아채 오른팔을 힘껏 휘둘러 사방으로 촛농을 흩뿌렸다. 무시무시한 독수는 몸에 닿기만 해도 크나큰 해를 입을 수 있었기 때문에, 방증 대사와 충허 도인 역시 인정사정없이 손발을 휘둘러 삽시간에 일고여덟 명을 쓰러뜨렸다. 영호충은 촛대를 검 삼아 적의 목을 찔러 여섯 명을 죽였다.

가포와 상관운은 항산을 방문할 때 마흔 개의 상자를 들고 왔다. 두 사람이 상자 하나를 들었으니 함께 온 부하들은 모두 여든 명인데, 하나같이 일월신교에서 알아주는 장사들이고 무공도 뛰어난 자들이었다. 그들 중 마흔 명은 현공사 주변에 매복하고 나머지 마흔 명이 활을 숨긴 채 신사각과 영귀각에 올라 기습을 감행했는데, 영호충 일행은 눈 깜짝할 사이 가포의 부하 스무 명을 깨끗이 쓰러뜨리고 독수를 쏘는 활까지 빼앗았다.

가포는 판관필 한 쌍을 휘두르며, 짧고 긴 쌍검을 든 영영과 격렬하게 싸우고 있었다.

영영과 처음 만났을 때 그 모습을 보지 못한 채 목소리만 들었던 영호충은 강호의 호걸들이 그녀 앞에서 벌벌 떠는 것을 보고 영문을 몰라 어리둥절한 적이 있었다. 영영이 소림파 제자들을 죽이고 방생 대사와 싸울 때도 돌아서서 그림자만 보았기에 그녀가 싸우는 모습을 직접 보는 것은 오늘이 처음이었다. 그녀는 가볍고 재빠른 움직임으로 어지러이 왔다갔다 하며 특이한 초식으로 날카롭게 공격을 퍼붓고 있었다. 짧고 긴 검 한 쌍은 때로는 허초를, 때로는 실초를 적절히 펼쳐 내며 바람처럼 움직였고, 그 때문인지 분명 눈앞에 있는 사람인데도 마치 순식간에 사라질 연기처럼 허령하게 느껴졌다.

가포가 쓰는 판관필은 묵직한 무기여서 휘두를 때마다 강편이나 철간처럼 윙윙 소리를 냈다. 영영의 쌍검은 한 번도 판관필에 부딪히지 않았고, 영영의 요혈을 노리고 찔러드는 판관필은 매번 아슬아슬하게 비껴나갔다.

방증 대사가 일갈했다.

"어서 무기를 버리고 순순히 투항하라!"

형세가 불리한 것을 깨달은 가포는 판관필을 거뒀다가 질풍같이 영영의 목을 찔렀다. 깜짝 놀란 영호충은 영영이 그 공격을 피하지 못할까 봐 재빨리 손에 든 촛대를 힘껏 내질러 가포의 양 손목을 찔렀고,

가포는 손가락에 힘이 빠져 더 이상 판관필을 쥐고 있지 못했다. 판관필이 손에서 벗어나 저 멀리 날아가자 그는 쌍장을 휘두르며 영호충을 덮쳤다. 옆에 있던 방증 대사가 재빨리 팔을 내밀어 그의 두 손목을 힘껏 붙잡았다. 그 손을 떨쳐내려 팔을 마구 휘둘렀지만 끝내 벗어날 수가 없자 가포는 왼발로 방증 대사의 급소를 걷어찼다. 실로 악랄한 공격이었다.

방증 대사가 한숨을 쉬며 손을 놓는 순간, 가포의 몸은 제 힘을 이기지 못하고 힘차게 밖으로 날아갔다. 참혹한 비명 소리가 깊디깊은 취병산 골짜기로 점점 멀어져갔다.

영호충은 그제야 영영을 향해 싱긋 웃어 보였다.

"당신 덕에 살았소!"

"늦지 않아 다행이에요!"

영영도 생긋 웃고는 아래쪽을 향해 외쳤다.

"이제 불을 *끄시오*!"

"예!"

누각 아래에서 치솟던 불길은 가포를 놀라게 하기 위해 유황과 초석으로 지푸라기를 태운 것뿐, 진짜 화재는 아니었다. 영영은 창가로 다가가 맞은편에 보이는 신사각을 향해 외쳤다.

"상관 숙부, 가포는 항명을 하며 화를 자초했을 뿐입니다. 수하들을 이끌고 내려오시면 숙부를 난처하게 만들지는 않겠어요."

상관운이 확인하듯 물었다.

"대소저, 그 말씀을 믿어도 되겠습니까?"

"본교 역대 신마들께 맹세하지요. 상관 숙부께서 제 말을 따른다면 결코 숙부를 해치지 않겠습니다. 이 맹세를 어기면 삼시충三尸蟲에 뇌수를 빨려 죽을 거예요."

일월신교 내에서 가장 무시무시하게 여기는 맹세를 듣자 상관운은 겨우 안심해 부하 스무 명을 데리고 누각에서 내려왔다.

영호충 일행이 영귀각에서 내려가자 노두자와 조천추 등 수십 명이 기다리고 있었다. 영호충이 영영을 돌아보았다.

"가포가 우리를 기습할 것을 어찌 알았소?"

"동방불패가 무엇 하러 당신에게 선물까지 주며 호의를 베풀겠어요? 처음부터 저 상자 속에 무슨 꿍꿍이가 있으리라 생각했는데, 가포가 슬금슬금 주위를 살피며 사람들을 끌고 이쪽으로 오기에 의심이 들어 노 선생 일행과 함께 뒤를 쫓았지요. 역시 취병산 아래를 지키던 멍청이들이 앞을 가로막으며 마각을 드러내더군요."

노두자와 조천추 등은 몹시 즐거운 듯 큰 소리로 웃음을 터뜨렸고, 상관운은 부끄러운 기색으로 고개를 푹 숙였다.

영호충은 탄식했다.

"항산파 장문인이 된 첫날부터 멍청한 짓을 했구려! 동방불패가 정말 축하를 하고자 사람을 보낼 리 만무한데 아무 방비도 하지 않다니… 이 영호충은 죽어 마땅하오. 하마터면 방장 대사와 장문 도장까지 큰 해를 입으실 뻔했소…!"

그가 자책하듯 중얼거리며 고개를 저었다.

그때 상관운이 다가오자 영영은 그를 향해 물었다.

"상관 숙부, 이제 어떻게 하실 건가요? 저를 따르시겠어요, 아니면 동방불패를 따르시겠어요?"

상관운의 안색이 싹 변했다. 느닷없이 동발불패를 배신하라는 종용을 받았으니 당황스러울 만도 했다.

영영이 말을 이었다.

"신교 십장로 중 여섯 명이 아버지의 삼시뇌신단을 복용했어요. 숙부께서도 이 신단을 드실 용기가 있으신가요?"

그녀가 손을 내밀자 손바닥 위에 새빨간 단약이 또르르 구르고 있었다. 상관운이 떨리는 목소리로 말했다.

"대소저, 그러니까… 십장로 중에서 여섯 분이… 여섯 장로께서…?"

"그래요. 숙부는 아버지를 만나신 적이 없고 최근 들어 동방불패를 따랐으니 아버지를 배신한 것은 아니지요. 어둠을 버리고 밝은 곳을 선택한다면 반드시 숙부를 중용하겠어요. 아버지께서도 분명 다른 눈으로 봐주실 거예요."

상관운은 주위를 흘끗 둘러보았다.

'투항하지 않으면 여기서 목숨을 잃겠구나. 십장로 가운데 여섯 명이 임 교주에게 귀순했다면 대세는 이미 기울었다. 이 상관운 홀로 동방 교주께 충성을 바친들 무슨 의미가 있겠는가?'

결심을 내린 그는 영영의 손바닥에 놓인 삼시뇌신단을 주워 꿀꺽 삼켰다.

"대소저께서 이 상관운의 목숨을 살려주셨으니 앞으로는 대소저의 명에 복종하고 결코 다른 마음을 품지 않겠습니다."

그가 이렇게 말하며 깊이 허리를 숙이자 영영은 환하게 웃었다.

"이제부터 우리는 한집안 사람이니 그렇게 예의를 차리지 않아도 됩니다. 숙부의 부하들도 당연히 숙부를 따르겠지요?"

상관운이 뒤에 선 부하들을 돌아보자, 수령이 삼시뇌신단을 먹고 투항하는 것을 직접 본 그들은 즉각 바닥에 엎드려 영영에게 절을 올렸다.

"성고의 명이라면 지옥불에라도 뛰어들겠습니다!"

일부러 피웠던 불을 끈 뒤 누각으로 모여든 호걸들은 영영이 상관운을 복속시키는 것을 보고 몹시 기뻐하며 하례했다. 상관운은 일월신교 장로 중에서도 고강한 무공을 지녔고 지위도 높아, 임아행이 교주 자리를 되찾는 데 큰 힘이 되어줄 것이 분명했다.

사건이 마무리되자 방증 대사와 충허 도인은 작별 인사를 하고 산을 내려갔다. 영호충은 멀리까지 그들을 배웅하며 돈독한 정을 나누고 헤어졌다.

그들이 떠난 뒤 영영은 영호충과 나란히 느릿느릿 견성봉을 오르며 말했다.

"이제 동방불패의 음험한 속셈을 직접 보아 아셨을 거예요. 아버지와 상 숙부는 지금 교단의 옛 벗들을 만나 투항하라고 설득하는 중이에요. 순순히 따르면 좋겠지만 그렇지 않은 사람들은 하나하나 쓰러뜨려 동방불패의 세력을 꺾어놓을 수밖에 없어요. 동방불패도 기다리지 않고 반격을 시작했지요. 가포와 상관운을 보내 당신을 공격한 것은 정말이지 무시무시한 계책이었어요. 아버지와 상 숙부는 행적이 은밀해 쉽사리 찾을 수 없기 때문에 이곳을 노린 것인데, 만에 하나 당신이 다쳤다면, 난… 나는…."

그녀는 말을 잇지 못하고 얼굴을 빨갛게 물들이며 고개를 돌렸다.

어두워져가는 석양이 그녀의 가녀린 몸을 어슴푸레 밝히고 저녁 바람이 부드러운 머리칼을 살랑살랑 흔들어 뺨 위로 흩어놓았다. 그녀의 희디흰 목덜미를 보자 영호충은 마음이 마구 흔들렸다.

'영영이 내게 한결같은 마음이라는 것은 천하가 안다. 동방불패조차 나를 붙잡아 그녀와 임 교주를 협박하려 할 정도니 모르는 사람이 없겠지. 조금 전 현수교에서도 영영은 맞으면 즉사하는 독수 앞에서도 아랑곳없이 내 앞을 가로막으며 내가 다칠까 봐 전전긍긍했어. 이렇게 훌륭한 아내를 또 어디 가서 찾을 수 있을까?'

그는 두 팔을 뻗어 그녀의 허리를 안으려 했다. 하지만 영영이 생긋 웃으며 살짝 몸을 트는 바람에 그만 허공을 껴안고 말았다. 검법이 뛰어나고 심후한 내력을 지녔지만, 권각이나 금나수, 경신술 같은 무공은 수준이 한참 낮은 영호충이라 그녀의 움직임을 따라잡을 수가 없었다.

영영이 생글생글 웃으며 말했다.

"한 문파의 장문인께서 어찌 이리 예의 없이 구세요?"

영호충도 웃으며 말했다.

"천하의 장문인들 중에서 가장 이상야릇한 사람이 바로 이 항산파 장문인이오. 세상 사람들의 웃음거리가 되어도 어쩔 수 없다오."

영영이 정색을 했다.

"어째서 그런 말을 하시나요? 소림 방장과 무당 장문인께서도 당신에게 예의를 차리시는데 누가 감히 당신을 얕보겠어요? 화산파에서 쫓겨났다는 생각에 자꾸 그렇게 자책하지는 마세요."

그 말은 영호충의 정곡을 찔렀다. 천성이 소탈하고 시원스러운 그였지만, 사문에서 쫓겨난 일은 내내 마음의 응어리가 되어 그를 부끄럽고 괴롭게 만들었던 것이다. 영호충은 저도 모르게 한숨을 푹 쉬며 고개를 숙였다.

영영이 그의 손을 잡으며 말했다.

"당신은 누가 뭐라 해도 당당한 항산파의 장문인이에요. 항산파는 화산파와 나란히 불리는 명문인데, 항산파의 장문인이 화산파의 일개 제자만 못하겠어요?"

"위로해주어 고맙소. 하지만 여승들의 우두머리가 되는 것은 아무래도 민망하고 난처하구려."

"오늘 천 명 가까운 남자들이 항산파에 들어갔잖아요. 오악검파 가운데 이만한 규모를 가진 문파는 숭산파를 제외하면 어디에도 없답니다."

영호충은 고개를 끄덕였다.

"그러고 보니 아직 고맙다는 말도 못했군."

영영은 빙그레 미소를 지었다.

"고맙다니요?"

"내가 여승들의 우두머리가 되면 낯이 서지 않을까 봐 저 사람들을 항산파에 보내주지 않았소? 지엄하신 성고의 명이 아니었다면 규범에 얽매이는 것을 싫어하는 거친 호걸들이 여승들과 동문이 되어 잡다한 문규를 받아들일 까닭이 없소."

영영은 입을 삐죽였다.

"꼭 그런 것은 아니에요. 당신이 맹주로서 저들을 이끌고 소림사에 쳐들어갔을 때, 모두 당신에게 탄복했기 때문이지요."

그렇게 이야기를 나누는 동안 무색암이 가까워지자 왁자지껄한 호걸들의 웃음소리가 바람에 실려왔다. 영영은 걸음을 멈췄다.

"여기서 잠시 작별해야겠군요. 아버지의 일이 끝나면 다시 찾아올게요."

영호충은 가슴이 뜨거워져 황급히 물었다.

"흑목애로 갈 생각이오?"

"그래요."

"나도 함께 가겠소."

영영은 기쁨으로 출렁이는 눈동자로 그를 바라보았지만 이내 고개를 저었다.

"왜 안 된다는 거요?"

영호충이 묻자 그녀가 차분하게 대답했다.

"당신은 이제 막 항산파 장문인이 되었어요. 그런데 나 때문에 일월신교의 일에 끼어들면, 아무리 세상에서 가장 이상야릇한 장문인이라고는 해도 너무 파격적이지 않겠어요?"

"동방불패를 상대하는 것은 몹시 어렵고 힘든 일이오. 그런 위험한 곳에 당신을 보내놓고 어떻게 모른 척할 수 있겠소?"

"저기 저 강호의 호걸들이 항산별원을 차지했으니 항산파의 여자들에게 무례한 짓을 할지도 모르잖아요."

"당신의 명만 떨어지면 천둥벌거숭이라도 절대 이상한 마음을 품지 못할 거요."

영영은 할 수 없다는 듯이 고개를 끄덕였다.

"좋아요, 그럼 함께 가요. 아버지 대신 감사 인사를 드리지요."

영호충이 웃으며 말했다.

"우리 사이에 감사 인사라니, 그런 격의를 차릴 필요가 어디 있소?"

영영은 환하게 웃었다.

"그렇다면 앞으로 격의 없이 대하겠어요. 나중에 딴말하지 마세요."

두 사람은 한동안 말없이 걸었다. 문득 영영이 다시 입을 열었다.

"아버지는 당신이 일월신교에 들어오지 않는 이상 이번 싸움에서 당신 도움을 받으면 안 된다고 하셨어요. 하지만… 하지만…."

그녀가 어여쁘게 얼굴을 붉히자 영호충은 웃으며 말했다.

"내 비록 일월신교 사람은 아니지만 당신과는 생사를 함께해온 사이가 아니오? 당신 아버지가 쫓아내려 해도 떡하니 얼굴에 철판을 깔고 거머리처럼 붙어 있겠소."

영영은 기분 좋게 미소를 지었다.

"당신이 함께 가면 아버지께서도 속으로는 몹시 기뻐하실 거예요, 분명해요."

견성봉으로 돌아간 두 사람은 각자 항산파 제자와 호걸들을 찾아 말을 전했다. 영호충은 항산파 제자들에게 열심히 무공을 익히라고 당부하면서 영영을 배웅한 뒤 곧 돌아오겠다고 말했다. 영영은 호걸들을 불러모아 오늘부터 견성봉에 발을 들여놓는 자는 엄벌에 처하겠다고 선포했다. 왼발을 들여놓으면 왼발을 자르고, 오른발을 들여놓으면 오른발을 자르되, 두 발 모두 들여놓은 자는 두 발을 모두 자르겠다는 엄포에 모두들 절대로 견성봉에 오르지 않겠다고 약속했다.

다음 날 아침 일찍, 영호충과 영영은 사람들과 인사를 나눈 뒤 상관운과 그 부하들을 데리고 흑목애로 출발했다.

흑목애는 하북성에 자리한 곳으로 항산의 동쪽에 있었다. 길을 떠난 지 하루도 못 되어 두 사람은 평정주平定州에 도착했다. 두 사람은 각각 다른 마차를 타고 차양을 끝까지 내려 동방불패의 눈을 피해 길을 가다가 저녁 즈음에야 어느 마을의 객잔에 들었다. 일월신교의 총단에서 그리 멀지 않은 곳이었으므로 성안을 드나드는 교단 사람들이 제법 많았다. 상관운은 심복 네 명을 시켜 아무나 접근하지 못하도록 객잔 앞뒤를 단단히 지키게 했다.

식사 시간이 되자 영영은 영호충과 함께 가볍게 술을 마셨다. 방 안에 피워둔 화로에서 활활 타오르는 불빛이 영영의 얼굴을 비춰 고운 얼굴이 더욱더 화사하고 아름다워 보였다.

술을 몇 잔 비운 뒤 영호충이 말했다.

"당신 아버지는 천하의 영웅들 가운데 인정하는 사람이 세 사람 반밖에 없고, 그중 으뜸은 동방불패라고 말씀하셨소. 당신 아버지를 속여 교주 자리를 빼앗을 정도니 그는 분명 지모가 뛰어난 사람일 거요. 지금 강호에는 동방불패의 무공이 천하제일이라 알려져 있는데, 그 소문이 사실이오?"

"동방불패 그 악당이 지모가 뛰어나고 심계가 깊은 것은 말할 필요도 없는 사실이에요. 하지만 무공이 얼마나 대단한지는 잘 모르겠어요. 최근에는 그를 거의 만나지 못했으니까요."

영호충은 고개를 끄덕였다.

"하긴… 당신은 그동안 낙양성 녹죽항에 있었으니 그를 만날 일이 없었겠지."

"꼭 그 때문만은 아니에요. 낙양성에 있으면서도 매년 한두 차례는 흑목애로 돌아가곤 했으니까요. 하지만 흑목애에서도 동방불패를 만나지 못할 때가 많았어요. 교단 장로들도 최근에 교주를 뵙기가 점점 더 어려워진다고 하더군요.”

“높은 자리에 있는 사람들은 남들과 다르다는 것을 과시하려고 신비로운 척하기 마련이지.”

“그것도 한 가지 이유일 거예요. 하지만 나는 그가 《규화보전》의 무공에 푹 빠져 잡다한 업무에 신경 쓰고 싶지 않아서 그렇다고 생각해요.”

“당신 아버지는 한때 흡성대법으로 빨아들인 서로 다른 진기들을 융합하는 데 골몰하느라 교단 일에 소홀했고, 그 때문에 동방불패에게 자리를 빼앗겼다고 하셨소. 설마 동방불패가 그 전철을 밟고 있단 말이오?”

“동방불패가 교단 일에서 손을 뗀 뒤로 모든 업무는 양가 녀석이 도맡아 전횡을 일삼고 있어요. 하지만 그자가 동방불패의 자리를 빼앗을 리는 없으니 아버지의 전철이 되풀이되지는 않을 거예요.”

“양가 녀석이라니? 누구 말이오? 그런 이야기는 들어본 적이 없소.”

영호충이 묻자 영영은 망설이는 표정으로 어색하게 미소를 지었다.

“말해봤자 입만 더러워질 뿐이에요. 교단에서 그 사실을 아는 사람들은 아무도 그 일을 입에 담지 않았으니 외부인들은 더더욱 알 리가 없지요. 당신이 모르는 것도 당연해요.”

영호충은 더욱 호기심이 일었다.

“착하고 예쁜 우리 성고께서 좀 알려주실 수 없겠소?”

영영은 피식 웃으며 말했다.

“그자의 이름은 양연정楊蓮亭이고 고작 스물몇 살밖에 되지 않았어요. 무공은 말할 것도 없고 교단 일을 처리하는 데도 별 재능이 없지만, 동방불패는 최근 들어 그자를 몹시 아끼고 있어요. 정말 이해할 수가 없어요."

그렇게 말하는 그녀의 두 뺨이 빨갛게 물들었다. 입술을 비틀며 던지듯 내뱉는 말을 들어보면 몹시 경멸하는 것 같았다. 그 모습을 본 영호충은 곧 그 의미를 깨달았다.

"아아, 그 양연정이라는 자는 동방불패의 동성 연인이로군. 허, 동방불패 같은 영웅호걸이 그런… 취향이라니…."

"그런 말은 제발 그만해요. 나는 정말이지 동방불패가 무슨 생각인지 모르겠어요. 아무튼 모든 일을 양연정에게 맡기는 바람에 그 녀석의 손에 해를 입은 형제들이 얼마나 많은지 몰라요. 실로 죽어 마땅한…."

그때 창밖에서 누군가 껄껄 웃으며 그녀의 말을 끊었다.

"틀렸다. 우리는 도리어 양연정에게 고마워해야 할 것이다."

"아버지!"

영영이 기쁜 목소리로 외치며 문을 활짝 열었다.

과연 임아행과 상문천이 방으로 들어왔다. 두 사람은 농부 차림에 낡은 모자를 푹 눌러써서 얼굴을 반쯤 가리고 있었다. 목소리를 듣지 않았다면 눈앞에 있어도 누군지 알아보지 못했을 것이다. 영호충은 일어나 인사를 하고, 점소이에게 젓가락과 잔, 그리고 안주를 더 준비하라고 일렀다.

임아행은 기운이 펄펄하고 의기양양해 보였다.

"그간 이 아비는 상 형제와 함께 교단의 옛 친구들을 만났다. 뜻밖에도 일이 아주 순조롭더구나. 열 명 중 여덟 명이 우리를 몹시 반기면서, 최근 동방불패가 순리를 거스르는 짓을 하여 사람들이 등을 돌리기 시작했다고 하지 뭐냐. 특히 그 양연정이라는 자는 신교의 무명소졸에 불과했는데, 동방불패에게 빌붙어 대권을 틀어쥐고 온갖 위세를 부리고 있다지? 큰 공을 세운 교내의 인사들이 그자 눈 밖에 나서 파면되거나 목숨을 잃는 바람에, 교단의 규율이 엄하지 않았더라면 일찌감치 모반이 일어났을 것이라고들 했다. 그 양가라는 녀석이 이렇게 우리를 도와주는데 마땅히 고마워해야 하지 않겠느냐?"

"듣고 보니 그렇네요."

영영이 고개를 끄덕인 뒤 물었다.

"그런데 아버지, 우리가 여기 온 것을 어떻게 아셨어요?"

임아행은 허허 웃으며 말했다.

"상 형제가 상관운과 한판 싸움을 벌였단다. 나중에야 그가 이미 네게 투항한 것을 알았지."

"상 숙부, 설마 상관운을 해치신 것은 아니겠지요?"

상문천은 빙그레 웃어 보였다.

"조협 상관운을 해치기가 그리 쉬운 일은 아닙니다."

그때 바깥에서 삐이익 삐이익 하는 날카로운 뿔피리 소리가 들려왔다. 고요한 밤중이라 영혼을 긁는 것처럼 날카로운 그 소리에 머리칼이 삐죽 솟았다.

"동방불패가 우리를 발견했을까요?"

영영이 속삭이듯 묻고는 영호충을 돌아보며 설명해주었다.

"저 뿔피리 소리는 일월신교에서 자객이나 반역자를 잡을 때 울리는 신호예요. 저 신호를 들으면 교단 사람들은 경계를 강화하고 힘을 합쳐 적을 잡아야 해요."

얼마 후, 말 네 필이 거리를 내닫는 소리가 들려왔다. 말을 탄 사람이 큰 소리로 외쳤다.

"교주의 명이다. 풍뢰당風雷堂 장로 동백웅童百熊이 적과 결탁해 모반을 꾸몄으니 당장 나포하여 총단으로 압송하라. 명을 따르지 않으면 이유를 막론하고 격살하라."

영영은 놀란 목소리로 외쳤다.

"동 백부께서 반역이라니! 대체 어떻게 된 일이죠?"

말발굽 소리는 점점 멀어졌고, 호령 소리도 말을 따라 멀어지며 골목골목 퍼져나갔다. 일월신교가 지방 관리조차 안중에 없을 정도로 이 일대를 휘어잡고 있다는 사실을 충분히 알 수 있는 광경이었다.

임아행이 중얼거렸다.

"동방불패는 소식이 제법 빠르군. 우리가 동 형제를 만난 것이 겨우 그제 일이 아닌가?"

영영은 놀란 듯 찬 숨을 들이켰다.

"동 백부께서도 우리를 돕기로 하셨나요?"

임아행은 고개를 저었다.

"그가 동방불패를 배신할 리가 없지 않으냐? 나와 상 형제가 반나절 동안 이해를 논하며 설득했지만 동 형은 끝내 이렇게 거절했다. '나와 동방 형제가 서로 목숨을 맡긴 사이라는 것은 두 분도 잘 알 것이오. 그런데 내게 이런 말을 하다니, 이 동백웅이 친우를 배신할 소인배처럼 보인 모양이구려. 요즘 동방 교주가 소인배의 꼬드김에 넘어가 잘못을 많이 저지른 것은 사실이나, 그가 패가망신하게 되더라도 이 동백옹, 그에게 미안할 일은 추호도 하지 않을 것이오. 나는 두 분의 적수가 못 되니 베려면 어서 베시오'라고 말이다. 생강은 오래될수록 맵다더니, 동 형이 바로 그런 사람이지."

그 말을 들은 영호충이 찬탄을 터뜨렸다.

"참으로 호한이군요!"

영영이 다시 물었다.

"동 백부께서 우리와 손잡는 것을 거절하셨다면, 동방불패는 왜 그 분을 잡아들이려는 걸까요?"

이번에는 상문천이 대답했다.

"그러니 순리를 거스른다고 하는 것이 아니겠습니까? 동방불패는 노망이 들 만큼 늙지도 않았는데 벌써부터 미치광이 같은 짓을 하고 있습니다. 동 형같이 충성스러운 친구를 어디 가서 또 찾겠습니까?"

임아행은 웃으며 박수를 쳤다.

"동방불패가 동 형 같은 사람마저 용납하지 못할 정도라면 이번 대사는 우리의 승리다! 자, 한잔하세!"

네 사람은 일제히 잔을 들어 단번에 비웠다. 영영이 영호충을 바라보며 말했다.

"동백옹이라는 분은 신교의 원로신데, 지난날 혁혁한 공을 세우셨기 때문에 교단 사람들은 아래위를 불문하고 그분을 존경해왔지요. 그분은 아버지와는 사이가 좋지 않았고 동방불패와는 무척 가까웠어요. 정리를 따져보면 그분이 아무리 잘못을 하셨어도 동방불패가 저렇게 함부로 대할 수는 없어요."

임아행은 무척 즐거운지 껄껄 웃으며 말했다.

"동방불패가 동백웅을 잡아들이라는 명령을 내렸으니 지금쯤 흑목애는 발칵 뒤집어졌을 거다. 이 틈에 흑목애에 잠입하는 것이 좋겠구나."

"상관 형제를 불러 함께 의논하시지요."

상문천이 권하자 임아행은 고개를 끄덕였다.

"좋은 생각일세."

상문천이 방을 나갔다가 상관운과 함께 돌아왔다. 임아행을 본 상관운은 재빨리 허리를 숙이며 예를 갖췄다.

"상관운이 교주님께 인사드립니다. 천추만재, 일통강호!"

임아행은 웃음을 터뜨렸다.

"상관 형제, 자네는 말이 별로 없는 천생 호걸이라고 들었는데, 어찌 초면에 그런 말을 하는가?"

상관운은 어리둥절해했다.

"무슨 말씀이신지 모르겠습니다. 부디 가르침을 주십시오."

영영이 끼어들었다.

"상관 숙부께서 말한 '천추만재, 일통강호'라는 말이 이상하게 들리셨군요. 그렇지요?"

"왜 아니겠느냐? 천추만재, 일통강호라니 도대체 무슨 말이냐? 내가 진시황이라도 된다더냐?"

영영은 생글생글 웃으며 말했다.

"동방불패가 만들어낸 장난이에요. 동방불패는 부하들에게 공식적으로 자기 앞에 나설 때는 반드시 그 말을 하게 했고, 그가 자리에 없

어도 교단 형제들이 서로 만날 때는 그 말을 외치게 했지요. 아주 오래
된 일은 아니지만, 상관 숙부께서는 늘 그런 말을 하시다 보니 습관이
되신 거예요."

임아행은 이해한 듯 고개를 끄덕였다.

"그랬군. 천추만재, 일통강호라. 참 멋진 말이야! 허나 신선이 아닌
바에야 어떻게 천년만년 살 수 있겠느냐? 이보게, 상관 형제. 동방불패
가 동백웅을 잡아들이라는 명을 내렸으니 흑목애가 혼란에 빠졌으리
라 생각되는군. 오늘 밤 흑목애로 잠입하는 것이 어떻겠나?"

"교주께서는 영명하시고 주도면밀하십니다. 그 찬란한 빛이 천하를
비춰 만민에게 복을 나누어주시니, 싸움을 하면 반드시 이길 것이고
공격하면 반드시 손에 넣으실 것입니다. 이 상관운은 교주의 명을 성
실히 이행하고 충심으로 섬기며 죽음도 불사하겠나이다."

임아행은 그 말을 들으며 속으로 투덜거렸다.

'조협 상관운은 무공이 높고 성품도 강직하다 들었는데, 입만 열면
아부를 늘어놓는 것이 부끄러움도 모르는 소인배나 다름없구나. 알고
보면 강호에 떠도는 소문이 모두 거짓이고, 그 명성도 허명이 아닐까?'

그가 이런 생각을 하며 눈살을 찌푸리자 영영이 웃으며 말했다.

"아버지, 흑목애에 가려면 제일 먼저 남들이 알아보지 못하도록 변
장을 해야 해요. 하지만 그보다 중요한 것은 바로 흑목애의 은어를 배
우는 것이랍니다. 그렇지 않으면 입을 여는 순간 들통날 거예요."

임아행은 눈을 잔뜩 찡그린 채 물었다.

"흑목애의 은어라니?"

"상관 숙부님께서 말씀하신 것처럼 '교주께서는 영명하고 주도면밀

하시다'거나 '충심으로 섬기며 죽음도 불사하겠다'는 말이 요즘 흑목애에서 유행하는 은어예요. 모두 양연정이라는 녀석이 동방불패의 비위를 맞추기 위해 만들어낸 것들이지요. 동방불패는 갈수록 이런 말들을 좋아해서, 이제는 그 말을 하지 않으면 대역무도한 죄를 지은 것으로 여겨 그 자리에서 죽이기도 해요."

"너도 동방불패를 만날 때 저런 허무맹랑한 소리를 입에 담았느냐?"

"흑목애에 있는 이상 무슨 수가 있었겠어요? 제가 늘 낙양에 가 있었던 것도 사람들이 저런 말을 하는 것이 듣기 싫었기 때문이에요."

임아행은 상관운을 돌아보았다.

"상관 형제, 이제부터는 그런 말은 집어치우기로 하세."

"예, 교주의 슬기로우신 헤아림은 100년 동안 빛날 것이요, 만세에 전해질 것입니다. 이 상관운은 일월같이 밝디밝은 그 명령을 엄히 지키겠나이다."

영영은 웃음을 참느라 입술을 꽉 깨물었다.

임아행이 손을 내저으며 물었다.

"자네가 보기에는 어떻게 해야 흑목애로 잠입할 수 있겠나?"

"교주의 넓은 배포와 신기묘산은 당세에 따를 자가 없습니다. 교주 앞에서 제가 어찌 감히 어리석은 의견을 내놓을 수 있겠나이까?"

임아행은 여전히 눈을 찌푸린 채 물었다.

"동방불패가 교단의 대사를 논할 때 그 앞에서 의견을 내놓는 자가 아무도 없었나?"

이번에도 영영이 끼어들었다.

"동방불패는 지모가 뛰어나 아무도 그 헤아림을 뛰어넘지 못했어요. 설사 하고 싶은 말이 있더라도 비명횡사하지 않으려면 입을 다물 수밖에 없었지요.”

“그래? 허, 아주 좋은 일이구나! 잘된 일이야! 상관 형제, 동방불패가 자네를 항산으로 보낼 때 뭐라고 명하던가?”

“예… 영호 대협을 잡아오면 무거운 상을 내릴 것이요, 잡지 못하면 목을 바치라 했습니다.”

“잘됐군! 자네가 영호충을 포박하여 동방불패에게 데려가게.”

상관운은 당황한 얼굴로 한 걸음 물러났다.

“영호 대협은 교주께서 아끼시는 분이고 본 교에 큰 공을 세우셨는데, 어찌 그런 짓을 할 수 있겠습니까?”

임아행이 웃으며 설명했다.

“동방불패의 거처에 들어가기가 쉽지 않을 것이나, 자네가 영호충을 잡아간다면 반드시 직접 만나줄 걸세.”

영영도 웃으며 말했다.

“묘계로군요! 저희도 상관 숙부의 부하로 꾸며 함께 동방불패의 방에 들어가도록 해요. 일제히 무기를 뽑아 들고 덤비면 제아무리 동방불패라도 혼자서 우리 네 사람을 당할 수는 없을 거예요.”

“그렇다면 영호 형제가 중상을 입은 척하는 것이 좋겠습니다. 팔다리에 피 묻은 천을 감고 들것에 눕혀 데려가면 동방불패도 마음을 놓을 것이고, 들것에 무기를 숨길 수도 있지요.”

“좋군, 아주 좋아!”

그때 거리 저편에서 또다시 말발굽 소리가 들리고 누군가 크게 외쳤다.

"풍뢰당 장로를 잡았다. 풍뢰당 장로를 잡았다!"

영영이 영호충에게 손짓을 했다. 영호충은 그녀의 마음을 헤아리고 함께 객잔 대문 뒤에 숨어 바깥을 살펴보았다. 수십 명쯤 되는 사람들이 말에 올라 횃불을 높이 치켜든 채 몸집이 큰 노인 한 명을 에워싸고 달려가는 것이 보였다. 머리가 허연 노인의 얼굴은 온통 피투성이여서 격렬한 싸움을 치렀음을 말해주었다. 노인의 두 손은 등 뒤에 꽁꽁 묶여 있었지만 눈동자는 불꽃이 튈 정도로 활활 타올라 마음속의 울분을 그대로 드러내고 있었다.

영영이 속삭였다.

"동방불패는 늘 웅 형님, 웅 형님 하고 부르며 동 백부께 무척 친근하게 굴었어요. 그런데 저렇게 안면을 싹 바꿀 줄이야…"

얼마 후 상관운이 들것과 천을 준비해왔다. 영영은 영호충의 왼팔을 천으로 단단히 싸매고 목에 걸어준 다음, 양을 죽여 그 피를 그의 몸에 뿌렸다. 임아행과 상문천은 일월신교 교인의 복장으로 갈아입었고, 영영도 남장을 하고 얼굴을 까맣게 칠했다. 네 사람은 배불리 밥을 먹은 뒤 상관운의 부하들과 함께 흑목애로 출발했다.

평정주 서북쪽으로 40리쯤 가자 바위가 은은한 핏빛을 띠고 물살이 급한 여울이 나타났다. 그 유명한 성성탄猩猩灘이었다. 그곳에서 북쪽으로 올라가니 양쪽으로 깎아지른 돌벽이 담장처럼 높이 솟은 돌길이 보였다. 돌벽 사이에 좁게 자리한 돌길은 그 너비가 겨우 다섯 자밖에 되지 않았고, 그 길을 따라 일월신교의 교인들이 빽빽하게 파수를 보고 있었다. 다행히 그들은 상관운을 보자 공손한 태도로 통과시켜주었다.

그렇게 산길 세 곳을 지나 어느 여울 앞에 이르자 상관운은 향전響箭을 쏘아 신호했다. 건너편 물가에서 조각배 세 척이 흔들흔들 다가와 일행을 태웠다. 영호충은 속으로 혀를 내둘렀다.

'수백 년 기반을 다진 일월신교는 과연 남다르구나. 상관운이 없었다면 밖에서 공격하기가 쉽지 않았겠군.'

기슭에 닿고 보니 몹시 험하고 가파른 산길이 펼쳐졌다. 배를 타면서 말을 버렸기 때문에 일행은 소나무로 만든 횃불이 어른어른 비치는 언덕을 직접 걸어 올라갔다. 영영은 쌍검을 움켜쥐고 들것 옆을 단단히 지켰다. 지세가 워낙 험해서 혹여 들것을 든 사람들이 만길 낭떠러지로 들것을 던진다면 영호충은 손 한번 쓰지 못하고 목숨을 잃게 되기 때문이었다.

일월신교 총단에 도착했을 때 날은 이미 어둑어둑해져 있었다. 상관운은 사람을 시켜 동방불패에게 명을 이행하고 돌아왔다는 급보를 전했다.

한참 후, 허공에서 딸랑딸랑 하는 은방울 소리가 들리자 상관운이 벌떡 일어나 공손한 자세를 취했다.

영영이 앉아 있던 임아행의 팔을 잡아끌며 속삭였다.

"교주의 영지가 왔어요. 어서 일어나세요."

임아행도 즉시 일어나 앞을 바라보았다. 뜻밖에도 이곳에 있는 모든 교인들은 무엇에 홀린 양 그 자리에 우뚝 서서 꼼짝도 하지 않았다.

은방울 소리는 빠른 속도로 위에서부터 아래로 내려왔다.

방울 소리가 그친 지 얼마 지나지 않아 누런 옷을 입은 교인이 총총히 다가와 누런 비단을 두 손으로 펼쳐들고 큰 소리로 낭독했다.

"문무쌍전하시고 인의영명하신 일월신교 동방 교주님의 명이다. 가포와 상관운은 명을 충실히 받들어 이를 성공시켰으니 참으로 가상하도다. 즉각 포로를 데리고 올라와 교주를 배알하라."

상관운은 허리를 깊이 숙였다.

"감사합니다, 교주님. 천추만재, 일통강호!"

이 광경을 본 영호충은 웃음이 터지는 것을 꾹 눌러 참았다.

'이거야 원, 마치 태감이 성지를 읽는 꼴이군. 극 무대에서나 보던 것을….'

상관운의 말이 계속 이어졌다.

"교주께서 소인을 친견하겠다 하시니 그 대은대덕은 영원히 잊지 않겠나이다!"

그의 부하들도 따라 외쳤다.

"교주님의 대은대덕은 영원히 잊지 않겠나이다!"

임아행과 상문천도 그들을 따라 입을 움직였지만 속으로는 저주를 퍼부었다.

일행은 돌계단을 따라 위로 올라가 철문 세 개를 지났다. 철문을 지날 때마다 누군가 그날의 암호를 묻고 출입패를 검사했다.

마침내 제법 커다란 돌문이 떡하니 나타났다. 돌문 양쪽으로 큼직하게 쓰인 글은 다름 아닌 '문무쌍전文武雙全(학문과 용맹이 모두 뛰어남)'과 '인의영명仁義英明(어질고 의로우며 지혜로움)'이었다. 문 위의 편액에는 '일월광명日月光明'이라는 네 글자가 붉은색으로 눈에 확 띄게 쓰여 있었다.

돌문을 지나자 바닥에 놓인 커다란 대나무 광주리가 보였다. 족히

쌀 열 섬은 담을 수 있는 크기였다. 상관운이 외쳤다.

"포로를 광주리에 옮겨라."

임아행과 상문천, 영영이 다가가 들것을 들고 광주리에 올라탔다.

징소리가 세 번 울리자 광주리는 천천히 위로 올라가기 시작했다. 광주리에 밧줄을 묶어 도르래로 끌어올리는 것이었다. 광주리가 끝을 모르고 올라가자 영호충은 호기심이 일어 슬쩍 고개를 들어보았다. 머리 위 저 멀리에서 불빛이 번쩍이고 있었다. 흑목애는 무척 높은 곳에 자리하고 있었던 것이다.

영영이 오른손을 내밀어 그의 왼손을 힘껏 잡았다. 어두운 밤이라 보이는 것은 없지만, 가붓가붓한 구름이 정수리를 스쳐가는 느낌이 들었다. 좀 더 올라가자 광주리는 구름 속에 푹 잠겼고, 아래를 내려다보니 불빛 하나 없이 캄캄했다.

한참이 지난 후에야 비로소 광주리가 멈췄다. 일행은 영호충의 들것을 내리고 상관운을 따라 왼쪽으로 몇 장 걸은 뒤 또 다른 광주리에 올랐다. 흑목애 정상은 이곳보다 훨씬 높은 곳에 있는 모양이었다. 모두 세 개의 도르래를 타고 오른 다음에야 일행은 마침내 정상에 닿을 수 있었다. 영호충은 속으로 중얼거렸다.

'이렇게 높은 곳에 살고 있으니 부하들이 동방불패를 만나보기가 쉽지 않을 수밖에.'

가까스로 정상에 오르고 나니 어느새 해가 높이 떠 동쪽에서 쏟아지는 햇살이 한백옥漢白玉으로 만든 거대한 패루를 비쳤다. 패루 위에는 금박을 입힌 글씨로 '택피창생澤被蒼生(창생에 은덕이 두루 미침)'이라 쓰여 있었다. 햇살을 받아 번쩍번쩍 빛나는 그 글씨는 보기만 해도 숙연해지는 것 같았다.

'동방불패는 화려한 것을 아주 좋아하는군. 여기에 비하면 소림파나 숭산파는 겨우 체면치레나 할 정도고, 화산파나 항산파는 비교도 되지 않겠어. 제법 학식을 지닌 사람 같으니 평범한 강호 호걸은 아니겠구나.'

임아행이 옆에서 코웃음을 쳤다.

"택피창생이라? 흥!"

그때 상관운이 낭랑하게 외쳤다.

"백호당 장로 상관운이 교주의 명을 받고 배알을 청하옵니다."

오른쪽 끝에 보이는 자그마한 돌집에서 보랏빛 장포를 걸친 네 사람이 나와 그들에게 다가왔다. 앞장선 사람이 말했다.

"상관 장로, 큰 공을 세우신 것을 축하드리오. 가 장로는 어찌 함께 오지 않았소?"

"가 장로는 혈전을 치르다 순직하여 교주의 큰 은혜에 보답을 하게 되었습니다."

"흠, 그랬군. 아무래도 상관 장로가 승진을 하겠소이다."

"교주께서 어여삐 보아주신다면 결코 노 형의 은혜를 잊지 않겠습니다."

은근한 뇌물 약속에 보랏빛 장포를 입은 남자는 슬그머니 눈웃음을 치며 말했다.

"허, 미리 감사해야겠군!"

그는 영호충을 흘끗 보더니 싱글거리며 말했다.

"임 대소저의 눈에 들었다는 자가 바로 이 녀석이오? 반안이나 송옥 같은 미남자인 줄 알았는데 별거 아니군. 자, 청룡당 상관 장로, 이쪽으로 오시오."

상관운이 나지막이 말했다.

"교주께서 정식으로 직책을 내리신 것도 아니니 그리 부르기엔 아직 이릅니다. 교주님이나 양 총관 귀에 들어가면 경을 칠 겁니다."

보랏빛 장포 차림의 남자는 혀를 쑥 내밀어 보이며 앞장서서 걷기 시작했다.

패루에서 대문 앞까지는 돌판을 깐 널따란 길이 똑바로 이어져 있었다. 대문으로 들어서자 역시 보랏빛 옷을 입은 두 사람이 나와 후청으로 일행을 안내했다.

"양 총관께서 뵙자 하시니 여기서 기다리시오."

"예!"

상관운은 양팔을 모으고 공손한 자세로 섰다. 한참이 지나도 양 총관이라는 자는 나타날 기미조차 없었지만, 그는 내내 같은 자세로 기다리며 앉으려고도 하지 않았다.

영호충은 속으로 한숨을 쉬었다.

'상관 장로는 일월신교에서 꽤 높은 자리에 있는데도 이곳에서는 아무 힘도 없구나. 청소하는 하인들조차 상관 장로보다 위세가 높아 보일 정도니⋯. 양 총관이라는 자는 누굴까? 아마 그 양연정이라는 사람이겠지. 고작 하인들을 부리는 총관에 불과한데, 일월신교 백호당 장로가 저렇게 공손한 자세로 총관이 나타나기를 기다리다니, 동방불패는 해도 너무하는군!'

다시 한참이 지나자 마침내 안쪽에서 발소리가 들려왔다. 가볍고 힘이 없는 소리로 보아 내공이라고는 눈곱만큼도 없는 사람이 분명했다. 곧이어 헛기침 소리와 함께 병풍 뒤에서 누군가 나타났다. 영호충이 흘끗 살펴보니 대춧빛이 나는 비단옷을 걸친 채 서른 살도 되지 않은 남자였는데, 몸집이 제법 크고 얼굴에는 구레나룻을 잔뜩 길러 듬직하고 위풍당당해 보였다.

영호충은 고개를 갸웃했다.

'동방불패의 총신이고 야릇한 관계라고 하기에 여자같이 곱상한 미남일 줄 알았는데 기골이 장대한 장한이라니, 뜻밖인걸? 혹시 양연정이 아닌 걸까?'

그사이 그 사람이 상관운에게 말했다.

"상관 장로, 큰 공을 세웠구려. 영호충을 잡아오다니, 교주님께서 몹시 기뻐하셨소."

듣기만 해도 기분이 좋아지는 낮게 깔리는 저음이었다.

상관운이 허리를 숙이며 말했다.

"모두 교주의 홍복 덕택입니다. 양 총관께서 미리 상세한 언질을 주셨기에 그대로 이행했을 뿐입니다."

영호충은 속으로 비명을 질렀다.

'저자가 정말 양연정이구나!'

양연정은 들것으로 다가와 영호충의 얼굴을 살폈다. 영호충은 일부러 흐리멍덩한 눈빛으로 입을 살짝 벌려 중상을 입어 정신이 없는 척했다.

양연정이 상관운에게 물었다.

"병든 닭 같은 꼬락서니로군. 그래, 이자가 정말 영호충이오? 잘못

찾은 것은 아니겠지?"

"저자가 항산파 장문인이 되는 것을 제 두 눈으로 똑똑히 보았으니 결코 틀릴 리가 없습니다. 가 장로에게 요혈을 세 군데나 찔리고 소인의 쌍장을 맞아 상처가 무거워 저런 모습이 되었는데, 아마도 반년 동안은 일어나지도 못할 것입니다."

양연정은 껄껄 웃었다.

"임 대소저가 마음에 둔 사람을 저리 만들다니, 앞으로 뒤를 조심해야 할 것이오."

"소인은 교주님께 충성할 뿐, 다른 사람이 어찌 생각하든 신경 쓰지 않습니다. 교주님께 충성을 바치다 죽는 것이 평생의 소원입니다."

"좋소, 그 충성심을 교주님께 잘 말씀드리겠소. 교주님께서 큰 상을 내리실 것이오. 풍뢰당 당주가 교주님을 배신하고 난동을 부렸는데, 상관 장로도 알고 계시오?"

"자세한 것은 모릅니다. 부디 가르쳐주십시오. 교주님과 총관께서 분부하신다면 섶을 지고 불로 뛰어들라 해도 마다 않고 따르겠습니다."

양연정이 의자에 털썩 앉으며 한숨을 쉬었다.

"동백웅 그 늙은이는 평소에도 교주님의 후대만 믿고 호가호위하며 방자하게 굴었소. 최근 들어 사사로이 당파를 만들어 모반을 꾸미는 것을 일찍부터 눈치채고 지켜보았는데, 갈수록 안하무인이더니 끝내 대역무도한 임아행과 결탁하고 말았다오. 어찌 이런 일이 있을 수 있소?"

"그가 정말… 정말… 그 임가와 결탁했습니까?"

정말 놀란 사람처럼 상관운의 목소리는 덜덜 떨리고 있었다.

"뭘 그리 두려워하시오? 임아행이 머리 셋에 팔이 여섯 달린 괴물은 아니지 않소? 교주께서는 벌써 오래전에 그자를 장난감처럼 조물조물 가지고 노셨으나 은덕을 베풀어 목숨만은 살려준 것이오. 그놈이 흑목애로 오지 않으면 모를까, 감히 이곳에 모습을 드러내면 벼슬을 잡힌 닭처럼 단박에 목이 떨어지고 말 것이오."

"예, 예, 물론이지요. 한데 동백웅이 어쩌다 그자와 결탁을 했는지 모르겠습니다."

"동백웅은 남몰래 임아행을 만나 오랫동안 이야기를 나누었고, 그 자리에 반역자인 상문천도 함께 있는 것을 직접 목격한 사람이 있소. 임아행과 상문천을 만났으니 무슨 이야기를 나눴겠소? 필시 교주님을 배신하고 모반을 꾸몄겠지. 동백웅이 흑목애에 잡혀왔을 때 내 친히 그런 일이 있었느냐 물었는데, 제 입으로 인정하더구려!"

"직접 인정했다면 누명을 쓴 것은 아니겠군요."

"임아행과 만나 아무 일도 없었다면 어째서 교주께 보고하지 않았느냐고도 물어보았소. 그랬더니 '임 노제는 이 몸을 높이 보아 공손하게 말을 꺼냈다. 그는 나를 친구로 여기고 나 또한 그를 친구로 여기니, 친구 사이에 이야기 좀 나눈 것이 무슨 죄가 되느냐?'라고 하지 않겠소? 해서 내가 '임아행이 다시 강호에 나타났으니 교주를 귀찮게 할 것은 뻔한 일인데 그것도 모르느냐? 교주께 잘못을 저지른 자가 어찌 네 친구가 될 수 있느냐?' 했더니, 그 대답이 더욱 가관이었소. 그 쳐 죽일 놈의 늙은이는 '교주께서 그에게 잘못을 했을망정, 그가 교주께 잘못을 하지는 않았을 것이다'라고 떠들지 뭐요!"

"그 늙은이가 실성을 했군요! 의리의 대명사이신 교주께서는 늘 친구를 후대하셨는데 어찌 잘못을 하셨겠습니까? 당연히 그 배은망덕한 자가 교주께 잘못한 것이지요."

양연정은 그가 말하는 '교주'가 당연히 동방불패라 생각했지만, 영호충 일행은 동방불패가 아닌 임아행이라는 것을 훤히 알고 있었다. 상관운은 계속 말했다.

"소인은 교주께 충성을 바치기로 맹세했습니다. 쥐새끼 같은 무리가 감히 요상한 말로 그 어르신을 욕보인다면 이 상관운, 땅끝까지 쫓아가서라도 그들을 요절내겠습니다."

물론 '쥐새끼 같은 무리'는 양연정을 가리키는 말이었지만, 양연정이 알아들을 턱이 없었다. 그는 기분 좋게 웃으며 말했다.

"좋소, 아주 좋소. 교인들이 모두 상관 장로처럼 교주님께 충성스럽다면 걱정할 일이 무엇이겠소? 수고 많았소. 그만 가서 쉬시오."

상관운은 멈칫했다.

"저는… 저는 교주님을 뵙고 싶습니다. 그분을 뵐 때마다 기운이 솟고 더욱 열심히 일할 마음이 드는 데다 몸이 후끈후끈해지는 것이 꼭 공력이 10년은 늘어나는 것 같았습니다."

양연정은 옅은 미소를 띠었다.

"교주께서는 너무 바쁘셔서 상관 장로를 만나실 틈이 없소."

상관운은 품을 더듬어 닭똥만 한 진주 10여 알을 꺼내더니 양연정에게 다가가 낮은 목소리로 말했다.

"양 총관, 이번 길에 좋은 진주 열여덟 알을 구했는데 총관께 드리려고 가져왔습니다. 부디 교주님을 한번 뵙게 해주십시오. 교주께서 기분이 좋아 승진이라도 시켜주신다면 그때는 더욱 크게 보답하겠습니다.”

양연정은 뻔히 보이는 거짓 웃음을 띠며 말했다.

“다 같은 형제끼리 그 무슨 말이오? 아무튼 고맙소.”

그러고는 목소리를 깔고 조용히 덧붙였다.

“내 교주께 당신을 청룡당 장로로 승진시켜달라 힘껏 말씀드려보겠소.”

상관운은 연신 읍하며 감사를 표했다.

“일이 잘만 된다면 이 상관운은 교주님과 총관께서 베푸신 크나큰 은혜를 죽을 때까지 잊지 않겠습니다.”

“자, 여기서 기다리시오. 교주님께서 틈이 나시면 부르겠소.”

“예, 예!”

상관운은 진주를 양연정의 손에 쥐여주고는 허리를 숙이며 물러섰다. 양연정은 의자에서 일어나 거드름을 피우며 안으로 들어갔다.

笑傲江湖